EMILIJANA

MAGIE DER LIEBENDEN

Die Chronik der Elfenprinzessin

Band 3

von

NINA C. CHARLESTON

Deutsche Erstausgabe Mai 2018

Lektorat: Petra Schmidt, P.S.-Lektorat, www.lektorat-ps.com
Covergestaltung: Nina C. Charleston
Titelbilder: © cherezoff, Butterfly Hunter/Shutterstock.com
Herstellung & Verlag: Amazon Media EU S.à r.l.,
5 Rue Plaetis, L-2338 Luxemburg

Impressum:
Nina C. Charleston, c/o AutorenServices.de,
König-Konrad-Str. 22, 36039 Fulda
nina@nina-c-charleston.de
www.nina-c-charleston.de
www.facebook.com/Nina.C.Charleston
www.instagram.com/nina_c.charleston

ISBN: 978-1-9731-7832-3

PROLOG

Die aufgehende Sonne Asgards blendete ihn, als er das Tor durchschritten hatte. Er stand auf einem Hügel, außerhalb der Stadt, und blickte in die Ferne. Die zwölf Palasttürme reckten sich leuchtend und schimmernd gegen das purpurne Rot in den klaren Himmel. Die Feuerelfen hatten bereits ganze Arbeit geleistet. Von der einstigen Zerstörung des Schlosses war nicht mehr viel zu sehen.

Leider hatte Merkur an diesem Morgen keinen Blick für diese Schönheit. Er sah unentschlossen in die Ferne, während sich das Tor hinter seinem Rücken verschloss. Hatte er voreilig gehandelt? Nein, er schüttelte den Kopf, um seine Zweifel auszulöschen. Es war die richtige Entscheidung gewesen. Er kannte das Mädchen nicht. Auch wenn er in ihrer Gegenwart ein seltsames Kribbeln wahrgenommen hatte, konnte er nicht einfach dort weitermachen, wo sein früheres Ich aufgehört hatte. Die Zeit in Utgard hatte ihn verändert. Er besaß keinerlei Erinnerungen an dieses Mädchen, das sowohl Mensch, Lichtwesen als auch Elfe zugleich sein sollte. Seine Gedanken drifteten zu dem Baby. Elenjana. Unweigerlich stiegen ihm Tränen in die Augen. War es wirklich die richtige Entscheidung gewesen, auch ihr den Rücken zu kehren? Die Erinnerung an seine Kindheit, ohne jegliches Wissen über seine Eltern, holte ihn ein. Wütend wischte er die Tränen weg und atmete tief durch.

Nein. Er konnte ihr kein guter Vater sein. Sie würde ohne ihn besser dran sein.

Mit einem seltsamen Gefühl im Magen machte er sich auf den Weg hinunter ins Tal. Er erreichte die Tore Asgards, und als er sie durchschritten hatte, war für ihn klar, dass dies seine neue Heimat werden würde. Asgard, Zufluchtsstätte für alle Heimatlosen.

KAPITEL 1

Das Flimmern des Elfen-Tores erlosch. Noch immer fassungslos starrte Emilia die dunkle Steinplatte an, die das Nord-Tor markierte. Sie rechnete jeden Moment damit, dass Merkur zurückkehren würde. Er musste einfach. Er musste es doch auch wissen, sie waren seelenverwandt und nichts und niemand konnte an diesem Umstand je etwas ändern.

Als ihr klar wurde, dass Merkur nicht vorhatte zurückzukehren, begannen die Tränen zu fließen. Wild entschlossen trat sie vor und versuchte, von Schluchzern geschüttelt, das Tor wieder zu öffnen. Es gelang ihr jedoch nicht. Völlig aufgelöst sank sie auf die Knie und weinte bittere Tränen.

Ihr Vater und Lethan waren neben sie getreten. Roman legte seine Hand auf ihre Schulter und bat sie sanft:

„Komm mit, Emilia, lass ihn ziehen. Vielleicht braucht er einfach ein bisschen Zeit, um alles zu verarbeiten.“

„Nein!“, rief sie. „Ich muss zu ihm. Ich muss noch mal mit ihm reden. Es kann doch nicht sein, dass alles umsonst war?“

„Emilia, nichts war umsonst!“, schaltete sich nun Lethan ein und kniete sich neben sie. „Merkur ist zurück und es besteht die Hoffnung, dass er sich von seinen Strapazen erholen wird. Wir haben das Böse besiegt. Es war nicht umsonst!“ Sanft hob er ihr Kinn, sodass sie in seine blauen Augen blicken musste. Wütend riss sie sich los und stand auf.

„Öffnet mir bitte das Tor!“, erklärte sie und bemühte sich, ihre Stimme fest klingen zu lassen. Roman schüttelte den Kopf und zog sie in seine Arme.

„Gib ihm die Zeit, die er benötigt. Lass ihn zur Vernunft kommen. Er hat ein gutes Herz, er wird irgendwann den richtigen Weg wiederfinden. Glaub mir, ich kenne ihn länger als du.“

„Aber ich vermisse ihn doch jetzt schon so sehr!“, brach Emilia erneut in Tränen aus und ließ sich gern von ihrem Vater trösten.

„Dein Vater hat recht!“, bestätigte nun Lethan. „Merkur ist ein Hitzkopf, das weißt du doch. Vielleicht muss er wirklich erst mit allem alleine klarkommen. Wichtig war, dass er dich und das Kind noch gesehen hat. Nun kann er sich Gedanken über alles machen. Komm, Emilia, lass uns zurückgehen. Es bringt nichts mehr, hier zu warten.“

Roman nickte und führte sie langsam vom Tor weg. Emilia nahm wahr, dass die beiden weiter auf sie einredeten, aber sie konnte nicht verstehen, was sie sagten. Willenlos ließ sie sich den Waldweg entlangführen, der sie zu ihrem Gästehaus in Andorin brachte. Ihr Kopf war wie in Watte gepackt.

Erst als sie zu Hause ankamen und die Tür hinter ihnen ins Schloss fiel, kehrte Emilias Verstand zurück. Ihr Mutterinstinkt hatte sie aus ihrer Trance geholt, da Elenjana Hunger hatte und dringend gestillt werden musste. So atmete sie tief durch, löste das kleine Mädchen aus ihrem Tragetuch und legte sie, wie mechanisch, an. Während sie so dasaß, wurde ihr das Ausmaß des heutigen Vormittags erst richtig bewusst.

Merkur hatte sie verlassen. Er würde nicht wiederkommen. Sie und Elenjana waren auf sich allein gestellt. Die Tränen rollten ihr erneut über die Wangen. Wütend wischte sie diese weg und blickte ihre kleine Tochter an.

„Ich werde immer für dich da sein“, flüsterte sie. „Wir beide schaffen das auch alleine.“

Lethan legte liebevoll eine Hand auf ihre Schulter und sagte:

„Ich werde dir helfen.“

Emilia nickte dankbar, drückte seine Hand einen kleinen Moment und erneut kullerten Tränen. Sie fragte sich, womit sie diese tiefe Freundschaft zu Lethan verdient hatte. Jedoch fühlte es sich sehr gut an, zu wissen, dass sie nicht allein war.

„Wir werden dir alle beistehen. Gemeinsam werden wir die Situation meistern, bis Merkur zur Vernunft kommt“, mischte sich nun auch ihr Vater in das Gespräch ein.

Emilia nickte nur. Zum Glück waren ihre Freundin Sera, ihre Mum und Granny heute Morgen auf dem Markt, so konnte sie sich noch einige Zeit von dem Schock erholen, bis alles erneut auf sie einstürmen würde.

Bevor die Frauen zurückkehrten, zog sich Emilia in ihr Zimmer zurück. Sie wollte nicht über das Geschehene reden. Sollten Lethan und Roman die drei über die neue Situation unterrichten. Für Emilia machte es keinen Unterschied. Ab sofort war sie eine alleinerziehende Mutter. Sie war das geworden, was sie nie hatte werden wollen. Eine sitzengelassene Teenie-Mutter. Jedoch, wenn sie die kleine Elenjana ansah, fühlte es sich absolut richtig an, das Kind bekommen zu haben. Sie war alles, sie war ihr Leben. Der Anblick ihres Kindes durchströmte sie mit so viel Liebe und Zuneigung, dass ihr beinahe schwindlig wurde. Ihr Kind hatte die Kluft zwischen den Welten verschlossen. Nur diesem Kind war es zu verdanken, dass der dunkle Herrscher die Welt nicht ins Verderben gestürzt hatte. Ja, es war alles richtig gewesen.

Zur Mittagszeit hörte Emilia, dass Sera, Sophia und Claire vom Markt zurück waren. Aus der Wohnküche drang ein aufgeregtes Geschnatter zu ihr nach oben. Keine fünf Minuten später rannte jemand die Treppe hinauf. Emilia richtete sich in ihrem Sessel auf, wischte sich die Tränen, die immer wieder zutage kamen, aus den Augen und blickte erhobenen Hauptes zur Tür. Als es leise klopfte, rief sie mit fester Stimme:

„Ja?“ Sera schob die Tür auf und blickte Emilia verunsichert an.

„Darf ich reinkommen?“, fragte sie.

Emilia nickte und deutete auf den Sessel neben sich.

„Es geht mir gut“, erklärte sie bestimmt, während die Elfe sich setzte.

„Nein, Emilia, es geht dir nicht gut!“, widersprach diese. „Du darfst das alles nicht in dich hineinfressen, das macht dich krank. Wir alle verstehen deinen Schmerz und ich bitte dich, lass ihn zu.“

Emilia schüttelte den Kopf.

„Ich kann nicht.“ Sie deutete auf die schlafende Elenjana, die sie seit ihrer Rückkehr nicht mehr aus dem

Arm gegeben hatte, und sagte leise: „Ich muss jetzt für sie da sein. Sie hat nur noch mich.“ Erneut rollten die Tränen über ihre Wangen.

Sera sprang auf, nahm die kleine Elenjana vorsichtig auf den Arm und kuschelte sich zu Emilia in den Sessel, der nun viel zu eng war.

„Lass es raus. Damit die Kleine nichts mitbekommt, bringe ich sie nach unten zu deiner Mutter. Dann komme ich sofort zu dir zurück, okay?“

Emilia nickte dankbar und ein Schluchzen entrang sich ihrer Kehle. Sera rannte mit der kleinen Elfe auf dem Arm nach unten, drückte sie kommentarlos Claire in den Arm und spurtete wieder die Treppe hinauf.

Endlich konnte Emilia ihrem Kummer und ihrem Schmerz freien Lauf lassen. Eine gefühlte Ewigkeit saßen die beiden Mädchen Arm in Arm in Emilias Zimmer.

Irgendwann klopfte es erneut an der Tür. Emilia hatte sich inzwischen ein bisschen beruhigt.

Ihre Mutter streckte den Kopf herein und erklärte verunsichert:

„Emilia, die Kleine hat Hunger. Kann ich sie bringen?“

Die junge Mutter nickte und antwortete:

„Ich komme in ein paar Minuten runter. Ich sollte auch etwas essen.“

Erleichtert atmete Claire auf und nickte.

Als Emilia zur Tür kam, nahm ihre Mutter sie wortlos in die Arme und drückte sie fest an sich.

„Wir werden das schaffen“, flüsterte sie in Emilias braunes Haar.

„Ich weiß“, gab diese zurück, und es war die Wahrheit. Emilia wusste, dass sie nie allein sein würde mit Elenjana. Ihr war selbst schleierhaft, woher sie diese Kraft nahm, vielleicht lag es einfach daran, dass sie nun ein Kind hatte, für das sie da sein musste. Sie war sich sicher, dass sie es schaffen würde.

KAPITEL 2

Emilia hatte die anderen darum gebeten, Merkur und alles, was geschehen war, nicht mehr zu erwähnen. Sie war der Meinung, dass sie so besser mit der Situation umgehen konnte. Dennoch behandelten sie alle wie ein rohes Ei. Nach einer Woche hielt sie es nicht mehr aus. Sie war es so leid, dass alle der Meinung waren, sie würde jeden Moment in einen Abgrund springen, und machte daher ihrem Unmut Luft:

„Leute, echt jetzt! Mir geht's gut. Merkur ist weg und ich muss alleine zurechtkommen. Ihr müsst mich nicht behandeln, als wäre ich todkrank oder kurz davor, mir das Leben zu nehmen. Alles ist gut und ich würde mir wünschen, dass ihr das endlich versteht."

Mit diesen Worten hatte sie die Haustür ins Schloss geworfen und war, mit Elenjana im Tragetuch, so schnell sie konnte in den Wald aufgebrochen. Sie wollte einfach eine Zeit allein sein und nicht ständig gefragt werden, ob alles gut sei. Natürlich war es das nicht, aber dies auszusprechen, änderte nichts an der Situation. Merkur war weg.

Er hatte sich in der Woche, währenddessen er nun in Asgard lebte, nicht einmal gemeldet. Auch Ainema und Mephisto hatten ihn bei ihrem letzten Besuch Emilia gegenüber nicht erwähnt, wofür sie sehr dankbar war. Überraschenderweise hatte sich das Verhältnis zwischen ihr und seinen Eltern deutlich gebessert. Dies war unter anderem der Tatsache geschuldet, dass sich Mephistos Augen, seitdem der dunkle Herrscher tot war, wieder in die eines normalen Elfen zurückverwandelt hatten. Alle Feuerelfen sahen scheinbar wieder so aus wie andere Elfen, nur waren ihre Haare und die Iris ihrer Augen nun mal kohlrabenschwarz. Die gespenstischen Augen mussten etwas mit dem Handel Mephistos und dem dunklen Herrscher sowie der Macht, die die Feuerelfen daraus bezogen hatten, zu tun gehabt haben. Nach dem Ableben des Fürsten der Finsternis war auch diese Macht erloschen. Auf jeden Fall war ihr Mephisto nun nicht mehr so unheimlich.

Sera hingegen redete täglich auf sie ein, dass sie mit ihr zusammen nach Asgard reisen solle. Die Elfe war der Meinung, dass Merkur sich irgendwann an sie erinnern müsse. Auch wenn Emilia zugeben musste, dass sie ebenso neugierig auf Asgard war wie ihre Freundin, so war sie einfach noch nicht dazu bereit, Merkur erneut gegenüberzustehen und nochmals seine Ablehnung ihr gegenüber zu erfahren. So sehr sie sich anfangs gewünscht hatte, er möge zurückkommen, so sehr fürchtete sie sich nun vor einem erneuten Zusammentreffen mit ihm.

So ging sie an diesem Morgen spazieren und versuchte, sich in der Natur abzulenken. Fox und Kim begleiteten sie natürlich.

Während sich die Hunde über die Bewegung freuten, grübelte Emilia darüber nach, wie ihr Leben weitergehen sollte. Ihre Mutter würde noch in dieser Woche in die Menschenwelt zurückkehren. Die Zeitverschiebung war zwar dadurch, dass sich die Zwischenwelt verschlossen hatte, wieder ins Lot geraten, jedoch verging die Zeit in der Menschenwelt noch immer schneller als in der Elfenwelt. Dies würde sich erst an Beltane, also Anfang Mai ändern. Dann würde die Zeit in der Menschenwelt wieder langsamer verstreichen. Außerdem sollte am Tag nach Beltane das neue Schuljahr in der Elfenwelt eingeläutet werden. Emilia war sich jedoch noch immer nicht sicher, ob sie die Ausbildung mit Sera antreten sollte. Obwohl Granny und Roman ihr versichert hatten, dass sie gut für Elenjana sorgen würden, während sie die Schulbank drückte, so konnte sich Emilia im Moment noch nicht vorstellen, ihre Kleine aus den Händen zu geben.

Wie sie so in Gedanken versunken am Wald entlang schlenderte, bemerkte sie nicht, dass sie sich automatisch auf den Weg zum Nord-Tor begeben hatte. Erst als sie auf der kleinen Lichtung stand, auf der die schwarze Steinplatte das Portal nach Asgard markierte, erwachte sie aus ihrer Trance. Einen Augenblick lang erwog sie, sich ihrer Neugierde hinzugeben und zu versuchen, das Tor in die neue Welt zu öffnen. Nach kurzem Zögern entschied sie sich jedoch dagegen. Die Gefahr, Merkur zu begegnen, war zu groß. Würde er ihr gegenüberstehen, wäre ihre Stärke dahin. So riss sie ihre Aufmerksamkeit von der Pforte los und kehrte ihr demonstrativ den Rücken zu.

Auf dem Rückweg schlenderte sie durch die Straßen Andorins. Sie hatte sich am Marktplatz ein Eis geholt und lief nun die Hauptstraße entlang, auf dem Weg zum Schloss. Sie wollte schauen, wie weit die Arbeiter mit ihren

Gemächern waren. Als sie die Akademie passierte, schlug ihr Herz unweigerlich schneller. Sie blieb vor dem alten Gebäude stehen und warf einen Blick hinauf zur gläsernen Kuppel. Heute wusste sie, dass sich in dieser die Tür in den magischen Wald Silvjanamar befand. Nur zu gut erinnerte sie sich daran, wie sie vor ungefähr zehn Monaten das erste Mal diese Welt betreten hatte, gemeinsam mit Merkur. Dieser Tag hatte ihr Leben verändert. An diesem Tag hatte sie endgültig ihr Herz an den schwarzhaarigen Elfen mit den silbergrauen Augen verloren und nun fragte sie sich, ob sie dieses jemals wieder ganz für sich haben könnte. Ihr Blick streifte ihre kleine Tochter und da war ihr klar, dass dies nicht möglich sein konnte. Selbst wenn sie Merkur jemals vergessen könnte, ihr Herz würde nun für immer ihrer gemeinsamen Tochter gehören. Emilia streichelte dem Baby über die kohlrabenschwarzen Haare und seufzte tief. Nur zu schmerzlich wurde ihr bewusst, dass sie hier in Andorin wohl nie ganz mit dem Thema Merkur abschließen könnte. Der Gedanke, der Elfenwelt erneut den Rücken zu kehren, wuchs in ihr Tag für Tag ein kleines Stückchen mehr.

Schweren Herzens entschied sie sich gegen einen Ausflug nach Silvjanamar und schritt nun zielstrebig den Schlossberg hinauf.

Sie grüßte Lethan, der an diesem Morgen Wachdienst am Tor hatte, nur knapp, da sie keine Lust auf weitere Fragen zu ihrem Wohlbefinden hatte. Rasch lief sie die hellen Gänge entlang, die zu ihrer neuen Behausung führten. Inzwischen kannte sie sich im Schloss bestens aus.

Als sie den pflanzenüberwachsenen Durchgang erreicht hatte, der ihre Gemächer vom restlichen Schloss trennte, atmete sie auf und wurde langsamer. Die letzte Woche war für sie der reinste Spießrutenlauf gewesen. Ihr Hauptziel bestand derzeit darin, allen bekannten Elfen aus dem Weg zu gehen, um mit niemandem reden zu müssen.

Als sie endlich vor ihren Gemächern angekommen war, atmete sie nochmals tief durch, hob den Kopf und schritt, so königlich wie sie es bei Elandiel immer gesehen hatte, in den Raum. Die Diener, die darin beschäftigt waren, hielten in ihrer Arbeit inne und verneigten sich vor der Prinzessin. Emilia nickte ihnen freundlich zu und bedeutete ihnen somit, dass sie in ihrem Tun fortfahren durften.

Wohlwollend sah sie sich in ihren Räumlichkeiten um. Die einstmaligen drei Zimmer waren noch durch ein viertes ergänzt worden. Emilia durchschritt das helle, luftige Wohnzimmer, das einen Ausblick über den Schlosssee hinweg bis zum östlichen Rand der magischen Welt zuließ. Emilia konnte von hier aus sogar den Tor-Baum erkennen, der in die Menschenwelt führte. Ein tiefes Seufzen entrang sich ihrer Kehle. In kürzester Zeit würde ihre Mutter zurückkehren. Ohne sie. Sie wusste selbst nicht, warum ihr dieser Gedanke so schwerfiel, hatten sich die beiden doch die letzten Jahre sehr voneinander entfernt gehabt, aber seit ihr Vater wieder da war, war alles anders geworden. Sie waren beinahe wieder eine richtige Familie. Um nicht erneut in negativen Gedanken zu versinken, riss Emilia ihren Blick vom Ost-Tor los und sah sich in ihren neuen Gemächern aufmerksam um.

Das Wohnzimmer war hell und freundlich gestaltet worden. Ein heller Holzboden, weiß getünchte Wände und luftige Gardinen schafften eine angenehme Atmosphäre. Mitten im Zimmer wuchs ein alter Baum empor, der seine grün belaubte Krone hoch über ihrem Kopf ausbreitete. Das Laub des Baumes verwuchs auf magische Weise mit der Zimmerdecke. Emilia liebte diesen Baum. Er verströmte eine geradezu magische Energie im Raum.

Sie ließ sich auf einen der hellen Sessel fallen und sah sich um. Alles war genauso geworden, wie sie es sich gewünscht hatte. In den gemütlichen Ohrensesseln konnte sie sitzen und das gesamte Tal überblicken. Am Rande der Fensterfront hatte eine gemütliche Essecke ihren Platz gefunden. Direkt neben dem Durchgang befand sich eine kleine Küchenzeile. Diese Nische war nachträglich vom Hauptraum abgetrennt worden, da Emilia darauf bestanden hatte, sich innerhalb ihrer eigenen vier Wände selbst versorgen zu können, sofern sie dies wollte. Auch wenn das den Elfen eher ungewöhnlich erschien, so hielt Emilia an dieser Unabhängigkeit fest. Neben der Küchenzeile befand sich eine Tür in die wundervolle Bibliothek. Hier hatte Emilia nichts verändern lassen. Der Raum strömte in seiner antiken Bauweise eine unglaublich magische Anziehungskraft auf sie aus. Ehrfürchtig strich sie über die alten Buchrücken und sog tief den Duft nach altem Pergament ein. Kim und Fox war der Rundgang inzwischen zu langweilig geworden. Die beiden hatten eine offene Tür entdeckt und tobten draußen vor der großen Glasfront, die sich auch über die Stirnseite der Bibliothek zog, den Schmetterlingen hinterher. Gerade als Emilia sich auf den Weg in den neuen Raum machte, nämlich Elenjanas Kinderzimmer, wachte das kleine Mädchen auf. Mit großen Augen betrachtete sie nun das kleine Paradies, das die Elfen für ihre Retterin erschaffen hatten.

„Na, wie findest du es?“, fragte sie ihre Tochter. Als ob diese sie verstanden hätte, begann sie freudig zu glucksen und zu brabbeln.

Emilia seufzte tief. Obwohl die Räumlichkeiten wundervoll geworden waren, wollte bei ihr das Gefühl von Heimat einfach nicht aufkommen. Gemeinsam setzten sie sich in den schönen weißen Schaukelstuhl, der neben einer kunstvollen, mit Schnitzereien verzierten Wiege stand. Andächtig blickte sie sich im Zimmer um. Die Wände waren ebenfalls weiß getüncht und mit magischen Schutzzeichen versehen worden. Ihr Vater hatte ihr erklärt, dass diese Runen Elenjana vor allem Bösen bewahren würden. Hier drin würde sie immer sicher sein.

Während Emilia sanft schaukelte, schloss ihre Tochter erneut die Augen. Ihre Mutter hing währenddessen wieder ihren üblichen Gedanken nach: Wie würde es weitergehen?

KAPITEL 3

Ein Räuspern riss sie aus ihrem Gedanken-Karussell.

„Darf ich reinkommen?“, fragte Sera vorsichtig. Emilia nickte und lächelte ihrer Freundin entgegen. „Bitte entschuldige, dass ich dich störe, aber ich habe mir Sorgen gemacht. Es tut mir so leid, dass wir dich verärgert haben. Ich verspreche dir, dass ich mich bessern werde.“

Emilia schüttelte nur den Kopf.

„Ich bin nicht böse“, antwortete sie und bedeutete Sera, einzutreten und im Sessel am Fenster Platz zu nehmen. „Es ist nur so, dass ich am liebsten alles vergessen würde. So wie Merkur, er leidet sicherlich *nicht* meinetwegen.“

Sera knetete unsicher ihre Hände im Schoß.

„Na ja ..., soweit ich weiß, geht es ihm aber auch nicht gut ...“, erwiderte die Elfe unsicher.

„Was soll das heißen?“, fragte Emilia verblüfft und richtete sich interessiert auf. Ein Hoffnungsschimmer tat sich in ihr auf.

Sera biss unsicher auf ihrer Unterlippe herum.

„Die Elfen, die in den letzten Tagen in Asgard waren, haben erzählt, dass seine Laune mehr als schlecht sei ...“, begann die Elfe stockend zu erzählen. „Ich hab es nur gehört, ich weiß nicht, ob es wahr ist, aber anscheinend wirft er jeden hochkant hinaus, der es wagt, seine Gemächer zu betreten. Nur seine Eltern und Lethan hat er hereingelassen. Es wird gemunkelt, dass der dunkle Herrscher seinen Geist vergiftet habe. Sie sind der Meinung, dass der dunkle Fürst nun in ihm weiterlebe." Den letzten Teil hatte sie nur noch geflüstert.

Emilia lachte bitter auf.

„Und du glaubst den Quatsch?", fragte sie ihre Freundin verblüfft.

Diese zuckte unsicher mit den Schultern.

„Ich weiß es nicht ...", murmelte sie und lief rot an. „Lethan meinte, er sei genauso übellaunig wie damals, als er dich für Elandiel anlügen musste. Er meint, das ganze Gerede sei großer Unsinn."

Emilia nickte nachdenklich.

„Meinst du, er erinnert sich wieder?", fragte sie hoffnungsvoll.

Sera schüttelte traurig den Kopf.

„Nein, das tut er nicht", entgegnete sie, stand auf, kniete neben Emilia nieder und streichelte ihr liebevoll über den Arm.

„Wieso bist du dir so sicher?", fragte diese und eine Träne rollte über ihre Wange.

„Weil Lethan ihn gefragt hat", antwortete die junge Elfe.

Emilia schluckte schwer und nickte. Dann stand sie auf, legte Elenjana in die Wiege, ging zum Fenster und blickte mit verschränkten Armen hinaus.

„Wann war Lethan bei ihm?", fragte sie, nachdem sie sich wieder im Griff hatte.

Sera war hinter sie getreten und legte ihre Arme um ihre Freundin.

„Vor vier Tagen", sagte sie leise.

Wütend drehte Emilia sich zu ihr um und funkelte sie an.

„Und warum erfahre ich so was erst jetzt?“, herrschte sie sie an.

Sera zuckte unsicher mit den Schultern und antwortete kleinlaut:

„Du hattest uns gebeten, Merkur nicht mehr zu erwähnen. Bitte entschuldige, ich hätte es dir doch sonst sofort erzählt.“

Emilia warf resigniert die Arme in die Luft und seufzte.

„Du hast ja recht“, gab sie zurück. „Es tut mir leid, dass ich dich angefahren habe. Es ist nur ...“

„Ja?“, fragte Sera.

„Ach, ich weiß auch nicht. Vielleicht sollte ich Andorin einige Zeit verlassen, bis Gras über die Sache gewachsen ist. Vielleicht sollte ich meine Mutter begleiten. Nur für eine Weile ...“ Nachdenklich blickte sie wieder zum Fenster hinaus. Sera wusste nicht, was sie antworten sollte. „Meine Mutter hat mir erzählt, dass ihr Lebensgefährte Steve einen befreundeten Arzt darum bitten konnte, für mich ein Attest auszustellen, das darlegt, warum ich nicht mehr in der Lage war, in die Schule zu kommen. Ich habe somit ein Anrecht darauf, meine Prüfungen an den Nachschreibterminen während der Ferien abzulegen. Wenn ich es richtig berechnet habe, sollten diese die nächsten Tage beginnen. Ich hätte also nochmals eine Chance, meinen Abschluss zu machen, und wer weiß, vielleicht bin ich eines Tages froh, wenn ich ihn habe.“

Sera biss sich auf die Lippen und fragte mit tränenerstickter Stimme:

„Du hast dich schon entschieden?“, stellte Sera fest. Emilia nickte. „Wirst du zurückkommen?“

Emilia drehte sich um und schloss ihre Freundin in den Arm.

„Irgendwann schon.“ Mit diesen Worten löste sie sich aus der Umarmung, holte ihre Tochter aus der Wiege und verließ schnellen Schrittes den Raum.

Sera blieb allein zurück. Tränen kullerten ihre Wangen hinunter.

KAPITEL 4

Somit war es beschlossene Sache. Emilia und Elenjana würden zusammen mit Claire zurück in die Menschenwelt gehen. Zumindest so lange, bis sie ihre Prüfungen hinter sich hatte.

Nachdem Emilia wieder zurück im Gästehaus war, unterrichtete sie sofort alle über ihren Entschluss. Nun – da sie sich entschieden hatte – musste sie alles umgehend in die Tat umsetzen aus Angst, sie könnte sich nochmals umentscheiden, würde sie zu lange warten.

Roman war sichtlich enttäuscht, respektierte jedoch den Entschluss seiner Tochter. Er nahm Emilia jedoch das Versprechen ab, an Beltane zurückzukehren, um ihre Elfenausbildung zu beginnen. Da bis dahin noch viel Zeit vergehen würde und diese ja bekanntlich alle Wunden heilte, hoffte sie, dass es wirklich so war, und willigte ein. Im Moment hatte sie definitiv nicht die Kraft, sich mit ihrem Vater diesbezüglich auseinanderzusetzen.

Claire hingegen war Feuer und Flamme. Sie freute sich abgöttisch darüber, sowohl ihre Tochter als auch ihre Enkelin weiterhin bei sich zu haben.

Sophia erklärte sich kurzerhand bereit, für die Zeit der Prüfungen mit in die Großstadt zu kommen. Irgendjemand musste sich schließlich um das Baby kümmern.

Nachdem das alles geklärt war, konnte Emilia erstmals, seit Merkur weg war, ein klein wenig aufatmen.

Erleichtert ging sie direkt nach oben, um zu packen. Während sie alles zusammensuchte, was sie mitnehmen wollte, klopfte es an ihrer Tür.

„Komm rein, Sera!“, rief sie.

Überrascht öffnete die Elfe die Tür und trat ein.

„Woher wusstest du, dass ich es bin?“, fragte diese verblüfft.

Emilia, weiter mit Packen beschäftigt, zuckte mit den Schultern und antwortete:

„Ich glaube, ich kann deine Präsenz spüren.“

„Deine Kräfte entwickeln sich immer mehr“, entgegnete die Elfe und setzte sich auf das Himmelbett, auf dem Emilia gerade einen Berg Klamotten sortierte. Emilia zuckte nur erneut mit den Schultern, erwiderte jedoch nichts. „Du ziehst es also echt durch?“, fragte Sera mit belegter Stimme und strich über einen kleinen, rosafarbenen Strampelanzug, den Claire zu Elenjanas Geburt aus der Menschenwelt mitgebracht hatte. Emilia nickte und antwortete:

„Ich muss ... Bitte versteh mich, Sera.“ Sie hatte aufgehört, in dem Berg aus Kleidung zu wühlen, setzte sich neben ihre Freundin und ergriff deren Hände. „Ich muss es tun. Alles und jeder hier erinnert mich an Merkur. Ich habe das Gefühl, dass mir permanent jemand die Luft zum Atmen abdrückt. Ich muss hier weg ... Und es ist ja nicht für lange“, erklärte sie und versuchte, ihre Freundin damit aufzuheitern.

Sera lächelte jedoch nur milde.

„Du kannst mir nichts vormachen, Emilijana“, flüsterte sie. „Ich fühle, dass du mit dem Gedanken spielst, bei den

Menschen zu bleiben." Bevor Emilia etwas erwidern konnte, hob Sera die Hand. „Sag jetzt nichts, sondern hör mir einfach zu. Bitte." Emilia nickte. „Bedenke bitte, welche Konsequenzen es für dich und Elenjana haben wird, wenn du dich für die Menschenwelt entscheidest. Bedenke, welche Auswirkungen es haben wird, wenn du deine Tochter offiziell bei den Ämtern anmeldest. Du würdest euch den Rückweg für die nächsten siebzehn oder achtzehn Jahre abschneiden. Bitte tue nichts Unüberlegtes." Mit diesen Worten war die Elfe aufgestanden und verließ den Raum.

Emilia saß noch immer auf ihrem Bett und starrte entsetzt auf ihre Hände.

Wieso hatte sie nicht so weit gedacht? Würde sie mit Elenjana zurückkehren, müsste sie sie irgendwann in einer Krippe anmelden, hierfür bräuchte sie eine Geburtsurkunde, die sie auf einem Amt beantragen müsste. Sie und ihre Tochter würden in die Maschinerie Menschenwelt gezogen werden. Schulpflicht war nur eins der Probleme, die ihr in den Sinn kamen. Unsicher biss Emilia auf ihrer Unterlippe herum und überlegte.

Ein Klopfen an der Tür riss sie daraus empor.

„Emi, kommst du zum Essen?", erklang die Stimme ihrer Mutter dumpf durch das dicke Holz.

„Ich komme!", rief sie, schüttelte den Kopf, um wieder klar denken zu können, und folgte ihrer Mutter hinunter in die Küche.

KAPITEL 5

Am Abend, bevor Emilia, Elenjana und Claire aufbrechen wollten, kündigte sich unangemeldeter Besuch an. Mephisto und Ainema wollten es nicht verpassen, sich von ihrer Enkeltochter zu verabschieden. Hierfür waren sie extra aus Asgard angereist und hatten die Leitung des Wiederaufbaus der neuen Welt anderen übertragen. Die beiden hatten außerdem noch jemanden mitgebracht, über den sich insbesondere Granny freute.

Haldur hatte in den letzten Wochen kaum Zeit gefunden, nach seiner Urenkelin zu sehen, umso mehr genoss er nun ihre Gegenwart.

Als das Abendessen auf dem Tisch stand und sich alle zu ihrem vorerst letzten gemeinsamen Dinner gesetzt hatten, konnte Emilia nicht länger an sich halten. Sie hatte zwar alle darum gebeten, Merkur nicht mehr zu erwähnen, jedoch belastete sie die Tatsache sehr, dass sie nicht wusste, wie es ihm ging.

„Wie läuft es in Asgard? Wie lebt ihr dort so?“, begann sie mit einer unverfänglichen Frage, während Granny große Platten mit Essen auftrug.

Merkurs Eltern warfen sich unsichere Blicke zu. Mephisto räusperte sich und antwortete schließlich:

„Wir kommen gut voran. Die Unterkünfte sind inzwischen voll bewohnbar. Jedes der zwölf Schlösser wird einmal ein anderes Volk beherbergen, so ist zumindest unsere Vorstellung davon.“

„Genau“, mischte sich nun auch Ainema ein. Ihre Wangen glühten immer, wenn sie von Asgard erzählen durfte. „Die ersten Völker sind bereits dabei, einzuziehen. Ein Feen-Volk sowie eine Trollfamilie haben den Anfang gebildet. Nach und nach trudeln weitere Anfragen auf Asyl ein.“

Emilia hob überrascht eine Augenbraue und blickte die Prinzessin von Angorogh an.

„Trolle? Ist das nicht gefährlich?“, fragte sie überrascht.

Ainema lachte glockenhell auf und antwortete:

„Nein, diese Familie ist ganz harmlos. Es gibt unterschiedliche Trollfamilien, musst du wissen. Ardugs Clan gehört zu den kleineren Arten. Sie lebten bisher ausgestoßen von allen Wesen der magischen Welt tief in den Bergen Silvjanamars. Trolle genießen leider aufgrund ihrer bösen Verwandten aus Utgard keinen guten Ruf. Aber genau hierfür schaffen wir ja diese Zuflucht. Wir überlegen sogar, Asgard umzubenennen. Merkur tüftelt gerade an einem neuen Namen ...“ Emilia war bei der Nennung seines Namens sichtlich zusammengezuckt. Betroffen biss sich Ainema auf die Lippe und verstummte. „Entschuldige“, murmelte sie nach einigen Augenblicken des Schweigens.

„Wer möchte was essen?“, mischte sich nun Sophia ein, bemüht, die Situation zu entspannen. Eifrig reichte sie die Platten herum und alle griffen übertrieben geschäftig zu. Emilia räusperte sich, ignorierte den versuchten Themenwechsel ihrer Großmutter und fragte stattdessen mit zittriger Stimme:

„Wie geht es ihm?“

Ainema suchte kurz den Blick ihres Partners. Dieser zuckte nur mit den Schultern und nickte ihr auffordernd zu. Ainema knetete nervös ihre Hände, senkte den Blick und antwortete leise:

„Es geht ihm nicht gut ... Er vermisst seine Wohnung, seine Freunde und wir denken, er macht sich schwere Vorwürfe, dass er dich mit dem Kind hat sitzen lassen, allerdings redet er nicht darüber. Wir sehen nur, dass er sich quält. Außerdem scheint er noch ziemlich unter seiner Gefangenschaft zu leiden, nachts hören wir ihn oft schreien und ..."

„Das reicht, Ainema! Das ist Merkurs Sache und geht niemanden was an", fuhr Mephisto auf.

Ainema nickte schuldbewusst und blieb still.

Bevor Emilia weiter fragen konnte, klopfte es an der Tür.

„Das sind sicher Sera und Lethan", vermeldete Claire und verließ den Raum.

Wenige Augenblicke später kam sie mit den Geschwistern zurück.

„Bitte entschuldigt unsere Verspätung", meldete sich Sera zu Wort, „aber wir hatten noch etwas zu erledigen." Mit diesen Worten setzten sich die beiden und beluden ihre Teller. Alle anderen Anwesenden begannen schweigend zu essen. Nur Emilia nicht. Sie blickte schweigend zu ihrer Freundin und versuchte, sich unbemerkt in deren Gedanken zu schleichen. Mit einer einfachen Geste wischte Sera jedoch die Verbindung beiseite, als würde sie eine lästige Fliege verscheuchen, und flüsterte:

„Sei nicht so neugierig, du erfährst es noch früh genug." Dann schlemmte sie genüsslich weiter.

Während des Essens bestritten hauptsächlich Roman und Mephisto das Gespräch. Die beiden beredeten allerlei Versorgungsthemen für die neue Welt und allen anderen schien es recht zu sein, dass über etwas Unverfängliches gesprochen wurde.

Nach dem Mahl halfen Sera, Lethan und Emilia Sophia beim Abwasch. Claire und Ainema waren in den Garten gegangen, um sich zu unterhalten. Mephisto und Roman redeten noch immer über politische Dinge und Haldur hatte sich mit Elenjana in einen Sessel zurückgezogen und genoss es, seine Urenkelin mal ganz für sich allein zu haben. Alles in allem war es ein gelungener Abend.

Später setzten sich alle zusammen hinaus auf die Veranda und genossen den milden Abend. Haldur hatte ein paar Flaschen Wein aus Angorogh mitgebracht, den sich nun alle munden ließen. Mit Ausnahme von Emilia, diese stillte währenddessen ihre Tochter.

Gerade als sie damit fertig war und aufstehen wollte, um die Kleine zu wickeln, sprang Sera auf. Sie puffte ihrem Bruder in die Seite und bedeutete ihm mit einem auffordernden Blick, der keine Widerrede zuließ, ebenfalls aufzustehen. Perplex sah Emilia von einem zum anderen.

„Was wird das bitte?“, fragte sie skeptisch.

„Ich kümmere mich jetzt um Elenjanas Windel und Lethan und du werdet derweil eine kleine Runde durch den Garten drehen.“ Mit diesen Worten hatte sie Emilia das Baby liebevoll aus dem Arm genommen und Lethan nochmals einen Schubs gegeben.

Die junge Mutter sah ihrer Freundin völlig verdattert nach, während diese mit ihrer Tochter ins Badezimmer ging. Lethan hingegen kratzte sich unsicher am Hinterkopf, bot Emilia dann aber galant seinen Arm an, um sie von der Veranda in den weitläufigen Garten zu geleiten. Den anderen am Tisch schien all das nicht aufgefallen zu sein, so vertieft waren sie in ihre Gespräche. Nur Sophia sah ihnen einen kurzen Moment skeptisch hinterher, wurde aber sogleich wieder von Haldur in Beschlag genommen.

Emilia folgte Lethan schweigend in den Garten. Ein mulmiges Gefühl machte sich in ihr breit.

„Was gibt's?“, fragte sie, als sie außer Hörweite der anderen waren.

Lethan blieb stehen und blickte einige Sekunden schweigend in den Nachthimmel. Dann antwortete er stockend:

„Hast du dir jemals überlegt, dass die Sterndeutungen der Bergelfen falsch sein könnten?“

Emilia war etwas verblüfft über diese seltsame Frage.

„Wie meinst du das?“

„Na, ich frage mich seit geraumer Zeit, ob die Vorhersage, dass du und Merkur füreinander bestimmt seid und dass ihr mehrere Kinder bekommen werdet, die die Welt in ein neues Zeitalter führen werden, wirklich eintreten wird? Oder ob sich die Sterne auch irren können. Vielleicht war es euch schon immer vorbestimmt gewesen, dass ihr nur Elenjana gemeinsam bekommt. Sie war die Retterin, sie war vorherbestimmt.“ Tränen traten in Emilias Augen. Genau diese Gedanken beschäftigten sie seit

Merkurs Abschied. „Bitte versteh' mich nicht falsch", bemühte sich Lethan einzulenken, da ihm Emilias Reaktion nicht entgangen war, „aber ich kann mir im Moment nicht vorstellen, dass er zurückkehren wird ..." Er ergriff Emilias Hände mit der einen Hand und hob mit der anderen ihr Kinn an, sodass sie ihm in die Augen blicken musste. Das mulmige Gefühl in Emilia wuchs an. „Emilia, es ist so, dass ich mehr für dich empfinde als nur Freundschaft ... Ich habe mich bisher immer zurückgehalten, wegen der Prophezeiung und weil Merkur mein bester Freund ist, aber nun, da sich alles geändert hat, frage ich mich ..." Er brach ab, warf die Arme in die Luft und atmete tief durch. „Verdammt ... Ich kann das nicht ..., ich bin einfach kein Mann der großen Worte ..." Lethan trat einen beherzten Schritt auf Emilia zu, zog sie an sich und verschloss ihre Lippen mit einem innigen Kuss.

Emilia versteifte sich automatisch und hielt den Atem an. Als sie endlich aus ihrer Erstarrung erwachte, schob sie Lethan sanft von sich.

„Lethan, was soll das?", fragte sie entsetzt. „Ich dachte, wir wären Freunde, beste Freunde ..."

Der Elf fuhr sich frustriert durch sein langes blondes Haar.

„Emilia, verstehst du denn nicht? Ich liebe dich. Ich will dich und ich brauche dich ..." Er brach ab und fuhr sich erregt mit den Händen über das Gesicht. „Empfindest du denn gar nichts für mich?", hauchte er nach einer Zeit des Schweigens.

„Doch, natürlich tue ich das", brachte Emilia leise heraus. Sie schloss Lethan in die Arme und flüsterte: „Ich liebe dich wie einen großen Bruder, aber mein Herz wird immer Merkur gehören ..."

„Merkur!", stieß Lethan erregt aus und löste sich von Emilia. „Wie kannst du nur so an ihm festhalten? Du kennst ihn kaum. Er ist weg, er schert sich einen Dreck um euch ..."

„Das ist nicht wahr!", rief Emilia und brach in Tränen aus.

Lethan hielt inne und sah sie an. Dann zog er sie erneut in seine Arme und fuhr ihr tröstend über den Rücken.

„Es tut mir leid", flüsterte er.

Nachdem sich Emilia wieder im Griff hatte, löste sie sich aus seiner Umarmung und blickte ihm tief in die Augen.

„Ich brauche Abstand, Lethan. Daher kehre ich zurück in die Menschenwelt. Ich kann nicht sagen, wann ich über ihn hinweg sein werde und ob es mir jemals gelingen wird. Er ist mein Seelenverwandter und ich glaube daran. Bitte gib mir Zeit." Mit diesen Worten drehte sie ihm den Rücken zu und ging zurück zum Haus.

Sie konnte schon von Weitem sehen, dass Sera mit Elenjana noch nicht zurück bei den anderen war. Daher überquerte sie nur gesenkten Blickes die Veranda und ging nach oben in ihr Zimmer. Sie wollte allein sein.

Sie warf sich aufs Bett und starrte zur Decke. Warum? Warum nur musste das Schicksal so gegen sie spielen? Lethan war ihr in den letzten Monaten sehr ans Herz gewachsen. Er war der große Bruder, den sie sich immer gewünscht hatte. Wieso machte er diese Freundschaft mit einem Kuss zunichte? Emilia wusste, dass es nun nie wieder so sein konnte wie vorher. Selbst wenn sie versuchen würden, zur Tagesordnung überzugehen, würde dies nicht klappen. Sie wusste nun sicher, dass Lethan sie mit anderen Augen betrachtete als sie ihn, und allein diese Tatsache würde einen Keil zwischen sie treiben. Sie kannte das bereits.

Mit fünfzehn hatte sich ihr damals bester Freund ebenfalls in sie verliebt. Er hatte ihr versprochen gehabt, dass sie – trotzdem sie seine Gefühle nicht erwiderte – beste Freunde bleiben würden. Dies hatte jedoch keinen Monat funktioniert. Jason hatte jede freundschaftliche Annäherung ihrerseits missinterpretiert und sich sofort neue Hoffnungen gemacht, dass sich Emilias Gefühle ändern würden. Nach einigen Wochen waren sie übereingekommen, dass es wohl besser wäre, sich einige Zeit aus dem Weg zu gehen. Emilia hatte dies das Herz gebrochen. Sie hatte ihren besten Freund verloren und gewusst, dass er nicht mehr zurückkommen würde. Aus Wochen wurden Monate und irgendwann hatte sie ihn mit einem neuen Mädchen getroffen, die seine Gefühle zu erwidern schien. Er hatte glücklich ausgesehen. Sie hatten sich kurz unterhalten, jedoch war das Gefühl der Zusammengehörigkeit nicht mehr da gewesen. Seit damals war Emilia wieder als Einzelgängerin unterwegs gewesen – bis die Elfen kamen.

Nun schien sich das Schauspiel zu wiederholen. Es war gut, dass sie am nächsten Tag abreisen würde.

Emilias Gedanken wurden durch Sera unterbrochen, die an der Tür klopfte.

„Lief wohl nicht so gut, das Gespräch?“, fragte sie kleinlaut und setzte sich zu Emilia aufs Bett.

„Das war deine Idee, hab ich recht?“, fuhr sie ihre Freundin wütend an.

Sera nickte und senkte den Kopf.

„Ich dachte, es wäre wichtig, dass du es weißt. Lethan leidet und ich dachte ..., na ja, ich dachte, ihr zwei wärt ein schönes Paar“, erwiderte sie entschuldigend.

„Sera, ich liebe Merkur! Ich kann das nicht einfach abstellen, so gern ich das auch tun würde!“, rief Emilia empört und sprang aus dem Bett. Wutschnaubend lief sie im Zimmer auf und ab. „Ich dachte, zumindest DU wüsstest, was in mir vorgeht“, schimpfte sie weiter.

Die Elfe wurde auf dem Bett immer kleiner.

„Das weiß ich doch, aber Merkur ist weg, er erinnert sich nicht mehr an dich. Und ich dachte, dass Lethan dir über ihn hinweghelfen würde. Ich bin mir sicher, du könntest lernen, ihn zu lieben“, verteidigte sie ihr Verhalten.

„Sera!“, rief Emilia empört und stemmte die Arme in die Seiten. „Liebe kann man nicht lernen, sie passiert. Das solltest du ja wohl am besten wissen, nachdem, was nun zwischen dir und Roandir läuft. Ihr wusstet beide, dass eine Beziehung zum damaligen Zeitpunkt gefährlich war, aber ihr konntet dennoch nichts gegen eure Gefühle tun. Genauso geht es mir mit Merkur. Glaube mir, dürfte ich ihn vergessen, ich wäre dankbar dafür, jedoch könnte ich niemals Lethan als Lückenbüßer verwenden und ihm damit womöglich so wehtun, wie mir wehgetan wurde.“

„Es tut mir leid ...“, flüsterte die Elfe. „Du hast recht. Aber dennoch war es für Lethan wichtig, dass er dir seine Gefühle gesteht. Nun weiß er, wo er dran ist.“

Emilia atmete tief durch und ließ sich in einen Sessel plumpsen.

„Na, dann ist wenigstens einem geholfen“, grummelte sie. „Wo ist eigentlich Elenjana?“, fragte sie, nachdem sie sich ein bisschen beruhigt hatte.

„Na, wo wohl? Urgroßvater Haldur gibt die Kleine heut wohl nicht mehr her“, antwortete Sera vergnügt. Emilia bewunderte die Elfe dafür, dass sie so mir nichts dir nichts alles Negative beiseiteschieben konnte, um gut gelaunt zur Tagesordnung überzugehen. „Komm mit, wir gehen wieder runter, die anderen fragen sich bereits, wo du abgeblieben bist“, forderte die Elfe sie auf. Emilia zögerte einen Moment. „Na, komm schon. Lethan ist eben gegangen, sein Dienst beginnt gleich.“

„Na schön“, gab sich Emilia geschlagen.

Sera sprang auf und zog Emilia aus dem Sessel hoch.

„Ich hätte dich dennoch gern zur Schwägerin ... Vielleicht überlegst du es dir ja noch mal!“, rief sie, während sie leichtfüßig die Treppe hinuntereilte.

„Sera!“, rief Emilia mahnend hinterher.

„Was denn? Die Wahrheit darf ich doch sagen, oder nicht?“, entgegnete ihre Freundin zwinkernd, als Emilia unten in der Wohnküche ankam. Emilia machte eine wegwerfende Geste mit der Hand und stöhnte resigniert:

„Ich geb’s auf.“

KAPITEL 6

Am nächsten Morgen waren alle sehr aufgeregt. Emilia, Elenjana, Claire und Sophia würden in wenigen Minuten die Elfenwelt verlassen. Die königlichen Wachen waren bereits mit einer Kutsche vorgefahren und luden die wenigen Habseligkeiten der Frauen auf den Wagen. Roman stand in Menschenkleidung neben dem Kutschbock und erteilte Instruktionen.

Sera redete auf Emilia ein, da sie so gern mitkommen würde. Diese war jedoch strikt dagegen.

„Sera, ich hab dich unendlich lieb, das weißt du, und ich werde dich schrecklich vermissen. Aber zum einen wird Lethan nicht sonderlich begeistert davon sein, dass du mitmöchtest, von Roandir ganz zu schweigen, und zum anderen brauche ich einige Zeit Abstand. Ich möchte nicht an Merkur erinnert werden. Das verstehst du doch sicher, oder? Und wenn du dabei wärst, hätte ich immer einen Teil Andorin bei mir und das ist genau das, was ich im Moment nicht gebrauchen kann. Bitte ...“ Sie sah die junge Elfe flehend an.

Sera schluckte schwer, nickte jedoch und reichte ihr das schlafende Baby, das sie bisher noch eng an sich gedrückt im Arm gehalten hatte.

„Ich werde euch so vermissen“, flüsterte sie mit tränenerstickter Stimme.

Emilia nahm das Kind und drückte anschließend Sera nochmals fest an sich.

„Wir dich auch. Aber glaub mir, es ist besser so.“

„Emilia wird die nächsten Wochen sowieso keine Zeit für dich haben, da sie ja ihre Prüfungen ablegen muss“, erinnerte sie Claire an einen der Gründe, wieso Emilia die Elfenwelt verließ.

„Schon, aber ich hätte in dieser Zeit auf Elenjana aufpassen können“, entgegnete Sera schniefend.

„Dafür bin ich ja da“, warf Granny ein, die es sich soeben in der Kutsche bequem gemacht hatte.

Emilia reichte ihr das Baby, verabschiedete sich nochmals innig von ihrer Freundin, Roandir, Merkurs Eltern und Haldur und stieg dann ebenfalls in die Kutsche. Roandir nahm seine schluchzende Freundin liebevoll in den Arm und Roman gesellte sich zum Kutscher auf den Kutschbock. Dann liefen die Pferde auch schon los. Emilia winkte noch, bis sie ihre Freunde nicht mehr sehen konnte. Tränen rannen ihre Wangen hinunter. Der Abschied tat ihr mehr weh, als sie erwartet hatte.

Lethan war an diesem Morgen nicht gekommen. Es schmerzte Emilia, dass sie sich mit ihm nicht nochmals hatte aussprechen können, geschweige denn, dass sie sich gern auch von ihm verabschiedet hätte.

Während Claire und Sophia freudig plappernd die Fahrt genossen, starrte Emilia schweigend zum Fenster der Kutsche hinaus. Zum Glück würde es in ihrer Welt nun auch Sommer sein, dachte sie, dann wäre der Unterschied nicht so krass wie bei ihrem letzten Weggang aus Andorin, im Herbst des Vorjahres. Kaum zu glauben, dass seither über neun Monate ins Land gezogen waren. Liebevoll blickte sie zu ihrer kleinen Tochter und sofort quoll ihr Herz vor Liebe über. Dennoch würde sie Andorin vermissen. Das milde Klima, die Magie, die in der Luft lag, sowie all ihre Freunde. Als hätte Fox ihre Gedanken gelesen, legte er treu seinen Kopf auf ihre Knie und sah sie liebevoll an. Emilia lächelte traurig, kraulte dem Hund das Ohr und flüsterte:

„Zum Glück bist du immer bei mir, alter Freund." Als Antwort wedelte er freudig mit dem Schwanz und leckte ihr die Hand ab.

„Wir sind da", vernahmen sie Romans Stimme.

In eben diesem Moment hielt das Gefährt an und der König sprang, wie ein junger Bursche, vom Kutschbock. Der Elf, der die Kutsche gefahren hatte, stieg ein wenig gediegener ab. Während dieser das Gepäck der Damen auslud, ging Roman auf den Tor-Baum zu, der das Portal in die Menschenwelt beherbergte. Er murmelte einige Worte in Elfensprache und sogleich öffnete sich im Stamm des alten Baumes ein schillernder Durchgang.

„Wir können", forderte Roman seine Begleiterinnen und Fox auf.

Granny, Kim und Claire folgten der Einladung umgehend und durchquerten die Pforte. Emilia sah sich noch zögerlich um.

„Erwartest du noch jemanden?", fragte ihr Vater.

„Nein", antwortete sie abwesend und schritt, mit ihrer Tochter im Arm durch das schillernde Licht.

Natürlich hatte sie auf jemanden gewartet. Zum einen hatte sie noch immer die Hoffnung gehabt, dass Lethan sich zumindest von ihr verabschieden würde. Zum anderen war sie sich so sicher gewesen, dass Glorijana sie wenigstens heute aufsuchen würde, bevor sie die magische Welt verließ. Seit Elenjanas Geburt suchte und rief sie bei jedem ihrer Waldspaziergänge nach der Königin der Waldgeister. Sie hatte so viele Fragen an das zierliche Lichtwesen. So viele Dinge beschäftigten sie, seit sie wusste, dass in ihr die Seele Glorijanas Schwester Emilijana wiedergeboren worden war. Emilia war sich sicher, dass Glorijana ihr auch ihre Fragen zu Merkur beantworten könnte. Der Waldgeist wusste sicherlich genau, was zu tun wäre. Leider war Glorijana, zumindest für sie, unauffindbar.

Auf der anderen Seite angekommen wurde sie durch das plötzliche Auftauchen eines Elfenkriegers aus ihren Gedanken gerissen. Der Elf verbeugte sich kurz vor der Prinzessin und wandte sich dann direkt an den König, der bereits hinter seiner Tochter, mit Fox an der Leine, die Menschenwelt betreten hatte:

„Die Umgebung ist sicher, das Haus magisch geschützt, Eure Hoheit.“

„Ich danke dir. Du kannst zurückkehren. Ab hier übernehme ich“, erwiderte Roman.

Der Krieger nickte, verbeugte sich erneut und durchschritt schnellen Schrittes das Tor. Dann erlosch das Flimmern und Leuchten und zurück blieb nur ein Baum, der von gewaltigen Hecken geschützt, im Park hinter Emilias Elternhaus stand.

Als der Krieger verschwunden war, sah Emilia ihren Vater verblüfft an.

„Was?“, fragte Roman grinsend. „Dachtest du etwa, wir würden euch einfach so in eine ungesicherte Welt gehen lassen? Nach allem, was die letzten Monate geschehen ist, müsste ich euch eigentlich permanent bewachen lassen ...“

„Dad, Castor ist tot, Mephisto unser Verbündeter und die Zwischenwelt ist verschlossen. Was soll uns hier auflauern?“, entgegnete seine Tochter genervt und rollte mit den Augen.

„Emilijana Josephine Scott, ich verbitte mir diesen Tonfall ...!“, rief Roman empört.

Emilia musste sich ein Grinsen verkneifen, als Claire und Sophia wie von der Tarantel gestochen herumfuhren und den König entgeistert anstarrten. Dies war nämlich eigentlich deren Satz, ihn aus Romans Mund zu hören, war nahezu lächerlich. Emilias Dad lachte laut auf, legte einen Arm um seine Tochter und lief mit ihr zum Ausgang des Gebüsches, das sich wie von Geisterhand vor ihnen auftat. Bevor sie das schützende Gebüsch verließen, hielt er nochmals inne und grinste seine Begleiterinnen entschuldigend an.

„Bitte verzeiht, aber *den* Satz wollte ich schon immer mal ausprobieren ...“, erklärte er und zuckte mit den Schultern.

Während Granny und Claire den Witz nicht verstanden, musste Emilia laut loslachen.

„Dad, du bringst das nicht so gut rüber wie die beiden“, flüsterte sie anschließend.

Roman lachte und beantwortete dann endlich die Frage, die seine Tochter ihm davor gestellt hatte:

„Um zurück zum Thema zu kommen ... Ich gebe dir recht, auf den ersten Blick haben wir alle Feinde besiegt, jedoch musst du dir immer dessen bewusst sein, dass da, wo Licht ist, auch Schatten sein wird. Daher müssen wir vorsichtiger sein denn je, da wir im Moment nicht wissen, wer sich künftig als unser Feind herausstellen wird.“

Emilia schluckte und nickte.

„Also wird das nie aufhören?“, fragte sie mit belegter Stimme.

„Doch, sobald du wieder in Andorin bist, wird es besser. Andorin lässt sich schützen, die gesamte Menschenwelt nicht.“

Emilia wollte das Thema Rückkehr nicht weiter vertiefen, daher wechselte sie das Thema:

„Ich hatte erwartet, dass Glorijana sich wenigstens von uns verabschiedet, wenn sie sich schon nach Elenjanas Geburt nicht gezeigt hat.“ Ein klein wenig schwang die Enttäuschung über das Wegbleiben des Waldgeistes in ihrer Stimme mit.

Roman seufzte.

„Ich weiß nicht, was dieses kleine leuchtende Wesen gerade im Schilde führt, aber manchmal glaube ich, dass sie allein in der magischen Welt die Strippen zieht und wir nur wie Marionetten fungieren.“

Emilia sah ihn ernst an und antwortete:

„Dann geht’s dir wie mir. Ich muss unbedingt mit ihr reden. Ich hab diese ganzen Halbwahrheiten so satt und ich glaube, dass sie uns noch eine Menge zu erzählen hätte“, murrte Emilia.

„Und genau das ist der Grund, warum ihr das kleine Lichtwesen so schnell nicht zu Gesicht bekommen werdet“, schaltete sich nun Granny in das Gespräch ein. „Wenn ihr mich fragt, war nicht nur Emilijana sehr begabt in der Vorhersehung, auch Glorijana weiß, was die Zukunft bringt. Ich denke, wir müssen sie machen lassen. Es gibt Dinge, die müssen sich alleine entfalten, daher mischt sie sich nicht aktiv ein."

Verblüfft sah Emilia ihre Großmutter an.

„Wie meinst du das?", fragte sie ernst.

„Na, ist doch sonnenklar, mein Kind. Nehmen wir mal Elandiel, sie wusste etwas über deine Zukunft und hat versucht, sich aktiv einzumischen ... und wozu hat das geführt?"

„Du hast recht", antwortete Emilia nachdenklich. „Durch ihr Eingreifen hätte sie beinahe alles zerstört. Die Verbindung zwischen Merkur und mir, Dads Rettung, Elenjanas Geburt und den Sieg über die Zwischenwelt ..."

„Genau, so ist es", antwortete Granny resolut, „und daher solltet ihr die Königin der Waldgeister einfach machen lassen. Sie weiß, was sie tut, und das seit mehreren tausend Jahren, nehme ich an."

„Amen", warf Roman vergnügt ein. Claire lachte und hakte sich bei ihrem Mann unter.

„Kann es sein, dass du heute verdammt gut gelaunt bist?", fragte sie und gab ihm einen zärtlichen Kuss.

Emilia verdrehte die Augen, löste sich aus dem Arm ihres Vaters und ging zügig weiter. Das Geturtel ihrer Eltern konnte sie noch immer nicht ertragen.

„Wie könnte ich nicht gut gelaunt sein?", fragte er nach und küsste sie auf die Stirn. „Ich bekomme heute meine Ehefrau wieder."

Claire lachte unsicher.

„Ja, allerdings muss ich es Steve noch beibringen ...“, seufzte sie.

„Mein Angebot steht, ich kann es ihm mental eintrichtern, sodass er der Meinung ist, dass ihr euch einvernehmlich getrennt habt. Mephisto hat mir gezeigt, wie es geht, und ich sollte noch üben.“

„Roman!“, fuhr Granny auf. „Lass das Claire mal alleine machen. Alles andere wäre Steve gegenüber nicht fair.“

Emilias Mutter seufzte und antwortete:

„Sophia hat recht. Da muss ich alleine durch.“

„Wie ihr meint“, entgegnete Roman und zuckte mit den Schultern. Dann drückte er Claire die Leine von Fox in die Hand, legte einen Tarnzauber über alle und ergriff die Reisetaschen.

So verließen sie das Gebüsch. Das Tor in den Hecken verschloss sich umgehend wieder und die Karawane ging schweigend durch den Park zum Haus. Zum Glück neigte sich hier der Tag bereits dem Ende zu. In der Dämmerung fiel es nicht weiter auf, dass sich die Haustür des kleinen Reihenhauses wie von Geisterhand öffnete und kurze Zeit später wieder schloss.

Es war ein seltsames Gefühl, wieder zu Hause zu sein. Sie würde wieder in ihr altes Zimmer einziehen und Granny würde Teresas Zimmer beziehen. Dieses hatte Claire kurzerhand zum Gästezimmer umfunktioniert, da Teresa den Kontakt zu ihrer Mutter beinahe gänzlich abgebrochen hatte, nachdem sie erfahren hatte, dass ihre Mutter sie ihr ganzes Leben bezüglich ihres leiblichen Vaters angelogen hatte. Obwohl Emilia und ihre Schwester nie das beste Verhältnis zueinander gehabt hatten, schmerzte es sie nun dennoch ein wenig, dass sich Teresa überhaupt nicht mehr für ihre Familie und ihre Nichte interessierte. Claire hatte ihr mehrfach geschrieben, sich entschuldigt, ihr die ganze Geschichte erklärt und ihr auch von der Schwangerschaft ihrer Schwester berichtet, aber die Antworten waren ausgeblieben.

Während Roman die Reisetaschen in die jeweiligen Zimmer brachte, Sophia das Gästezimmer inspizierte und Claire in der Küche eine Kanne Kaffee aufsetzte, zog sich Emilia zurück in ihr altes Kinderzimmer. Sie war wenig überrascht, als sie feststellte, dass ihr Zimmer komplett renoviert worden war. Die Elfen hatten neu gestrichen und alles passend für eine junge Mutter mit Kind eingerichtet. Da Elenjana noch immer schlief, legte sie sie in die neue Wiege, die unterm Fenster stand, und sah sich anschließend aufmerksam um. Ihr Blick blieb an den Schutzrunen hängen, die nun auch hier die Wand zierten. Genau wie im Schloss. Ein bisschen gab es Emilia tatsächlich das Gefühl von Sicherheit. Obwohl sie die Ängste, die ihr Vater hatte, nicht teilen wollte, musste sie zugeben, dass die Worte Romans noch immer in ihr nachhallten. Wo Licht ist, ist auch Schatten. Diesen Spruch kannte wohl jeder, aber für sie bekam dieser heute eine ganz andere Bedeutung.

Noch während sich Emilia Gedanken über eine neue Bedrohung machen konnte, riss sie ein Geräusch daraus empor. Ein leises Klicken. Emilia schüttelte den Kopf, um wieder Herr ihrer Sinne zu werden und die Herkunft des Geräusches zu lokalisieren. Es kam vom Fenster, das in Richtung Park zeigte. Vorsichtig schob sich Emilia am Bettchen ihres schlafenden Babys vorbei und blickte hinaus. Plötzlich erschrak sie. Ein Steinchen schlug direkt in Augenhöhe gegen das Glas. Instinktiv wich sie einen Schritt zurück und stieß dabei gegen die Wiege. Zum Glück wachte Elenjana nicht auf. Wieder flog ein Steinchen gegen die Scheibe. Beherzt schritt Emilia nun erneut auf das Fenster zu und riss es auf. Sie war sich sicher, dass keiner ihrer Feinde sich durch werfende Steine bemerkbar machen würde, außerdem war sie im ersten Stock und somit außer Reichweite eines potenziellen Angreifers.

„Lethan!“, stieß sie überrascht aus, als sie im dämmrigen Vorgarten die blonde Gestalt des hübschen Elfenkriegers ausmachte. „Was tust du hier?“

Er scharrte mit den Füßen am Boden und antwortete zerknirscht:

„Können wir reden?“

„Klar, warte, ich komme.“ Emilia schloss leise das Fenster, um ihre Tochter nicht zu wecken, und ging hinaus.

„Elenjana schläft in meinem Zimmer, ich drehe noch kurz eine Runde mit Fox um den Block. Schaut ihr nach ihr, falls sie aufwacht?“, vermeldete sie, als sie die Küche passierte und ihre Jacke holte.

Verdutzt nickten die drei. Fox hingegen sprang freudig auf und folgte seinem Frauchen. Kim hinterher. Noch bevor ihr jemand etwas nachrufen konnte, hatte sie die Hunde angeleint und war leise im Garten verschwunden.

„Danke, dass du rauskommst“, begrüßte Lethan sie. Die Hunde sprangen freudig an ihm hoch.

„Ich dachte, es wäre dir sicherlich unangenehm, wenn dein König erfahren würde, dass du mir in der Dämmerung Steine ans Fenster wirfst“, antwortete sie unsicher und grinste schief. Innerlich fluchte sie, da sie nicht wusste, wie sie sich ihm gegenüber verhalten sollte.

Schweigend liefen sie miteinander in den hinteren Teil des Gartens, in dem sie im Zwielicht der einbrechenden Nacht für die Hausbewohner unsichtbar sein sollten.

„Ich habe dich heute Morgen vermisst. Ich hätte mich noch gern von dir verabschiedet“, brach Emilia das peinliche Schweigen.

„Emilia, es tut mir leid ... Alles, was ich gestern Abend gesagt habe. Ich wollte dich nicht verletzen und ich wollte dich nicht bedrängen. Sera meinte, dass ich es dir sagen müsste. Ich war ja dagegen, aber du kennst sie ja, wenn sie sich etwas in den Kopf gesetzt hat, dann setzt sie ihren Willen auch durch“, brach es aus Lethan heraus. „Ich wollte das nicht ... Die Freundschaft zu dir, der Prinzessin von Andorin, war mehr, als ich je hätte erwarten dürfen. Ich war zufrieden damit, aber meine Schwester hat sich in den Kopf gesetzt, dass wir mehr erreichen können, dass der Stand nicht mehr wichtig sei heutzutage. Aber ich habe ihr gleich gesagt, dass das Unsinn ist ...“

„Stopp!“, unterbrach Emilia ihn. „Lethan, es ist mir furchtbar wichtig, dass du weißt, dass es nichts mit deinem Stand zu tun hat. Du bist in meinen Augen mehr wert als jeder Adlige in Andorin. Es liegt einzig und allein an mir!“

Lethan sah sie einen Augenblick an und nickte dann.

„Danke, das bedeutet mir viel, dass du mich als ebenbürtig betrachtest, dennoch möchte ich dich um etwas bitten: Vergiss alles, was ich gestern gesagt habe. Ich bin dein Freund und ich werde auch in Zukunft immer für dich da sein, sofern du dies noch wünschst." Schwer atmend stand er vor ihr und wartete auf Emilias Antwort. Dieser fiel ein Stein vom Herzen.

„Lethan, ich bin so froh! Es hätte mir das Herz gebrochen, dich als Freund zu verlieren!", rief sie und fiel ihm um den Hals.

Erleichtert atmete Lethan aus.

„Also sind wir wieder Freunde?", fragte er verlegen.

„Wir waren immer Freunde", entgegnete Emilia strahlend.

„Da ist noch etwas, was ich dir sagen muss ...", fuhr er fort.

„Ja?" Misstrauisch sah Emilia ihn an.

„Glorijana schickt mich, sie wünscht, dass Elenjana im Namen der Waldgeister geweiht wird", erklärte er stockend weiter.

„Ach was?", rief Emilia verärgert aus. „Und wieso konnte sie mir das nicht selbst sagen?"

Lethan zuckte unsicher mit den Schultern.

„Sie hat mich am Tor abgepasst, als ich euch gefolgt bin ...", stammelte er.

„Arrrh! Das hatte sie all die Wochen bereits geplant gehabt!", stieß sie empört aus. „Sie wusste, dass ich mit dem Gedanken spiele, hierzubleiben. Das ist alles nur ein abgekartetes Spiel."

„Du überlegst, nicht mehr nach Andorin zurückzukehren?“, stieß Lethan entsetzt aus.

Emilia atmete tief durch und sammelte sich.

„Ja, ich habe mir in der Tat überlegt, nicht mehr zurückzukehren, da mich alles und jeder in Andorin an Merkur erinnert“, gab sie leise zu.

„Aber du bist die Prinzessin, Emilia, dein Vater ist der König, deine Tochter ist das Kind der Prophezeiung. Du kannst nicht einfach hierbleiben, das geht nicht.“

„Wir werden ja sehen, was ich kann ...“, murrte Emilia und drehte sich um. „Ich danke dir, dass du hier warst, aber ich denke, es ist besser, wenn du zurückkehrst, bevor mein Vater dich hier sieht.“ Mit diesen Worten ging sie zusammen mit den Hunden zurück zum Haus.

„Aber was sag ich Glorijana?“, rief er ihr perplex hinterher.

Emilia drehte sich nochmals um und antwortete:

„Du musst ihr gar nichts sagen, sie kennt die Zukunft besser als wir. Mach’s gut, Lethan.“ Dann öffnete sie die Tür und verschwand im Haus.

Lethan blieb allein zurück und starrte in die Dunkelheit.

„Ich bin wieder da“, sagte sie, als sie die Küche betrat, in der ihre Eltern und ihre Großmutter gemütlich beisammensaßen.

„Alles in Ordnung?“, fragte Sophia.

Emilia bemühte sich zwar, sich nichts anmerken zu lassen, aber ihre Großmutter hatte einfach einen sechsten Sinn für ihre Gefühlswelt. Kurz überlegte sie, ob sie erzählen sollte, was eben geschehen war, beschloss aber dann doch, es für sich zu behalten. Zum einen wollte sie nicht, dass Lethan Probleme bekam, da er ihr nachstellte, und zum anderen wollte sie nun keine Diskussion über das Für und Wider ihrer Rückkehr in die Menschenwelt entfachen. Daher zuckte sie nur mit den Schultern, holte sich ein Glas Wasser und leerte es in einem Zug. Dann wechselte sie das Thema und fragte:

„Was gibt's zu essen? Ich hab mega Kohldampf."

„Da wir nichts Essbares mehr im Haus haben, dachten wir, wir könnten Pizza bestellen, was meinst du?", antwortete ihre Mutter.

„Bei Pizza werde ich nicht Nein sagen", antwortete sie gespielt vergnügt und machte sich auf den Rückweg in ihr Zimmer.

Elenjana schlief noch und so konnte sich Emilia in aller Ruhe in den neuen Schaukelstuhl setzen und ihre Gedanken ordnen. Es war alles so, wie sie vermutet hatten. Ihre Granny hatte recht gehabt, da war sich Emilia inzwischen ziemlich sicher. Glorijana besaß ebenfalls die Gabe des Voraussehens. Sie kannte die Zukunft und zog geschickt im Hintergrund die Strippen. Einen kurzen Moment überlegte sie daher, ob sie sich gegen die Weihe entscheiden sollte, einfach aus Trotz, aber dann erkannte sie, dass dies keinen Sinn machen würde. Glorijana hatte bisher immer zu ihren Gunsten gehandelt, und das würde dieses Mal wieder so sein. Sie musste einfach abwarten. Im Moment sollte sie ihren Fokus auf die bevorstehenden Prüfungen richten, alles andere würde die Zeit bringen. So holte sie ihre Schulunterlagen hervor und wiederholte nochmals ihre selbstgeschriebenen Zusammenfassungen, bis sich leise die Tür öffnete.

„Kommst du? Das Essen ist da“, flüsterte ihr Vater. Überrascht hob Emilia ihren Kopf, legte jedoch schnell die Unterlagen beiseite und ging hinaus.

„Ich habe den Boten gar nicht klingeln hören“, stellte sie überrascht fest, als sie sich an den Esstisch setzte.

„Wir haben ihn abgepasst, sodass Elenjana in Ruhe weiterschlafen kann“, entgegnete ihre Mutter und verteilte die Pizzastückchen auf die bereitgestellten Teller. „Ich weiß noch genau, wie es mich früher immer geärgert hat, wenn genau zu dem Zeitpunkt, als ihr eingeschlafen wart, jemand an der Tür geklingelt hat und ihr dann völlig durch den Wind und weinend in euren Betten gesessen seid.“

„Gute Idee, daran hatte ich gar nicht gedacht. Ich muss mich wohl nach einem Jahr in der Elfenwelt erst wieder daran gewöhnen, wie es ist, in der modernen Welt zu leben. Am besten, ich fange gleich damit an ...“, entgegnete Emilia und biss herzhaft in ihre Pizza.

Das Essen war sehr gut und in Gedanken notierte Emilia auf ihrer imaginären Pro-und-Kontra-Liste den Pizzalieferservice ganz klar auf der Pro-Seite für die Menschenwelt.

Nach dem Abendessen zog sich Granny ins Gästezimmer zurück. Ihre Eltern verabschiedeten sich voneinander, da Roman zurück nach Andorin musste. Als König konnte er immer nur kurze Besuche in der Menschenwelt machen – was eindeutig auf der Pro-Seite für Andorin zu vermerken war.

Nachdem der König gegangen war und auch Emilia sich in ihr Zimmer zurückgezogen hatte, hörte sie, wie ihre Mutter leise telefonierte. Es musste Steve sein. Emilia wollte nicht in der Haut ihrer Mutter stecken. Es war sicher nicht leicht, am Telefon eine langjährige Beziehung zu beenden, aber angesichts der Tatsache, dass Steve eine lange Anfahrt hatte, da er weit außerhalb der Stadt lebte und arbeitete, hatte Claire beschlossen, dass es noch viel unfairer gewesen wäre, ihn den weiten Weg herfahren zu lassen, nur um ihm zu sagen, dass sie wieder zu ihrem Ehemann zurückkehren würde. Emilia hörte, wie ihre Mutter leise weinte. Die Entscheidung war ihr nicht leichtgefallen. Sie hatte mit Steve einige schöne Jahre verbracht, er war zwar auch nur am Wochenende hier gewesen, aber dennoch teilten sie viele schöne Erinnerungen.

Die Beziehung mit Roman würde schwieriger werden. Claire wollte nicht permanent in Andorin bleiben und Roman konnte nur auf kurze Besuche in die Menschenwelt kommen. Dennoch wollte ihre Mutter zurück zu ihrem Ehemann. Die Liebe, die ihre Eltern füreinander empfanden, musste der Liebe zwischen Emilia und Merkur ähnlich sein.

Merkur. Da war er wieder, der Dämon, der sie nicht loslassen wollte. Auch hier in der Menschenwelt war der Verlust, den Emilia erlitten hatte, genauso präsent wie in Andorin. Sie seufzte tief und versuchte, sich erneut in ihre Aufzeichnungen zu vertiefen. Elenjana würde spätestens in einer Stunde ihre nächste Mahlzeit verlangen und solange wollte Emilia die Zeit sinnvoll nutzen und alle Gedanken an Merkur verdrängen.

KAPITEL 7

In den folgenden Tagen vergrub sich Emilia in ihren Unterlagen. Sophia kümmerte sich weitestgehend um Elenjana und die Hunde. Die Ablenkung half Emilia, den Schmerz zu verdrängen. Nur noch wenige Tage, dann würde sie die Prüfungen hinter sich haben. Die Angst in ihr wuchs täglich. Nicht die Angst vor den Prüfungen, sondern die Angst vor dem Danach. Was sollte sie nun mit ihrem Leben anfangen?

Emilia schob den Gedanken beiseite und vertiefte sich wieder eifrig in ihr Lernmaterial, obwohl sie eigentlich alles auswendig wusste. Sie war sich sicher, dass sie die Prüfungen mit Auszeichnung bestehen würde.

Am Tag der ersten Klausur stand sie sehr früh auf. Sie wollte alles in Ruhe erledigen. So stillte sie zuerst Elenjana und ging anschließend in die Küche zum Frühstück. Ihre Kehle war jedoch wie zugeschnürt.

„Komm, Liebes“, bat Granny sie inständig, „du solltest zumindest eine Kleinigkeit essen.“

„Ich bring einfach nichts runter“, erklärte sie.

„Du hast keinen Grund, nervös zu sein“, mischte sich nun auch Claire ein, die bereits auf dem Sprung zur Arbeit war und sich gerade einen Apfel in die Tasche steckte. „Es gibt sicherlich niemanden, der besser vorbereitet ist als du!“

„Ich weiß“, gab Emilia zu. „Es ist mehr die Angst vor den Leuten, die mich erwarten. Was soll ich denn sagen, wo ich war?“

„Sag, du warst aus gesundheitlichen Gründen bei Granny. Mach dir keine Sorgen, vermutlich sind es nicht viele, die nachschreiben müssen. Außerdem schreiben heute nicht nur deine Mitschüler nach, es kommen Schüler von allen Schulen der Stadt. Vermutlich kennst du niemanden davon. Aber ich muss jetzt los, Liebling. Mach's gut, ich wünsche dir viel Erfolg."

„Danke", antwortete Emilia mit belegter Stimme.

Sie schob nun auch ihren Stuhl zurück, nahm nochmals einen Schluck vom Kaffee und holte ihre Tasche. Ihren Bagel ließ sie unangetastet liegen. Granny packte ihn ihr kurzerhand in eine Brotdose und steckte ihr diese in die Tasche, als Emilia sich gerade verabschieden wollte. Sie lächelte dankbar über diese Geste und nahm dann nochmals Elenjana auf den Arm.

„Pass gut auf Granny auf, hörst du?", sagte sie liebevoll und gab ihr einen Kuss auf die Wange. „Mami kommt so schnell sie kann wieder. Das verspreche ich dir. Ich hab dich lieb, mein Schatz." Sie musste sich doch tatsächlich die Tränen verkneifen, als sie Sophia das Baby reichte.

„Viel Glück, mein Liebling!", sagte diese und gab ihr einen Kuss auf die Stirn. „Und mach dir keine Sorgen, wir haben hier alles bestens unter Kontrolle, nicht wahr, Elenjana?" Elenjana gluckste und brabbelte freudig.

Emilia nickte und schluckte die Tränen hinunter, als sie zur Haustür ging. Fox rannte hinterher.

„Fox, auch dich kann ich nicht mitnehmen. Du musst bei Granny und Elenjana nach dem Rechten sehen, okay?" Der Hund bellte kurz auf und rannte dann schwanzwedelnd wieder nach oben. Sie atmete nochmals tief durch, bemüht, sich zu beruhigen. Es würde alles funktionieren. Der Kühlschrank war vollgepackt mit abgepumpter Milch und Granny sorgte sich rührend um die Kleine. So trat sie aus dem Haus und folgte der viel befahrenen Straße bis zur Haltestelle.

An der Bushaltestelle war glücklicherweise nichts los. Erleichtert atmete Emilia auf. Das war einer der positiven Aspekte ihres Nachschreibtermins. Sie musste sich nicht mit ihren Mitschülern abgeben, die sie sowieso für seltsam hielten.

Während der Fahrt zur Schule waren ihre Gedanken zu Hause bei ihrer Tochter. Hoffentlich würde alles gutgehen. Hoffentlich trank Elenjana die abgepumpte Milch aus der Flasche. Bisher hatte sie sie immer direkt gestillt, aber jetzt ging es nun mal nicht anders.

Als der Bus an der Schule anhielt, wurde Emilia zu den Sorgen auch noch ein wenig mulmig wegen der Prüfungen. Der Pausenhof war leergefegt. Klar, es waren ja auch Ferien. Ein Blick auf die Uhr verriet ihr, dass der Bus Verspätung hatte. Schnellen Schrittes durchschritt sie daher den gepflasterten Platz und steuerte zielstrebig auf die gläserne Eingangstür zu. Gerade als sie die Tür öffnen wollte, kam ihr ein junger Mann zuvor und schob die Tür von innen auf.

„Emilia, schön, dass du es noch rechtzeitig geschafft hast“, begrüßte sie der junge Mann, der kaum älter sein konnte als sie, und ließ sie hinein. Emilia wunderte sich über die vertraute Anrede und betrat die leeren Hallen ihrer Schule. „Komm, wir müssen uns beeilen, du bist die Letzte.“

Eilig folgte sie dem jungen Mann die Korridore entlang. Während ihre Schritte gespenstisch laut in den leeren Fluren hallten, musterte Emilia neugierig ihren Führer. Seine dunklen Locken wippten im Takt der Schritte und mit seinen biederen Klamotten sowie seiner dunklen Hornbrille sah er sehr spießig aus. Endlich hatten sie den Prüfungssaal erreicht und Emilia stellte erleichtert fest, dass sie die einzige Schülerin ihrer Klasse war. Es saßen zwar noch zwei weitere Schüler ihrer Schule in dem großen Raum, jedoch kannte sie diese nur vom Sehen. Alle anderen mussten von anderen Schulen sein. Der Mann, der sich als Leiter der Prüfungskommission vorstellte, begrüßte sie kurz und deutete auf den Platz direkt vor dem Pult. Sie atmete nochmals tief durch und setzte sich dann an den für sie vorgesehenen Tisch.

Als sie die Blätter umdrehte und ihren Namen notierte, schlug ihr Herz dann doch um einiges schneller, jedoch beruhigte sich ihr Pulsschlag, als sie feststellte, dass sie alle Fragen problemlos beantworten konnte. Sie vertiefte sich so in ihre Aufgaben, dass sie ihre Sorgen und Probleme während der drei Stunden völlig ausblenden konnte.

Nachdem sie abgegeben hatte, sah sie zu, dass sie zurück nach Hause kam. Sie legte keinen besonderen Wert darauf, sich noch mit den anderen Prüflingen zu unterhalten. Zum einen hasste sie dieses Prozedere, mit anderen nochmals die Klausuren durchzusprechen, und zum anderen legte sie auch keinen besonderen Wert darauf, mit den hier Anwesenden Freundschaften zu schließen. So stob sie also ohne ein Wort des Abschiedes hinaus und saß bereits im Bus, als die anderen das Gebäude verließen. Dabei fiel ihr auf, dass der Junge, der sie in den Klausurraum geführt hatte, ihr nachsah. Irgendwie glaubte sie, ihn schon einmal gesehen zu haben. Aber wo? Da ihr Magen nun verdächtig grummelte, beschloss sie, sich nun ihrem Frühstück zu widmen und schob den spießigen Jungen aus ihren Gedanken.

Zu Hause angekommen holte sie zuallererst ihre Tochter aus der Wiege und setzte sich mit ihr gemütlich aufs Sofa.

„Oh, wie hab ich dich vermisst, meine kleine Maus", flüsterte sie und drückte sie fest an sich.

„Du bist schon wieder da?", fragte ihre Großmutter überrascht, die gerade eine Flasche Milch für das Baby warmgemacht hatte und nun zu ihnen ins Zimmer trat.

„Ja, zum Glück", entgegnete Emilia und streichelte ihrer Tochter über den Kopf.

„Alles lief gut bei uns, keine Sorge", sagte Granny, die ihrer Enkelin die Gedanken mal wieder angesehen hatte. „Wie war es bei dir?", fragte sie weiter.

„Ganz gut. Ich hab nur Elenjana schrecklich vermisst", gestand sie. Granny nickte wissend.

„Das braucht seine Zeit, bis du dich daran gewöhnt hast, sie öfters herzugeben." Sie reichte ihrer Enkelin die Flasche und verließ das Zimmer mit den Worten: „Ich kümmere mich mal um das Essen."

Emilia nickte und versuchte ihr Glück damit, ihre Tochter mit der Flasche zu füttern. Es war das erste Mal, dass sie ihr nicht die Brust direkt gab. Zu ihrer Überraschung begann das kleine Mädchen, sofort gierig zu trinken.

Das Abendessen verlief sehr entspannt. Emilia zog sich anschließend nochmals zurück, um den Stoff für den nächsten Tag zu wiederholen, und ging dann früh schlafen.

Die folgenden Tage verliefen immer nach demselben Schema.

Am Morgen der letzten Prüfungen fragte Claire beim Frühstück:

„Geht ihr nach der letzten Klausur noch irgendwohin feiern? Ich weiß noch, als wir damals die letzte Prüfung hinter uns hatten, gab es erst einmal eine wilde Party“, schwelgte sie lächelnd in Erinnerungen.

„Ich denke, eher nicht“, antwortete Emilia. „Also es kann schon sein, dass die anderen noch was machen, aber ich hatte bisher nichts mit denen am Hut. Außerdem ist mir nicht nach Feiern zumute“, erklärte sie missmutig.

„Kind, so was gehört aber einfach auch dazu“, mischte sich nun Sophia ein. „Genieß doch ein bisschen deine Jugend. Es ist ja sehr löblich, dass du so viel Verantwortungssinn hast und du dein Kind keine Sekunde zu lang abgeben möchtest, aber nach all den Strapazen der letzten Monate und nach der Isolation in Andorin in deiner Zeitblase würde dir ein Abend unter Gleichaltrigen wirklich guttun. Elenjana ist bei uns bestens aufgehoben.“

Emilia wusste, dass es keinen Sinn machte, ihnen zu widersprechen. Daher nickte sie und antwortete gedehnt:

„Na schön, falls mich jemand anspricht, kann ich es mir ja überlegen.“

Sophia und Claire nickten zufrieden und widmeten sich dann wieder dem Frühstück.

Auf dem Weg zum Prüfungsraum vermied Emilia gekonnt jeden Kontakt zu den anderen Prüflingen. Sie stürzte sich schnell auf ihren Platz und war froh, als der Aufsichtslehrer die Klausurblätter austeilte. Sie vertiefte sich in die Fragen und war als Erste fertig. Nachdem sie abgegeben hatte, spurtete sie hinaus und rannte beinahe durch die langen leeren Flure, wobei ihre Schritte unnatürlich laut hallten. Gerade als sie das Gebäude verlassen hatte, rief jemand ihren Namen.

„Emilia, warte!"

Sie hielt inne und drehte sich langsam um. Zu ihrer großen Überraschung stand sie dem spießigen Assistenten gegenüber, der für die Prüfungskommission zu arbeiten schien, die all das hier organisierten.

„Ja?", antwortete sie langsam.

„Du kennst mich nicht mehr, habe ich recht?", fragte er nun weiter und lächelte sie freundlich an, nachdem er mit schnellen Schritten zu ihr gestoßen war. Sein Lächeln hatte etwas Einladendes, und wäre er nicht so spießig angezogen gewesen, hätte man ihn vielleicht sogar als attraktiv bezeichnen können.

„Sollte ich?", fragte sie, nachdem sie ihre Gedanken geordnet hatte.

Der Junge lachte auf und antwortete:

„Du warst das erste Mädchen, das ich je geküsst habe. Ich vermute, anders herum war es ähnlich, also ja, eigentlich solltest du dich an mich erinnern." Er lachte so herzlich, dass es Emilia schwerfiel, ihre Mauer, die sie allen gegenüber aufgebaut hatte, aufrecht zu erhalten.

„Okay, jetzt musst du mir weiterhelfen“, gestand sie und stemmte die Arme in die Seiten. „Du kommst mir zwar irgendwie ein bisschen bekannt vor, aber ich kann mich nicht daran erinnern, dass ich dich geküsst haben soll. Wann soll das gewesen sein? Du verwechselst mich sicherlich!“, erklärte sie und wartete auf eine Antwort.

„Nein, ich verwechsle dich sicherlich nicht. Es war auf einer dieser Kinderpartys bei meiner Cousine Rachel. Beim Flaschendrehen!“

„Beim Flaschendrehen!“, rief Emilia und lachte erleichtert auf. „Du bist Brian Mc Allistor?“

„Richtig. Wie ich sehe, kannst du dich ja doch noch an mich erinnern“, antwortete er und lächelte einnehmend.

Fassungslos sah Emilia den jungen Mann an. Von dem einst pickligen Jungen mit Zahnspange war nicht mehr viel wiederzuerkennen.

„Hast du Lust, mit uns noch was trinken zu gehen?“, riss er sie aus ihren Gedanken. „Die anderen Prüflinge wollen nachher noch ins Pub um die Ecke. Sie baten mich, dich aufzuhalten, da sie dich nie abpassen konnten.“

„Ähm, na ja, eigentlich sollte ich nach Hause“, stammelte Emilia.

„Ach komm schon, um der alten Zeiten willen“, bat er und sah sie bettelnd an.

Emilia warf einen Blick hinüber zur Bushaltestelle und stellte mit Entsetzen fest, dass ihr Bus gerade abfuhr. Schöner Mist. Dann erinnerte sie sich an die Worte ihrer Mutter und ihrer Großmutter und gab sich einen Ruck. Was hatte sie zu verlieren? Der nächste Bus würde so oder so noch eine Stunde auf sich warten lassen. Und vielleicht würde sie die Gesellschaft der anderen ein bisschen ablenken. Sie antwortete:

„Na schön, aber nur kurz.“

Brian lachte freudig auf und vergrub seine Hände tief in den Hosentaschen, während er mit ihr zum Pub schlenderte.

„Hast du hier nichts mehr zu erledigen?“, fragte Emilia überrascht.

„Nein, ich habe ab heute frei.“

„Was hast du hier überhaupt gemacht?“, fragte Emilia weiter.

„Ein Praktikum“, erklärte er und wechselte dann schnell das Thema. „Wie kommt es, dass du nachschreiben musstest?“

Emilia überlegte, was sie antworten sollte und beschloss, ebenso schnell das Thema zu beenden wie er davor.

„Lange Geschichte ... Wie geht's Rachel?“

„Meiner Cousine? Keine Ahnung ... Seit sie mit ihren Eltern ans andere Ende des Landes gezogen ist, sehen wir sie kaum noch.“

Emilia nickte.

„Ja, da hat sich unser Kontakt auch verloren, wobei wir eh nie so dicke waren.“

„Aber zurück zu dir, erzähl mal, was machst du so? Was hast du vor nach der Schule?“

Da war sie wieder, die Frage, die sie selbst nicht beantworten konnte.

„Keine Ahnung ... Vielleicht mach ich ein Jahr 'ne Auszeit im Ausland oder so. Kommen die anderen gleich nach?“, wechselte sie erneut das Thema und drehte sich um, um zu schauen, ob schon Rettung in Sicht war. Vielleicht war es doch keine gute Idee gewesen, sich auf das hier einzulassen.

„Keine Sorge, sie kommen sicherlich, sobald sie fertig sind mit den Klausuren."

Emilia nickte und sie schwiegen vollends, bis sie das Pub erreicht hatten. Darin war es, trotz der Tageszeit, sehr dunkel und muffig. Es dauerte einige Augenblicke, bis sich ihre Augen an die Dunkelheit gewöhnt hatten. Ihr Herz schlug automatisch schneller. War es wirklich eine gute Idee gewesen? Sie war allein, sie war schutzlos. Wer weiß, was dieser Brian mit ihr vorhatte. Eigentlich kannte sie ihn doch kaum. Als ihr klar wurde, wie lächerlich dieses Verhalten war, ballte sie wütend über ihre eigene Angst die Fäuste und forderte sich innerlich auf, sich zusammenzureißen. Schließlich lauerte ja nicht immer und überall eine Gefahr.

„Hallo?!", rief Brian und tastete an der Wand nach einem Lichtschalter. „Ah, da bist du", erklärte er und drückte darauf.

Emilia wusste nicht, ob der Schuppen im Hellen besser war als im dunklen Zustand. Sie kannte den Laden bisher nur aus Erzählungen ihrer Klassenkameraden. Es war eine dieser Lokalitäten, in der man sich nicht weiter darum kümmerte, wie alt die Gäste waren. Alkohol wurde hier auch an Minderjährige ausgeschenkt.

„Ist wohl niemand da", erklärte Emilia und wandte sich wieder zur Tür. „Vielleicht sollten wir besser draußen auf den Rest warten? Außerdem kann ich nicht sehr lange bleiben, meine ... Zu Hause wartet man auf mich.“ Beinahe wäre ihr herausgerutscht, dass ihre Tochter wartete.

Brian lachte und hielt Emilia am Arm fest, was ihren Herzschlag noch mehr antrieb.

„Nun warte doch noch kurz“, bat er und rief erneut nach dem Barkeeper. „Wir haben die Bar ab 12.00 Uhr für uns reserviert. Es sind nur noch einige Minuten bis dahin. Er wird sicherlich nur schnell hinten im Lagerraum sein. Schließlich war die Tür ja offen. Komm, setzen wir uns hier an den großen Tisch.“

Widerwillig ließ sich Emilia an einen großen dunklen Tisch führen, der am Rand einer kleinen Tanzfläche stand. Ihre Schuhe klebten bei jedem Schritt leicht an dem schmuddeligen Boden fest, der dringend mal wieder gewischt werden sollte. Als sie sich gesetzt hatte, sah sie sich aufmerksam um. Der Wirt schien generell nicht viel von Sauberkeit zu halten. Es war staubig und die Dekoration war auf ein Minimum begrenzt. Eine glitzernde Diskokugel hing über der Tanzfläche sowie einige farbige Lichterketten. Diese spendeten die einzige Helligkeit im Raum. Das Räuspern eines Mannes riss sie aus ihrer Besichtigung.

„Ihr seid zu früh“, erklärte der schmuddelige Barkeeper, ein Mann mittleren Alters, der soeben aus dem Nebenraum aufgetaucht war.

Brian überging den Einwand und fragte stattdessen:

„Könnten Sie uns bitte die Musik anmachen?“

Der Mann schnaubte etwas, machte sich aber direkt an einer Anlage zu schaffen. Als die Musik erklang, war Emilias größtes Problem erledigt. Reden konnte man bei dem Krach sicherlich nicht mehr. Brian versuchte dennoch, mit ihr Konversation zu betreiben und schrie sie dabei regelrecht an. Emilia bedeutete ihm jedoch nur mit Handzeichen, dass sie nichts verstand. Zum Glück ging in diesem Moment die Tür auf, helles Sonnenlicht fiel in die Dunkelheit des Pubs und man konnte gegen das Licht die Staubkörner tanzen sehen.

Emilias Prüfungsmitstreiter schoben sich nacheinander in die Spelunke und setzten sich mit einem großen Hallo zu ihnen. Der Wirt drehte nun die Musik ein wenig leiser, sodass man sich zumindest laut unterhalten konnte. Emilia fühlte sich absolut deplatziert. Während alle anderen Cocktails oder Bier bestellten, nippte sie an einer Limonade, die sie glücklicherweise in der Flasche erhalten hatte. Sie ekelte sich nämlich zu sehr davor, in diesem heruntergekommenen Schuppen aus einem Glas zu trinken. Den anderen schien dies nichts auszumachen. Nachdem diese ihre Getränke hinuntergekippt und noch einige Schnapsrunden geordert hatten, tobten sie sich auf der Tanzfläche aus. Nur Brian hielt tapfer die Stellung bei ihr am Tisch.

„Na, wie gefällt dir der kleine Vorgeschmack auf das Studentenleben?“, fragte er und deutete auf die betrunkene Meute. Emilia sah ihn fragend an. „Na, falls du studieren willst, ist das ja erst der Anfang. Das Wichtigste beim Studium sind die Partys“, erklärte er.

Emilia musterte den biederen Jungen von oben bis unten und antwortete dann knapp und kühl:

„Sicherlich nicht für alle Studenten.“ Dann sah sie auf die Uhr und stellte erleichtert fest, dass in fünf Minuten der nächste Bus fahren würde. „Sorry, ich muss los“, erklärte sie.

Brian war ebenso schnell aufgesprungen wie sie und hielt sie am Arm fest.

„Wieso so eilig? Willst du nicht noch ein bisschen mit uns feiern? Wir gehen später noch in die Disko.“

Emilia riss sich los und schüttelte vehement den Kopf.

„Nein, ich muss los. Mach’s gut!“

Ohne nochmals zurückzublicken, stob sie durch die betrunkenen Tänzer hindurch und war froh und erleichtert, als sie endlich wieder im hellen Tageslicht stand. Leider hatte sie nicht bemerkt, dass Brian ihr gefolgt war. Bevor sie die Straße überqueren konnte, hielt er sie erneut am Arm fest und zog sie zu sich. Er roch nach Alkohol und Emilia drehte schnell den Kopf weg, sodass sie den stechenden Geruch nicht ganz so intensiv riechen musste.

„Lass mich los, Brian!“, fuhr sie ihn an.

„Na, nun sei nicht so, ein Abschiedskuss für einen alten Freund?“, meinte er und versuchte, Emilia noch näher herzuziehen.

Diese gab ihm eine schallende Ohrfeige und sogleich ließ er sie los. Völlig perplex sah er sie an.

„Mach das nie wieder!“, knurrte sie, dann drehte sie sich um und rannte so schnell sie konnte zur Busstation. Der Bus stand zum Glück schon da. Schnell stieg sie ein und bezahlte das Ticket.

„Hat der Typ Sie belästigt, Miss?“, fragte der ältere Busfahrer besorgt.

„Nein, alles halb so wild“, erklärte sie und nahm hinter dem Fahrer Platz.

Leider blieb der Bus noch einige Minuten stehen, da er zu früh da war, und dies nutzte Brian, um die Straße zu überqueren und ihr zum Bus zu folgen. Zum Glück startete der Fahrer in diesem Moment den Motor und die Türen begannen sich langsam zu schließen. Emilia konnte jedoch noch hören, wie Brian rief:

„Sehen wir uns wieder?"

Emilia sank erleichtert in den Sitz, als das Gefährt sich in Bewegung setzte, und schüttelte den Kopf.

„Nein, du wirst mich nicht mehr wiedersehen", flüsterte sie. Dann steckte sie sich ihre Kopfhörer ins Ohr und versank in den Klängen ihrer Lieblingsmusik.

Froh und erleichtert kam sie zu Hause an und atmete auf, als sie endlich wieder ihre Tochter im Arm hielt.

„Alles in Ordnung?", fragte Sophia überrascht.

„Ja, jetzt schon!", erklärte sie und drückte ihre Tochter fest an sich.

„Wolltet ihr nicht noch ein bisschen feiern?", fragte sie weiter.

Emilia stieß ein amüsiertes Lachen aus und antwortete:

„Ich war eine Stunde mit dabei, aber das, was die unter Feiern verstehen, nenn' ich sinnloses Besaufen bis zum Umfallen. Wir waren in dem ekligen Pub an der Mainstreet ... Es war laut, stickig und düster. Außerdem musste ich feststellen, dass ich mich seit meiner Erlebnisse der letzten Monate noch mehr von den normalen Schülern entfernt habe, als es davor schon der Fall war. Du weißt, was ich meine?"

Sophia seufzte tief, nickte und setzte sich zu ihrer Enkelin auf die Couch.

„Ich verstehe dich. Mir geht es genauso. Ich bin froh, wenn ich wieder aus der Stadt wegkomme. Diese hektischen Menschen, der Trubel, der Lärm, der Gestank ... Aber zum Glück ist es nur auf Zeit."

Emilia nickte und schwieg. Ihre Gedanken wanderten erneut nach Andorin. Zu ihren Freunden, zu der Ruhe und der Kraft, die diese Welt ausstrahlte. Jedoch schlich sich unwillkürlich wieder Merkurs Bild in all die Schönheit.

Tief seufzend stand sie auf. Sie legte Elenjana in ihre Wiege und bemühte sich, sich mit der Vorbereitung zur mündlichen Prüfung abzulenken.

Wenn diese vorbei war, hätte sie es geschafft. Trotz des Zwischenfalls in der Bar war Emilia froh, dass sie die Prüfungen nachgeholt hatte. Sie war sich sicher, dass sie bestanden hatte und dass einer Zukunft als Tierärztin nichts mehr im Wege stehen würde. Wobei sie nach den Ereignissen im Pub nicht mehr sicher war, ob sie überhaupt noch einen Lebensweg in der Menschenwelt beschreiten konnte. Wie sie bereits zu Granny gesagt hatte, war sie einfach anders als alle anderen, und je älter sie wurde, desto mehr wurde ihr dies bewusst.

Trotz dem Bemühen, sich in die Klausurthemen zu vertiefen, drifteten ihre Gedanken immer wieder in die Zukunft. Wie würde es weitergehen? Jetzt, da sie ihrem Ziel, dem Schulabschluss, so nah war, überlegte sie sich, ob ihr sehnlichster Wunsch, Tierärztin zu werden, überhaupt noch ihr Traum war. Die letzten Tage, an denen sie ihre kleine Tochter hatte alleine lassen müssen, waren schrecklich gewesen. Es war ihr kaum vorstellbar, wie dies klappen sollte, sollte sie sich für ein Studium entscheiden. Alle guten Universitäten waren weit weg von Zuhause. Sie konnte Elenjana also weder von ihrer Mutter betreuen lassen noch von ihrer Großmutter, da diese ja auch irgendwann wieder nach Hause auf die Ranch gehen würde. Und da war er, der Teufelskreis, vor dem Sera sie gewarnt hatte. Würde sie auf eine Universität gehen, müsste sie ihre Tochter in eine Krippe bringen, hierfür würde sie eine Geburtsurkunde benötigen, die sie nicht hatte. Sie müsste erklären, wieso sie das Kind bisher nirgends gemeldet hatte und sie würde sie sicherlich von einem Arzt untersuchen lassen müssen. Aber war dies nicht gefährlich? War solch ein Mischlingskind einem Menschenkind gleich? Bei ihr hatte dies zwar nie zu Problemen geführt, jedoch war sie nur zu einem kleinen Teil elfisch. Immerhin war Elenjana zu mehr als der Hälfte elfischen Blutes und ein Teil von ihr war ein Lichtwesen. Was, wenn man Anomalien feststellen würde? Elenjana entwickelte sich eindeutig schneller als ein Menschenkind in ihrem Alter. Sie müsste also bereits mit ihrem wahren Geburtstag hinterm Berg halten. Emilias Kopf begann zu schwirren. Nein, das konnte sie nicht riskieren. Bilder stiegen in ihren Gedanken empor, in denen skrupellose Forscher Studien mit ihrer Tochter anstellen würden. Sie würden sie ihr wegnehmen und einsperren und irgendwann würde sie an den Experimenten sterben.

Wild entschlossen schüttelte Emilia den Kopf. Ihr Kopfkino war wohl mal wieder mit ihr durchgegangen, aber dennoch stand ihre Entscheidung nun fest. Sie konnte Elenjana dies nicht antun. Sie konnte dieses Risiko nicht eingehen, ganz zu schweigen von der Tatsache, dass sie sich dadurch an die Menschenwelt binden würde. Sie hätte dann die Freiheit eingebüßt, einfach wieder mit ihrem Kind zurückzukehren nach Andorin. Es würde auffallen, wenn das Kind und sie plötzlich gänzlich von der Bildfläche verschwinden würden. Es würde Fragen aufwerfen und sie würde sich, ihr Kind, ihre Familie und die magische Welt in Gefahr bringen. Nein. Ihre Tochter war ein Kind der magischen Welt und dort gehörte sie hin. Und sie auch.

KAPITEL 8

Emilia hatte, wie erwartet, die Prüfungen mit Bravour gemeistert.

Ihr Vater war zur Zeugnisübergabezeremonie bereits am Morgen angereist und so saßen sie nun alle gemeinsam beim Frühstück in der gemütlichen Küche. Da sie mal wieder nicht wusste, wie sie das Gespräch beginnen sollte, das sie seit Tagen beschäftigte, entschloss sie sich für die *Augen-zu-und-durch*-Variante:

„Ich muss euch noch was sagen“, begann sie stockend und nahm schnell einen Schluck von ihrem Kaffee. Alle Augen richteten sich auf sie. „Ich werde nach der Zeugnisübergabe direkt mit Dad zurückgehen.“ Sie senkte die Augen, um ihre Mutter nicht ansehen zu müssen, und biss in ihren Toast.

„Aber Emilia, Kind“, begann ihre Mutter stockend. „Du kannst doch nicht einfach alles so wegwerfen! Du hast einen Einser-Abschluss, alle Türen würden dir offenstehen. Was ist mit deinem Traum, Tierärztin zu werden?“, fuhr sie auf.

„Mein Entschluss steht fest“, erklärte Emilia mit zitternder Stimme.

„Aber wieso?“, rief ihre Mutter verzweifelt aus. „Roman, sag du doch auch mal was“, suchte sie nun Unterstützung bei ihrem Mann.

Dieser hatte sich bewusst die Freudenschreie verkniffen, da er wusste, dass es Claire ungemein schmerzen würde, wenn ihre gemeinsame Tochter zusammen mit der geliebten Enkelin die Menschenwelt verlassen würde. Er räusperte sich und wog jedes Wort sorgfältig ab, bevor er es aussprach:

„Eigentlich war von vornherein klar, dass Emilia wieder zurückkehren würde. Das wussten wir alle", begann er. „Der einzige Unterschied ist nun, dass sie schon früher als geplant zurück möchte", erklärte er diplomatisch.

Wut funkelte in den Augen seiner Frau auf.

„Das war ja klar!", rief sie aus. „Du hast ja schließlich gewonnen."

„Claire, es geht hier nicht um Gewinnen oder Verlieren, es geht darum, was das Beste für Emilia und Elenjana ist. Hast du dir schon einmal Gedanken darüber gemacht, was es für Wesen der magischen Welt bedeuten würde, für immer hier zu leben? Emilia und Elenjana haben Aufgaben zu erledigen. Außerdem war es, wie bereits erwähnt, immer klar gewesen, dass die beiden zurückkehren", versuchte Roman, sie zu besänftigen. Er legte ihr liebevoll seine Hand auf den Unterarm, aber Claire entzog sich ihm erbost.

„Ich hatte immer die Hoffnung gehabt, dass sie hierbleiben würde ...", flüsterte sie und eine Träne kullerte aus ihren Augen. Die Wut war verraucht und Trauer gewichen.

„Aber Mum, du kannst doch mitkommen. Was hält dich denn noch hier?", beteiligte sich nun auch Emilia wieder am Gespräch. „Ich kann einfach nicht hierbleiben, ich muss mich und Elenjana schützen, außerdem stehen mir in Andorin alle Türen offen. Ich könnte dort meine Ausbildung zur

Tierheilerin vollziehen. Elenjana hat Kindermädchen, die sich tagsüber um sie kümmern können, während ich zum Unterricht gehe, und Dad wäre auch noch da."

„Dein Entschluss steht schon länger?", fragte ihre Mutter traurig nach.

„Er wuchs von Tag zu Tag", bestätigte ihre Tochter, „und ich glaube, das Erlebnis in der Bar hat mir vollends die Augen geöffnet."

„Hätte ich dich nur nicht dazu ermutigt, mit den anderen feiern zu gehen", flüsterte Claire traurig.

„Claire, Emilia gehört nicht mehr hierher und Elenjana hat es nie. Es war ihre Bestimmung." Bevor Claire auffahren konnte, räusperte sich Sophia.

„Wenn wir gerade dabei sind", meldete sie sich zu Wort, „möchte ich euch mitteilen, dass ich die Menschenwelt ebenfalls verlassen werde. Haldur hat mir ein Leben in Angorogh angeboten und ich habe zugesagt."

„Oh Granny, das ist ja irre!", rief Emilia erfreut aus, sprang auf und fiel ihrer geliebten Großmutter um den Hals. „Aber was wird aus der Ranch?", fragte sie nach.

„Die Tiere vermache ich Joe, das Haus dir. Vielleicht bist du eines Tages froh über eine Zuflucht in der Menschenwelt, und wenn nicht, wird das leerstehende Haus niemanden stören."

„Na dann ...", erwiderte Emilias Mutter bitter, „scheint ja alles geklärt zu sein ... Ihr entschuldigt mich bitte, scheinbar werde ich ja von niemandem mehr benötigt." Claire wollte gerade unter Tränen die Küche verlassen, als ihr Mann sie aufhielt.

„Claire, bitte ...“, flehte er sie an, „komm mit uns nach Andorin. Lass diese triste Welt hinter dir und folge uns in ein schöneres Leben.“

„Ich kann nicht, Roman. Noch nicht“, flüsterte sie, entzog sich seinem Griff und verließ den Raum.

Er wollte ihr folgen, Sophia hielt ihn jedoch zurück.

„Lass ihr Zeit, Roman“, bat sie ihn.

Sie setzten das Frühstück schweigend fort, bis es Emilia nicht mehr aushielt.

„Sag mal, hat er dir einen Antrag gemacht?“, platzte es aus ihr heraus. „Wirst du die neue Königin von Angorogh?“

Granny brach in schallendes Gelächter aus. Der Bann war gebrochen.

„Du neugieriges Kind!“, entgegnete sie noch immer lachend.

Mehr war aus ihr jedoch nicht herauszubekommen. Roman brach nun seinerseits in Gelächter aus, angesichts Emilias Enttäuschung, nicht mehr über Grannys Pläne zu erfahren.

„Du weißt was, habe ich recht?“, fragte sie ihren Vater und verschränkte die Arme vor der Brust.

„Emilia, bevor deine sture Großmutter mich in ihre Geheimnisse einweihen würde, wüsste es vorher ganz Andorin, glaube mir“, gab dieser schmunzelnd zurück und erhob sich, um den Tisch abzuräumen. „Wir werden sicherlich alles früh genug erfahren, und bis dahin sollten wir deine Mutter ein wenig aufbauen.“

Emilia nickte und das schlechte Gewissen kam zurück. Es war ihr nicht leichtgefallen, sich gegen eines ihrer Elternteile zu entscheiden. Aber ihre Mutter hatte noch immer die Möglichkeit, ihnen zu folgen.

Zum Glück hatte es Roman irgendwie geschafft, Claire wieder zu besänftigen. So konnten sie alle einigermaßen unbeschwert am Abend zur Zeugnisübergabe fahren, die ohne viel Trara in der Aula der Schule stattfand. Anschließend gingen sie alle zusammen ein letztes Mal Pizza essen. Es war nicht nur das Essen zur Feier ihres bestandenen Abschlusses, nein, es war auch ihr Abschiedsessen. Emilia hatte, sehr zum Leidwesen ihrer Mutter, beschlossen, noch direkt am selben Abend nach Andorin zurückzukehren.

Sie war sehr froh, diese Entscheidung getroffen zu haben, vor allem, nachdem sie erfahren hatte, dass Granny ebenfalls zurückkehren würde. Sie wäre sonst ganz alleine mit ihrer Tochter in der lauten, stinkenden Großstadt zurückgeblieben. Ihre Mutter arbeitete die ganze Woche sehr viel und würde den Unterschied kaum merken, ob Emilia nun noch bei ihr im Haus wohnte oder ob sie zurück in die magische Welt kehren würde. Ihre Mutter könnte jedes Wochenende in Andorin verweilen. Außerdem vermisste sie ihre Freunde ganz furchtbar. Die quirlige Art Seras und die Zuneigung Lethans. Auch wenn sie ihm gesagt hatte, dass sie kein Paar werden würden, tat die Tatsache, geliebt zu werden, ihrer Seele gut. So hatte sie das Gefühl, irgendwann wieder eine glückliche Beziehung führen zu können. Irgendwann, wenn der Schmerz ihres Herzens nachlassen würde. Die Sehnsucht nach Merkur war jedoch auch in der Menschenwelt nicht besser geworden, da ihm

Elenjana von Tag zu Tag ähnlicher sah und sie ihn so einfach nicht vergessen konnte. Sie musste also lernen, mit der Erinnerung an ihn zu leben.

Als sie spät abends am Elfen-Tor standen, wurde es Emilia doch ein bisschen mulmig.

„Alles in Ordnung?“, fragte ihr Vater.

Emilia nickte nur und hielt Fox’ Leine ein bisschen fester. Elenjana hatte sie sich im Tragetuch vor den Bauch gebunden.

„Es erscheint mir dieses Mal so endgültig“, erklärte sie ihrem Vater.

Dieser nickte und antwortete:

„Du kannst jederzeit zu Besuch kommen und auch für immer, wenn du dies wirklich willst“, versuchte er, sie zu beruhigen.

Emilia schüttelte vehement den Kopf.

„NEIN!“, erklärte sie laut. „Ich habe mich nie in der Menschenwelt zu Hause gefühlt. Nur in Andorin war ich für kurze Zeit glücklich. Vielleicht schaffe ich dies irgendwann wieder.“ Die letzten Worte wurden durch die aufsteigenden Tränen erstickt.

Ihr Vater nahm sie liebevoll in den Arm und streichelte ihr sanft über den Rücken.

„Auch du wirst eines Tages wieder glücklich sein und lieben können. Sieh dir doch nur deine Großmutter an ... Sie steht vor dem Tor und hibbelt herum wie ein Teenager, so sehr freut sie sich darauf, Haldur endlich wiederzusehen.“

„Roman!“, rief Granny entrüstet.

Emilia musste unter Tränen auflachen.

„Versprichst du mir, dass es irgendwann besser wird? Mit dem Schmerz?“, fragte sie schniefend nach.

„Ich verspreche es“, flüsterte ihr Vater und hauchte ihr einen Kuss aufs Haar.

„Können wir?“, fragte Sophia liebevoll an ihre Enkelin gewandt.

Emilia nickte und so öffnete Roman das Portal, das sie zurück in ihr magisches Leben führen würde. Zum Glück hatten sie sich von Claire bereits im Haus verabschiedet. Roman wollte sie keiner Gefahr aussetzen, indem er sie alleine am Tor zurücklassen musste. Aus diesem Grund war sie zu Hause geblieben. So fiel es Emilia nun leichter, Schritt für Schritt durch das leuchtende Tor in ihr zukünftiges Leben zu gehen.

KAPITEL 9

In Andorin war es helllichter Tag. Noch bevor sich Emilia im hellen Sonnenschein orientieren konnte, fiel ihr jemand um den Hals und quietschte laut:

„Ich hab dich ja so vermisst!“

„Sera!“, rief Emilia glücklich.

Die beiden Freundinnen umarmten sich innig, bis sich Elenjana im Tragetuch zu beschweren begann. Danach war das kleine Mädchen erst einmal der Mittelpunkt für Sera. Sie streichelte und küsste das Baby und Elenjana gluckste zufrieden und glücklich.

Ein Räuspern riss sie aus ihrem Spiel hervor. Lethan stand neben seiner Schwester und grinste Emilia schief an.

„Lethan! Wie freu ich mich, dich wiederzusehen“, begrüßte sie nun auch den jungen Elfenkrieger. „Wo ist Roandir?“, fragte sie dann nach, als sie feststellte, dass er nicht dabei war.

„Er ist die nächste Woche in Gwaithmar, um beim Aufbau mitzuhelfen“, erklärte Sera betrübt.

„Gwaithmar?“, fragte Emilia überrascht.

„Ach so, das habe ich euch ja noch gar nicht erzählt“, fiel nun auch Roman ins Gespräch ein. „Die Feuerelfen haben Asgard offiziell umbenannt in Gwaithmar, was übersetzt so viel heißt wie *Heimat aller Völker*.“

„Ist das der Name, den sich Merkur ausgedacht hat?“, fragte Emilia leise nach. Sera und Lethan nickten. „Er klingt schön.“

„So, nun will ich aber auch begrüßt werden“, beendete Sophia schnell das Gespräch.

„Sophia!“, rief Sera freudig aus. „Bitte entschuldige, vor lauter Wiedersehensfreude habe ich dich doch total vergessen.“ Sie schloss Emilias Großmutter liebevoll in die Arme. Lethan reichte ihr höflich die Hand.

Roman hatte inzwischen die Hunde von der Leine gelassen, die nun ebenfalls freudig um die Geschwister herumsprangen und ihre Aufmerksamkeit verlangten. Nachdem Sera lachend im Gras lag, da die beiden Tiere sie kurzerhand umgeworfen hatten, machte Sophia dem Ganzen ein Ende:

„Kim, Fox, jetzt ist es aber genug. Los, lasst uns heimkehren.“

Die Tiere ließen von der lachenden Elfe ab und rannten vorneweg in Richtung Schloss. Bei dem Wort *heimkehren* wurde Emilias Herz warm und leicht. Ja, sie kehrte heim. Nun war sie sich sicher, dass sie die richtige Entscheidung getroffen hatte.

„Diese Luft und diese Magie“, stieß sie euphorisch aus, während sie dem Pfad am See entlang folgten. Sie atmete tief ein und aus. „Erst jetzt spüre ich, was ich in der Menschenwelt alles vermisst habe.“ Sie seufzte tief und streichelte ihrer Tochter über das rabenschwarze Haar. „Nun bist du zu Hause, mein Liebling.“

Sera legte liebevoll einen Arm um die Schulter ihrer Freundin und streichelte Elenjana über die Wange.

„Ich bin so froh, dass ihr wieder da seid. Und Elenjana ist ja schon so groß geworden“, seufzte sie glücklich.

Als sie am Schloss abbogen, um den Hang hinauf zum Tor zu steigen, blieb Emilia stehen und blickte sehnsüchtig ins Tal zu ihrem ehemaligen Gästehaus.

„Du wirst dich im Schloss bald ebenfalls zu Hause fühlen“, sagte Roman und legte einen Arm um ihre Schultern.

„Und wenn nicht, bist du ja die Prinzessin und kannst deinen Wohnsitz frei wählen!“, rief Sera übermütig.

Lethan räusperte sich, stupste seine Schwester an und zischte:

„Wie redest du denn in Gegenwart des Königs?“

Sera lief rot an und war sofort still. Emilia hingegen blickte verblüfft von einem zum anderen.

Roman lachte laut auf und legte Sera beruhigend eine Hand auf die Schulter.

„Keine Sorge, ich bin inzwischen an dein vorlautes Mundwerk gewöhnt, und da du mir inzwischen selbst wie eine Tochter bist, lass ich dir dieses Verhalten sogar durchgehen.“ Er zwinkerte ihr zu und Sera wurde noch verlegener.

Emilia und Sophia brachen in schallendes Gelächter aus.

„Aber mal im Ernst jetzt“, kam Emilia zum eigentlichen Gespräch zurück. „Könnte ich wirklich wieder zurückkehren ins Gästehaus?“ Ein leiser Hoffnungsschimmer schwang in ihrer Stimme mit.

„Leider nein“, entgegnete ihr Vater ernst. „Es gibt viele Regeln, die ich für dich beugen kann, aber die königliche Familie residiert nun mal im Schloss. Alles andere würde sich nicht ziemen. Aber komm doch erst einmal im Schloss an und sieh, wie schön es dort ist. Ich verspreche dir, dass du dich dort sehr schnell wohlfühlen wirst.“

Emilia nickte und folgte den anderen weiter den Berg hinauf.

Ihre Räumlichkeiten waren nun komplett fertiggestellt und es sah alles wundervoll aus. Emilia brachte ihre kleine Tochter in ihr Zimmer und legte sie in die Wiege, da sie durch das Schaukeln beim Laufen eingeschlafen war. Dann kehrte sie zurück zu Sera und Lethan, die es sich im Wohnzimmer gemütlich gemacht hatten.

Roman war mit Sophia direkt weitergegangen, um ihr ihre Gemächer für die nächsten Tage zu zeigen. Sophia würde noch einige Tage hierbleiben, bis sie nach Angorogh aufbrechen würde. Haldur würde jedoch noch an diesem Tag anreisen, da er vor der Abfahrt ein bisschen Zeit mit seiner Urenkelin verbringen wollte.

„So, nun erzählt mal, was gibt es Neues in Andorin?“, fragte Emilia und ließ sich in einen der neuen Sessel plumpsen.

Die Geschwister wechselten kurz ein paar Blicke und dann antwortete Sera:

„Eigentlich nicht viel. Es war sehr langweilig, als du weg warst. Erzähl du uns lieber, wie es in der Menschenwelt war.“

Emilia kam die ausweichende Antwort ihrer Freundin etwas seltsam vor, jedoch wollte sie die gute Stimmung nicht verderben, indem sie nachbohrte, was nicht stimmte. Das würde sie sicherlich noch früh genug erfahren. Daher machte sie gute Miene zum bösen Spiel und erwiderte:

„Da gibt’s nicht viel zu sagen ... Außer lernen, Prüfungen schreiben und schlafen habe ich nicht viel gemacht. Ich hoffe, dass sich das hier ändert. Haldur und Sophia werden Elenjana die nächsten Tage sicherlich voll für sich beanspruchen. Von daher könnten wir ein bisschen Spaß haben, vielleicht mal wieder bei Miralai essen gehen, schwimmen oder vielleicht sogar nach Silvjanamar oder sonst was Cooles unternehmen. Ich meine, ihr seid hier aufgewachsen, ihr wisst besser, was man hier so machen kann. Und ich denke, es kann nicht schaden, wenn ich meine neue Heimat ein bisschen besser kennenlerne, findet ihr nicht?“

„Au ja, das machen wir!“, rief Sera freudig aus. „Und vielleicht könnten wir ja doch mal nach Gwaithmar. Lethan lässt mich nie mitkommen“, erklärte sie und sah ihren Bruder trotzig an.

Emilia lachte erleichtert auf.

„Wie ich sehe, hat sich zwischen euch nichts geändert.“

Lethan lachte und antwortete:

„Das wird sich wohl nie ändern. Irgendjemand muss meine Schwester ja davor bewahren, sich ständig in Gefahr zu begeben.“

„In Gwaithmar wäre ich sicherlich nicht in Gefahr“, brummte sie und zog eine Schmollschnute.

„Gwaithmar ist noch im Aufbau und wir wissen nicht, ob wirklich alle Bewohner so harmlos sind, wie Mephisto behauptet. Er hat früher sehr dunkle Gestalten um sich geschart. Vielleicht sind sie ihm wohlgesonnen, aber ich bezweifle, dass die Schwarzmagier so gute Leute sind“, entgegnete Lethan und Emilia hatte das Gefühl, dass die beiden dieses Gespräch nicht zum ersten Mal führten.

„Es leben zwei Schwarzmagier in Gwaithmar, hat Merkur erzählt. Diese haben sich von ihrem Volk abgewandt und suchen daher Schutz in der neuen Heimat“, erklärte die Elfe bestimmt.

„Du hast mit Merkur gesprochen?“, fragte Emilia verblüfft. „War er hier?“

Sera biss sich auf die Lippen und Lethan stöhnte auf.

„Schaffst du es auch einmal, den Mund zu halten? Wir wollten Emilia nicht gleich nach ihrer Rückkehr damit überfallen“, maulte er seine Schwester an.

„Entschuldige ...“, murmelte sie.

„Was ist nun mit Merkur? Wann war er da? Wie geht’s ihm?“, unterbrach Emilia das Geplänkel der beiden.

Sera blickte nochmals unsicher zu ihrem Bruder. Dieser zuckte nur mit den Schultern und so begann Sera, stockend zu erzählen:

„Glorijana hat ihn nach Andorin gebeten. Es ging um Elenjanas Weihe.“

Emilia wurde blass.

„Daran habe ich gar nicht mehr gedacht“, flüsterte sie und ein Knoten bildete sich in ihrem Magen. „Wird er dabei sein?“, fragte sie nach, obwohl sie die Antwort bereits kannte.

„Wir wissen es nicht. Bisher hat er weder angenommen noch abgelehnt“, antwortete Sera.

Emilia atmete tief durch.

„Na ja, irgendwann muss ich ihm wohl wieder über den Weg laufen. Vielleicht besser früher als später“, stellte sie fest und wechselte das Thema. „Was machen wir denn heute noch?“

„Ich muss jetzt leider wieder an die Arbeit gehen. Solange Roandir in Gwaithmar ist, habe ich die Verantwortung über die gesamte Schlosswache.“ Mit diesen Worten stand er auf und verabschiedete sich von den beiden Mädchen.

„Wie wär's, wenn wir zur Feier des Tages shoppen gehen?“, rief Sera freudig aus.

„Sera, du weißt, ich geh nicht gern shoppen“, entgegnete Emilia.

„Schon, aber du brauchst nun als Prinzessin echt noch eine größere Garderobe, außerdem sollten wir auch für Elenjana standesgemäße Kleidung kaufen gehen. Immerhin seid ihr nun offiziell Bewohner Andorins. Du bist nun eine richtige Elfe, Emilia.“

Emilia blieb kurz der Mund offenstehen, da sie nicht wusste, was sie sagen sollte. Ja, sie hatte sich für die magische Welt entschieden. Sie lebte nun als Elfe unter den Elfen. Nachdem sie ihre Gedanken wieder geordnet hatte, antwortete sie:

„Na, dann müssen wir das wohl machen ..., und Babyklamotten einzukaufen, macht sogar mir Spaß.“

Als hätte Elenjana alles verstanden, wachte sie genau in diesem Moment auf und machte vehement auf sich aufmerksam. Emilia lief schnell hinüber ins Kinderzimmer und holte ihre geliebte Tochter. Nachdem sie das Kind gefüttert hatte, wickelte sie es in ihr Tragetuch. Dann ging es los, hinunter in die Stadt.

Sie gingen den altbekannten Weg über den Markt und bogen in die Straße ein, in der sie schon bei Emilias erstem Aufenthalt einkaufen waren. Sera hatte ihre Freundin an die

Hand genommen und manövrierte sie zielsicher durch die Elfenmengen, die sich an diesem Tag auf den Straßen tummelten.

„Du brauchst unbedingt noch ein Kleid für Elenjanas Weihe“, plapperte Sera, während sie die verschiedenen Schaufenster passierten.

Erneut wurde Emilia bewusst, wie ähnlich die Elfenwelt in gewissen Dingen der Menschenwelt war.

Sera musste ihre Gedanken aufgeschnappt haben, denn sie antwortete:

„Auch wir Elfen gehen mit der Zeit, nur tun wir dies, ohne die Natur auszubeuten und zu zerstören.“ Emilia nickte, wurde jedoch einer Antwort enthoben, da ihre Freundin in diesem Moment verkündete: „Wir sind da!“

Sie betraten eine der größeren Elfenboutiquen. Die Kleidung war nicht so gewagt wie die in dem Geschäft, das sie das letzte Mal aufgesucht hatten.

„Als Erstes suchen wir uns Festgewänder für die große Weihe“, bestimmte Sera.

„Ach, plötzlich ist es eine große Weihe?“, entgegnete Emilia skeptisch.

Sera machte eine wegwerfende Geste und antwortete:

„Das sag ich jetzt halt so.“

Argwöhnisch zog Emilia eine Augenbraue hoch, folgte ihrer Freundin jedoch in die Tiefen des Geschäfts. Eine junge blonde Elfe kam direkt hinterm Tresen hervor und fragte:

„Kann ich euch helfen?“ Als sie erkannte, wer vor ihr stand, machte sie einen erschrockenen Knicks und stammelte: „Eure Hoheit, bitte verzeiht, ich habe Euch nicht direkt erkannt. Welche Ehre, Euch in unserem Geschäft begrüßen zu dürfen.“

„Ähm, ja, vielen Dank ...“, antwortete Emilia verunsichert.

„Wir suchen Kleider für die große Weihe der Tochter der Prinzessin“, brachte sich Sera nun in hochmütigem Tonfall ein.

Emilia war überrascht über ihre Freundin, aber auch dankbar dafür, dass sie diese peinliche Situation beendet hatte. Sie musste eindeutig noch an ihrem Selbstbewusstsein und ihrem königlichen Auftreten arbeiten.

Die Verkäuferin rannte eilig davon und kam mit zwei wunderschönen Kleidern zurück. Sie erinnerten Emilia an das Schillern der Nebel der Waldgeister. Es waren an sich sehr schlichte lange Gewänder, ohne viel Zierde. Nur der Stoff selbst schillerte wie eine Seifenblase im Sonnenlicht, obwohl der Stoffeinfach weiß zu sein schien.

„Ich habe schon gehört, dass Eurer Tochter diese große Ehre zuteilwerden soll. Es ist das erste Mal, dass eine Elfe die Waldgeisterweihe erhalten darf. Daher haben wir keine Gewänder speziell für diesen Anlass, jedoch denke ich, dass diese hier sehr passend sein sollten“, erklärte die Verkäuferin aufgeregt.

Ehrfürchtig berührte Emilia den schillernden, schimmernden Stoff. Er fühlte sich an wie feinste Seide.

„Sie sind perfekt“, bestätigte Emilia.

Sera nahm die beiden Gewänder entgegen und drängte ihre Freundin in den hinteren Teil der Boutique, wo sie sich hinter einem großen Paravent ungestört umziehen konnten.

Die Verkäuferin brachte geschwind eine weiche Decke herbei, auf die Emilia das Baby legen konnte. Mit flinken Fingern löste sie den Knoten ihres Tragetuchs und bettete ihre Tochter auf den weichen Stoff. Dann zogen sie die neuen Kleider an. Das seidene Gewebe schmiegte sich wie eine zweite Haut an Emilias Körper. Sie kam sich vor, als wäre sie selbst ein Waldgeist, als sie vor dem großen Spiegel stand und das schillernde Kleid betrachtete. Es passte ihr wie angegossen und umschmeichelte sanft ihre weibliche Figur. Ihr Babybauch hatte sich nach der Geburt überraschend schnell zurückgebildet, ihre Brüste waren jedoch durch das Stillen rund und prall. Zufrieden betrachtete sie ihr Spiegelbild, als Sera neben sie trat. Auch ihr stand das Kleid hervorragend.

„Du bist wunderschön“, hauchte die Elfe und griff nach Emilias Hand.

„Das Kompliment kann ich nur zurückgeben. Wenn Roandir dich jetzt sehen würde, würde er dir auf der Stelle einen Heiratsantrag machen“, entgegnete Emilia und grinste. Sera wurde rot und blickte zu Boden. „NEIN!“, rief Emilia aus und schlug sich die Hände vor den Mund. „Er hat dir bereits einen Antrag gemacht?!“

Sera nickte und sah ihre Freundin schuldbewusst an.

„Ich wollte es dir erzählen, aber Lethan und Roandir meinten, dass ich dich damit nur unglücklich machen würde, da du, na ja ...“

„Oh Sera!“, rief Emilia und fiel ihrer Freundin um den Hals. „Ich freu mich ja so für euch.“

Perplex blickte Sera sie an.

„Ich muss zugeben, mit *der* Reaktion hatte ich nicht gerechnet ...“, erwiderte die Elfe und lachte freudig auf. „Bin ich froh, dass du es endlich weißt. Es war so schwer, es dir nicht zu sagen und ständig den Gedanken daran wegzusperren. Ich hatte ja schon beinahe einen Hirnkrampf!“

Aufgrund Seras gespielt leidenden Blickes musste Emilia herzlich auflachen.

„Du musst mir alles erzählen. Wie war der Antrag? Wann habt ihr euch verlobt? Wann soll die Hochzeit sein?“

Noch bevor Sera etwas erwidern konnte, wurden sie von der Verkäuferin unterbrochen.

„Passen die Kleider?“, fragte sie.

Die Mädchen blickten sich kurz irritiert an und erst da wurde ihnen wieder bewusst, dass sie ja eigentlich hier waren, um für Elenjanas Weihe passende Roben zu finden.

„Die Kleider sind perfekt“, erklärte Emilia in bemüht königlichem Tonfall, „bitte packen Sie sie ein und lassen Sie sie uns ins Schloss schicken.“ Die Elfe nickte, verbeugte sich und wollte sich eben wieder zurückziehen, sodass die Mädchen die Kleider ungestört ausziehen konnten, als sie von Emilia nochmals zurückgerufen wurde. „Haben Sie auch Hochzeitsroben?“, fragte sie.

„Emilia, bitte nicht!“, piepste Sera.

Die Prinzessin machte jedoch nur eine wegwerfende Geste und antwortete:

„Lass uns doch mal schauen, was es so gibt.“

Sera seufzte und nickte verdrießlich. Sehr zur Überraschung ihrer Freundin. Die junge Verkäufer-Elfe blinzelte etwas verunsichert, nickte dann jedoch und verschwand vor dem Paravent. Während Emilia und Sera die schillernden Kleider auszogen und sorgsam über den Paravent warfen, suchte die Verkäuferin ihnen einige Brautkleider zusammen.

„Darf ich fragen, für wen das Kleid sein soll?“, fragte die Elfe unsicher.

Sera lief ein bisschen rot an, während Emilia antwortete:

„Für meine Freundin hier. Ich möchte, dass sie das schönste Brautkleid bekommt, das Sie haben. Geld spielt keine Rolle. Mein Vater wird das übernehmen.“

„Emilia!“, hauchte Sera entsetzt. „Das geht nicht, Roandir würde das nie erlauben, außerdem ... Da ist noch etwas, das ich dir sagen muss ... Aber nicht hier.“ Sera wand sich wie ein Aal unter den Blicken der beiden Frauen. „Bitte, bringen Sie die Kleider wieder zurück“, bat Sera nun.

Die Verkäuferin sah fragend zu Emilia. Diese nickte und sagte:

„Ich denke, wir kommen ein anderes Mal wieder. Vielen Dank.“

Die Elfe raffte eilig die Kleider zusammen und zog sich zurück.

„Danke“, murmelte Sera und streifte sich die Schuhe über.

„Ich denke, wir sollten uns jetzt wirklich mal ernsthaft unterhalten“, forderte Emilia ihre Freundin auf und stemmte die Arme in die Seiten.

Ihre Freundin nickte schuldbewusst und antwortete:

„Aber nicht hier. Lass uns irgendwohin gehen, wo wir ungestört sind.“

Emilia nickte und wickelte ihre Tochter wieder ins Tragetuch. Dann verließen sie gemeinsam das Geschäft.

Auf der Straße herrschte noch immer reger Betrieb.

„Sollen wir erst noch weitershoppen?“, versuchte Sera, das Thema zu wechseln, aber Emilia war nun wirklich die Lust daran vergangen.

„Ich will jetzt endgültig wissen, was los ist. Was ist in den letzten Wochen hier geschehen? Sag schon“, forderte sie daher ihre Freundin erneut auf. „Hier in der Elfenwelt ist ja nicht mal halb so viel Zeit vergangen wie bei mir in der Menschenwelt und dennoch habe ich das Gefühl, dass ihr mir jede Menge Informationen vorenthaltet.“

„Lass uns zu Miralai gehen“, schlug Sera vor.

Ohne eine Antwort abzuwarten, ergriff sie Emilias Hand und zog sie durch die Elfenmassen hinter sich her. Als sie das gemütliche Freiluft-Restaurant erreicht hatten, nahmen sie an einem Tisch am Rand der Wiese Platz, wo sie sich ungestört unterhalten konnten. Elenjana war zum Glück eingeschlafen. Sie bestellten bei Miralai eine Suppe und dann sah Emilia Sera auffordernd an. Diese wusste nicht so recht, wie sie am besten anfangen sollte.

„Wenn du nichts sagen kannst, dann zeig mir halt deine Gedanken“, brauste Emilia nach einigen Minuten des Schweigens auf.

Sera seufzte tief.

„Wir waren wohl etwas euphorisch, nachdem Elenjana geboren war“, begann sie stockend zu sprechen. „Oder vielmehr ich. Sie war so süß und klein und, na ja, ich habe aufgehört, die Kräuter zu nehmen und ... Also, Roandir wusste davon und es war okay für ihn, aber wir dachten nicht, dass es so schnell passieren würde und nun ... also ... Ich bin schwanger." Nun war die Katze aus dem Sack.

„Das ist doch wunderbar!", rief Emilia aus und zügelte sich dann ganz schnell, als sie sah, dass die übrigen Gäste sich zu ihnen umdrehten. „Aber wo ist dann das Problem, dass ihr so schnell wie möglich heiratet?", fragte sie im Flüsterton weiter.

Sera blickte auf ihre gefalteten Hände, die sie in ihrem Schoß liegen hatte und nervös knetete.

„Ja, also weißt du, es ist so, dass wir bereits verheiratet sind", murmelte sie und wagte es nicht, ihrer Freundin bei diesen Worten in die Augen zu blicken.

„Oh ...", erwiderte diese leicht enttäuscht.

„Ich hätte dich gern mit dabeigehabt, ehrlich, es war nur so, dass wir keine Zeit hatten, um zu warten, und du warst doch in der Menschenwelt. Wir wollten dich nicht in deinen Prüfungen stören und Glorijana hatte uns aufgetragen, dass wir dich unter keinen Umständen zurückholen dürften. Da wir dich vor Beltane nicht zurückerwartet hatten, mussten wir handeln. Meine Tugend ist alles, was mir geblieben ist, nachdem meine Eltern verstoßen wurden. Wäre ans Licht gekommen, dass es mit dieser ebenfalls nicht mehr weit her war, wäre ich einer Ehe mit dem Leibwächter des Königs nicht mehr würdig gewesen."

Emilia blickte ihre Freundin entsetzt an.

„Ich wusste nicht, dass die Elfen da so streng sind", flüsterte sie entsetzt und ihre Gedanken wanderten zu der Nacht, die sie mit Merkur verbracht hatte.

Sie wusste, dass dies nur geduldet worden war, da Elenjana die prophezeite Retterin der magischen Welt gewesen war. Wer weiß, was ansonsten mit ihr geschehen wäre. Sie erinnerte sich an Ainema, die Merkur ganz alleine in der Ödnis der Berge entbunden hatte, um ihn in einem kleinen Boot den Elephas hinunterzuschicken, in der Hoffnung, er möge Andorin wohlbehalten erreichen.

„Na, in dem Fall herzlichen Glückwunsch“, brachte sie nach einigen Minuten des Schweigens heraus.

„Du bist enttäuscht ...“, murmelte Sera und eine Träne kullerte ihre Wange hinunter.

Emilia stand auf und schloss ihre Freundin in den Arm.

„Ein bisschen ...“, gab diese zu. „Ich muss zugeben, ich wäre gern dabei gewesen und ich verstehe nicht, warum ihr mich nicht geholt habt. Das Tor liegt direkt vor meiner Haustür. Ich wäre in wenigen Minuten hier gewesen.“

„Das habe ich auch gesagt, aber Glorijana hatte es doch verboten gehabt ...“

„Und spannenderweise hören alle immer uneingeschränkt auf sie?“, brauste Emilia auf. „Ich frage mich allmählich, wer hier herrscht, mein Vater oder dieser naseweise Waldgeist.“

„Emilia!“, rief Sera aus und versuchte, ihre Freundin zu beschwichtigen. „Wir stehen tief in Glorijanas Schuld. Sie hat dir mehrfach das Leben gerettet. Die Seele ihrer Schwester lebt in dir. Wie kannst du da so über sie reden?“

„Vielleicht weil sie mich zutiefst enttäuscht hat ...“, brachte Emilia mit tränenerstickter Stimme heraus. „Warum konnte sie mir nicht von Anfang an die Wahrheit sagen?

Warum zeigt sie sich jedem außer mir? Nach Elenjanas Geburt bin ich täglich in den Wald gegangen und habe nach ihr gerufen. Gefleht habe ich, sie möge mir doch endlich die Antworten geben, die ich so dringend brauche, aber sie erhörte mich nicht. Sie versteckt sich vor mir und dennoch leitet sie mein Leben mehr, als ich es tue." Mit diesen Worten sprang sie auf und rannte unter Tränen zurück zum Schloss. Sie war enttäuscht, enttäuscht von ihren Freunden, von Glorijana und ihrem Leben.

Am Schlosstor wurde sie von Roandir in Empfang genommen.

„Eure Hoheit, schön, dich wiederzusehen", begrüßte er sie mit einem Schmunzeln auf den Lippen.

Gerade, als er sie in eine freundschaftliche Umarmung ziehen wollte, funkelte Emilia ihn wütend an.

„Lass das Getue, ich bin sauer", brummte sie und entzog sich unwirsch seinem Griff.

„Auf mich?", fragte er überrascht.

„Auf dich, Sera, Lethan, Glorijana, meinen Dad und auf alle anderen, die mir eure Hochzeit und die *frohe Kunde* verschwiegen haben. Ich gratuliere euch." Mit diesen Worten stapfte sie an Roandir vorbei und verschwand im Schlosshof.

Noch bevor er ihr folgen konnte, rannte Sera herbei.

„Roandir! Du bist schon wieder hier?", rief sie freudig und fiel ihrem Mann um den Hals. „Wie ich sehe, hat dich das Unwetter bereits getroffen", ergänzte sie, als sie sich von ihm löste.

„Ja, sieht fast so aus", bestätigte er.

„Wir reden später, ich möchte zuerst Emilia wieder besänftigen."

„Tue das, ich bin sowieso auf dem Weg zu Roman. Ich habe Emilia nur zufällig den Berg hochrennen sehen und wollte sie begrüßen. Im Nachhinein betrachtet, war dies wohl keine so gute Idee!"

„Du konntest ja nicht ahnen, dass sie so schlecht drauf ist."

„Nein, aber wir wussten ja, dass sie die Nachricht nicht gut aufnehmen würde", erwiderte Roandir.

„Die Nachricht war nicht das Problem, sondern die Tatsache, dass man ihr nicht die Entscheidung gelassen hatte, dabei zu sein. Ich war ja gleich gegen diese Heimlichkeiten, aber ihr dachtet alle, dass ihr besser wisst, was gut für sie ist. Nun haben wir den Salat. Man sollte einfach nicht auf die Männer hören, wenn es um Gefühle geht."

„Es war Glorijana, die es untersagt hatte, nicht wir", antwortete er.

„Aber ihr habt darauf bestanden, dass wir uns daran halten", erwiderte Sera, gab ihrem Mann einen kleinen Kuss und hastete schleunigst weiter hinter Emilia her.

Roandir lächelte einige Sekunden seiner wunderschönen Ehefrau nach, erinnerte sich dann jedoch daran, dass er ja eigentlich zum König wollte und ging schnellen Schrittes weiter.

Emilia rannte die letzten hundert Meter den überwucherten Durchgang entlang, da Elenjana unter alldem Radau aufgewacht war und nun kläglich nach etwas zu essen verlangte. In ihren Gemächern angekommen holte sie ihre Tochter aus dem Tragetuch. Flink öffnete sie ihre Bluse, setzte sich in den Schaukelstuhl und stillte das Kind.

Das erzwungene Sitzen und die Ruhe, die Elenjana benötigte, um trinken zu können, brachte Emilia dazu, sich selbst zu beruhigen. Sie atmete mehrfach tief durch und ließ den Ausflug und all die neuen Informationen Revue passieren. Vielleicht war sie ein wenig zu schroff zu Sera gewesen. Schließlich konnte diese ja nichts dafür, dass Glorijana so ein blödes Spiel mit allen spielte, andererseits hatte sich die junge Elfe schon des Öfteren über diverse Regeln hinweggesetzt. Sie hätte also einfach einen Boten zu ihr schicken können, dann hätte sie selbst entscheiden können, ob sie an der Zeremonie teilnehmen wollte. Demgegenüber hatte sie die letzten Wochen tatsächlich benötigt, um sich darüber klarzuwerden, dass sie nach Andorin zurückkehren musste. Wer weiß, wie die Entscheidung ausgefallen wäre, wäre sie schon früher wieder hier gewesen. Tief in ihrem Inneren wusste sie, dass Glorijana ein höheres Ziel verfolgte und dass es alle anderen immer nur gut mit ihr meinten.

Nun, da sie sich nochmals in Ruhe mit dem Thema auseinandergesetzt hatte, schoss ihr die Röte ins Gesicht, da ihr bewusst wurde, dass sie komplett überreagiert hatte. Es tat ihr leid, dass sie ihre Freunde so angeschnauzt hatte.

In eben diesem Moment klopfte es sanft an der Tür.

„Herein“, sagte Emilia in ruhigem Ton, um ihre Tochter nicht zu erschrecken.

Seras blonder Haarschopf schob sich durch den Spalt.

„Können wir reden?“, fragte sie vorsichtig.

„Komm rein“, forderte Emilia ihre Freundin auf und lächelte sie unsicher an. Sie legte Elenjana, die inzwischen satt war, auf eine Krabbeldecke auf den Boden und ging dann schnellen Schrittes auf Sera zu, um diese in den Arm zu nehmen. „Bitte entschuldige, ich habe total überreagiert“, sagte sie leise.

„Ich wäre auch böse gewesen an deiner Stelle“, flüsterte Sera verlegen.

„Vergessen wir das“, forderte Emilia sie auf. „Nun erzähl endlich, ich will alles wissen. Wie war Roandirs Antrag, wie war die Hochzeit? Und natürlich, wann kommt das Baby? War dir auch so furchtbar übel wie mir?“

Sera lachte ihr glockenhelles Lachen und das Eis war gebrochen.

„Immer langsam“, bat diese. „Lass uns erst mal einen Tee kochen, dann erzähle ich dir alles in Ruhe.“

Emilia hibbelte auf ihrem Stuhl herum, während Sera in aller Seelenruhe das Teewasser aufkochte und die Teeeier füllte. Als sie endlich die dampfenden Tassen vor Emilia und sich auf den Tisch stellte, platzte Emilia beinahe vor Neugierde.

„Und?“, bohrte sie erneut nach.

„Also, das war gar nicht so romantisch“, begann nun die Elfe. „Als ich feststellte, dass ich schwanger war, habe ich mich erst nicht getraut, es Roandir zu sagen. Da ich nicht wusste, mit wem ich darüber reden sollte, ging ich ins Haus der Heiler, um mich von Lianna untersuchen zu lassen und mir Rat bei ihr zu holen. Sie war es dann, die mich dazu gedrängt hat, ihm reinen Wein einzuschenken. Sie hatte mir gesagt, dass ich unbedingt erreichen müsste, dass er mich zur Frau nahm, bevor man Anzeichen der Schwangerschaft erkennen konnte. Also erzählte ich es ihm."

„Aber er wusste doch, dass du die Kräuter zum Verhüten nicht mehr genommen hattest", warf Emilia überrascht ein.

Sera nickte.

„Ja, schon, aber es war nun mal nicht so, dass wir wirklich ein Kind geplant hatten, ich habe ihn in einem leidenschaftlichen Moment damit überfallen und er hat alle Bedenken über Bord geworfen. Im Nachhinein war ich mir nicht mehr so sicher, ob er in einem, sagen wir mal, weniger amourösen Moment dieselbe Entscheidung getroffen hätte", gestand die Elfe und wurde rot.

„Verstehe ...", murmelte Emilia und grinste. „Und wie hat er es aufgenommen?"

„Er ging reiten."

„Wie? Er ging reiten?"

„Na, du kennst doch Roandir, er ist kein Elf der großen Worte. Nachdem ich ihm die Wahrheit gesagt hatte, stand er kommentarlos auf, ging zum Stall, sattelte sein Pferd und verschwand erst einmal für einige Stunden."

„Das ist jetzt nicht dein Ernst?", rief Emilia entsetzt aus.

„Doch ... Wie du dir sicher vorstellen kannst, saß ich zu Hause wie auf glühenden Kohlen."

„Und wann kam er wieder?"

„Nach ein paar Stunden hörte ich Hufgeklapper im Hof. Ich wartete also angespannt und da kam er zurück, als wäre nichts gewesen, hatte einen Blumenstrauß in der Hand, den er selbst gepflückt hatte. Er nahm mich in den Arm, gab mir einen Kuss und sagte: *Seranna, du machst mich zum glücklichsten Elfen in Andorin. Heirate mich.* Ich war so perplex, ich wusste erst gar nicht, was ich sagen sollte. Erst als er einen kleinen Ring aus seiner Tasche zog, wurden mir die Worte so richtig bewusst. Und natürlich habe ich JA gesagt!“ Sie lachte freudig auf und zog eine Kette aus ihrem Ausschnitt. Dann öffnete sie den Verschluss, nahm den Ring und steckte ihn sich an den Finger. „Ich habe ihn abgenommen, da ich es dir schonender beibringen wollte, leider hat das wohl nicht geklappt.“ Sie reichte Emilia die Hand, sodass diese den Ring bewundern konnte. Er war silbern und sehr filigran gearbeitet. Drei hellblaue Steine zierten die Schnörkel des Ringes.

„Er ist wunderschön“, hauchte Emilia.

Sera nickte stolz und ein paar Tränen stahlen sich in ihre Augen.

„Entschuldige, die Hormone ...“ Sie wischte die Tränen weg und lächelte ihre Freundin an. „Wir haben noch in derselben Woche geheiratet. Nur im kleinen Kreis. Lethan als mein Trauzeuge und dein Vater als Trauzeuge von Roandir.“

Danach schwiegen beide Mädchen einige Minuten.

„Wann kommt das Kind?“, fragte Emilia dann.

„Im Sommer“, erklärte Sera.

„Was ist mit der Ausbildung?“, fragte sie vorsichtig weiter.

„Was soll damit sein?“, entgegnete Sera erstaunt.

„Na, wenn du ein Kind bekommst ...“

„Ach, du meinst, dass ich deswegen kürzertrete? Nie im Leben. Wir werden gemeinsam an Beltane unsere Ausbildung beginnen. Wenn das Kind kommt, lege ich einige Tage Pause ein und dann mache ich weiter. Du hast ja selbst erlebt, wie schnell wir Elfen wieder auf den Beinen sind nach einer Entbindung, und du bist nicht mal zur Hälfte eine Elfe." Sera zwinkerte ihr vergnügt zu.

Emilia sah skeptisch drein und überlegte.

„Wie willst du es stillen, wenn du im Unterricht bist?", fragte sie nun.

„Gar nicht. Roandir besorgt mir eine Amme", erklärte sie wie selbstverständlich.

Emilia nickte nur und ließ das Thema dann auf sich beruhen. Sera sollte erst mal Mutter werden, dann würde sie schon sehen, was es heißt, das eigene Baby einem anderen anzuvertrauen. Aber vielleicht waren Elfen da ja auch anders als Menschen oder sie war eine besondere Glucke.

„Wohnt ihr jetzt gemeinsam im Schloss?", wechselte Emilia das Thema.

„Ja", bestätigte Sera und strahlte freudig. „Wir haben neue Gemächer bekommen, nach unserer Hochzeit. Es ist wundervoll. Hell, geräumig und ruhig gelegen. Wobei es mir im Gästehaus auch gut gefallen hat. Dein Vater ist so freundlich gewesen und hat mich weiterhin dort wohnen lassen, nachdem ihr zurückgegangen seid."

„Es freut mich, dass bei dir alles so toll gelaufen ist und es freut mich, dass du nun auch hier wohnst. Das macht mir das große Schloss ein wenig mehr zu einem Zuhause. Zeigst du mir später eure Räume?"

„Ja klar. Sollen wir gleich?“, erwiderte Sera euphorisch.

Emilia warf einen prüfenden Blick zu Elenjana, die putzmunter die Welt um sich herum begutachtete.

„Ja, lass uns gehen.“ Sie hob ihre Tochter hoch und so verließen die drei das Zimmer.

Seras und Roandirs Räume waren nicht weit von ihren entfernt. Nur der überwucherte Durchgang trennte sie zukünftig voneinander. Emilia war sich sicher, dass ihr Vater bewusst diese Nähe zugelassen hatte. Er wusste, wie viel Sera ihr bedeutete und dass sie sich hier im Schloss mit ihrer Freundin in der Nähe besser einleben würde. Da sie auf dem Weg zu den Privaträumen des frisch gebackenen Ehepaares auf Sophia und Haldur trafen, fiel die Besichtigungstour eher kurz aus. Aber Sera hatte recht gehabt. Es war eine sehr schöne Wohnung, die ihr Vater für die beiden beziehungsweise für die drei ausgesucht hatte.

Nachdem Sera Emilia alles im Schnelldurchgang gezeigt hatte, erwarteten Sophia und Haldur die beiden Mädchen, um sich ihnen anzuschließen, den Thronsaal aufzusuchen. Roman hatte sie hergebeten und beauftragt, seine Tochter und Sera mitzubringen. Roandir stand an des Königs Seite, als die fünf den lichtdurchfluteten Raum betraten.

„Emilia, Sera, schön, dass ihr gleich mitkommen konntet“, begrüßte Roman die beiden.

Er stand auf, gab seiner Tochter einen Kuss auf die Wange und strich Elenjana über das schwarze Haar. Anschließend wandte er sich Haldur und seiner Mutter zu. Sophia glühte regelrecht, so glücklich schien sie zu sein, dass Haldur nun endlich wieder an ihrer Seite war. Roman begrüßte den Herrscher Angoroghs wie einen alten Freund und seiner Mutter drückte er ebenfalls ein Küsschen auf die Wange.

„Setzt euch, bitte“, forderte der König sie anschließend auf. Sera hatte sich unauffällig zu ihrem Gatten gestohlen und ihn erst mal intensiv geküsst. Dies war auch der Grund dafür, dass sie Romans Aufforderung nicht mitbekommen hatten. Erst ein Räuspern riss die beiden aus ihrer intimen Begrüßung. Sera lief rot an und gesellte sich umgehend an Emilias Seite. Roandir lächelte nur entschuldigend und sagte:

„Du solltest wissen, wie das ist, schließlich haben wir uns mehrere Tage nicht gesehen.“

Roman lachte laut auf und klopfte seinem Freund auf die Schulter.

„Tue dir wegen mir keinen Zwang an. Wir Menschen sehen das nicht so streng wie ihr Elfen“, erwiderte er. Emilia sah verwirrt zu ihrem Vater. „Die Elfen halten nicht viel von öffentlichen Liebesbekundungen“, erklärte er ihr.

Diese schüttelte nur ungläubig den Kopf, bevor sie jedoch etwas erwidern konnte, unterbrach Haldur ihr Gespräch:

„Sicher gibt es einen Grund dafür, dass wir alle zusammenkommen sollten?“

„Sicher“, bestätigte Roman. Er räusperte sich erneut und bemühte sich, den roten Faden wiederzufinden. „Roandir war, wie ihr ja sicherlich alle wisst, die letzten Tage in Gwaithmar. Der Wiederaufbau ist in vollem Gange, jedoch gibt es ein Problem.“

„Was für ein Problem?“, fragte Emilia entsetzt nach.

„Keine Panik, im Prinzip ist es nichts Schlimmes", beruhigte Roman sie schnell. „Es ist nur so, dass im Moment alle Elfen voll ausgelastet sind mit den Renovierungsmaßnahmen. Daher bleibt die Ausbildung der Volljährigen auf der Strecke. Da es jedoch hilfreich wäre, wenn diese so schnell wie irgend möglich ausgebildet werden könnten, haben Mephisto und Ainema uns gebeten, die Jungelfen zu uns schicken zu dürfen."

Emilia war blass geworden.

„Heißt das etwa, dass Merkur auch hier unterrichtet wird?", unterbrach sie ihren Vater.

Dieser blickte sie ernst an und antwortete:

„Ja, mein Kind, sofern er dies wünscht, darf auch er hier zum Unterricht erscheinen. Mir war klar, dass dir das nicht behagen könnte, jedoch muss ich als König manchmal meine eigenen Gefühle und leider auch die deinen beiseiteschieben und an das Allgemeinwohl denken. Derzeit sind unsere besten Männer am Wiederaufbau Gwaithmars beteiligt. Im Moment stellt das kein großes Problem dar, da die Ernte noch in weiter Ferne liegt und Frieden herrscht. Sollte jedoch ein Gegner auftauchen und uns bedrohen, müssten wir all unsere Männer abziehen und die Feuerelfen und die anderen Bewohner Gwaithmars ihrem Schicksal überlassen. Daher ist es so wichtig, dass sie selbst schnellstmöglich jeden Elfen ausbilden, der im richtigen Alter ist. Wir können diese Anzahl junger Elfen jedoch nur zusätzlich ausbilden, wenn auch wir ein wenig ausbauen."

Emilia wurde heiß und kalt zugleich, nickte jedoch nur und schwieg. Sie hatte gewusst, dass sie Merkur bald wieder gegenüberstehen müsste, jedoch war die Aussicht, ihm täglich im Unterricht zu begegnen, für sie unvorstellbar. Dennoch atmete sie tief durch und bemühte sich erneut, den Worten ihres Vaters folgen zu können, der in der Zwischenzeit das Wort Haldur gewidmet hatte.

„Wir benötigen Lehrkräfte, und da du, lieber Haldur, ein weiser erfahrener Elf bist, wollte ich dich bitten, einen der Kurse zu übernehmen. Ich weiß, es ist ungewöhnlich, dass ein Herrscher unterrichtet, jedoch fällt mir auf die Schnelle kein anderer Elf ein, der diese Tätigkeit übernehmen könnte. Welches Fach du übernehmen kannst, besprechen wir noch. Auch ich werde einen Teil des Unterrichts mittragen. Es würde sich bei jedem von uns um vielleicht vier bis fünf Wochenstunden handeln, ich denke, die Zeit könnten wir uns freischaufeln. Und, Mutter, dich wollte ich fragen, ob du nicht das Fach *Menschenkunde* übernehmen würdest. Schließlich kennst du dich da am besten aus."

„Nun ja ...", begann Haldur, „eigentlich hatte ich zwar gehofft, etwas kürzer zu treten, nun, da wir unsere Feinde besiegt haben, jedoch sehe ich ein, dass dies eine enorm wichtige Aufgabe darstellt. Wenn Sophia sich einverstanden erklärt, ebenfalls zu unterrichten, dann freue ich mich darauf, die nächsten Monate mehr Zeit in Andorin zu verbringen. Was natürlich auch den Vorteil hat, dass ich meine Enkeltochter öfters zu Gesicht bekommen werde." Er zwinkerte Emilia zu und diese nickte freudig.

„Gut, dann wäre das geklärt", fuhr Roman fort.

„Mich fragt man wohl nicht, ob ich dies überhaupt machen möchte?", fragte Sophia entrüstet, man konnte jedoch den Schalk aus ihren Augen sprühen sehen.

„Mutter, wenn es darum geht, jungen Elfen etwas beizubringen, bist du sicherlich die Letzte, die dazu Nein sagt", antwortete Roman. „Wie ich dich kenne, hast du in den letzten fünf Minuten bereits den Stundenplan des ersten halben Schuljahres ausgearbeitet, habe ich recht?"

Sophia lachte auf und antwortete:

„Na, sagen wir mal die ersten Wochen sind wohl gedeckt."

„Na, sag ich doch. Dann wäre dieses Thema vom Tisch. Nun zum nächsten Punkt. Die Waldgeister haben mir mitgeteilt, dass die Weihe Elenjanas an Beltane stattfinden wird. Wir sollten also langsam, aber sicher mit den Vorbereitungen beginnen."

Emilia und Sera nickten.

„Wir haben heute bereits unsere Roben ausgesucht", mischte sich nun Sera in die Unterhaltung ein.

„Sehr schön", bestätigte der Herrscher. „Emilia, Glorijana wünscht dich und Elenjana vorab zu sehen", wandte sich Roman nun direkt an seine Tochter. „Sie möchte alles Notwendige mit dir besprechen." Emilia zog verblüfft eine Augenbraue hoch. „Wieso siehst du mich so entgeistert an?", fragte der Herrscher nach.

„Ach nichts, es überrascht mich nur, dass sie sich nun mit mir treffen möchte. Ich hätte gedacht, dass sie mich weiterhin meiden wird, schließlich sind meine Fragen an sie noch immer dieselben wie vor wenigen Monaten."

„Ich sagte doch, man muss sie einfach machen lassen. Glorijana lässt uns die wichtigen Informationen dann zuteilwerden, wenn wir sie brauchen. Habt Vertrauen in den Waldgeist“, mischte sich nun Granny ein.

„Sophia hat sicherlich recht“, bestätigte Haldur ihre Aussage. „Auch wir Bergelfen geben Informationen, die wir von den Sternen erhalten haben, erst dann weiter, wenn das Bild vollständig und somit die Zeit reif ist.“

„Dem ist wohl nichts hinzuzufügen“, schloss Roman nun die Besprechung. „Du sollst heute Abend im Wald auf sie warten, da, wo du ihr das erste Mal begegnet bist. Ich muss leider gleich weiter nach Gwaithmar, alles Nötige mit Mephisto und Ainema besprechen. Haldur, kommst du mit?“

„Nein danke, Roman, ich genieße nun erst einmal ein schönes romantisches Dinner mit deiner Mutter. Gwaithmar und seine Probleme werden mich morgen wieder zu Gesicht bekommen.“ Mit diesen Worten erhob er sich und reichte Sophia galant den Arm. Diese kicherte wie ein Schulmädchen und schritt mit ihm davon.

Überhaupt musste Emilia nun feststellen, dass ihre Großmutter in Gegenwart des Elfen viel jünger zu sein schien. Als würde ein Teil seiner Unsterblichkeit sie wieder jung machen. Aber man sagte ja auch, dass die Liebe jung halte. Vielleicht war das bei Granny ja der Fall. Nur mit dem Unterschied, dass sie sie nicht jung hielt, sondern jung machte.

Leider blieb Emilia nicht viel Zeit, ihre Gedanken zu sortieren. Wenn sie am Abend noch zu Glorijana in den Wald gehen sollte, müsste sie nun auf alle Fälle nochmals Elenjana füttern und frisch wickeln und nach Fox sollte sie auch noch schauen. Dieser war heute, zusammen mit Kim, bei der neuen Hundesitterin. Auch das war eine Annehmlichkeit, die ihr hier in Andorin, als Prinzessin, zuteilwurde und die sie sehr zu schätzen wusste. Ständig irgendwelche Dienstboten greifbar zu haben, die ihr zur Hand gingen, wenn es nötig war. Sie gab Fox zwar nicht gern her, genauso wenig wie ihr Baby, aber seit sie ein Kind hatte, war sie doch froh, wenn sie Unterstützung erhielt. Außerdem hätte sie ihn heute zum Shoppen unmöglich mitnehmen können und alleine in der neuen Wohnung wollte sie ihn auch nicht lassen, bevor er sich nicht eingewöhnt hatte.

So gingen die drei gemeinsam zurück zu Emilias Gemächern.

„Willst du, dass ich nachher mitkomme?“, fragte Sera. „Sollte das Gespräch zwischen dir und Glorijana länger dauern, könnte ich dir Elenjana abnehmen, falls sie quengelig wird.“

„Das ist eine gute Idee, aber nur, wenn es dir nicht zu viel wird“, antwortete Emilia. „Ich möchte nicht, dass du dich unseretwegen überanstrengst.“

Sera lachte auf.

„Emi, ich bin eine Elfe, glaub mir, ich merke nicht mal, dass ich schwanger bin. Und das wird auch noch eine ganze Zeit so bleiben, hoffe ich.“

„Ich erinnere dich dann daran, wenn du um Hilfe beim Schuhbinden bitten musst“, erwiderte sie und stimmte in das Lachen mit ein. „Aber dennoch bestehe ich darauf, dass du dich noch etwas ausruhst, ich hol dich dann später ab. Jetzt hol ich Fox und dann kümmere ich mich um Elenjana." Wie auf Kommando begann die Kleine zu jammern. Emilia seufzte tief. „Dann muss Fox wohl noch eine Weile warten."

„Ich könnte ...", begann Sera, wurde jedoch sofort von Emilia unterbrochen:

„Untersteh dich! Du machst jetzt eine Pause und isst was Anständiges. Ich hol dich dann ab." Mit diesen Worten schob sie Sera in die geöffnete Tür ihrer Gemächer, die sie soeben erreicht hatten, und gab ihr zum Abschied einen Kuss auf die Wange.

„Schon gut", beschwichtigte Sera ihre überfürsorgliche Freundin. „Ich tue ja alles, was du sagst. Wird man so, wenn man Mutter ist?", fragte sie spitzbübisch und zwinkerte Emilia schelmisch zu.

„Wirst es ja selbst bald sehen!", war alles, was Emilia ihr zurief, bevor sie in dem von Pflanzen gesäumten Durchgang verschwand.

KAPITEL 10

Da ihr Vater vermutlich die Nacht in Gwaithmar verbringen würde, beschloss Emilia, Fox ebenfalls mit in den Wald zu nehmen. So konnte er sich noch ein wenig austoben. Kim war mit Sophia und Haldur mitgegangen.

Als sie mit ihrem Anhang bei Sera und Roandir an der Tür klopfte, dauerte es keine fünf Sekunden, bis sich diese leise öffnete. Sera huschte hindurch und schloss die Tür wieder so sanft es ging.

„Was ist los?“, fragte Emilia überrascht.

„Psst“, zischte Sera. „Roandir schläft und er muss nicht mitbekommen, dass ich noch mal weggehe.“

Emilia sah ihre Freundin ungläubig an.

„Wieso?“, fragte sie leise, obwohl sie inzwischen weit genug gegangen waren, dass selbst ein Elf sie nicht mehr hätte hören können.

Sera seufzte tief.

„Na, weil er genauso überfürsorglich ist wie du. Alle um mich herum behandeln mich gerade wie ein rohes Ei, dabei fühl’ ich mich prächtig“, jammerte sie.

„Sei froh, dass wir uns um dich sorgen“, gab Emilia zurück, „aber ich hoffe, du hast ihm wenigstens einen Zettel dagelassen, dass er sich keine Sorgen macht?“

„Natürlich nicht“, antwortete die Elfe entrüstet. „Der wäre imstande und würde mich postwendend heimtragen. Nein, nein, es ist besser so, glaub mir. Außerdem muss er ja schließlich auch nicht immer wissen, wo ich hingehe. Verheiratet hin oder her.“

Hoch erhobenen Hauptes schritt die junge Elfe durch die Gänge des Schlosses. Emilia konnte nur noch den Kopf schütteln, vertiefte das Thema jedoch nicht weiter, da sie insgeheim froh war, dass sie in der Dämmerung nicht alleine in den Wald musste. Fox war leider nicht der beste Wachhund.

Als sie den Schlossberg hinabgingen und ihnen die kühle Nachtluft um die Nase wehte, fiel ihr ihr nächtlicher Ausflug von damals ein, als sie von Merkur erfahren hatte, wer sie wirklich war. Ein kalter Schauer lief ihr den Rücken hinunter, als sie sich an diesen unheimlichen Marsch erinnerte. Von dem Höllenhund, der sie am Folgetag angegriffen hatte, ganz zu schweigen.

„Ist alles in Ordnung?“, fragte Sera, der entweder ihr Schaudern oder ihre Gedanken nicht entgangen waren, und blieb stehen.

„Ja, ich musste nur gerade an das denken, was mich schon so alles in den Wäldern erwartet hat“, antwortete Emilia und hielt ebenfalls inne. „Wobei es mir inzwischen schon beinahe unwirklich erscheint. Es ist zwar erst ein gutes Jahr her, aber seither ist so viel geschehen, als wären Jahrzehnte ins Land gezogen.“

„Ich weiß genau, was du meinst“, bestätigte Sera. „Los, lass uns weitergehen, hier im Wald wird uns mit Sicherheit kein Höllenhund erwarten und ich glaube, wir werden bereits erwartet. Sieh nur, da vorne ist ein ganzer Schwarm Glühwürmchen.“

Emilia sah zum Waldrand, der inzwischen in Sichtweite war, und tatsächlich war der gesamte Eingang von Millionen fliegender kleiner Geschöpfe hell erleuchtet. Die beiden Mädchen schritten ehrfürchtig auf den Waldeingang zu. Fox preschte voran und versuchte bellend, nach den kleinen Insekten zu schnappen. Diese flogen jedoch so hoch, dass er keine Chance hatte. Elenjana freute sich über Fox' Spiel und quietschte fröhlich vor sich hin. Der gesamte Weg zu der alten Eiche, an der sie Glorijana das erste Mal getroffen hatte, war nun hell beleuchtet. Es schien, als wandelten die vier unter einem strahlend hellen Sternenhimmel. Fox hatte das Spiel inzwischen aufgegeben und trottete missmutig neben den Mädchen her. Elenjana dagegen griff munter nach den kleinen Glühwürmchen und diese taten dem Kind den Gefallen und ließen sich auf ihrer ausgestreckten Hand nieder. Die Kleine jauchzte vor Freude in ihrem Tragetuch.

Wenige Augenblicke nachdem die vier die Eiche erreicht hatten, glitzerte von fern der Nebel der Waldgeister auf. Blaue leuchtende Schmetterlinge, die aus reinem Licht zu bestehen schienen, bildeten wie immer die Vorhut. Emilia spürte, wie ihr Amulett, das sie seit ihrem Abenteuer in Askja nicht mehr abgenommen hatte, ganz warm wurde. Sie berührte es leicht mit der Hand und schon spürte sie das Kitzeln der Schmetterlingsflügel. Ihr kleiner blauer Begleiter löste sich aus dem Stein ihrer Kette und flatterte munter davon, um seine Artgenossen zu begrüßen.

Der Glitzernebel war inzwischen bei der alten Eiche angekommen und Glorijana materialisierte sich vor ihren

Augen. Heute sah Emilia die Königin der Waldgeister jedoch mit einem ganz anderen Blick. Damals, als sie ihr das erste Mal begegnet war, erschien sie ihr so rein und unschuldig, was sicherlich ihrem äußeren Erscheinungsbild geschuldet war. In Gestalt eines kleinen Mädchens, mit dem weißen Kleid, barfuß und den weißen langen Haaren, die in ihrem strahlenden Weiß dennoch in allen Regenbogenfarben zu schillern schienen, sah man ihr nicht an, welche Macht in diesem Wesen steckte.

Heute sah Emilia das weiseste Wesen, das ihr in der magischen Welt bisher begegnet war. Heute wusste sie, dass sich hinter dieser kindlichen Unschuld eine beinahe allwissende Macht verbarg. Berechnend und bereit, das Schicksal des Einzelnen zum höheren Wohl zu missbrauchen.

„Seid gegrüßt“, begann die Königin das Gespräch und lächelte den Mädchen freundlich zu. „Emilijana, es freut mich sehr, dass wir uns endlich wiedersehen. Außerdem freut es mich, dass ich heute meine kleine Nichte kennenlernen darf.“

Emilia riss die Augen weit auf. Bei alldem Durcheinander der letzten Monate hatte sie diese Tatsache total übersehen gehabt. In ihr war die Seele Glorijanas Schwester wiedergeboren worden, daher war Emilia sowohl Elfe, Mensch als auch Lichtwesen. Elenjana war also, wenn man so wollte, die Nichte der Königin der Waldelfen. Während sich Sera vor der Königin verbeugte, starrte Emilia sie nur böse an. Sera stupste ihre Freundin auffordernd an, diese schüttelte jedoch nur erbost den Kopf.

„Bitte verzeih, dass ich dir diese Freude nicht abnehme“, stieß sie zwischen zusammengebissenen Zähnen hervor. Glorijana sah ihr direkt in die Augen, erwiderte jedoch nichts, was Emilias Wut nicht minderte. „Hast du gar nichts zu alldem zu sagen, was die letzten Monate geschehen ist? Du hast mich allein gelassen, mit all dem Halbwissen, das ich mir selbst suchen musste. Du hast mich im Dunkeln tappen lassen. Seit Elenjanas Geburt stand ich tagtäglich hier auf der Lichtung und habe nach dir gerufen, gefleht habe ich, du mögest dich endlich zeigen und mir beistehen. Wenn du Elenjana als deine Nichte bezeichnest, bist du dann nicht auch meine Schwester? Sind Schwestern nicht dazu da, sich in solch schweren Zeiten beizustehen? Wo warst du? Und was weißt du noch alles? Sag schon!“

Sera blickte ihre Freundin entsetzt an. Sie war sich sicher, dass sich kein anderes Lebewesen je getraut hätte, so mit Glorijana zu reden.

Die Königin der Waldgeister hingegen stand noch immer völlig reglos vor ihr und ließ die gesamte Schimpftirade über sich ergehen. Als Emilia nichts mehr einfiel, nickte der Waldgeist und antwortete:

„Ich hoffe, es geht dir nun besser. Ich würde mich gern in Ruhe und alleine mit dir unterhalten.“

„Ich warte hier an der Eiche und werfe Fox ein paar Stöcke, das ist in Ordnung“, warf Sera ein, bevor Emilia etwas erwidern konnte.

„Na schön“, murrte diese und ließ sich von Glorijana in den Wald führen.

Die Glühwürmchen blieben bei Sera zurück. Die leuchtenden Schmetterlinge und das glänzende Licht, das der Waldgeist ausstrahlte, genügten, dass Emilia genug sehen konnte.

„Emilijana, es tut mir leid, dass ich dich so quälen musste, glaube mir, meine Gabe ist sowohl Segen als auch Fluch zugleich. Wie du sicherlich schon selbst herausgefunden hast, hatte nicht nur meine Zwillingsschwester das Talent, die Zukunft zu sehen, auch ich besitze diese Fähigkeit. Nur in einem anderen Ausmaß. Während Emilijana immer alle Facetten einer Vision erkennen konnte, bleibt mir vieles verborgen. Ich benötige dann Zeit, um die Bruchstücke, die sich mir zeigen, zu deuten und zu interpretieren. Wenn ich für dich einige Zeit nicht greifbar bin, dann nur, weil ich etwas gesehen habe, das ich dir noch nicht offenbaren darf, da du allein den Weg finden musst, oder ich es nicht kann, weil ich das wahre Ausmaß meiner Vision noch nicht kenne. Aber ich denke, nun ist es an der Zeit, dass ich mit offenen Karten spielen kann. Ich weiß, du bist sauer, dass ich untersagt hatte, dich zu Serannas Hochzeit nach Andorin zu holen, aber es war wichtig. Das Wichtigste überhaupt war, dass du aus freien Stücken den Weg zurückgefunden hast. Dies war der Startschuss für deine Zukunft, die ich gesehen habe. Emilijana, du bist nun voll und ganz Teil der magischen Welt, du bist zwar noch immer menschengeboren, aber dein Elfen- und dein Waldgeisterbe wächst nun von Tag zu Tag in dir. Deine Unsterblichkeit ist erwacht und deine Fähigkeiten, sowohl elfisch als auch die der Waldgeister, entwickeln sich rasend schnell. Ich fühle es. Wir werden die Weihe Elenjanas zum Anlass nehmen, auch dich zu weihen. Du musst dein Erbe nun antreten, das ist von entscheidender Wichtigkeit."

Glorijana war stehengeblieben und sah Emilia eindringlich an.

„Das nennst du mit offenen Karten spielen?", stellte sie die Gegenfrage. „Du wirfst mir ein paar Andeutungen an den Kopf und erwartest, dass ich mich weihen lasse. Nenn mir den Grund. Den wahren Grund."

Glorijana seufzte tief.

„Ich verstehe dein Misstrauen und deine Wut, jedoch kann ich dir nur das sagen, was ich bereits gesagt habe. Meine Visionen zeigen mir, dass du und Elenjana zusammen den Segen der Waldgeister empfangen müsst."

„Aber ich dachte, ich habe deinen Segen bereits empfangen?", bohrte Emilia nach.

„Ja, das ist richtig, jedoch nicht in der kompletten Zeremonie. Scheinbar ist dies wichtig, um dein Erbe vollends zu empfangen."

„Welches Erbe?", fragte Emilia skeptisch nach.

„Das Erbe Emilijanas. Ihre Gabe, die Zukunft zu sehen. Wir müssen ihre Seele rufen, eine Verbindung zu ihr herstellen. Ihr beide müsst euch nun auch bewusst vereinen."

„Wie meinst du das?", fragte Emilia verblüfft. „Sicherlich bin ich mit meiner Seele vereint", antwortete sie patzig.

„Emilia, du bist etwas Besonderes, da du zwei Seelen in dir trägst. Du wurdest als Mensch geboren und hast dich mit deiner menschlichen Seele verbunden. Emilijanas Seele konnte sich erst entfalten, als du das erste Mal die magische

Welt betreten hattest. Nun ist es an der Zeit, dass ihr zueinander findet. Ihr müsst eins werden."

„Und was, wenn ich das nicht will?", entgegnete Emilia.

„Nur wenn euch das gelingt und du die Gabe erhältst, besteht die Chance, Merkur zurückzubekommen", antwortete das Lichtwesen und sah ihr tief in die Augen.

„Also gibt es einen Weg?", fragte Emilia euphorisch nach.

„Ich bin mir nicht sicher, es ist alles noch undeutlich, aber soweit ich meine Visionen deuten kann, kannst nur du diese Zukunft sehen. Merkurs Erinnerungen wurden durch Mächte der Finsternis gestohlen, die wir nicht einmal im Ansatz verstehen können. Nur du, die du ihn wahrlich liebst, kannst einen Weg finden, ihn von seinem Leiden zu erlösen. Zwischen euch besteht ein besonderes Band, wir nennen es die *Magie der Liebenden*. Mit ihrer Hilfe kannst du einen Ausweg finden, aber nur, wenn du dein Waldgeist-Erbe in vollem Umfang und mit allen Konsequenzen annimmst."

Emilia biss sich auf die Lippen und ließ Glorijanas Worte auf sich wirken.

„Welche Konsequenzen sind das?", fragte sie nach einiger Zeit nach.

„Wo Licht ist, ist auch Schatten. Du wirst nicht nur die Chance bekommen, Merkur zu retten, du wirst auch traurige Dinge sehen können. Die Visionen sind nicht immer lenkbar. Emilijana haben diese manchmal an den Rand des Wahnsinns getrieben. Dessen musst du dir bewusst sein." Sie griff nach Emilias Händen und sah ihr erneut tief in die Augen. „Überlege deine Entscheidung gut, aber wisse, dass von euch noch immer die Zukunft der magischen Welt abhängt. Merkur ist dein Seelengefährte und wird das immer bleiben. Kein anderer Elf kann seinen Platz einnehmen, aber ich denke, das weißt du bereits."

Emilia nickte und eine Träne kullerte ihr die Wangen hinunter.

„Ich werde es machen. Ohne Merkur werde ich nie wieder glücklich sein. Mit ihm werde ich diese Bürde tragen können, da bin ich sicher." Sie wunderte sich selbst darüber, wie schnell sie diese Entscheidung getroffen hatte, aber sie wusste, dass es die richtige war.

Glorijana nickte und antwortete zufrieden:

„So sei es. Eins noch, Emilia. Wir werden dich gemeinsam mit Elenjana weihen, es wird niemand anderem auffallen, dass wir auch dich weihen werden. Überlege daher gut, wem du davon erzählen möchtest. Die Fähigkeit, in die Zukunft sehen zu können, birgt ganz eigene Gefahren. Ich bin mir sicher, dass deine Eltern nicht begeistert sein werden, wenn sie erfahren, was du vorhast."

Emilia nickte und verstand, was Glorijana ihr sagen wollte. Ihre Eltern würden sie vor alldem schützen wollen. Vielleicht sollte sie die Tatsache vorerst wirklich für sich behalten.

„Ich glaube, ich verstehe, was du meinst", antwortete sie in Gedanken.

„Gut, ich bringe dich nun wieder zurück zu Seranna. Die Arme wird schon ungeduldig warten. Nach deiner Weihe werden wir alles Weitere besprechen."

„Was gibt es denn noch zu besprechen?", fragte Emilia zweifelnd nach.

„Ich werde dir zeigen, wie du deine Visionen zumindest teilweise dahingehend lenken kannst, wo du sehen musst. Das heißt nicht, dass du nicht auch andere Vorhersehungen haben wirst, aber zumindest kannst du dadurch steuern, wessen Schicksal dir gezeigt werden soll.“

Emilia schwirrte der Kopf.

Sera atmete erleichtert auf, als die beiden zurückkamen.

Auf dem Rückweg war Emilia sehr schweigsam. Glorijanas Worte hallten noch in ihren Gedanken wider. War es falsch gewesen, so schnell zuzusagen? Hatte der Waldgeist ihr vielleicht erneut wichtige Informationen unterschlagen? Wusste sie bereits, wie sie Merkur retten konnte und sagte es nur nicht, weil sie an die kostbare Gabe ihrer Schwester kommen wollte? Aber wieso sollte sie dies tun? Glorijana hatte sie zwar bisher nicht immer mit allen Informationen versorgt, die sie hatte, ihnen jedoch immer den Weg gewiesen. Ohne Glorijana wären sie nicht lebendig aus Askja zurückgekommen, sie hätten nie das Buch der Zeitzauberer gefunden und sie wären den Dienern des dunklen Herrn direkt in die Arme gelaufen, als sie das *Land der Zeit* wieder verlassen wollten. Ohne Glorijana wäre die Welt in Dunkelheit und Chaos versunken. Nein, sie musste ihr vertrauen. Dies war der richtige Weg. Sie spürte es tief in ihrem Inneren.

Kurz vor den Schlossmauern ergriff Sera das Wort:

„Erzählst du mir, was Glorijana von dir wollte? Es ging sicherlich nicht nur um Elenjanas Segnung, habe ich recht?“

Emilia nickte und antwortete:

„Stimmt, aber ich würde gern noch eine Nacht drüber schlafen. Ich erzähl dir morgen alles beim Frühstück, in Ordnung? Ich muss erst alles sortieren."

Sera nickte.

„Vergiss deinen Schmetterling nicht", antwortete sie und deutete auf den kleinen blauen Kerl, der noch immer munter um ihre Köpfe flatterte.

Emilia lachte auf und ergriff ihr Amulett.

„Los, zurück mit dir", sagte sie und der leuchtende Falter flog fröhlich zurück in ihr Amulett, der Stein glühte kurz auf und dann sah er wieder so aus wie immer.

Im Schloss angekommen trennten sich ihre Wege, als sie Seras Räume passierten. Sie umarmten sich und die Elfe schlich leise zurück in ihre Wohnung. Emilia und Fox durchschritten den Durchgang und verschwanden ebenfalls lautlos in ihren Räumen. Elenjana war bei all der frischen Luft und dem Geschaukel von Emilias Schritten eingeschlafen. Vorsichtig löste sie den Knoten ihres Tragetuchs, legte das schlafende Baby in seine Wiege und deckte es sanft zu. Fox saß schwanzwedelnd daneben und wartete, dass sein Frauchen sich nun voll und ganz ihm und seinen Streicheleinheiten widmete. Emilia seufzte tief beim Anblick ihrer kleinen schlafenden Tochter, gab ihr einen Kuss auf die Stirn und verließ dann leise mit ihrem Hund das Zimmer.

An Schlaf war in dieser Nacht jedoch lange nicht zu denken. Das erste Mal seit Wochen spürte sie Hoffnung aufkeimen. Die Hoffnung, dass sie Merkurs Erinnerungen vielleicht retten könnte. An dieser Hoffnung musste sie festhalten. Das war ihre einzige Chance.

Am nächsten Morgen klopfte Sera in aller Frühe an ihre Tür.

„Du bist schon wach?“, begrüßte sie die junge Elfe, als Emilia bereits komplett bekleidet aufmachte.

„Ich habe ein Baby, Sera“, erklärte sie müde und gähnte. „Ich bin schon seit Sonnenaufgang auf den Beinen.“

„Du siehst allerdings so aus, als wärst du auch nicht arg viel vor Sonnenaufgang schlafen gegangen“, bemerkte ihre Freundin trocken und schob sich an Emilia vorbei in den Wohnraum.

„Da könntest du recht haben“, gähnte diese. „Meine Gedanken sind heute Nacht Achterbahn gefahren.“

„Bei den Elfen, du machst es spannend. Nun erzähl schon, was Glorijana dir erzählt hat. Hat es was mit Merkur zu tun?“

„Ich rede erst, wenn ich einen heißen Kaffee vor mir stehen habe“, murrte die junge Mutter.

„Okay, ich mache den Kaffee, du deckst den Frühstückstisch“, erklärte die Elfe und drückte Emilia einen Korb mit frischem Gebäck in die Hand. „Und wenn du willst, kann ich dir, nachdem du mir alles erzählt hast, Elenjana eine Stunde oder zwei abnehmen, dann kannst du noch mal ein bisschen schlafen. Wie wär' das?“

„Seranna, du bist ein Engel!“, rief Emilia und fiel ihrer Freundin um den Hals. „Aber kommst du klar, ganz alleine mit ihr?“

„Emilia, ich erwarte selbst so ein kleines Bündel und außerdem habe ich schon hundertmal auf Elenjana aufgepasst.“

„Hast ja recht, entschuldige, mein Kopf ist heute irgendwie ganz matschig."

Nachdem Emilia einen Schluck Kaffee getrunken hatte, begann sie, alles zu erzählen. Sera hörte aufmerksam zu, ihr Blick sprach jedoch Bände. Als Emilia geendet hatte, sagte sie:

„Du findest die Idee nicht gut, habe ich recht? Du denkst, ich mache einen Fehler."

„Sieht man mir das so deutlich an?", fragte Sera nach.

„Aber was soll ich denn sonst machen?", jammerte Emilia.

„Ich habe nicht gesagt, dass du es nicht machen sollst. Im Moment fällt mir auch nichts anderes ein. Ich habe nur Angst, dass dich die Verbindung zu Emilijana und die Vorhersehungen verändern könnten. Du könntest meinen Tod voraussehen, hast du da schon einmal dran gedacht?"

„Ständig. Die ganze Nacht stellte ich mir vor, dass ich den Tod all meiner Lieben sehen könnte. Wie würde ich mich verhalten? Wie dürfte ich mich verhalten? Dürfte ich euch retten? Oder würde ich dadurch ein noch viel schlimmeres Schicksal heraufbeschwören?"

„Das solltest du vielleicht mit Glorijana besprechen. Ich meine, sie hat dir gesagt, dass sie manche Dinge nicht sagen darf. Demnach gibt es sicherlich Regeln, an die sich die Waldgeister halten."

„Ich habe auch überlegt, ob ich die Visionen vielleicht unterbinden könnte, nachdem ich Merkurs Erinnerungen gerettet habe. Vielleicht gibt es da eine Art Kraut oder Ähnliches."

„Das könnten wir ja vielleicht in der großen Bibliothek herausfinden oder wir fragen direkt bei Ilradil. Als oberster Gelehrter des Königs weiß er sicher einiges über Visionen. Zu Aciona geh ich sicher nicht, obwohl der sicherlich auch über Visionen Bescheid weiß." Sera schüttelte sich bei der Erinnerung an ihren Peiniger.

Aciona hatte vor über einem Jahr Sera bearbeitet und malträtiert, nachdem diese durch Castor, den ehemaligen Geliebten der verstorbenen Königin Elandiel, manipuliert worden war, Emilia ein todbringendes Kraut unterzujubeln. Mit Mephistos Hilfe war die Prozedur, Sera von der Manipulation zu befreien, zwar erfolgreich gewesen, jedoch hätte sie das beinahe mit ihrem Leben bezahlt. Dass sie überhaupt überlebt hatte, war sicherlich nur Mephisto zu verdanken gewesen, Aciona hätte es einen Dreck geschert, wäre sie unter seiner Behandlung gestorben.

„Ich rede nochmals mit Glorijana", bestimmte nun Emilia. „Stellt sich nur die Frage, wie ich an sie rankomme."

„Soll ich dennoch nach Ilradil schicken?", fragte Sera nach.

„Nein, das könnte meinem Vater auffallen. Ich denke, ich muss das mit Glorijana klären. Wenn, dann weiß sie mehr als alle Elfen zusammen."

„Da hast du wohl recht."

Nach einigen Augenblicken des Schweigens fragte Emilia:

„Wie lief es gestern Abend eigentlich noch mit Roandir?"

„Ach der!", rief Sera aus und lachte laut auf. „Natürlich war er stinkesauer und wollte mir schon einen Vortrag über Unverantwortlichkeit halten, als ich ihn ganz einfach mit meinen weiblichen Reizen zum Schweigen gebracht habe."

Emilia verschluckte sich an ihrem Kaffee und hustete.

„Du hast was?“

„Na, ich hab ihn verführt. Anschließend war seine miese Stimmung verraucht und ich konnte ihm erzählen, wo ich gewesen bin und warum dies so wichtig war. Also alles in Butter.“ Sie machte ein Gesicht, das einem Engel glich.

Emilia schüttelte lachend den Kopf und erklärte:

„Du bist einfach unverbesserlich!“

„Ich weiß!“, gab Sera zurück und räumte das Frühstücksgeschirr ab. „Sobald Elenjana wach ist und gegessen hat, gehe ich mit ihr und Fox an die frische Luft. Du musst mir noch zeigen, wie ich mir dieses komische meterlange Tragetuch wickeln muss und dann hast du erst mal deine Ruhe.“

„Du bist echt ein Schatz“, sagte Emilia.

Es dauerte nicht lange und Elenjana machte auf sich aufmerksam.

Nachdem die Kleine satt und frisch gewickelt war, erklärte Emilia Sera, wie sie das Tuch zu binden hatte und dann verabschiedeten sich die drei auch schon. Emilia war so müde, dass sie sich nicht mal Sorgen machen konnte, ob Sera mit den beiden alleine klarkommen würde. Im Nu war sie eingeschlafen und wurde erst durch deren Rückkehr geweckt.

„Ich glaube, Elenjana bekommt Zähne“, erklärte Sera zur Begrüßung. „Sie war nur zufrieden, wenn sie auf ihrem Tragetuch rumbeißen durfte.“

„Ja, die Vermutung hatte ich auch schon. Ist das bei Elfen normal in dem Alter?“, fragte Emilia besorgt.

„Was ist schon normal? Elenjana ist halb Elfe und halb Mensch und trägt einen Bruchteil Waldgeisterseele in sich. Aber ich kann dich beruhigen, in der Regel bekommen Elfenkinder ihre ersten Zähne, bevor sie ein halbes Jahr alt sind. Zumindest hab ich das gelesen. Lianna hat mir eines ihrer Bücher ausgeliehen“, erklärte die junge Elfe verlegen. „Sie dachte, da ich ja auch mal Heilerin werden möchte, könnte es nicht schaden, wenn ich gleich richtige Fachlektüre lese.“

„Macht Sinn“, erklärte Emilia und nahm Sera ihre kleine Tochter ab. „Dann kannst du mir in Zukunft ja mit deinem Wissen zur Seite stehen. Elfenkinder entwickeln sich eindeutig schneller als Menschenkinder.“

„Mach ich gern“, erklärte ihre Freundin. „Wenn es für dich in Ordnung wäre, würde ich den restlichen Vormittag noch mit Roandir verbringen. Er muss erst heute Abend wieder zum Dienst und wir wollten noch nach Möbeln fürs Baby schauen.“

„Ja, tut das. Ich hab jetzt erst mal ausgeschlafen und werde nach dem Essen versuchen, Glorijana zu finden.“

„Ich wünsch dir viel Erfolg.“ Sera drückte ihr und dem Baby zum Abschied ein Küsschen auf die Wange, klopfte Fox die Seite und verließ die Gemächer der Prinzessin.

Kurze Zeit später verließ auch Emilia mit Fox und Elenjana das Schloss. Auf dem Weg zum Wald wurde ihr kurz schummrig, Nebel verschleierte ihr die Sicht, sie sah einige Schemen aufblitzen und ihr Herz blieb beinahe stehen. Bevor sie um Hilfe schreien konnte, lichtete sich der Nebel vor ihr und alles war wie zuvor. Die Sonne schien, Fox jagte die Schmetterlinge, die ihm immer wieder frech auf der Nase saßen, und Elenjana brabbelte munter vor sich hin.

„Was war das?“, keuchte sie.

Sie sah sich panisch um, jedoch war weit und breit kein Nebel mehr zu sehen. Fox und Elenjana schienen nichts von alldem wahrgenommen zu haben. Hatte sie sich das nur eingebildet? Nein! Sie schüttelte den Kopf, um ihre Gedanken zu ordnen. Das musste eine Vision gewesen sein, da war sie sich beinahe sicher. Aber wie war das möglich? Eilig hastete sie weiter den Berg hinab zum Waldrand. Sie rannte, so schnell es mit Baby im Tragetuch möglich war, den schmalen Pfad durch den Wald entlang. In ihrer Erregung nahm sie kaum etwas vom Weg und der schönen Umgebung wahr. Krampfhaft überlegte sie, was sie da soeben gesehen hatte. Ihr Herz klopfte ihr bis zum Hals, was nicht nur an der Bewegung lag.

Endlich erreichte sie die alte Eiche. Dort wurde sie zu ihrer Überraschung bereits von Glorijana erwartet.

„Ich wusste, dass du kommen wirst“, begrüßte die Königin der Waldgeister sie.

„Ich glaube, ich hatte gerade eine Vision!“, stieß Emilia keuchend aus und hielt sich die Seite vom Rennen.

„Ich habe es auch gespürt. Es hat begonnen, deine Kräfte entfalten sich schnell, jetzt, da du dich für ein magisches Leben entschieden hast. Ich spüre deine Skepsis bezüglich der Weihe, doch ich muss dir sagen, dass dir keine Wahl bleibt. Die Macht der Vorhersehung in dir ist stark, genauso stark, wie sie es in meiner Schwester war. Durch unseren gemeinsamen Segen wirst du in die Regeln eingeführt werden können und ich kann dir helfen, deine Visionen zu kontrollieren. Lässt du dich nicht als eine der unseren weihen, bleibt dir dieses Wissen verwehrt. Die Visionen werden dennoch kommen. Nur nicht so präzise und nicht kontrolliert."

Emilia schluckte schwer.

„Du sagst, du wirst mich in eure Regeln einführen? Was sind das für Regeln?", fragte sie, nachdem sie die Information verdaut hatte.

„Das wirst du erfahren, wenn wir die Zeremonie beendet haben. Du wirst SEHEN." Glorijana betonte das letzte Wort sehr seltsam. „Wir sehen uns an Beltane", verabschiedete sie sich, und bevor Emilia sie aufhalten konnte, hatte sich der Waldgeist in glitzernden Nebel verwandelt und verschwand zwischen den Bäumen.

„Glorijana! Du kannst mich doch nicht einfach zurücklassen!", rief Emilia ihr verzweifelt hinterher.

„An Beltane wirst du alles erfahren!", erklang es gedämpft aus der Ferne.

Verdrießlich ging Emilia zurück zum Schloss. Sie hatte sich so sehr einige Antworten erhofft und musste sich nun wieder gedulden.

Als wäre dies nicht schon genug für einen Tag gewesen, wurde sie vor ihren Gemächern bereits erwartet. Fox rannte dem Besucher aufgeregt entgegen und ließ es sich nicht nehmen, diesen von oben bis unten abzuschlecken.

„Fox! Nicht so wild, ich hab dich ja auch vermisst, so beruhig' dich doch, ich streichele dich ja schon."

Emilia blieb das Herz stehen, als sie die ihr nur zu bekannte Stimme hörte.

„Merkur!“, begrüßte sie ihn atemlos.

„Hallo Emilijana“, grüßte er förmlich zurück. Fox hatte sich nun brav neben Merkur gesetzt und ließ sich am Ohr kraulen.

„Du erinnerst dich an Fox?“, fragte sie hoffnungsvoll.

„An Fox habe ich mich immer erinnert“, gab er verlegen zurück. „Nur nicht ...“

„Verstehe ... Nur nicht an mich“, vollendete sie den Satz und bemühte sich, dass die Tränen, die in ihrem Hals brannten, nicht an die Oberfläche traten.

Ihr Herz schlug erneut unnatürlich schnell. Wie gern wäre sie Merkur einfach um den Hals gefallen, hätte ihn geküsst und wer weiß noch was mit ihm angestellt, aber er stand nur distanziert vor ihr und wusste nicht, was er als nächstes sagen sollte.

„Es tut mir leid“, flüsterte er.

„Was tust du hier?“, wechselte Emilia das Thema.

„Ich komme wegen Elenjanas Weihe. Glorijana hat mich rufen lassen und mich gebeten, zusammen mit dir Segens-Paten auszuwählen.

„Ach so ...“, antwortete Emilia tonlos.

„Falls es dir nicht recht ist, dass ich an ihrer Weihe teilnehme, dann geh ich wieder“, bot er an. „Eigentlich habe ich ja keinen Anspruch darauf, dabei zu sein. Schließlich habe ich mich bisher ja auch nicht wie ein Vater verhalten.“ Mit hängendem Kopf ging er an ihr vorbei auf den überwucherten Durchgang zu.

„Merkur, warte!“, hielt Emilia ihn jedoch zurück und legte eine Hand auf seine Schulter. Als sie sah, dass er unter ihrer Berührung zusammenzuckte, ließ sie ihn schnell wieder los. „Natürlich ist es okay, wenn du dabei bist. Komm bitte rein, dann können wir alles in Ruhe besprechen."

Merkur atmete auf. Emilia ging voran in ihre neuen Räumlichkeiten und er folgte ihr. Fox legte sich brav in seine Ecke und Emilia holte Elenjana aus ihrem Tragetuch.

„Darf ich sie mal halten?", fragte Merkur verlegen.

Emilia zögerte einen Augenblick, nickte dann jedoch und reichte sie ihm vorsichtig. Merkur setzte sich in einen Sessel und nahm seine Tochter auf den Schoß. Als würde sie ihn schon ihr Leben lang kennen, schmiegte sie sich an ihn, schloss die Augen und schlief ein.

„Das hat sie noch bei niemandem getan!", stieß Emilia überrascht aus.

„Sie spürt, dass ich ihr Vater bin", antwortete er mit belegter Stimme. „Ich danke dir, Emilijana, genau das war nötig, dass ich der Geschichte glauben konnte. Es ist alles so unwirklich für mich. Ich erinnere mich beinahe an alles, aber da, wo du sein solltest, ist nichts. Ich habe die letzten Wochen und Monate gebraucht, um meine Gefühle zu ordnen und das Geschehene zu verarbeiten. Ich weiß, ich habe dich im Stich gelassen, euch beide, aber ich wäre dir keine Hilfe gewesen. Es tut mir alles so leid. Ich kann dir auch jetzt nichts versprechen, für mich bist du eine Fremde, und die Tatsache, dass du die Mutter meiner Tochter bist, ich dich jedoch überhaupt nicht kenne, erscheint mir geradezu grotesk. Aber alle bestätigen die Geschichte. Ich wünschte mir so sehr, dass ich die Erinnerungen daran zurückerlangen könnte, und auch die Gefühle, die ich dir gegenüber gehabt haben soll. Aber ich befürchte, es gibt kein Zurück." Er sah Emilia betroffen an und diese kämpfte erneut mit den Tränen.

„Ich erwarte nichts von dir", begann sie nach einigen Augenblicken des Überlegens. „Du bist uns zu nichts verpflichtet, aber unsere Tür steht dir immer offen. Du bist ihr Vater und ich möchte, dass sie dich kennenlernt, sofern du dies ebenfalls willst. Aber wenn du dich dazu entscheidest, Teil ihres Lebens zu werden, dann musst du mir versprechen, dass du sie nicht wieder verlässt." Emilia wusste nicht, woher sie die Stärke nahm, diese Worte zu sagen, aber sie wusste, dass es richtig war, Merkur dies anzubieten.

Er nickte und antwortete freudig:

„Das Versprechen gebe ich dir mit Freuden. Ich danke dir, Emilijana."

„Bitte nenn mich Emilia. So sagen alle zu mir."

„Gern."

„Schön. Möchtest du vielleicht einen Tee?", fragte Emilia, da sie nicht wusste, was sie sonst sagen sollte.

Die ganze Situation war komplett surreal. Da saß Merkur, ihr Merkur, in ihrer neuen Wohnung und betrachtete sie mit den Augen eines Fremden. Am liebsten hätte sie ihn angeschrien und geschüttelt, Hauptsache, er würde endlich aus dieser freundlichen Elfenhaltung herauskommen und sie einfach wieder so behandeln wie früher.

„Wenn es dir nichts ausmacht, würde ich gern einen Tee mit dir trinken. Wir sollten ja auch noch besprechen, wer Elenjanas Paten werden sollen."

„Ach so, stimmt."

Emilia machte sich ans Werk und setzte das Wasser auf. Die Beschäftigung tat ihren nervösen Händen gut. So konnte sie das Zittern, das sie aufgrund seiner bloßen Anwesenheit überkam, verbergen. Während sie die Teeeier füllte und das Wasser aufgoss, schwiegen beide. Sie stellte die Tassen auf den Tisch und setzte sich zu ihm. Das Baby schlief noch immer tief und fest. Beide nippten schweigend an ihrem heißen Getränk. Irgendwann wurde die Stille beinahe drückend. Emilia räusperte sich. Es brannten ihr so viele Fragen auf der Seele, aber sie wollte Merkur nicht so überfallen. Sie wollte ihn nicht verscheuchen und daher beschloss sie, sachte an die ganze Sache heranzugehen.

„Was müssen die Paten denn tun?“, begann sie daher mit einer unverfänglichen Frage das Gespräch.

„Hat Glorijana dich nicht eingeweiht?“, fragte Merkur verblüfft.

„Dazu sind wir wohl nicht gekommen, da wir wichtigere Dinge zu besprechen hatten“, antwortete sie ihm wahrheitsgetreu und vermutete, dass es einer von Glorijanas vielen Plänen gewesen war, Merkur zu ihr zu schicken, um sie über die Paten aufzuklären.

Merkur zog fragend eine Augenbraue hoch, besaß jedoch genug Taktgefühl, dass er nicht auf Emilias Andeutung einging und Fragen stellte. Emilia wunderte dies. Früher wäre er anders an die Sache rangegangen.

„Die Segens-Paten werden durch die Weihe fest an das Kind gebunden. Sollte den Eltern etwas zustoßen, wären sie für das Kind verantwortlich“, erklärte er.

„Das ist ja wie bei uns ein Taufpate“, erwiderte Emilia überrascht.

„Kann sein. Auf jeden Fall müssen wir zwei Paten benennen. Hast du jemanden, bei dem du dir das vorstellen könntest?“, fragte er.

„Auf jeden Fall Sera!“, erwiderte sie, ohne zu überlegen. „Wen hättest du vorgeschlagen?“

„Sera und Lethan“, erwiderte Merkur und lächelte das erste Mal, seit sie in Emilias Reich waren, befreit auf. „Wie ich sehe, ticken wir wirklich nicht ganz so verschieden. Wäre Lethan für dich in Ordnung?“

„Klar, ich hätte vielleicht zu Roandir tendiert, aber auch nur, weil er Seras Mann und mir ein ebenso guter Freund geworden ist, damals, als du ...“ Sie brach ab. „Mit Lethan komm ich klar“, ergänzte sie und lief rot an.

„Du kannst es ruhig aussprechen: damals, als ich in Gefangenschaft war. Ich weiß, was die drei für dich, für uns getan haben. Roandir und Lethan haben es immer und immer wieder erzählt. Sie haben mich fast irre gemacht mit all den Geschichten über dich“, erzählte er erregt. Emilia biss sich auf die Lippen. „Entschuldige, so war das nicht gemeint. Ich weiß ja, dass mir alle nur helfen wollen, aber Castor beziehungsweise der Fürst der Finsternis – ich nenne ihn nun mal Castor, weil er mir immer in seiner Gestalt erschienen ist – hat mir deutlich gemacht, dass wir es nicht schaffen werden, seine Macht zu brechen. Der Zauber, den er bei mir angewandt hat, ist von solch einer Energie geladen, dass meine Erinnerungen nicht durch ein paar Geschichten wiederkommen werden.“ Er hatte sich in Rage geredet.

Elenjana nestelte bereits unruhig auf seinem Arm, da er die Stimme etwas erhoben hatte.

„Ich verstehe ...“, murmelte Emilia. Sie überlegte, ob sie ihm von Glorijanas Worten erzählen sollte, dass es vielleicht eine Möglichkeit geben könnte, entschied sich aber vorerst dagegen. „Aber wenn wir eine Möglichkeit finden würden, würdest du die Erinnerungen dann überhaupt zurückbekommen wollen?“, fragte sie stattdessen vorsichtig.

Merkur war aufgestanden und legte Emilia das schlafende Kind in den Arm.

„Emilia, selbst wenn ich meine Erinnerungen an dich zurückhätte, wäre ich nicht mehr der Elf, den du geliebt hast. Castor hat mich verändert. Siehst du das denn nicht?“ Er fuhr sich aufgeregt durch seine schwarzen Haare, die er inzwischen sehr lang trug, was ihm außerordentlich gut stand, und ging im Wohnraum auf und ab. „Ich denke, es war keine gute Idee, herzukommen. Bitte verzeih mir. Ich wollte keine Hoffnungen in dir wecken. Ich möchte einfach nur für mein Kind da sein.“

Er war bereits auf dem Weg zur Tür, als Emilia aufsprang, Elenjana in die Wiege legte und ihm nachlief. Sie hielt ihn fest, bevor er die Tür öffnen konnte. Dieses Mal ließ sie ihn nicht los, als er zusammenzuckte.

„Merkur, ich bin auch nicht mehr das junge naive Mädchen, das du damals im Wald getroffen hast. Das kannst du mir glauben. Ich habe ein Kind zur Welt gebracht und bin jetzt Mutter. Natürlich bist du nicht mehr der Elf, der du mal warst, aber niemand verlangt dies. Unsere Erfahrungen prägen uns. Aber dennoch gibt es diese Prophezeiung und ich weiß, dass es noch magische Wesen gibt, die daran festhalten. Glaube daran, Merkur. Ich weiß, es gibt noch eine Chance für uns."

Merkur hatte sich während Emilias Ansprache nicht umgedreht. Er starrte zu Boden und sie sah, dass eine Träne auf seinen Fuß tropfte. Er löste sich aus ihrem Griff und sah sie an.

„Wenn du wüsstest, was ich gesehen habe ...", hauchte er und Emilia konnte das Grauen, das er erlebt hatte, regelrecht fühlen.

Sie konnte nicht anders. Fest schloss sie ihn in ihre Arme. Erst versteifte er sich, doch binnen Sekunden fiel die Anspannung von ihm ab und er erwiderte die Umarmung. Nach einigen Augenblicken löste sie ihren Griff wieder und sah ihn an.

„Ich gebe dir alle Zeit, die du brauchst. Auch wenn du nie wieder zu mir zurückkehren wirst, bitte ich dich dennoch, nie wieder ganz aus unserem Leben zu verschwinden." Sie sah zu ihrem schlafenden Baby und sagte: „Wir brauchen dich."

„Danke", flüsterte Merkur.

„Wofür?", fragte Emilia perplex.

„Dafür, dass ich auch ohne dich zu lieben Teil ihres Lebens sein darf." Er gab Emilia einen Kuss auf die Wange und ging.

Der Kuss brannte wie Feuer, jedoch brannte auch ihr Herz. *Auch ohne dich zu lieben ...*

„Ich weiß nicht, ob ich das überlebe ...", flüsterte sie, als sich die Tür geschlossen hatte.

Sie ließ sich mit dem Rücken dagegen sinken und auf den Boden gleiten. Dann endlich konnte sie ihren Tränen freien Lauf lassen. Er war zurück, aber er behandelte sie wie eine Fremde. Sie wusste nicht, was schlimmer war. Ihn verloren zu haben oder ihn hier zu wissen, ihn aber nicht haben zu können.

KAPITEL 11

Die Wochen bis zur Weihe der Waldgeister waren nur so verflogen. Merkur hatte sich nur noch einmal sehen lassen, um sich von seiner Tochter zu verabschieden. Emilia atmete auf, als sie wusste, dass er nun wieder für einige Zeit in Gwaithmar sein würde und ihr somit in Andorin nicht mehr über den Weg laufen konnte.

Sera und Lethan fühlten sich geehrt, Elenjanas Paten zu werden. Nur Seras Kleid musste die Schneiderin einen Tag vor dem großen Ereignis noch ändern, da sich inzwischen ein schönes Babybäuchlein zeigte.

Claire war extra aus der Menschenwelt gekommen, um der großen Zeremonie beizuwohnen. Emilia war froh, dass sich zu diesem Fest beinahe die gesamte Familie zusammengefunden hatte. Alle mit Ausnahme ihrer Halbschwester Teresa. Diese war zwar zwischenzeitlich in Emilias Geheimnis eingeweiht worden, wollte aber von alldem nichts wissen.

So wurden Emilia und Elenjana am Abend der Weihe von Claire und Roman abgeholt. Sie war froh, nicht alleine gehen zu müssen. Am Ende des Ganges, der die königlichen Gemächer von den anderen trennte, warteten bereits Sophia und Haldur sowie Sera und Roandir. Mephisto, Ainema, Merkur und Lethan würden sie am Waldrand treffen.

Als die Prozession das Schloss verließ, blieb allen erst einmal die Sprache weg. So weit das Auge reichte, säumten

Glühwürmchen und die blau leuchtenden Schmetterlinge der Waldgeister den Weg bis zum Wald. Dort wurde ihr Licht durch das Laub der Bäume verschluckt. Ehrfürchtig schritten sie unter den leuchtenden Tierchen dahin. Niemand sprach ein Wort.

Bereits von Weitem konnte Emilia Merkur am Waldrand erkennen. Sein Anblick versetzte ihr einen Stich in die Magengrube und ließ ihr Herz unweigerlich schneller schlagen.

Als sie die vier erreicht hatten, nickten sich alle schweigend zu und folgten gemeinsam dem beleuchteten Pfad, der sie tief in den Wald hineinführte. Emilia konnte die alte, urwüchsige Energie, die heute Nacht hier herrschte, beinahe greifen. Bald erreichten sie eine Lichtung, die in gleißend helles Mondlicht getaucht war. Der Mond stand in dieser Nacht unnatürlich groß am Firmament. Die Waldgeister schwebten hinter den Bäumen hervor. Es mussten mindestens zwei Dutzend von ihnen sein. Glorijana schritt ihnen voran. Sie trug eine Krone aus Efeublättern und Lavendel auf ihrem wallenden weißen Haar. In diesem Moment wirkte sie absolut majestätisch und strahlte solch eine enorme Macht aus, dass es Emilia beinahe schwindlig wurde.

„Ich grüße euch und freue mich, dass ihr an unserem heutigen Beltane-Ritual teilnehmen werdet, das durch die Segnung dieses Lichtwesens vollendet werden wird." Glorijana deutete auf das Baby, das Emilia im Arm hielt. Emilia schluckte schwer, ihr Mund war jedoch so trocken, dass sie kein Wort herausbrachte. Daher nickte sie nur und neigte ehrerbietig ihren Kopf. Die anderen taten es ihr gleich. „Um unser Ritual nicht zu stören, bitte ich alle Gäste, sich hier am Rande der Lichtung niederzulassen. Für gewöhnlich haben wir keine Zuschauer dabei, das ist auch für uns etwas ganz Neues. Emilia, du setzt dich bitte mit Elenjana in die Mitte der Lichtung. Ihr bildet das Herzstück unseres heutigen Ritus."

Sera gab ihr schnell noch einen Kuss auf die Wange und drückte ihre Hand, dann gesellte sie sich zu den anderen.

Mit mulmigem Gefühl im Bauch schritt Emilia auf die Lichtung. Nun erst konnte sie erkennen, dass die Waldgeister einen Kreis aus Blumen auf der Lichtung gestaltet hatten. Die Mitte zierte ein Blumenteppich aus Lavendel, Veilchen und Vergissmeinnicht. In der Mitte angekommen umströmte sie ein absolut betörender Duft. Sie sog ihn tief ein und ließ sich dann mit Elenjana darauf nieder. Die ätherischen Öle des Lavendel beruhigten ihre Nerven.

Kaum hatte sie sich gesetzt, traten die Waldgeister in den Blumenkreis. Sie begannen zu tanzen und sich zu drehen. Die Schmetterlinge kamen herbei und mischten sich unter die Waldgeister, auch die Glühwürmchen tanzten mit. Der eine Teil flog im Kreis mit, die anderen tanzten in einzelnen Gruppen hoch über ihren Köpfen. Dann begannen die Waldgeister zu singen, es klang so lieblich und doch so mächtig. Emilia spürte, wie sich unter den Tanzenden eine Kraft entwickelte, die ihr die Haare am ganzen Körper zu Berge stehen ließ. Auch Elenjana musste dies spüren. Wie gebannt betrachtete sie die Tänzer. Die schillernden Lichter der Waldgeister verschwammen mit denen der Schmetterlinge und der Glühwürmchen.

Emilia wurde schummrig vor Augen, Nebel stieg auf und da SAH sie. Auf einmal war es genauso, wie Glorijana es gesagt hatte, auf einmal sah sie völlig klar. Sie sah Emilijana und Glorijana, wie sie gemeinsam um die Rettung der Welt kämpften, sie sah ihre Entscheidung, sich zu opfern und in ihr, einem Mädchen, halb Mensch, halb Elfe, wiedergeboren zu werden, und sie sah einen Baum. Der Baum stand inmitten von Nebel. Er reichte bis hoch in die Wolken. Seine Blätter schienen aus reinem Glas zu sein. Doch dann schoben sich dunkle Wolken davor und sie war wieder zurück im Hier und Jetzt. Heftig nach Luft schnappend sah sie sich um. Das Ritual war langsamer geworden. Die Waldgeister wiegten sich sanft hin und her und murmelten Worte in einer fremden Sprache. Glorijana bedeutete Emilia, sich zu erheben und holte Sera, Lethan und Merkur in die Mitte der Zeremonie.

„Leg bitte Elenjana in eure Mitte, dann kniet zu ihr und berührt sie an Armen und Beinen. Jeder muss direkten Körperkontakt zu ihr haben."

Die vier gehorchten stumm. Emilia bettete ihre Tochter auf die weichen Blumen und legte behutsam ihre Hand auf Elenjanas rechten Arm. Sera tat dasselbe mit dem linken Arm, Merkur und Lethan legten ihre Hände sanft auf die Beine des Kindes. Elenjana quiekte vor Freude darüber, all ihre Lieben um sich herum zu sehen. Dann flatterten einige der Schmetterlinge und Glühwürmchen herbei und flogen ihre Kreise über ihren Köpfen. Gebannt blickte die Kleine nach oben und verfolgte mit ihren Augen das Spiel der leuchtenden Tiere. Glorijana kniete sich ans Kopfende und legte eine Hand sanft auf Elenjanas Kopf, die andere auf Emilias Arm. Nun begann sie in der Sprache der Waldgeister zu sprechen. Es war eine sanfte Sprache, die melodisch klingend über sie hinwegglitt. Glorijanas Leuchten breitete sich auf Elenjana aus, bis es sie komplett einhüllte, dann weitete es sich auch auf Emilia aus und schlussendlich umschloss es alle, die sich in der Mitte des Kreises befanden. Eine Wärme durchflutete Emilia und eine Leichtigkeit, die sie noch nie gefühlt hatte. All ihre Sorgen wurden davongespült und sie fühlte sich wie neugeboren. Das Amulett, das sie um ihren Hals trug, leuchtete auf und ihr Schmetterling schoss daraus hervor. Er tanzte hoch über ihnen, flog ein paar Kapriolen und landete dann wieder auf dem Anhänger ihrer Kette, um damit zu verschmelzen. Ein zweiter Schmetterling manifestierte sich wie aus dem Nichts auf Elenjanas Brust. Ein weiterer Waldgeist kam dazu und legte dem Kleinkind ein ähnliches Amulett wie das von Emilia neben das blau leuchtende Tier. Der Schmetterling setzte sich darauf und verschmolz mit dem Stein, der kurz blau aufleuchtete und dann verblasste. Glorijana löste ihren Griff und bedeutete den vieren, dass sie das Kind nun ebenfalls loslassen konnten. Emilia nahm ihre Tochter auf den Arm und streifte ihr die Kette über. Das Schillern der Waldgeister umfing sie noch immer.

„Ihr fünf seid nun auf ewig miteinander verbunden, euch verbindet eine Magie, die es so in der Elfenwelt noch nicht gegeben hat. Achtet aufeinander und erweist euch einander würdig“, beendete die Königin der Waldgeister das Ritual.

Das Leuchten, das die fünf Elfen umschlossen hatte, erlosch und der Bann war gebrochen. Die übrigen Waldgeister schwebten mit den Schmetterlingen zurück ins Unterholz und die Glühwürmchen formierten sich wieder auf dem Weg zurück zum Schloss.

„Ihr seid nun Teil unseres Volkes“, wandte sich Glorijana an Emilia und das Kind. „Ihr tragt nun beide die Lichtfalter bei euch. Sie werden euch schützen und euch beistehen. Sie bilden die Brücke zwischen eurer Welt und der unseren. Durch sie stehen wir immer in Verbindung.“

Emilia nickte ehrfürchtig und strich mit der freien Hand über ihren Kettenanhänger. Lichtfalter hießen die Schmetterlinge also. Sie hatte sich bisher nicht viele Gedanken um das blaue Tier gemacht, das sie, wie selbstverständlich, immer bei sich trug. Sicherlich hatte dies mit ihrer Waldgeistseele zu tun. Für die Waldgeister waren die Lichtfalter ständige Begleiter. Für sie war ihre Gegenwart selbstverständlich. Bevor sie antworten konnte, ergänzte Glorijana leise:

„Morgen werden wir mit dem Unterricht beginnen.“ Mit diesen Worten schwebte sie ihren Untertanen nach ins Dickicht des Waldes.

„Warte!“, rief Emilia. „Ich habe was gesehen!“, rief sie.

„Wie ich es dir versprochen hatte“, klang die Stimme des Waldgeistes aus weiter Ferne.

„Dass sie nie ein Gespräch zu Ende bringen kann!“, murrte Emilia. Dann schloss sie zum Rest der Gruppe auf, die bereits am anderen Ende der Lichtung standen.

„Kommt, lasst uns zurückgehen, wir haben im Thronsaal ein kleines Buffet vorbereitet und ich glaube, wir müssen das eben Gesehene alle erst einmal sacken lassen“, forderte Roman die Gesellschaft auf.

„Was hast du gesehen?“, fragte Sera im Flüsterton, als sie den Glühwürmchen-Weg zurückgingen.

„Ich sah die Vergangenheit, Emilijana und Glorijana, wie sie die anderen davon überzeugen wollten, dass etwas Schlimmes bevorstand. Dann sah ich die beiden, als sich Emilijana dazu entschied, für mich zu sterben und dann ...“

„Ja?“

„Ich weiß nicht, was das war, ich sah einen Baum, er stand im Nebel und er war so hoch, dass sein Wipfel durch die Wolken verdeckt wurde, seine Blätter waren aus Glas ... Dann war alles weg und ich war wieder hier.“

„Meinst du, das war ein Hinweis?“, fragte Sera weiter.

Emilia zuckte mit den Schultern.

„Keine Ahnung. Ich muss mich wohl gedulden, bis Glorijana sich meiner erbarmt.“

„Hey Mädels, heute ist nicht der richtige Zeitpunkt, um Trübsal zu blasen“, mischte sich nun Lethan ein und hakte sich bei den beiden Mädchen unter. „Ihr habt doch gehört, wir fünf gehören nun für immer zusammen, ich finde, das sollten wir feiern.“

„Als Bruder wäre ich dich sowieso nie losgeworden!“, rief Sera lachend aus, entwand sich dem Griff ihres Bruders und wartete auf Roandir, der einige Schritte hinter ihnen gegangen war.

„So sind wir wenigstens in dieser Hinsicht mehr als nur Freunde“, flüsterte Lethan Emilia ins Ohr, löste sich dann ebenfalls und schritt voran, um sich mit Merkur zu unterhalten.

Emilia blieb perplex stehen. Was sollte dieser Spruch denn nun? Sie schüttelte den Kopf und hakte sich erneut bei Sera unter, die sie soeben wieder eingeholt hatte.

Im Thronsaal erwartete sie ein richtiges Bankett. Es wurden die leckersten Speisen aufgetragen, die es bei den Elfen zu finden gab. Eine ganze Armee wäre davon satt geworden. Ihr Vater hatte sich nicht lumpen lassen und sogar extra für Emilia noch Pizza backen lassen. Dieser Genuss entschädigte sie sogar dafür, dass sie von Glorijana heute Abend wieder nicht alle Antworten erhalten hatte.

„Du siehst wunderschön aus“, raunte ihr eine nur zu bekannte Stimme ins Ohr.

Ihre Nackenhaare stellten sich auf und es dauerte einige Augenblicke, bis sie wieder Herr ihrer Stimme war.

„Danke schön!“, entgegnete sie und sah Merkur abschätzend an. So nah war er ihr schon lange nicht mehr gewesen.

„Es war eine berauschende Zeremonie, findest du nicht?“, fragte er und rückte wieder ein Stück von ihr ab.

Ihr Herz schlug jedoch noch immer so schnell, dass ihr beinahe schwindlig wurde.

„Ähm, ja, das war es“, bestätigte sie heiser.

„Worin will dich Glorijana unterrichten?“

„Nicht so wichtig“, antwortete Emilia ausweichend.

„Emilia, wir sind zwar kein Paar mehr, aber diese seltsame Verbindung, die zwischen uns besteht, spüre selbst ich. Du kannst mir nichts vormachen. Das, was sie dich lehren will, bedeutet dir sehr viel. Also los, sag schon, was ist es?“

Emilia seufzte tief und sah sich um, ob jemand in der Nähe war.

„Sie will mich lehren, wie ich die Gabe der Voraussicht zielgerichtet nutzen kann“, erklärte sie, nachdem sie sicher war, dass niemand ihr Gespräch belauschte und sie endlich ihre Fassung wiedergewonnen hatte. „Ich bitte dich jedoch, dies für dich zu behalten. Es weiß nur Sera, sonst niemand.“

Merkur zog argwöhnisch eine Augenbraue hoch und fragte in deutlich abgekühltem Tonfall:

„Hatten wir nicht bereits genug Prophezeiungen? Wieso willst du das lernen?“

Emilia zuckte mit den Schultern und antwortete:

„Ich kann nichts dagegen tun. Die Visionen haben ab dem Zeitpunkt begonnen, an dem ich mich für ein Leben in der magischen Welt entschieden hatte. Ich kann es nicht kontrollieren, noch nicht. Glorijana sagt, dass ich das Erbe ihrer Schwester in mir trage. Sie will mich in die Lehren der Waldgeister einführen, sodass ich lernen kann, mit den Visionen zu leben.“

„Ich hoffe nur, dass das der richtige Weg für dich ist“, knurrte er und wandte sich von ihr ab.

Emilia stand da wie ein begossener Pudel.

„Was war denn zwischen euch los?“, fragte Sera, die sich gerade den Teller am Buffet ein zweites Mal vollllud.

„Keine Ahnung ...“, stammelte Emilia, „er wollte wissen, was Glorijana mir beibringen möchte. Als ich ihm die Wahrheit erzählt habe, wurde er knurrig und hat mich einfach stehen lassen.“

„Seltsam ...“, antwortete Sera und stopfte sich ein Stück der leckeren Pizza in den Mund. „Iss ein Stück hiervon, dann wird deine Laune wieder besser“, schlug sie mit vollem Mund vor.

„Typisch Schwangere, nur Essen im Kopf“, entgegnete Emilia, musste aber dennoch lachen.

Die Pizza schmeckte wirklich hervorragend und Sera schaffte es, ihre Freundin durch ihre witzige Art wieder auf andere Gedanken zu bringen.

Als es Zeit war, Elenjana endlich ins Bett zu bringen, verabschiedete sich Emilia von allen und ging durch die leeren Flure des Schlosses zurück zu ihren Gemächern. Als sie sich dem Durchgang näherte, der ihre Gemächer von denen der anderen Schlossbewohner trennte, wurde sie langsamer. Der Durchgang lag in tiefer Dunkelheit und auch ihre Anwesenheit änderte nichts daran. Eigentlich waren die Fackeln im gesamten Schloss mit ein und demselben Zauber belegt. Sie entzündeten sich automatisch, sobald sich ihnen ein Elf näherte. Dass die Fackeln nun aus blieben, wunderte sie und machte sie argwöhnisch. Noch bevor Emilia sich dazu entscheiden konnte, einfach weiterzulaufen, löste sich plötzlich eine Gestalt aus dem Schatten der Pflanzen, die den Durchgang überwucherten. Emilia drückte sich blitzschnell mit ihrer Tochter im Arm in eine Nische.

„Ich habe dich gesehen“, erklang Merkurs Stimme und sie hörte, dass seine Schritte näherkamen.

„Merkur!“, stieß sie die angehaltene Luft aus und trat aus ihrem Versteck. „Was tust du hier? Warum lauerst du mir im Dunkeln auf?“

„Ich wollte nochmals mit dir reden“, antwortete er und schnippte mit den Fingern, sogleich sprangen alle Fackeln wieder an.

„Und worüber?“, fragte sie nun ein bisschen genervt nach.

„Es tut mir leid, dass ich dich vorhin so angefahren habe. Ich wünschte nur, du würdest es nicht tun“, entgegnete er resigniert.

„Was *nicht tun*?“, fragte sie patzig.

„Ich wünschte, du würdest dich nicht von Glorijana unterrichten lassen“, erklärte er und seine Augen blitzten sie herausfordernd an.

„Wieso nicht?“

„Weil es dein Tod sein wird!“, entfuhr es ihm ein wenig zu laut.

„Mein Tod?“, fragte sie verblüfft. „Aber wieso? Und wie kommst du darauf? Kannst du seit Neuestem auch in die Zukunft sehen?“, fragte sie sarkastisch.

Merkur seufzte tief und ließ sich am Rand des Durchgangs auf einer Bank nieder.

„Setz dich, dann erklär’ ich es dir“, bat er.

„Elenjana sollte schlafen“, entgegnete Emilia steif.

„Bitte, gib mir ein paar Minuten.“

Emilia zögerte kurz, setzte sich dann doch neben Merkur.

„Ich kann mich zwar nicht an dich erinnern, aber ich kann mich noch sehr gut an meine Zeit in Utgard erinnern. Castor hat mir, bevor er mir die Erinnerungen an dich geraubt hat, gesagt, dass die Mutter meines Kindes bei dem Versuch, meine Erinnerungen zurückzuholen, sterben wird. Ich weiß, dass du die Visionen nutzen willst, um unsere Zukunft zu sehen und einen Hinweis darauf zu bekommen, wie du sie retten kannst, wie du meine Erinnerungen zurückholen kannst. Castor hat dies auch gewusst. Aber es gibt keinen Weg. Du wirst scheitern."

„Ach, hat das auch Castor gesagt?", fragte sie höhnisch.

„Ja", bestätigte er ernst und hielt ihrem Blick stand. „Ich glaube nicht, dass es von Castor gewollt war, dass ich mich daran später noch erinnere. Aber aus irgendeinem Grund ist diese Erinnerung aufgetaucht, als du mir etwas von Visionen erzählt hast."

„Ich glaube, dass genau das sein Plan war!", fuhr Emilia auf. „Er wusste, dass ich es schaffen könnte, deine Erinnerungen zurückzuholen, und daher hat er dir diese Lüge eingetrichtert."

Merkur seufzte.

„Lethan hat mir schon gesagt, dass du deinen eigenen Kopf hast und dass du dich, wenn du dir etwas in den Kopf gesetzt hast, nicht so schnell davon abbringen lässt ..."

„Ach ehrlich? Das hat er gesagt?", fragte sie halb sauer, halb belustigt.

„Ich wollte nur, dass du weißt, dass du es nicht für mich tun darfst. Ich möchte nicht schuld daran sein, wenn

Elenjana als Halbwaise aufwachsen muss." Mit diesen Worten stand er auf und ließ Emilia alleine zurück.

„Merkur! Nun warte doch!", rief sie ihm hinterher, aber er war schon um die Ecke des Ganges gebogen und seine Schritte verhallten zügig in der Ferne.

Emilia brachte nach diesem Gespräch wie mechanisch ihre Tochter ins Bett und grübelte noch bis tief in die Nacht hinein über Merkurs Worte nach.

KAPITEL 12

Am nächsten Morgen war sie wie gerädert. Die kurze Nacht forderte ihren Tribut, und als Elenjana kurz nach Sonnenaufgang ihr Frühstück verlangte, bekam Emilia nur mit Müh und Not die Augen auf. Was hätte sie nur darum gegeben, noch eine Stunde oder zwei schlafen zu können, aber heute war der erste Schultag. Das neue Schuljahr startete pünktlich zum ersten Tag nach Beltane. Kaum war sie angezogen und hatte Elenjana versorgt, klopfte es auch schon an ihrer Tür.

„Herein!", rief sie und nahm einen Schluck des Kaffees, den sie gerade fertig hatte.

„Du siehst ja schrecklich aus!", begrüßte sie ihre Großmutter und kam schnell zu ihr, um sie sich genau zu betrachten.

„Danke, das Kompliment kann ich leider nicht zurückgeben", brummte Emilia. „Wie machst du das? Du siehst von Tag zu Tag jünger aus, Granny", stellte sie überrascht fest.

„Das muss an der Elfenmagie und an der Liebe liegen, mir ist es auch schon aufgefallen", antwortete sie und lächelte glücklich. „Aber nun zu dir. Was ist los?"

„Ach, das ist eine etwas kompliziertere Geschichte ...", gähnte sie und stand auf. „Wo ist nur das Kindermädchen? Ich sollte los ..."

„Lithia kommt sofort. Ich habe sie noch eben in die Küche geschickt. Du kannst aber gleich aufbrechen. Sera wartet bereits auf dich."

„Was ist mit dir? Du musst doch auch gleich los, oder?"

„Haldur und ich nehmen die Kutsche in die Stadt, wir werden also rechtzeitig da sein. Nun geh schon."

Emilia nickte, gab Elenjana noch einen Kuss auf die Stirn und Granny einen auf die Wange und dann rannte sie bereits zur Tür hinaus, die lautstark hinter ihr ins Schloss fiel.

„Wir sind spät dran", begrüßte Sera ihre Freundin. „Aber so wie du aussiehst, hattest du wieder eine kurze Nacht?"

„Könnte man so sagen ...", murrte Emilia.

„Was ist los?", fragte Sera verblüfft.

„Merkur ist los."

„Du ärgerst dich doch wohl nicht noch immer über ihn wegen seinem blöden Verhalten gestern Abend am Buffet?", fragte die Elfe überrascht.

„Nein, ich sorge mich darüber, was er mir gestern Abend noch an den Kopf geworfen hat, als er mir im Dunkeln vor dem Durchgang aufgelauert hat", knurrte sie.

„Wie bitte? Okay, ich weiß, du bist nicht arg gesprächig, wenn du nicht ausgeschlafen hast, aber könntest du mir vielleicht mal alles zusammenhängend erzählen?", beschwerte sich Sera.

Emilia seufzte und antwortete:

„Entschuldige, natürlich ..."

Dann weihte sie Sera in all das ein, was Merkur ihr am Vorabend erzählt hatte. Sera blieb der Mund offenstehen.

„Du denkst doch auch, dass das alles Castors Werk ist und dass er genau das erreichen wollte, nämlich, dass Merkur mich davon abbringen soll, seine Erinnerungen zurückzuholen, um somit die Prophezeiung für immer zu vernichten, oder?“

Sera biss einige Sekunden auf ihrer Unterlippe herum und dachte nach.

„Ganz ehrlich? Ich weiß es nicht ...“, antwortete sie nach einigem Zögern. „Vielleicht besprichst du das mal mit Glorijana?“

„Das habe ich mir auch schon überlegt“, bestätigte Emilia. „Vielleicht hat sie dazu ja bereits was gesehen ...“

„Versprich mir eins“, bat sie ihre Freundin, „sei auf jeden Fall vorsichtig. Tue nichts Unüberlegtes. Es nützt niemandem, wenn Merkur recht haben sollte und diese Mission deinen Tod bedeuten würde. Denk an Elenjana, denk an uns.“ Sera sah Emilia eindringlich an. Nach einigem Zögern nickte diese langsam.

Danach gingen sie schweigend die Straßen entlang zur Akademie. In Emilia brodelte es. Sie war sich sicher, dass sie sich an diesem Morgen auf nichts im Unterricht konzentrieren können würde.

Als sie an dem alten Gebäude mit der großen Glaskuppel ankamen, wurden sie bereits erwartet. Merkur lehnte lässig an einer der Säulen und sah ihnen entgegen.

„Guten Morgen, ihr beiden“, begrüßte er sie und stieß sich ab, um lässig auf sie zuzuschlendern.

Emilia seufzte innerlich, bemühte sich jedoch, sich nach außen hin nichts anmerken zu lassen. Wenn er wüsste, was sein Auftauchen und seine lässig-coole, selbstsichere Art bei ihr auslöste, hätte er sich vielleicht unauffälliger verhalten. So begannen in ihrem Bauch sofort die Schmetterlinge zu flattern und ihr Herz tanzte Lambada.

„Guten Morgen, Merkur!“, entgegnete Sera, nahm ihn in den Arm und er gab ihr, wie schon früher immer, ein Küsschen auf die Wange. Dann trat er zu Emilia und reichte ihr höflich die Hand.

Emilia räusperte sich und sagte verlegen:

„Hallo Merkur.“ Schnell entzog sie ihm ihre Hand und wandte sich dem großen Eingangsbereich zu. „Wollen wir dann?“, fragte sie.

Ihre Hand versuchte sie zu ignorieren, diese brannte an den Stellen, an denen er sie berührt hatte, wie Feuer. Diese magische Anziehungskraft, die ihr Seelengefährte auf sie hatte, war kaum zu ertragen. Er musste dies doch auch spüren?

Verdrießlich ging sie los und die anderen folgten ihr. Merkur überholte sie jedoch, als sie die Treppe hinauf zum Eingang ging, und hielt ihr dann, ganz gentlemanlike, die schwere Tür auf. Emilia nickte und spürte, dass sie unweigerlich rot im Gesicht wurde. Zum Glück war die Vorhalle so schlecht beleuchtet, dass Merkur dies nicht sah. Er führte die beiden Mädchen zielsicher rechts an der großen Treppe vorbei in den Bereich der Cafeteria. Dort würde der Leiter der Schule eine kleine Begrüßungsrede halten und anschließend würde man sie in unterschiedliche Klassen aufteilen. Emilia hoffte inständig, dass die Schüler aus Gwaithmar in eine andere Klasse kommen würden als die aus Andorin.

Die Cafeteria war bereits gut gefüllt. Emilia spürte, wie ihre Hände vor Aufregung feucht wurden. Bisher kannte sie außer Sera und Merkur ja niemanden hier. Sera ergriff ihre Hand und streichelte sanft über ihren Handrücken.

„Keine Panik“, flüsterte sie ihr zu. „Das sind alles deine Untertanen.“ Emilia sah ihre Freundin entsetzt an. Diese zuckte jedoch nur mit den Schultern und antwortete: „Was? Ist doch so!“

„Ja schon, aber wie sich das anhört“, murmelte Emilia.

„Du wirst sehen, es wird nachher zwei Fronten geben: die einen, die dir in den Allerwertesten kriechen, und die anderen, denen es herzlich egal ist, dass du die Prinzessin bist. Sei es, weil sie selbst von adligem Geblüt sind oder weil sie einfach von diesem *Die-Prinzessin-steht-drei-Stufen-über-dir-Quatsch* nichts halten. Erstere wollen nur deine Gunst erwerben und versprechen sich daraus einen Vorteil. Mit Letzteren kannst du vielleicht Freundschaften knüpfen. Aber ehrlich? Eigentlich brauchst du keinen von denen. Du hast ja schließlich uns.“

Sie deutete auf sich und Merkur und lachte schelmisch auf.

„Wenn du meinst“, antwortete Emilia resigniert.

„Los kommt, Mädels!“, rief Merkur, der in der Zwischenzeit einen freien Tisch ergattern konnte.

Sera zog Emilia hinter sich her, die ihr widerwillig folgte. Ein weiterer Junge setzte sich eben dazu, mit dem sich Merkur sofort in eine angeregte Unterhaltung vertiefte.

„Hallo, ich bin Eldur“, stellte sich der junge Mann vor, der aufgrund seiner schwarzen Haare und Augen eindeutig zu den Feuerelfen gehören musste, und reichte den beiden Mädchen die Hand zur Begrüßung.

„Das sind Sera und Emilijana“, kam Merkur den Mädels zuvor.

„Emilia genügt“, berichtigte sie und nickte dem jungen Feuerelfen höflich zu.

„Oh, du bist die Prinzessin? Na, hab ich ein Glück, umringt von Prinz und Prinzessin den Unterricht starten zu dürfen“, scherzte Eldur. „Und was für einen Titel hast du?“, wandte er sich nun an Sera.

„Nun, dann bin ich wohl Emilias Hofdame“, gab diese schlagfertig zurück.

„Und ich Merkurs Knappe!“ Der Feuerelf brach in schallendes Gelächter aus und schlug seinem Freund auf den Rücken, der ihn grimmig ansah. „Entschuldige, mein Freund, da sind mir wohl die Gäule durchgegangen. Also ich bin Merkurs Cousin. Wir haben uns in Asgard beziehungsweise in Gwaithmar kennengelernt. Mit dem neuen Namen muss ich noch zurechtkommen.“

„Sera ist meine beste Freundin“, ergänzte Emilia nun.

Eldur nickte und dann wurden sie auch schon durch die Ansprache des Direktors der Schule unterbrochen. Der Leiter der Akademie war ein erstaunlich junger und gutaussehender Elf. Er hatte lange blonde Haare, stahlblaue Augen und war sehr muskulös gebaut. Als er auf das kleine Podest trat, das in der Mitte des Raumes aufgebaut worden war, verstummten alle Anwesenden.

„Nicht übel für einen Lehrer, oder?“, flüsterte Sera, der Emilias Gedanken nicht entgangen waren.

Seine markanten und dennoch schönen Gesichtszüge waren wohl nicht nur den beiden aufgefallen, auch alle anderen Schülerinnen hingen gebannt an seinen Lippen, als er mit der Begrüßung begann:

„Meine lieben Schülerinnen und Schüler, ich freue mich, dass ich euch zu einem ganz besonderen Schuljahr begrüßen darf. Mein Name ist Randoil und ich bin seit vielen Jahrzehnten der Leiter der Akademie. Zum ersten Mal in der Laufbahn unserer Bildungsstätte dürfen wir außer den Waldelfen auch Feuerelfen als Studenten begrüßen. Wie ihr alle wisst, steht Gwaithmar, die neue Heimat aller Völker, derzeit noch im Wiederaufbau. Obwohl bereits ein Großteil bewohnbar ist, stehen die Völker, die dort ihr neues Heim gefunden haben, vor viel Arbeit und Problemen. Ein Problem ist die fehlende Akademie. Daher haben wir uns bereiterklärt, alle volljährigen Elfen bei uns zu beherbergen, bis sie den Abschluss erreicht haben und nach Gwaithmar zurückkehren können. Des Weiteren freue ich mich darüber, drei Aushilfslehrer begrüßen zu können, die angesichts der größeren Anzahl an Studenten dringend erforderlich sind. Da alle anderen fähigen Elfen derzeit damit beschäftigt sind, die Versorgung und Erbauung Gwaithmars schnellstmöglich voranzutreiben, war es nicht einfach, geeignete Elfen zu finden. Ich freue mich daher in besonderem Maße, an der Weisheit dieser drei Lehrkräfte teilhaben zu dürfen. Bitte begrüßt mit mir unseren König Roman von Andorin, König Haldur von Angorogh und die Königinmutter Sophia."

„Familientreffen, was?", stellte Eldur leise fest und grinste Merkur und Emilia an.

Die beiden ignorierten ihn geflissentlich. Merkur fragte stattdessen:

„Wer kümmert sich um Elenjana, wenn Sophia hier ist?"

„Wir haben ein sehr gutes Kindermädchen gefunden, sie kümmert sich rührend um sie. Außerdem wird es heute das einzige Mal sein, dass alle drei zusammen in der Akademie sein werden. Sie haben ihre Stunden so gelegt, dass immer einer von ihnen im Schloss ist und auf Elenjana aufpassen kann. Natürlich nicht permanent, sonst bräuchte ich ja kein Kindermädchen, aber ich möchte sie einfach nicht so lange bei Fremden lassen", erklärte sie verlegen. „Lithia passt daher nur morgens auf sie auf. Alles Spätere übernehmen die drei."

„Ich finde das gut", bestätigte Merkur und widmete seine Aufmerksamkeit wieder Randoil.

Auch Emilia wurde wieder von der Begrüßungsansprache des Elfen in Beschlag genommen.

Anschließend wurden Klassen gebildet. Ganz zu Emilias Leidwesen machte der Direktor einfach einen Schnitt innerhalb der Cafeteria. Alle, die links saßen, kamen in die eine Klasse, und alle, die rechts saßen, in die zweite. Somit war klar, dass sie zwar zusammen mit Sera, aber auch gemeinsam mit Merkur und Eldur unterrichtet werden würde. Sie unterdrückte einen tiefen Seufzer und nahm den Stundenplan entgegen, den eine junge Elfe austeilte. Vermutlich war sie so etwas wie die Sekretärin des Direktors.

Danach teilten sich die beiden Gruppen auf und Emilias Klasse folgte Randoil in den ersten Stock, in dem die Unterrichtsräume zu finden waren. Emilia war schon einmal hier gewesen, damals, als Merkur ihr Andorin und Silvjanamar gezeigt hatte. Ihre Gruppe wurde von Randoil in eines der Klassenzimmer geführt. Es sah ganz anders aus, als Emilia es aus ihrer Heimatwelt kannte. Der Raum war zwar nicht arg groß, wirkte jedoch sehr weitläufig, da er überdimensional hoch sein musste. Von der Tür aus konnte Emilia nur eine immense Fensterfront erkennen, die direkt am Boden ansetzte. Als sie eintrat, spürte sie, dass der Untergrund anders war als der harte Parkettboden im Flur. Gras! Sie stand hier inmitten einer großen Wiese. Durch die Fenster fiel so viel Licht ein, dass Emilia sich fühlte, als stünde sie direkt im Freien. Auch eine Tafel suchte sie vergebens, dafür wuchsen im Zimmer richtige Bäume.

„So, nun tretet ein und sucht euch einen Platz", wies Randoil sie an.

Emilia sah sich perplex um. Wo sollten sie sich denn hinsetzen? Sera steuerte zielstrebig eine Buche an, die am Rand der Wiese wuchs, und zog ihre Freundin hinter sich her. Sie setzten sich in den Schatten des Baumes. Der Baumstamm war breit genug, dass die beiden Mädchen sich daran anlehnen konnten. Verwundert darüber, wie denn ein so großer Baum in ein Zimmer passen konnte, blickte Emilia den Stamm hinauf. Durch die Blätter der Baumkrone hindurch sah sie jedoch keine Zimmerdecke, sondern einen strahlend blauen Himmel.

„Cool!", stieß sie leise aus.

„Schön hier, nicht wahr?", fragte Sera.

Emilia nickte und sah sich weiter um. Merkur und Eldur saßen in ihrer Nähe, zusammen mit einigen anderen Feuerelfen, im Schatten eines Birkenhains. Drei Waldelfen hatten es sich unter einer Gruppe junger Eichen bequem gemacht. Randoil setzte sich im Schneidersitz in die Mitte, sodass ihn alle gut sehen und hören konnten.

In dieser Unterrichtsstunde erzählte ihnen der Direktor alles, was sie wissen mussten. Er war anscheinend so was wie ihr Klassenlehrer und daher für alles Administrative zuständig. Die zweite Klasse wurde von einem anderen Lehrer betreut. Randoil besprach mit ihnen den Lehrplan für sein Fach *Mythen & Legenden* und veranstaltete eine kleine Vorstellungsrunde. Somit wusste Emilia danach zumindest, wer ihre Mitstudenten waren.

Eldur kannte sie ja bereits.

Die drei Feuerelfen Jedovar, Aresto und Felodin schienen sich noch nicht so ganz mit der Situation, dass sie nun in Andorin mit Waldelfen unterrichtet werden sollten, abgefunden zu haben. Die beiden Jungs blickten argwöhnisch zu ihnen herüber, während Felodin sehr auffällig die Nase rümpfte.

Die Waldelfen Thenoir und Lathair dagegen schienen zwei ganz nette Typen zu sein und Safira schloss sich nach der ersten Stunde direkt Emilia und Sera an. Die Waldelfe hatte braunes langes Haar, wie Emilia, und strahlend blaue Augen. Von der Kleidung her ähnelte sie eher den Schaufensterpuppen, die Emilia bei ihrem ersten Besuch in Andorin so geschockt hatten. Sie trug einen sehr kurzen engen Minirock, hohe Stiefel und eine bauchfreie Bluse. Aber auf den ersten Blick erschien sie Emilia sehr umgänglich.

Nach der Einführungsstunde durch Randoil gingen sie geschlossen zu ihrem nächsten Kurs: *Kräuterkunde.*

Das Klassenzimmer ähnelte dem vorherigen, bis auf die Tatsache, dass sich hierin ein großer Kräutergarten befand. Den Lehrer, der sie nun begrüßte, kannte Emilia bereits. Ilradil, der oberste Gelehrte der Waldelfen. Emilia war zwar etwas überrascht, den Gelehrten hier zu sehen, jedoch machte es eigentlich nur Sinn, dass ein Gelehrter auch selbst unterrichtete. Emilia bemühte sich, das peinliche Gespräch mit ihm zu verdrängen, indem es um Merkurs und ihr Liebesleben gegangen war, und suchte sich mit Sera einen Platz am Rand des Kräutergartens. Sie setzten sich alle auf den Boden und Ilradil erzählte ihnen nun, was sie bei ihm in diesem Schuljahr erwarten würden. So zog sich der Morgen dahin.

Die dritte Stunde, *Magische Wesen*, unterrichtete eine Elfe namens Synea. Sie war Emilia auf Anhieb sehr sympathisch.

Danach folgte *Weltenkunde* bei Haldur, *Elfenkunde* bei einem Elf namens Estoran, *Heiltränke* bei Avanja und zum Schluss noch *Tiersprache*. Auf dieses Fach, das von der Elfe Philomena unterrichtet wurde, hatte sich Emilia am meisten gefreut. Dennoch war sie froh, als die letzte Stunde vorbei war und sie endlich nach Hause zu ihrer Tochter gehen konnte. Außerdem war sie erleichtert, dass sie Merkurs Gegenwart entfliehen konnte. Auch Sera war ziemlich geschafft. Die Schwangerschaft spürte sie inzwischen doch mehr als sie zugab.

Als sie im Schloss angekommen waren, ging Sera sofort in ihre Gemächer und legte die Beine hoch, während Emilia zu ihrer Tochter eilte. Sie bedankte sich bei Lithia, die sich schnell von Elenjana verabschiedete. Die beiden verstanden sich sehr gut, dennoch war es Emilia lieber, wenn sie Elenjana in der Nähe von Familienangehörigen wusste. Am folgenden Tag war zum Glück Haldur bei ihr. Das tröstete sie ein klein wenig darüber hinweg, dass sie ihr Kind erneut nicht bei sich haben konnte. Einen Augenblick überlegte sie, ob sie nicht Sera überreden sollte, das Schuljahr sausen zu lassen und erst im nächsten zu starten. So hätte sie drei Fliegen mit einer Klappe geschlagen. Sie hätte mehr Zeit mit Elenjana, sie müsste sich nicht ständig Sorgen machen, wann es Sera zu viel werden würde, und zu guter Letzt müsste sie Merkur nicht täglich begegnen. Gerade hatte sie diesen Gedanken zu Ende gedacht, klopfte es leise an ihrer Tür.

„Ja?“, rief sie.

„Ich bin’s, Merkur“, ertönte leise seine Stimme durch die schwere alte Eichentür.

Fox kam sogleich herbeigestürmt und stand nun wedelnd und wartend vor der Tür.

„Warte, ich mach auf“, antwortete Emilia.

Sie atmete tief durch, bemüht, sich ihr Unbehagen nicht anmerken zu lassen. Dann schloss sie die Tür auf und ließ ihn herein. Nachdem Merkur den wilden Hund begrüßt hatte, schob er ihn liebevoll, jedoch entschlossen von sich und widmete sich nun Emilia.

„Wieso schließt du zu? Du bist im Schloss sicher“, stellte er verblüfft fest.

„Ich wollte einfach einige Augenblicke meine absolute Ruhe mit Elenjana“, gestand sie.

„Ach so, bitte entschuldige, ich wollte nicht ... Vielleicht hätte ich dich vorher fragen sollen, ob es dir recht ist, wenn ich nach dem Unterricht komme. Aber du warst so schnell weg. Ich habe dich nach Schulschluss nicht mehr gesehen. Ich kann später wiederkommen?"

„Nein, ist schon gut. Jetzt bist du ja schon hier. Und nächstes Mal kannst du ja vielleicht schon vor Unterrichtsende sagen, dass du gern deine Tochter sehen würdest."

Merkur nickte und fragte:

„Darf ich sie nehmen?"

„Nur zu, sie ist auch dein Kind", antwortete sie in beiläufigem Tonfall.

Innerlich war sie jedoch alles andere als cool. Tief in ihr brodelte es. Ja, er hätte fragen können, und nein, sie wollte ihn nicht jeden Tag hier haben. Was glaubte er eigentlich? Erst ließ er sich ein halbes Jahr nicht bei ihr blicken und dann stand er plötzlich da, wollte Teil ihres Lebens sein, sagte ihr aber klipp und klar, dass es für sie beide keine Chance gab.

Emilia besaß das Talent, sich grundlos in etwas hineinzusteigern, und genau das tat sie im Moment. Während Merkur mit Elenjana auf der Krabbeldecke saß und lustig spielte, ballte sie die Hände zu Fäusten und kochte innerlich vor Wut. Nur mit viel Beherrschung konnte sie es verhindern, dass ihre aktuelle Stimmung auf ihn überschwappte. Das wusste sie zum Glück zu verhindern. Wusste sie doch, dass ihr Verhalten im Augenblick absolut unfair war. Merkur hatte Schreckliches erlebt. Der dunkle Herrscher hatte ihm alle Erinnerungen an sie genommen. Er kannte sie schlicht und einfach nicht. Dennoch bemühte er sich nun, seine Tochter kennenzulernen. Es wäre zwar schöner gewesen, er hätte von Beginn an an ihrer Seite gestanden, jedoch konnte man dies wohl kaum erwarten, nach alldem, was ihm widerfahren war. Während sie sich all dies vor ihrem geistigen Auge vorsagte, wurde sie ruhiger. Die Wut ebbte ab und sie schaffte es, ihren inneren Dämon wieder einzuschließen.

„Darf ich eine Runde mit ihr spazieren gehen?“, fragte er dann.

„Eigentlich hatte ich das jetzt auch vorgehabt“, erklärte Emilia und sie konnte einen patzigen Unterton leider nicht verbergen.

„Wir könnten ja gemeinsam gehen?“, fragte er hoffnungsvoll.

Es schien ihm wirklich viel zu bedeuten. Widerwillig nickte Emilia. Eigentlich hätte sie sich freuen sollen, endlich wieder Zeit mit Merkur verbringen zu dürfen. War doch die Chance, dass sie auch ohne die Erinnerungen wieder ein Paar werden könnten, größer, wenn sie sich erneut kennenlernten. Jedoch schwebten noch immer seine Worte in ihrem Hinterkopf: *Auch ohne dich zu lieben ...* Diese Worte hatten ihr einen so tiefen Schnitt ins Herz versetzt, dass sie glaubte, es würde nicht mehr heilen.

Während sie diesen Gedanken nachhing, wickelte sie Elenjana wie mechanisch in ihr Tragetuch. Als sie fertig war, hielt ihr Merkur bereits galant die Tür auf. Dies versetzte ihr erneut einen Stich ins Herz, erinnerte es sie doch nur zu sehr an den wundervollen Vormittag, den sie unter anderem in

Silvjanamar verbracht hatten. Beinahe hätte sie im Hinausgehen seine Hand ergriffen. Zum Glück konnte sie sich noch rechtzeitig beherrschen.

Schweigend verließen sie das Schloss. Fox rannte vorneweg und freute sich über den gemeinsamen Spaziergang. Er hatte Merkur sicherlich ebenso vermisst wie sie, nur mit dem Unterschied, dass er sich an den Hund spannenderweise erinnern konnte. Vermutlich, weil Castor nichts von Fox gewusst hatte, hatte er diese Erinnerung nicht löschen können.

Unterwegs spielte Merkur ausgelassen mit dem Hund Stöckchen werfen. Nachdem Fox jedoch keine Lust mehr hatte und den Stock einfach nicht mehr herbrachte, gab er auf und widmete sich Emilia und seiner Tochter.

„Erzähl mir ein bisschen von ihr“, bat er.

„Was willst du wissen?“, fragte sie.

„Was mag sie, womit spielt sie gern? Wie war sie als Neugeborenes. Einfach alles!“

Emilia überlegte kurz, wo sie beginnen sollte, und erzählte dann einfach alles querbeet, was ihr so in den Sinn kam.

Als sie geendet hatte, blickte Merkur sie seltsam an.

„Was ist?“, fragte Emilia unsicher.

„Wenn du von ihr redest, fällt all deine Beklommenheit, die du in meiner Gegenwart hast, ab und einen kurzen Moment kann ich die Emilia sehen, die mein altes Ich wohl geliebt hat“, erklärte er leise.

„Sag so was nicht“, bat sie und musste gegen die aufsteigenden Tränen ankämpfen.

„Wieso nicht?“, fragte er.

„Weil sich aus deinem Mund alles so endgültig anhört. Für dich ist von vorneherein klar, dass du mich nicht lieben kannst. Ich glaube jedoch eher, dass du es nicht willst. Du sagtest mir vor einigen Wochen, dass du froh seiest, dass du in Elenjanas Leben sein dürftest, auch ohne mich zu lieben. Dies klang, als hättest du dir fest vorgenommen, mich nicht mehr lieben zu wollen.“

Merkur schwieg einige Augenblicke und sah dabei in die Ferne. Dann antwortete er leise:

„Nachdem ich aus Utgard zurückgekommen bin, war ich fest davon überzeugt, dass ich nie wieder in der Lage sein werde, Liebe zu empfinden. Castor hat mir nicht nur die Erinnerungen genommen, er hat mir viel mehr genommen. Er nahm mir die Liebe selbst. Mein Herz war bei meiner Rückkehr nur ein dunkler, finsterer, kalter Ort, an dem Platz für nichts und niemand war. Mit der Zeit konnte mein Herz in Gwaithmar heilen. Wobei ich anfangs ziemlich unausstehlich gewesen sein muss“, erklärte er und ein Grinsen huschte über sein Gesicht. „Sie waren sogar der Meinung, der dunkle Fürst selbst hätte sich in mir eingenistet.“

„Ich weiß“, gab Emilia leise zu und lächelte. „Sera hat mir die Gerüchte erzählt.“

„Mit den Wochen und Monaten wurde es besser. Ilradil hat mir einen Kräutersud gemacht, der mir dabei helfen sollte, das Geschehene zu verarbeiten. Er half mir, wieder schlafen zu können und die Schatten in mir zu verdrängen. Mit der Rückkehr meiner Lebensgeister kam dann auch das schlechte Gewissen. Zwar ist es für mich nicht einfach zu akzeptieren, dass ich eine Tochter habe, mich aber an die Mutter nicht erinnern kann, jedoch fühle ich nun, da ich sie kenne, eine tiefe Verbundenheit zu ihr. Jeden Tag, an dem ich bei ihr sein darf, kehrt mein Herz zurück ins Leben. Ich weiß nicht, ob es jemals wieder richtig lieben kann, aber ich hoffe es inständig."

Emilia schwieg, da sie ein schwerer Kloß im Hals daran hinderte, ein Wort zu sagen.

„Ich weiß, du hattest die Hoffnung, dass ich mich neu in dich verlieben könnte, wenn ich es nur versuchen würde, aber ich kann dir nicht versprechen, dass das geht. Castor wollte mich vernichten, Emilia. Er wollte mich in die Dunkelheit ziehen, aus der auch er selbst keinen Ausweg mehr gefunden hatte. Der dunkle Fürst ernährte sich von Castors Leid und das verlieh ihm Macht. Er muss Elandiel mehr als alles andere auf der Welt geliebt haben. Da bin ich mir sicher."

„Sie waren Seelenverwandte", flüsterte Emilia mit brennenden Augen.

Merkur sah sie an und schwieg.

„Ich denke, es ist besser, wenn ich gehe", erklärte er kurz darauf leise und wandte sich ab.

„Merkur, nein!", rief Emilia ihm hinterher. Er sah sie unsicher an, blieb aber auf der Stelle stehen. „Ich möchte bitte, dass du bleibst", bat sie ihn. „Soll ich dir ein bisschen von uns erzählen? Ich bin mir sicher, dass die, die dir von uns erzählt haben, die lustigen Geschichten noch gar nicht kannten." Sie sah ihn flehend an.

„Ich weiß nicht ...“, überlegte er.

„Ach komm schon, Merkur. Du sagtest eben, dass dein Herz heilt, wenn du in der Nähe deines Kindes bist. Was hast du zu verlieren? Nichts. Aber wenn du unsere Geschichte nicht kennst und auch mich nicht ein zweites Mal kennenlernen möchtest, dann hast du die Liebe auf jeden Fall für immer verloren. Merkur, du und ich sind Seelenverwandte, genauso wie Elandiel und Castor es waren. Du hast Castors Leid gespürt. Vielleicht kannst du dann ermessen, wie es sein muss, wenn solch eine Leidenschaft glücklich sein darf. Elandiel und Castor stand der Thron im Weg. Uns steht nichts im Weg. Wenn deine Seele noch da ist, ist auch unsere Verbindung noch da.“

Merkur zögerte kurz, kehrte dann jedoch zu Emilia zurück und setzte sich am Waldrand unter einen Baum.

„Na, dann schieß mal los. Und bitte nichts auslassen. Ich bin vor allem an den schmutzigen Details interessiert.“ Er lächelte Emilia auffordernd an und diese setzte sich aufatmend neben ihn.

„Danke“, flüsterte sie, während sie Elenjana aus dem Tragetuch befreite und ins warme Gras legte.

„Das bin ich dir, glaub’ ich, schuldig. Wenn dein Leid mit dem von Castor vergleichbar ist, möchte ich nicht mit dir tauschen“, gestand er leise.

Emilia nickte und kämpfte gegen den erneut aufsteigenden Kloß in ihrem Hals an. Dann atmete sie einige Male tief durch und begann zu erzählen. Sie ließ kein Detail aus. Auch ihre Missgeschicke schmückte sie in allen Einzelheiten aus, was Merkur mehrere Male zum Lachen brachte. Zwischendurch meldete sich Elenjana, da sie Hunger hatte. Erst war es Emilia ein wenig unangenehm, vor Merkur ihre Brust zu entblößen, als er sie jedoch daran erinnerte, dass er dies ja sicherlich alles schon mal gesehen haben musste, lief sie rot an, stillte dann aber vor seinen Augen ihre gemeinsame Tochter. Er hatte ja recht damit.

Sie erzählte ihm von ihren Zankereien, davon, wie er abends plötzlich in ihrem Zimmer aufgetaucht war, von ihren gemeinsamen Nächten, dem Ausflug nach Silvjanamar, der Tempelbesichtigung und ihrem ersten Besuch bei ihm zu Hause. Von den Postern und dem Schwimmen am Nachmittag. Von der Wasserkugel und seiner vermeintlichen Flucht, wobei er ja nur Haldur gefragt hatte, ob er ihn unterrichten könnte. Die Geschichte mit dem Test Elandiels, dem ersten Kuss, seinem Geständnis und ihrer Flucht zurück zur Ranch schmückte sie ebenfalls lebhaft aus. Ihr Wiedersehen, der Aufbruch nach Askja, die Rettungsaktion, Elandiels Tod und ihre gemeinsame Nacht bildeten den Höhepunkt der Geschichte. Danach kamen die Tage, an denen sie sich kaum gesehen hatten, und dann die Entführung.

Nachdem sie geendet hatte, stand die Sonne bereits tief am Horizont. Elenjana war eingeschlafen und kuschelte sich gemütlich in den Arm ihrer Mutter.

„Wow!“, brachte er nur heraus und rieb sich verlegen den Nacken. „An manche Ereignisse erinnere ich mich, allerdings kommst du darin nicht vor. Andere Sachen sind komplett ausgelöscht. Ich fühle, dass da was sein sollte, jedoch finde ich nur ein dunkles Loch.“

„Glorijana sagt, dass es eine Möglichkeit geben könnte, deine Erinnerungen zurückzuholen“, sagte Emilia leise. „Mist!“, rief sie dann. „Glorijana! Ich hätte heute Mittag zu Glorijana kommen sollen. Meine erste Unterrichtsstunde! Verdammt ... Ich muss los. Wir reden morgen weiter.“

Mit diesen Worten war sie aufgesprungen, hatte das Tragetuch zusammengerafft und rannte, mit Elenjana im Arm und Fox an den Fersen, den Waldweg entlang zur alten Eiche.

„Glorijana!“, rief sie schon von Weitem. Im Wald war es inzwischen schon finster. Es fröstelte sie ein wenig, als sie den Baum erreicht hatte. Schnell wickelte sie Elenjana in das Tuch, sodass wenigstens sie es warm hatte. Von der Königin der Waldgeister war nichts zu sehen. „Mist ...“, schimpfte sie und ließ sich auf den Boden gleiten.

Kaum hatte sie sich niedergelassen, tauchte Nebel zwischen den Bäumen auf. Die blauen Schmetterlinge bildeten die Vorhut. Emilia sprang auf und wartete gespannt. Als sich der Waldgeist vor ihr materialisiert hatte, überschlugen sich ihre Worte:

„Bitte verzeih’ mir, aber wir haben total die Zeit vergessen. Merkur war da und ...“

„Ich weiß“, unterbrach Glorijana sie und hob die Hand, um Emilia daran zu hindern, weiterzusprechen. „Ich habe euch gesehen und es war wichtig, dass ihr euch aussprecht. All dies ist nötig, um auf den rechten Pfad zurückzukehren. Nun bist du hier und ich werde dir erklären, wie du gezielt Visionen heraufbeschwören kannst. Vorab ist es jedoch wichtig, dass du die Regeln verstehst.“

Emilia nickte und sah sie erwartungsvoll an. So fuhr Glorijana fort:

„Die Visionen zeigen dir nicht immer das, was du gern sehen willst. Manchmal zeigen sie dir eine Zukunft, die du lieber nicht kennen möchtest oder die du gern ändern wollen würdest. Sei jedoch gewarnt. Eine Änderung in der Zukunft kann fatale Folgen nach sich ziehen. Wir erhalten die Visionen nicht immer, um das Gesehene zu ändern, sondern oft, um zu wissen, was geschehen muss, damit wir die entsprechenden Schritte einleiten können, sodass diese Zukunft existieren kann."

„Das verstehe ich nicht", gestand Emilia.

„Gut, ich versuche es, dir anders zu erklären. Es gibt Visionen wie diese, die Emilijana vor vielen Jahrhunderten hatte, in der sie den Untergang der Welt, wie wir sie kennen, vorhergesehen hatte. Durch diese Vision wurden wir gewarnt. Wir wussten, dass wir verhindern mussten, dass diese Vision Wirklichkeit werden wird. Alle weiteren Visionen, seit damals, zeigten uns, was wir tun müssen, dass diese erste Vision verhindert werden kann."

„Aber wenn wir eingreifen, um die Zukunft in die Richtung zu lenken, die wir sehen, greifen wir dann nicht auch ein?", fragte Emilia verblüfft.

„Könnte man meinen, jedoch ist es die Aufgabe einer Seherin, eben diese Schritte einzuleiten, da die Zukunft aus irgendeinem Grund genau dieses Eingreifen erfordert. Meine Schwester hat ihren Tod gesehen und die Wiedergeburt in deinem Körper. So hat sie sich geopfert, dass diese Zukunft wahr werden konnte. Ich sah Elandiels

Tod voraus, durfte euch aber nicht warnen. Es war das Schicksal der Königin, durch die Hand ihres Geliebten zu sterben. Diesem Schmerz war es geschuldet, dass der dunkle Herrscher Castors Körper übernehmen konnte, da ihn das Leid und der Schmerz ernähren konnten. Nur so konnte er in Gestalt eines Elfen in die Elfenwelt gelangen und nur so war es möglich, ihn zu töten. Hätte ich Elandiel gewarnt, wäre unsere Welt vielleicht schon in der Dunkelheit Utgards untergegangen. Du siehst, Emilia, Visionen zu haben, bedeutet neben der Verantwortung auch Schmerz und Leid. Du musst mir heute hier versprechen, dass du, egal, wessen Tod du voraussehen wirst, nur versuchen wirst, diese Zukunft zu ändern, sofern es dir die Vision auch so zeigt. Wenn der Tod für das höhere Wohl erforderlich ist, so wie bei Elandiel, musst du das Schicksal dahingehend fördern. So schwer es dir fällt." Glorijana sah Emilia eindringend an.

Dieser schwirrte bereits der Kopf.

„Aber woher weiß ich, dass ein Tod nötig ist oder eben gerade nicht?", fragte sie verwirrt.

„Du wirst es wissen."

Emilia zögerte nochmals, nickte dann jedoch und erklärte:

„Gut, ich verspreche es!"

Sie schluckte schwer und streichelte über den Kopf ihrer Tochter. Insgeheim betete sie in diesem Moment, dass sie nie eine derartige Vision haben würde.

„Dann lass uns beginnen", bestätigte der Waldgeist. „Leg das Baby in die Decke und setz dich. Nun überlege dir eine Frage, es muss eine Frage sein, die dir auf der Seele brennt.

Wenn du eine gefunden hast, konzentriere dich darauf. Wenn es dir hilft, schließe die Augen und wiederhole die Frage immer und immer wieder in deinem Geiste, bis sich eine Vision einstellt.“

Die Frage zu finden, war nicht schwer, leider stellte sich bei Emilia keine Vision ein. Sie probierte es im Sitzen, im Liegen und im Stehen, mit geschlossenen und offenen Augen. Nichts geschah. Die Welt um sie herum blieb klar, kein Nebel, der eine Vision ankündigen würde, oder dergleichen. Nach über einer Stunde meldete sich Elenjana zu Wort.

„Ich denke, wir lassen es gut sein für heute“, schloss Glorijana die Übungsstunde. „Geh nach Hause und ruhe dich aus. Vielleicht klappt es ja morgen“, versuchte der Waldgeist, sie aufzumuntern.

Mit hängenden Schultern schleppte sich Emilia zurück zum Schloss. Sie war froh, dass sie auf den Fluren, mit Ausnahme der Wachen, niemandem begegnete, mit dem sie reden musste. Als sie ihre Wohnung erreicht hatte und die Tür hinter sich verschlossen hatte, brachen die Tränen der Enttäuschung ungebremst aus ihr heraus. Eben in diesem Moment kam ihr Vater aus dem Kinderzimmer und sah sie entsetzt an.

„Emilia, was ist geschehen? Ist es wegen Merkur? Ich hatte gleich Sorgen, ob du mit der Situation klarkommen würdest“, redete er ohne Punkt und ohne Komma auf sie ein.

„Oh Dad!“, rief Emilia und fiel ihm, so gut es mit einem Baby vor der Brust ging, um den Hals. „Es ist nicht wegen

Merkur ...", erklärte sie stockend und schniefend. Sie war so aufgelöst, dass es einfach aus ihr herausbrach. „Die Visionen kommen nicht. Wir haben heute das erste Mal geübt und nichts habe ich erreicht. Gar nichts ..."

Roman lachte erleichtert auf und führte seine Tochter zu der kleinen Essecke. Als sie sich gesetzt hatte, lehnte er sich gegen die Arbeitsplatte und verschränkte die Arme vor der Brust.

„Ich bin froh, dass es nicht wegen Merkur ist ... Ich hatte schon ein schlechtes Gewissen, da ich ihn dir ja quasi vor die Nase gesetzt habe, aber jetzt erzähl mir mal, von welchen Visionen du redest. Ich wusste gar nicht, dass wir Wahrsagen an der Akademie unterrichten."

Emilia biss sich auf die Unterlippe. Sie hatte sich verraten.

„Das wird auch nicht unterrichtet", antwortete sie zögernd.

„Wo warst du dann?", fragte Roman ernster nach.

„Nun ja ...", druckste Emilia herum und biss sich erneut auf die Unterlippe. Sie wusste, dass sie nun nicht mehr zurückrudern konnte. Ihr Vater würde nicht eher Ruhe geben, bis sie ihm die Wahrheit erzählen würde. Was wohl sowieso nur noch eine Frage der Zeit gewesen wäre, bis er erfahren hätte, was wirklich los war. Schließlich konnte ja auch er Gedanken lesen, und Emilia war inzwischen aufgefallen, dass sie ab und an ganz ungewollt Gedankenfetzen anderer auffing. Sicherlich war das bei ihm auch so.

„Nun? Ich warte!", forderte er sie erneut auf.

Tief seufzend wickelte sie Elenjana aus ihrem Tragetuch und legte sie anschließend auf die Krabbeldecke. Diese paar

Augenblicke nutzte sie, um sich zu überlegen, wie sie am besten anfangen sollte.

„Also, es ist so, dass Glorijana der Meinung ist, dass nur ich alleine die Fähigkeiten besitze, *sehen zu können*, wie wir Merkurs Erinnerungen zurückholen können. Sie sagt, dass ich dieselbe Gabe besitze wie ihre Schwester und dass diese quasi geweckt wurde, als ich mich endgültig dazu entschieden habe, in der magischen Welt zu leben. Sie hat gesehen, dass ich in der Lage sein werde, die Prophezeiung wieder ins Lot zu bringen. Unsere gemeinsame Zukunft ist noch nicht endgültig gestorben. Sie sagt, dass zwischen uns ein besonderes Band bestehe, das die Waldgeister die *Magie der Liebenden* nennen. Daher wurde ich an Elenjanas Weihe heimlich mitgeweiht. Dadurch sollte sich die Verbindung zu Emilijanas Seele festigen und somit sollte es mir möglich sein, Dinge sehen zu können, die Merkur betreffen, die für alle anderen verborgen bleiben."

„Und warum hast du mir das bisher verschwiegen?", fragte Roman skeptisch nach.

„Na ja", begann sie und kratzte sich verlegen am Kopf, „Glorijana hat mir empfohlen, es nicht weiterzusagen. Vor allem nicht meinen Eltern. Sie war der Meinung, dass ihr von der Gefahr einer solchen Gabe nicht begeistert wärt."

Roman seufzte tief und antwortete:

„Das ist wieder typisch für diese kleine Geheimniskrämerin. Aber da ist noch etwas, das dir Sorgen macht, habe ich recht?"

Emilia nickte und erwiderte:

„Merkur hat mir da was erzählt ... Er wollte nicht, dass ich mich in Gefahr bringe, wenn ich versuche, seine Erinnerungen zurückzuholen."

„Aber warum glaubt er, dass dich das in Gefahr bringen könnte?", bohrte ihr Vater weiter.

„Castor hat ihm gesagt, dass ich bei dem Versuch sterben werde!", entgegnete sie offen heraus, da sie merkte, dass er sie eingekreist hatte.

„Castor?"

„Ja, bevor er ihm die Erinnerungen an mich genommen hatte, hat er ihm dies offenbar erzählt. Wir sind uns aber nicht einig, ob das nicht einfach nur ein Trick war!", begehrte Emilia auf, bevor ihr Vater etwas einwerfen konnte. „Ich denke, dass Castor Merkur dazu bringen wollte, mich daran zu hindern, die Prophezeiung doch noch zu erfüllen, indem ich Merkurs Erinnerungen zurückhole. Er wusste, dass ich mit meiner speziellen Begabung und unserem Band dazu in der Lage sein werde, da bin ich mir sicher. Merkur denkt, dass Castor nur vergessen hatte, ihm diese Erinnerung wieder zu nehmen. Er denkt, dass es nie Castors Absicht gewesen war, dass er sich nach seiner Gefangenschaft noch an dieses Gespräch erinnert." Sie blickte ihren Vater erwartungsvoll an.

Dieser strich sich nachdenklich mit der Hand übers Kinn und überlegte.

„Wieso bist du nicht gleich zu mir gekommen?", fragte er nach einiger Zeit resigniert und setzte sich zu ihr an den Tisch.

„Ich hatte Angst, dass du es mir verbieten würdest", erklärte sie leise.

„Emilia. Es geht hier nicht nur um eine Party, auf die du gehen willst, es geht hier um das Schicksal unserer Welt. Ich finde schon, dass es sinnvoll gewesen wäre, wenn du uns darüber in Kenntnis gesetzt hättest, was für wertvolle Informationen du von Glorijana erhalten hast." Sie biss sich auf die Lippe und Roman seufzte tief. „Okay, es ist, wie es ist, aber nun müssen wir uns überlegen, was zu tun ist."

„Wie meinst du das?", fragte Emilia überrascht nach. „Was könntet ihr tun? Entweder, ich bekomme eine Vision und erfahre, was zu tun ist, oder eben nicht. Was hätte es geändert, wenn ich es euch erzählt hätte?"

„Einfach alles, Emilia." Roman fuhr sich erregt durch sein langes braunes Haar. „Mephisto und Ainema wollen zurücktreten. Na ja, wohl mehr Ainema als Mephisto. Er gibt seine Macht sicherlich nur für sie auf. Die beiden hatten eigentlich vorgehabt, dir und Merkur die Herrschaft über Gwaithmar zu übergeben, sobald ihr verheiratet seid. Leider kam alles anders."

„Ich erinnere mich", fiel Emilia ihm ins Wort. „Damals, als sie bei uns waren, am Abend, als Elenjana geboren wurde, da wollte sie mich etwas fragen. Es schien Ainema wichtig zu sein, wir wurden jedoch durch euer Eintreffen unterbrochen und später hatte ich das Gefühl, dass es Mephisto nicht recht war, dass Ainema mit dem Thema angefangen hatte."

Roman nickte.

„Es könnte sein, dass sie eben dies mit dir bereden wollte. Mephisto hat es damit, wie gesagt, nicht ganz so eilig wie Ainema. Im Moment sieht es so aus, als würden die beiden vorerst weitermachen, jedoch ist das alles nur eine

Frage der Zeit. Mephistos Amtszeit wäre in Askja bald zu Ende gegangen. Im Moment akzeptieren ihn noch alle in Gwaithmar, da es ohne ihn kein Bündnis zu den Bergelfen und uns gäbe. Jedoch kann die Stimmung jeden Tag kippen. Es gibt Unruhen. Stimmen werden laut, dass er nicht der Richtige sei, um Gwaithmar zu regieren. Mit euch, dem Paar aus der Prophezeiung an der Spitze, wäre diese Gefahr gebannt. Ob sie Merkur alleine akzeptieren, ist fraglich. Da Ainema auf die Herrschaft in Angorogh verzichtet hat, ist Merkur der rechtmäßige Thronfolger Angoroghs und Askjas. Er wird der Anführer der Feuerelfen und der Bergelfen werden. Du, mein Kind, bist die zukünftige Herrscherin über Andorin. Alle würden euch als Paar folgen. Wenn wir also schaffen könnten, dass sich dies erfüllt, wären all unsere Probleme gelöst."

„Ich wusste nicht, dass die Lage so kritisch ist in Gwaithmar. Ich dachte, die Feuerelfen würden Mephisto bedingungslos folgen", erwiderte Emilia überrascht.

„Das war so, bevor er ihre Heimat auf dem Gewissen hatte. Anfangs waren sie froh, ihren Herrscher in Gwaithmar an ihrer Seite zu wissen, inzwischen sind auch andere Völker dorthin ausgewandert, die ihm nicht mehr so bedingungslos folgen. Hinzu kommt die aufkommende Unzufriedenheit der Adligen. Alle haben alles verloren und beginnen wieder komplett bei null. Diese Unzufriedenheit brodelt schon seit geraumer Zeit. Ein Fehler Mephistos, und wir haben in Gwaithmar einen Bürgerkrieg", erklärte er ernst.

„Na toll ... Hätte ich dir nur nichts erzählt", maulte Emilia. Ihr Vater sah sie überrascht an.

„Wieso? Ich bin doch auf deiner Seite", entgegnete er perplex.

„Ja, aber jetzt stehe ich ja noch mehr unter Druck als vorher!", schluchzte sie.

„Emilia, Glorijana hat gesehen, dass du es kannst. Glaube an dich und lass es ruhig angehen. Mensch Mädchen, du hattest heute deine erste Übungsstunde und da erwartest du schon, dass du deine Gabe zur Perfektion bringen kannst?"

„Bei meinen Elfenfähigkeiten war das alles kein Problem", schniefte sie.

„Ja, weil das auch etwas ganz anderes ist. Deine Elfenkräfte sind körperliche Kräfte, deine Waldgeisterfähigkeit ist eine Seelenmagie. Vielleicht solltest du dich mal ein bisschen mehr mit Emilijana befassen, vielleicht fehlt euch einfach die passende Verbindung", erklärte ihr Vater.

Verblüfft sah Emilia ihn an.

„Das klingt logisch", erwiderte sie nach einigen Sekunden des Überlegens.

„Na siehst du." Er legte seine Hand auf ihre und sah sie aufmunternd an. „Und jetzt möchte ich dir noch etwas zeigen", forderte er sie auf und zog sie an der Hand mit sich in Richtung Kinderzimmer.

„Warte!", bat Emilia, bevor sie eintraten. „Wie siehst du das mit der Warnung Castors?" Sie löste sich aus seinem Griff und sah ihn forschend an.

Roman seufzte und antwortete:

„Aus dem Bauch heraus denke ich, dass wir Glorijana vertrauen sollten, unter der Bedingung, dass du nichts im

Alleingang machst. Die Vision allein bringt dich nicht um, maximal die Umsetzung der Rettungsaktion könnte eine Gefahr für dich darstellen. Du musst mir also unbedingt sagen, wenn du etwas gesehen hast. Wir werden dann entscheiden, was zu tun ist. Ich werde jedoch sicherlich nicht zulassen, dass du dein Leben für diese Sache aufs Spiel setzt."

Emilia nickte und überlegte kurz, ob dies wohl im Sinne der Regeln der Waldgeister war. Dann fiel ihr ein, dass sie eigentlich sowieso noch mit Glorijana über das Thema hatte reden wollen. Sie würde das nächste Mal versuchen, daran zu denken.

„Können wir dann zu unserer Überraschung kommen?", fragte Roman und riss sie somit aus ihren Grübeleien.

„Ja, klar, ich bin so weit", entgegnete Emilia und bemühte sich, alle negativen Gedanken abzuschütteln. Sie war nun froh, dass sie ihren Vater eingeweiht hatte. Er würde ihr helfen.

Roman öffnete indessen die Tür zu Elenjanas Zimmer und bedeutete seiner Tochter, einzutreten.

„Wow!", quietschte diese freudig auf, als sie das Zimmer betreten hatte. „Dad, das sind ja alle meine Kindersachen. Mein Teddybär, die Bauklötze, meine geliebte Puppenstube ..." Sie drehte sich in Elenjanas Zimmer im Kreis und kam aus dem Staunen gar nicht mehr heraus. „Wie hast du das alles hergebracht?", fragte sie freudig.

„Ich habe einen Trupp meiner Männer mitgenommen. War eine Nacht-und-Nebel-Aktion, da die Menschen sicherlich stutzig geworden wären, hätten wir am helllichten

Tag kartonweise Kindersachen in die Hecke im Park gebracht. Deine Mum hatte bereits direkt nach deiner Abreise all deine Lieblingssachen von früher zusammengesucht. Sie dachte, dass Elenjana so doch ein bisschen von einer menschlichen Kindheit haben könnte."

„Das war eine phänomenale Idee!", erklärte sie und strahlte über das ganze Gesicht.

„Für das meiste ist sie jetzt noch zu klein, aber sie entwickelt sich ja schneller als ein Menschenkind, daher wirst du die ersten Sachen bald brauchen."

Emilia nickte und fuhr andächtig über das Bücherregal, in dem sich all ihre geliebten Kinder- und Jugendbücher tummelten.

„Jetzt ist mir auch klar, warum du hier in der Wohnung warst. Ich bin beinahe zu Tode erschrocken, als du plötzlich vor mir standst."

„Entschuldige, ich wollte dich weder erschrecken noch deine Privatsphäre missachten. Ich wollte dich einfach nur damit überraschen."

„Schon gut, Dad. Du hast definitiv meinen Tag gerettet", erklärte sie und gab ihm einen Kuss auf die Wange.

Dann zeigte sie der kleinen Elenjana ihre neuen Spielsachen, und während die Kleine die Bauklötze erkundete, erzählte Emilia ihrem Vater, wie ihr Tag gewesen war. Sie berichtete von der Akademie, den Feuerelfen in ihrer Klasse und dem gemeinsamen Mittag mit Merkur. Nachdem Elenjana beim Spielen eingeschlafen war, legte sie sie ins Bett und der König verabschiedete sich von ihr.

Es war schon spät, als auch sie endlich ihre Ruhe fand. Am nächsten Morgen musste sie früh raus. Der Ernst des Lebens hatte sie nun wieder.

KAPITEL 13

Am nächsten Morgen wollte Sera natürlich alles genau wissen. Es ging ihr wieder gut, jedoch sah sie inzwischen ein, dass eine Schwangerschaft auch als Elfe nicht immer ein Zuckerschlecken war. Vor allem dann, wenn man vorher ein so zierliches Wesen gewesen ist. Sie kam mit den zusätzlichen Kilos gar nicht gut zurecht. Nachdem Haldur Elenjana übernommen hatte, gingen die beiden zum Unterricht. Jetzt konnte Emilia endlich ausführlich berichten, was am Abend zuvor geschehen war.

„Kommt es dir nicht auch seltsam vor, dass dein Dad so schnell einverstanden war?“, fragte die Elfe.

„Er meinte, dass ich mich allein durch die Visionen nicht in Gefahr bringe und dass ich alles andere nur unter Rücksprache mit ihm tun darf. Von daher, was sollte er dagegen sagen?“, entgegnete Emilia.

„Hast du auch wieder recht“, gab Sera zurück. „Vielleicht mach ich mir im Moment einfach zu viele Sorgen.“

„Das ist normal, sind die Hormone, glaub mir“, antwortete Emilia.

„Aber noch mal zurück zu Merkur. Meinst du, es hat gefunkt?“, fragte Sera mit großen leuchtenden Augen.

Emilia schüttelte betrübt den Kopf.

„Nein ... und ich bin nicht mal sicher, ob er mit seiner Aussage, dass er nicht mehr lieben könne, nicht sogar recht hat. Ich weiß auch nicht. Ich glaube, es wäre mir lieber, er wäre wieder der ungenießbare Kotzbrocken anstatt dieser höfliche, zuvorkommende, jedoch maßlos distanzierte Elf, der er im Moment ist“, maulte Emilia vor sich hin.

In dem Moment hatten sie die Akademie erreicht und Sera sog scharf die Luft ein.

„Anscheinend ist er nicht bei allen so distanziert ...“, murmelte sie.

Emilia sah auf und blickte in die Richtung, in die Sera gerade wie gebannt starrte.

Da saß Merkur neben der Feuerelfe Felodin auf einer Bank und diese flüsterte ihm gerade etwas ins Ohr. Merkur grinste daraufhin, wandte sich ihr zu und strich ihr sanft eine ihrer schwarzen Haarsträhnen hinters Ohr. Felodin kicherte wie ein kleines Mädchen und legte ihm eine Hand auf die Wange.

„Das darf nicht wahr sein!“, hauchte Emilia und Tränen brannten in ihren Augen. „Los, lass uns reingehen, ich ertrag es nicht, wenn er sie gleich noch küsst!“

Sie nahm Sera bei der Hand und stürmte so schnell es mit einer Schwangeren im Schlepptau möglich war die Stufen der Akademie hinauf.

Merkur hatte die beiden bemerkt. Schnell löste er sich von Felodin und rannte den Mädchen hinterher.

„Emilia, Sera! Nun wartet doch!“, rief er.

Die Mädchen hatten das Gebäude jedoch bereits betreten und Emilia zog ihre Freundin schnurstracks geradeaus ins Mädchenklo. Dann lehnte sie sich gegen die Tür, glitt daran hinunter und brach in Tränen aus.

„So viel zum Thema, dass er keine Liebe mehr empfinden könne“, flüsterte sie und wurde von heftigen Schluchzern übermannt.

„Vielleicht ist das alles ganz harmlos“, versuchte Sera, sie zu beruhigen.

„Was kann daran harmlos sein?“, fuhr Emilia auf und blickte ihre Freundin wütend an.

Diese zuckte mit den Schultern und ließ sich neben ihr auf den Boden gleiten.

„Emilia, ich muss mit dir reden!“, hörten sie nun Merkurs Stimme dumpf durch die Toilettentür. „Bitte, komm raus.“

Emilia seufzte tief.

„Soll ich mit ihm reden?“, fragte Sera mitfühlend.

Emilia schüttelte den Kopf und stand auf. Sie half Sera beim Aufstehen, dann wischte sie sich die Tränen weg und spülte die Augen mit kaltem Wasser aus. Als sie in den Spiegel blickte, nickte sie und sagte zu Sera:

„Es gibt nichts zu reden. Die Blöße werde ich mir vor dieser blöden Kuh Felodin nicht geben. Soll sie doch glauben, dass sie ihn haben kann. Ich werde Merkurs Erinnerungen zurückholen, und wenn es das Letzte ist, was ich tue. Ich gebe nicht auf.“

Bevor Sera wusste, was sie auf diese Kriegserklärung sagen sollte, hatte Emilia die Tür geöffnet und ging hinaus.

„Hallo Merkur“, begrüßte sie ihn mit eisiger Stimme und schritt die Treppe hinauf zu den Unterrichtsräumen.

„Emilia, bitte, lass uns reden. Es ist nicht so, wie es aussieht“, erklärte er, als er sie auf der Treppe eingeholt hatte.

„Du bist mir keine Rechenschaft schuldig“, antwortete sie kalt. Dann blieb sie stehen, sah ihm in die Augen und sagte so laut, dass Felodin, die bereits oben auf Merkur wartete, es auf alle Fälle hören musste: „Ich würde sowieso keinen Partner haben wollen, der nicht in der Lage ist zu lieben.“ Merkur blieb der Mund offenstehen. „Was ist? Deine Worte, nicht meine. Arme Felodin, wenn sie wüsste, dass du sie nur benutzt, was sonst könntest du von ihr wollen?“

Merkur funkelte sie wütend an, erwiderte jedoch nichts. Er ließ Emilia stehen und stürmte die Treppe hinauf. Oben angekommen begann Felodin bereits zu zetern:

„Was soll das heißen? Stimmt das etwa? Hast du mich die ganze Zeit nur benutzt?“

„Nicht hier, komm mit!“, redete er beschwichtigend auf sie ein. Er zog sie in einen leeren Raum und schloss die Tür.

„Wow, hätte ich dir nicht zugetraut, dass du so fies sein kannst!“, erklärte Sera mit Hochachtung in der Stimme.

Emilia, die bis eben noch mit herausgestreckter Brust zugesehen hatte, wie Merkur und Felodin verschwunden waren, sackte in sich zusammen und hielt sich mit beiden Händen am Geländer fest. Sie zitterte am ganzen Körper, als sie antwortete:

„Ich auch nicht. Es war nicht so geplant, ehrlich. Ich muss mich bei ihm entschuldigen. Ich war nur so wütend ...“

„Coole Aktion“, meldete sich nun auch Safira zu Wort, die dem Schauspiel wohl gemeinsam mit Thenoir, Eldur und Lathair von unten zugesehen hatte.

„Keine Panik“, mischte sich nun auch Eldur ein. „Das ist nichts Ernstes zwischen den beiden, zumindest nicht von

Merkurs Seite. Felodin sucht seit Jahren einen Mann mit Einfluss und Geld. Für Merkur war sie in den letzten Wochen einfach eine nette Abwechslung."

„Also scheinst du in deiner Wut wohl den Nagel auf den Kopf getroffen zu haben", stellte Sera fest und streichelte Emilia beruhigend über die Arme.

„Los, kommt, wir müssen hoch, wenn wir nicht zu spät kommen wollen", forderte Lathair sie auf.

„Ich hol Merkur und Felodin!", erklärte Eldur und rannte hinauf zu dem Raum, in dem die beiden verschwunden waren.

Die anderen erklommen ebenfalls die Stufen und betraten das Klassenzimmer. Nur Emilia und Sera standen noch auf der Treppe.

„Geht's wieder?", fragte die Elfe ihre Freundin vorsichtig.

Emilia nickte und antwortete:

„Das wollte ich nicht. Ich wollte keine Szene machen. Gott, ist das peinlich."

„Mach dir keinen Kopf, Emilia. Jeder kennt die Geschichte von euch beiden. Jeder weiß, dass ihr ein gemeinsames Kind habt und dass ihr nur nicht zusammen seid, weil Merkur seine Erinnerungen verloren hat. Jeder versteht dein Handeln. Ehrlich." Sie streichelte ihr liebevoll über die Schulter und zog sie fest an sich.

„Wie rührend!", riss sie eine ihnen bekannte, vor Hohn triefende Stimme aus ihrer Umarmung. „Die beiden Freundinnen friedlich vereint. Das war ja auch mal anders, nicht wahr, Seranna?!"

Sera und Emilia starrten den Sprecher mit großen Augen an.

„Aciona …“, stammelte Sera und taumelte einen Schritt zurück. Zum Glück hielt Emilia sie fest, ansonsten wäre sie die Treppenstufen hinuntergefallen.

„Es ist mir auch eine Freude, dich wiederzusehen“, erklärte der alte Elf und lächelte kalt. „Wenn die beiden Damen dann die Güte hätten, sich in meinem Unterrichtsraum einzufinden?! Ich warte nicht auf Schülerinnen, auch wenn es potentielle Mörderinnen oder Prinzessinnen sind.“

„Sera ist keine potentielle Mörderin!“, fuhr Emilia auf.

Aciona sah sie kalt an und antwortete:

„Warten wir's ab. Du wirst es sicherlich als Erste erfahren, sollte Mephisto sich geirrt haben. Wäre es nach mir gegangen, ich hätte sie sterben lassen. Wäre besser für uns alle gewesen.“ Mit diesen Worten schritt er die letzten Stufen der breiten Marmortreppe hinauf.

Emilia wollte gerade eine Antwort hinterherbrüllen, als Sera sie stoppte.

„Bitte nicht“, flehte sie. „Bitte tue nichts. Es wird ihn nur zu noch mehr Bosheit anstacheln.“

„Aber Sera, das kannst du dir doch nicht gefallen lassen!“, fuhr Emilia auf.

Sera senkte den Blick und je eine Träne tropfte aus ihren Augen, als sie antwortete:

„Das ist nicht das Schlimmste, was er zu mir gesagt hat. Ich werde versuchen, ihm aus dem Weg zu gehen und nicht weiter aufzufallen, dann verliert er sicherlich das Interesse an mir.“

Emilia zerriss es beinahe das Herz, ihre Freundin erneut so leidend und unterwürfig zu sehen wie damals, als sie bei ihnen im Gästehaus aufgetaucht war. Allein, verstoßen und obdachlos.

„Ist in Ordnung, aber wenn er dich nicht in Ruhe lässt, rede ich mit meinem Vater."

Sera schluckte schwer, nickte dann jedoch.

„Los, komm, wir sollten reingehen. Sonst liefern wir ihm direkt die nächste Vorlage, uns zu quälen", bat Sera.

Emilia nickte und Hand in Hand schritten sie ins Klassenzimmer. Zu ihrem Leidwesen sah Acionas Klassenzimmer nicht so schön aus wie die Zimmer der anderen Lehrer. Der Raum erinnerte Emilia an ihren alten Biologiesaal. In drei Stufen standen drei lange Tische im Saal, das Lehrerpult befand sich ganz unten. Leider war an den oberen beiden Tischen nur noch ein Platz frei, sodass Emilia und Sera sich in die erste Reihe an den längsten Tisch setzen mussten. Zu allem Überfluss erschienen nun auch Merkur, Eldur und Felodin. Diese setzte sich zum Glück direkt in die letzte Reihe zu Aresto und Jedovar, verschränkte die Arme vor der Brust und funkelte Emilia wütend an. Glücklicherweise konnten selbst elfische Blicke nicht töten. Eldur steuerte zielstrebig die erste Reihe an und zog Merkur mit sich.

„Nun stell dich nicht so an", murmelte er und drückte Merkur auf den Stuhl direkt neben Emilia.

Diese sah ihn nicht an, spürte jedoch seine Nähe wie ein elektromagnetisches Feld.

„Es tut mir leid", flüsterte sie. „Ich wollte dir keine Szene machen."

Merkur gab nur ein seltsames Knurren von sich und rückte ein Stück von ihr ab. Emilia atmete tief durch und wandte sich der Tafel zu, auf die Aciona bereits den Lehrplan des Schuljahres geschrieben hatte.

Der Vormittag zog sich entsetzlich lange. Die Wut auf Felodin war überraschenderweise verraucht, nachdem Eldur ihr bestätigt hatte, dass es nichts Ernstes zwischen den beiden war. Nun plagte sie nur noch das schlechte Gewissen und die Scham, dass sie Merkur solch eine Szene gemacht hatte. Felodin und Merkur hatten sich in der Pause wohl ausgesprochen, zumindest redeten sie wieder miteinander.

„Geht's dir gut?", fragte Sera, als sie das Mittagessen in der Mensa geholt und es sich an einem Fensterplatz, zusammen mit Safira, gemütlich gemacht hatten.

„Ja, ja, alles gut", antwortete sie einsilbig und betrachtete Merkur und Felodin, wie sie sich gemeinsam mit Eldur an den Nebentisch setzten. Sie seufzte tief und widmete sich dann ihrem Essen. Obwohl es wirklich hervorragend schmeckte, stocherte sie nur lustlos darin herum.

„Kann ich deinen Rest haben, wenn du fertig bist?", fragte Sera.

Kommentarlos schob Emilia ihr das Tablett hin.

„Ich brauch ein bisschen frische Luft", erklärte sie, schob den Stuhl zurück und stand auf.

„Soll ich mitkommen?", fragte Sera mit vollem Mund.

Emilia lächelte dankbar, schüttelte jedoch den Kopf.

„Nein, genieß du in Ruhe dein Essen. Ich muss einige Minuten allein sein."

Sera nickte und begann sich während des Essens mit Safira zu unterhalten. Emilia hingegen steuerte schnellstmöglich den Ausgang an. Sie ignorierte die Blicke, die ihr die

Mitstudenten zuwarfen und ging eilig zum Haupteingang. Sie hatten eine Stunde Mittagspause, davon waren etwa zwanzig Minuten vorbei. Sie könnte also getrost einen kleinen Spaziergang zum Waldrand machen, der keine fünf Minuten von der Akademie entfernt lag. Dort würde sie neue Kraft tanken können. Sie hatte das Gefühl, dass sie seit ihrer Waldgeistweihe noch mehr die Nähe der Bäume und der Tiere suchte als zuvor bereits.

Als sie die ersten Eichen erreicht hatte, ließ sie sich ins warme Gras sinken und lehnte sich an einen breiten alten Baumstamm. Sie fühlte die Kraft, die er ausströmte und sog diese auf wie ein trockener Schwamm. Dabei atmete sie tief durch und schloss für einige Augenblicke die Augen. Die Sonne wärmte ihr Gesicht und sie fühlte sich für einige Momente völlig unbeschwert. Plötzlich spürte sie, wie die Sonnenstrahlen von etwas verdeckt wurden. Sie blinzelte und erschrak, als sie einen Elf vor sich stehen sah. Sie musste die Augen abschirmen, um gegen die Sonne das Gesicht erkennen zu können.

„Lethan!“, stieß sie erleichtert aus. „Du hast mich ganz schön erschreckt.“

„Entschuldige, das war nicht meine Absicht. Alles gut bei dir? Darf ich mich zu dir setzen?“, fragte er.

„Klar, komm her“, antwortete Emilia und deutete auf das warme Gras neben sich.

„Und? Ist alles gut bei dir?“, fragte er erneut. „Du siehst nicht so aus“, stellte er fest.

Emilia zuckte mit den Schultern und sie spürte Tränen in ihren Augen brennen.

„Ich will nicht darüber reden“, schniefte sie.

„Willst du es mir dann vielleicht zeigen, was dich so aufwühlt?“ Emilia sah ihn verblüfft an. „Wenn du nicht darüber reden kannst oder willst, kannst du mir deine Gedanken öffnen“, erklärte er sachlich.

Emilia nickte und konzentrierte sich auf ihr Gedankenschloss.

Lethan nahm ihre Hand und erklärte:

„So nehme ich deine Empfindungen deutlicher wahr.“

Er konzentrierte sich und Emilia zeigte ihm die Vorkommnisse des Vormittags. Lethan schüttelte traurig den Kopf, als Emilia ihm alles gezeigt hatte, und flüsterte:

„Er hat deine Liebe nicht verdient ...“

„Ich weiß ...“, entgegnete Emilia und war selbst verblüfft über ihre Antwort. „Aber ich kann es nicht ändern. Diese verdammte Seelenverbindung macht mich völlig wahnsinnig. Ich versteh nicht, dass er das nicht ebenfalls fühlt.“ Sie lehnte resigniert ihren Kopf an Lethans Schulter und wischte sich eine Träne fort.

Der junge Elf legte einen Arm um sie und streichelte ihr sanft über ihr braunes Haar.

„Wenn ich dir doch nur helfen könnte“, flüsterte er ihr ins Ohr und küsste sie auf die Schläfe.

„Das tust du doch. Du bist für mich da und hörst mir zu und das, obwohl ich dich verschmäht habe ...“ Bei diesen Worten löste sich Emilia aus seinen Armen und flüsterte: „Es tut mir leid, es war vielleicht keine gute Idee, mich gerade bei dir auszuheulen.“

Nachdem sie aufgesprungen war und ihre Kleidung glattstreichen wollte, griff er nach ihrer Hand und zog sie zurück auf den Boden.

„Bitte warte. Es ist in Ordnung. Ich habe dir gesagt, dass es für mich ausreichend ist, wenn wir Freunde sind. Ich will, dass du glücklich bist, auch wenn du mich nicht so lieben kannst, wie ich dich liebe." Er sah sie eindringlich an.

„Oh, glaub mir, Lethan, ich würde dich gern genauso lieben, wie du mich liebst. Wie einfach wäre dann mein Leben. Stattdessen hat mich mein Schicksal an diesen störrischen Elfen gebunden, der sich nicht einmal an mich erinnern kann und der nicht mal genug Taktgefühl besitzt, vor der Mutter seines Kindes die Finger von anderen Elfen zu nehmen." Lethan lächelte bei ihren Worten und streichelte sanft über ihre Hand. „Sehen wir uns in Zukunft wieder öfters? Mir fehlen unsere gemeinsamen Stunden. Sera vermisst dich, glaube ich, auch, sie würde es nur nicht zugeben", wechselte Emilia das Thema.

„Ich versuche, wieder mehr Zeit für euch zu haben. Aber Roman schickt mich gerade sehr oft nach Gwaithmar. Ich habe das Gefühl, dass er Wind von meinen Gefühlen für dich bekommen hat und mich deshalb loswerden möchte", erklärte er und grinste schief.

„Das kann schon sein. Aber vielleicht will er auch einfach nur seine besten Männer dort wissen. Die Lage in Gwaithmar scheint ja angespannter zu sein als alle zugeben." Sie sah Lethan forschend an.

Er kratzte sich unsicher am Kopf und antwortete dann:

„Ja, da könnte was dran sein. Die Adligen gehen langsam auf die Barrikaden. Sie wollen ihr Ansehen und ihre Macht zurück. Jedoch ist Gwaithmar nicht mehr Askja. Es gibt andere Völker, die ebenfalls alles verloren haben, sei es durch Kriege oder andere Völker. Mephisto kann niemanden bevorzugt behandeln. Daher wollen ihn die Adligen abwählen und einen von ihnen auf den Thron setzen."

„Aber Merkur wäre doch der Thronerbe", begehrte Emilia auf.

„Ja, in Askja wäre er das gewesen. In Gwaithmar werden sie ihn nur akzeptieren mit dir an seiner Seite, da es so prophezeit wurde. Wenn ihr nicht zusammen regiert, regiert keiner von euch. Was auch ein Grund ist, warum ich die Finger von dir lassen sollte ..."

Er wollte ihr seine Hand entziehen, doch Emilia hielt sie fest und sah ihm tief in die Augen. In diesem Moment wünschte sie sich zum wiederholten Male, dass sie nicht das Kind der Prophezeiung wäre, sondern einfach nur eine Elfe, die frei wählen könnte. Ihr Kopf sagte ihr, dass sie mit Lethan ein wundervolles Leben führen könnte. Er wäre ein fantastischer Vater für Elenjana und er würde sie immer auf Händen tragen. Nur leider sprach ihr blödes Herz eine andere Sprache. Plötzlich hörten sie schnelle Schritte. Sie fuhren ertappt auseinander und sprangen auf. Was lächerlich war, angesichts der Tatsache, dass sie nur geredet hatten.

Merkur sah dies jedoch anders.

„Sera schickt mich. Ich soll mich entschuldigen und dich bitten, wieder zurückzukommen. Der Unterricht geht gleich weiter. Aber wie ich sehe, geht's dir gar nicht so schlecht wie du tust. Hattet ihr eine schöne *gemeinsame* Mittagspause?" Das Wort gemeinsam betonte er extra.

„Wir haben uns zufällig getroffen und Emilia hat mir erzählt, was für ein feinfühliger Esel mein bester Freund ist. Hast dich wohl mal wieder nicht mit Ruhm bekleckert, was?", neckte Lethan ihn.

Merkur schnaubte nur und funkelte ihn wütend an.

„Das geht dich nichts an", erklärte er bissig.

„Emilia ist meine beste Freundin, also geht es mich sehr wohl etwas an!", antwortete er scharf und sah Merkur herausfordernd an.

Emilia hatte Angst, dass sich die beiden wegen ihr gleich prügeln würden und lenkte daher ein:

„Das ist genug. Merkur hat recht, wir sollten zurück zum Unterricht, und du musst sicherlich wieder zur Wache. Mach's gut und danke für deine Zeit!"

Sie umarmte ihn, gab ihm einen Kuss auf die Wange und schritt dann hoch erhobenen Hauptes zurück zur Akademie. Es war seltsam, je weiter sie sich von Lethan entfernte, desto mehr verblasste das Gefühl, das sie eben noch gehabt hatte. Ob dies wohl an Merkurs Anwesenheit lag? Er zog sie an wie ein Magnet.

Bevor sie ihre widersprüchlichen Gefühle weiter ordnen konnte, hielt Merkur inne und packte sie grob an den Schultern.

„Was sollte das eben?", fragte er barsch.

Sie fuhr herum und funkelte ihn wütend an.

„Was sollte was?", schrie sie ihn an.

„Willst du mich jetzt mit meinem besten Freund eifersüchtig machen?“, rief er erbost.

„Wie bitte?“, fragte Emilia überrascht.

„Na, das konnte doch ein Blinder sehen, dass ihr miteinander geflirtet habt!“

„Wir haben nicht geflirtet. Lethan hat mich getröstet“, fuhr Emilia auf.

„Ach, so nennt man das also in deiner Welt?“, fragte er sarkastisch.

„Ach, lass mich doch in Ruhe!“, zischte sie und stampfte wütend weiter zur Akademie.

„So einfach kommst du mir nicht davon!“, rief er ihr hinterher und hatte sie binnen Sekunden eingeholt. Er stellte sich vor sie und verschränkte die Arme. „Was soll das? Was läuft da zwischen euch?“

„Nichts, wir sind Freunde, und selbst wenn mehr zwischen uns wäre, würde es dich ja wohl nichts mehr angehen. DU hast dich ja schließlich anderweitig orientiert!“ Sie wollte an ihm vorbei, doch er hielt sie fest.

„Ich kann nichts dafür, dass ich dich nicht kenne, du kannst jedoch etwas dafür, wenn du meinst, du könntest meinen besten Freund gegen mich ausspielen. Und ich kann dir eins sagen: Es wird dich nicht weiterbringen. Du kannst mich nicht mit ihm eifersüchtig machen.“ Er ließ sie stehen und sie starrte ihm perplex nach.

„Ich will niemanden gegen niemanden ausspielen und ich will auch niemanden eifersüchtig machen!“, rief sie. „Der Einzige, der Grund zur Eifersucht hätte, wäre ja wohl Lethan, bei der ganzen Geschichte zwischen uns“, maulte sie.

Merkur blieb wie angewurzelt stehen und drehte sich um.

„Was hast du gesagt?“, fragte er lauernd.

„Dass ich euch weder gegeneinander ausspielen will noch dich eifersüchtig machen“, erklärte sie.

„Nein, das andere. Wieso hätte Lethan Grund, eifersüchtig zu sein?“

„Egal, das ist nicht unser Thema“, wiegelte Emilia ab, da es ihr unangenehm war, dass Merkur den letzten Teil gehört hatte. Schließlich ging dies ja niemanden außer Lethan und sie etwas an.

Mit hochrotem Kopf drängte sie sich an Merkur vorbei und rannte weiter zur Akademie. Merkur sah ihr mit blitzenden Augen nach und ballte die Fäuste.

In der Akademie angekommen suchte sie schleunigst das nächste Klassenzimmer auf. Der Unterricht hatte schon begonnen. So leise wie möglich schlich sie sich zu Sera, die sich einen gemütlichen Platz unter ein paar Buchen gesucht hatte.

„Wie schön, dass du uns auch noch beehrst, Emilia“, begrüßte ihr Vater sie, der sie heute in *Magische Pflanzen* unterrichten sollte.

Emilia lief rot an, da die gesamte Klasse sie ansah, und holte schnell ihr Pflanzenbuch aus ihrer Tasche.

„Wo warst du?“, zischte Sera, während Roman im Stoff fortfuhr.

In dem Moment kam Merkur herein. Noch immer vor Wut sprühend pfefferte er seinen Rucksack in den Schatten einer alten Eiche und setzte sich zu Felodin, die ihn entgeistert ansah. Dann flüsterte sie aufgeregt auf ihn ein, bis Roman dem Spiel ein Ende bereitete.

„Merkur, auch für dich gilt, wir beginnen pünktlich mit dem Unterricht. Und jetzt bitte ich euch um Ruhe, heute behandeln wir ein sehr seltenes, jedoch sehr wichtiges Kraut, den Elfenschuh. Weiß jemand, was das ist?"

„Nun erzähl schon!", forderte Sera ihre Freundin erneut auf.

„Später. Ich möchte nicht, dass mein Vater von alldem Wind bekommt."

Dann blätterte sie enthusiastisch in ihrem Buch und suchte besagtes Kraut, während Sera sie noch kurz musterte.

„Na? Weiß es niemand?", fragte Roman erneut.

„Der Elfenschuh ist ein Kraut, das die Elfen verwenden, um größere Strecken ohne Elfen-Tore reisen zu können. Sie stecken sich das Kraut in den Schuh und dieses teleportiert den Träger dann an den gewünschten Ort", las Emilia vor, die die passende Seite inzwischen gefunden hatte.

„Sehr richtig", lobte Roman. „Seinen Namen hat das Kraut übrigens wegen seiner Handhabung erhalten. Früher hatte es einen anderen Namen, der aber irgendwann nicht mehr verwendet wurde, da er unaussprechlich war. Besagten Elfenschuh findet man inzwischen leider kaum noch. Nur in den entlegensten Winkeln in Silvjanamar tauchen ab und zu noch ein, zwei Pflänzchen auf. Das macht dieses Kraut natürlich beinahe unbezahlbar."

„Warum züchtet man es dann nicht?", fragte Sera.

„Das ist eine gute Frage, Sera. Nun, es liegt daran, dass diese Pflanze ihren eigenen Kopf hat. Sie bleibt nicht da, wo man sie anpflanzt. Wenn du heute eine Elfenschuh-Pflanze in deinen Vorgarten pflanzt und es ihr dort nicht gefällt, dann teleportiert sie sich einfach woanders hin, und das sind nun mal Stellen, wo die Elfen eigentlich nie hinkommen."

Während Roman ihnen diese magische Pflanze weiter genau beschrieb, wanderten Emilias Gedanken zurück zu ihrem Erlebnis mit Lethan und Merkur. Sie verstand nicht, was Merkur für ein Problem hatte. Selbst wenn sie etwas mit Lethan am Laufen hätte, warum störte ihn das? Hatte er die Hoffnung auf ein gemeinsames Leben doch noch nicht aufgegeben? Oder ging es ihm nur um Macht. Aber wenn er sie für die Macht hätte zurückhaben wollen, hätte er dies ja haben können. Sie wäre die Letzte gewesen, die sich ihm entzogen hätte. Aber er war ja derjenige, der eine andere Freundin hatte. Wobei, wenn man Eldurs Worten glauben durfte, war dies ebenfalls keine feste Beziehung. Zumindest nicht von Merkurs Seite. Emilia war so in ihre Gedanken vertieft, dass sie erst mitbekam, dass die Stunde zu Ende war, als Sera sie ansprach:

„Nun erzähl aber endlich! Was ist passiert? Ich habe mir Sorgen gemacht, da du so lange weg warst und ich dich auf dem Schulhof nirgends finden konnte. Da habe ich Merkur eine Predigt gehalten, dass er schuld sei, dass du gegangen bist und er dies gefälligst wieder geradebiegen solle. Gut, nicht?"

Emilia lächelte schwach und antwortete:

„Prinzipiell eine gute Idee, nur leider hat er uns in einem heiklen Moment erwischt. Lethan und mich“, erklärte sie und lief erneut rot an.

„Wie jetzt?“, quietschte Sera laut. „Habt ihr euch etwa ...“

Weiter kam sie nicht, da Emilia zischte:

„Sera! Geht das auch leiser? Muss ja nicht gleich jeder mitbekommen!“

„Entschuldige“, flüsterte sie aufgeregt. „Und? Habt ihr?“

„Nein!“, fuhr Emilia sie an. „Wir haben nur geredet.“

„Und warum war es ein heikler Moment?“, fragte Sera verblüfft nach.

„Weil ich, als ich Lethan angesehen habe, mir überlegt habe, wie einfach mein Leben wäre, wenn ich ihn einfach lieben könnte. Wenn ich nicht das Kind der Prophezeiung wäre, sondern einfach nur eine Elfe, die ihr Herz schenken könnte, wem sie wollte. Merkur hat uns eng beieinandersitzend gesehen und wer weiß, wenn er nicht gekommen wäre, vielleicht hätte ich ihn wirklich geküsst. Einfach, weil ich es gern könnte, ihn lieben. Ich weiß, Lethan wäre gut zu mir und Elenjana und ich dachte für einen kurzen Moment, wenn ich ihn küssen würde, würden diese Gefühle vielleicht von ganz allein kommen.“

„Wer kann denn frei wählen, wen er liebt?“, fragte Sera genervt nach.

„Na alle!“, erklärte Emilia im Brustton der Überzeugung.

„Hör mal, Schätzchen, ich weiß, du leidest zurzeit darunter, dass Merkur so ein Ekel ist und dass er sich nicht an dich erinnert. Aber, nur weil du im Moment

Liebeskummer hast, bedeutet das nicht, dass du nie wieder lieben wirst. Vielleicht wird es nicht mehr diese Liebe sein, die du mit Merkur hattest, aber nicht jeder hat das Glück, seinen Seelenverwandten zu finden. Sieh dir Sophia an. Sie ist überglücklich mit Haldur, obwohl ihre große Liebe bereits vorbei ist. Außerdem ist es Quatsch zu glauben, dass irgendwer sich aussuchen könnte, wohin die Liebe fällt. Meinst du, ich hätte mir Roandir ausgesucht? Er ist ein Freund deines Großvaters gewesen ... Nie im Leben wäre ich auf die Idee gekommen, mir einen so alten Elf zu suchen, aber mein Herz hat entschieden, nicht ich. Und glaub mir eins, Roandir hätte sich auch nie ein so junges Küken gesucht, wie ich es bin. Oder Lethan, glaubst du nicht auch, dass er froh wäre, er könnte die unerwiderte Liebe zu dir abstellen und dafür Miralai lieben, so wie sie es verdienen würde?"

„Wieso Miralai?", fragte Emilia überrascht nach.

„Miralai ist seit der Schulzeit unsterblich in Lethan verliebt. Lethan mag Miralai, er mag sie wirklich, aber er liebt sie nicht so, wie sie oder er sich dies wünschen würden. Viele Jahre hat er mit ihr gespielt, sie bei der Stange gehalten, aus Angst, er könnte keine andere abbekommen. Erst seit du hier bist, hat er ihr reinen Wein eingeschenkt. Aber glaube mir, er fragt sich oft, ob es die richtige Entscheidung gewesen ist oder ob er nicht doch lieber mit ihr eine Familie hätte gründen sollen. Du siehst also, niemand von uns hat sich seinen Partner ausgesucht. Jeder wurde von seinem Herz getrieben und du solltest vielleicht einfach aufhören, Merkur hinterherzurennen."

„So einfach ist das nicht!“, erklärte Emilia.

„Wieso nicht?“

„Ich muss diese Prophezeiung erfüllen. Ich bin mir sicher, dass dies der Schlüssel ist.“

„Der Schlüssel wofür denn?“, rief Sera aufgebracht.

„Der Schlüssel zu meinem Glück“, flüsterte Emilia leise und eine Träne kullerte ihr die Wange hinunter.

„Ach Süße!“, sagte Sera und schloss ihre Freundin in die Arme. „Vielleicht solltest du einfach für eine Zeit loslassen. Lass mal ein paar Tage diese Grübeleien, hör auf, wie versessen eine Vision zu bekommen. Gib Merkur für den Moment frei. Vielleicht regelt sich dann alles von ganz alleine. Glorijana hat dir gesagt, dass die Visionen eine Zukunft zeigen, die erfüllt werden sollte, aber ein Eingreifen erfordert. Vielleicht ist im Moment einfach kein Eingreifen erforderlich und du siehst deshalb nichts. Hast du schon mal daran gedacht?“

Emilia löste sich von Sera und überlegte.

„Vielleicht hast du recht. Vielleicht sollten wir einfach mal wieder was Lustiges machen und die Seele baumeln lassen. Ich werde Glorijana heute Nachmittag sagen, dass ich vorerst eine Pause machen möchte. Ich muss erst mal mit all den Informationen und dem Rest klarkommen.“

„Gute Entscheidung“, lobte Sera. „Und ich würde sagen, wir beginnen direkt nach der letzten Stunde damit, dass wir uns einen schönen Abend mit Elenjana, Roandir und Lethan machen. Was hältst du davon?“

„Gut, ich bin dabei!“, erklärte Emilia und ein Lächeln huschte über ihr Gesicht.

In der letzten Stunde hatten sie *Menschenkunde*. Emilia genoss diese Stunde besonders, konnte sie sich doch einfach zurücklehnen und sich entspannen. Auch Sera nahm es gemütlich. Sophia erzählte davon, wie die Menschen leben, von Autos, Fernsehern und Handys. Die Elfen, die noch nie in der Menschenwelt gewesen waren, hingen förmlich an ihren Lippen. Emilia fand dies total suspekt. Für die Menschen war eine magische Welt mit Elfen, Feen und Waldgeistern etwas Unfassbares. Anscheinend war ihre laute, bunte und schnelllebige Welt dasselbe für die Elfen.

Nachdem die Stunde beendet war, warteten die Mädchen auf Sophia.

„Läufst du mit uns zurück?“, fragte Emilia.

Ihre Großmutter lächelte und hakte sich bei ihrer Enkelin unter.

„Ich hätte einen Gegenvorschlag. Was haltet ihr davon, wenn ihr mit mir zurückfahrt? Haldur wollte uns nämlich zusammen mit Elenjana und der Kutsche abholen.“

Bei der Erwähnung ihrer Tochter begannen Emilias Augen zu leuchten.

„Na, das klingt doch mal nach einem guten Vorschlag“, kam Sera ihr mit der Antwort zuvor. „Mein Rücken und meine Beine bringen mich um“, klagte sie und streckte sich übertrieben.

„Wie wird das erst kurz vor deiner Entbindung, wenn du jetzt schon so jammerst?“, neckte sie Emilia und hakte die schwangere Elfe an ihrem freien Arm unter.

Diese kurzen glücklichen Momente ließen sie ihre Sorgen tatsächlich für einige Augenblicke ganz klein erscheinen. Sie war froh, dass sie am Abend mit ihrer Tochter und ihren Freunden ein paar nette Stunden verbringen durfte. So würde sie hoffentlich auf andere Gedanken kommen. Wobei sie sich nicht sicher war, ob dies bei Lethans Anwesenheit so einfach werden würde.

Haldur und Elenjana warteten bereits mit der königlichen Kutsche vor der Akademie. Emilia war nach diesem nervenaufreibenden Tag einfach nur froh, ihre Tochter ganz fest in die Arme schließen zu können. Zu allem Überfluss spürte sie, dass ihr bereits wieder die Tränen in die Augen schossen. Sie blinzelte diese weg und atmete tief durch.

Als die Kutsche losgefahren war, sah sie angestrengt zum Fenster hinaus, sodass sie sich nicht mit den anderen unterhalten musste. Leider sah sie dort genau die Personen, die für ihre schlechte Stimmung verantwortlich waren. Merkur saß mit Felodin in einem kleinen Café und so wie es aussah, stritten die beiden heftig. Emilia konnte sich ein grimmiges Grinsen nicht verkneifen. Obwohl sie sonst nicht so war, übermannte sie nun doch die Schadenfreude. Felodin war ihr mit ihrer hochnäsigen Art von der ersten Sekunde an unsympathisch gewesen. Diese Kuh passte überhaupt nicht zu Merkur.

Nachdem sie das gesehen hatte, ging es ihr ein klein wenig besser. Sie hoffte inständig, dass Merkur das Techtelmechtel beendete. Es war zwar selbstsüchtig von ihr, aber wenn sie Merkur nicht haben konnte, sollte ihn auch keine andere haben. Allein bei dem Gedanken daran, wie weit die beiden wohl gegangen waren, sowie der Vorstellung, sie könnten miteinander geschlafen haben, verkrampfte sich alles in Emilia vor Schmerz. Das Bild, das sich in ihren Kopf schlich, bereitete ihr Herzrasen vor Wut und Übelkeit zugleich. Sie ballte die Fäuste und biss fest die Zähne aufeinander.

„Emilia, geht es dir nicht gut?“, fragte Granny besorgt. „Hast du Schmerzen?“

„So ähnlich ...“, knurrte sie.

Sophia und Haldur sahen sie fragend an und Emilia erzählte den beiden, was sich am Morgen im Schulhof zugetragen hatte.

„Ich werde mit ihm reden“, erklärte Haldur.

„Nein, bitte nicht. Ich möchte das nicht. Sera hat ihm bereits gesagt, dass sein Verhalten alles andere als gut sei und er hätte sich, denke ich, auch bei mir entschuldigt, hätte er mich nicht zusammen mit Lethan gesehen“, gab sie zerknirscht zu.

„Mit Lethan?“, fragte Granny überrascht nach.

„Ja, wir haben uns zufällig getroffen und ich hab ihm mein Herz ausgeschüttet. Er hat mich nur getröstet. Leider hat Merkur das total falsch interpretiert. Aber Merkur und ich müssen das alleine klären und vielleicht hat Sera ja recht und ich muss endlich lernen, loszulassen. Im Moment kann ich an der Situation sowieso nichts ändern.“ Sie atmete tief durch und Sophia legte tröstend einen Arm auf ihr Knie. „Bitte versprecht mir, dass ihr auch Dad nichts sagt. Okay?“

„Versprochen. Wir halten uns raus“, antwortete Haldur.

Sophia nickte und lehnte sich wieder in den Sitz der Kutsche zurück. Danach schwiegen sie die restliche Fahrt.

Im Schloss holte Emilia nur schnell Fox und machte sich dann zusammen mit ihrem treuen Freund und ihrer Tochter auf den Weg zu Glorijana. Sie wollte alle Dinge, die ihr Vater und Sera ihr geraten hatten, mit ihr besprechen.

Die Königin der Waldgeister erwartete sie bereits.

„Emilijana, sei gegrüßt!“, empfing sie sie. „Deine Aura sieht sehr aufgewühlt aus, was ist geschehen?“

„Mir ist gestern und heute alles über den Kopf gewachsen“, erklärte sie und setzte sich zu der Königin ins Gras.

„Na, dann erzähl mal“, bat sie diese.

„Ich war gestern so frustriert, dass ich keine Vision erzeugen konnte ... Mein Vater hat dies mitbekommen und ich habe ihn in alles eingeweiht.“ Abschätzend sah sie zu Glorijana. Nachdem diese nur zustimmend nickte, fuhr sie fort: „Er meinte, dass ich alles nicht so verbissen sehen und mir mehr Zeit geben solle. Er meinte, dass die Waldgeistkräfte keine körperlichen Kräfte seien, wie die der Elfen, sondern seelische Kräfte.“ Wieder nickte Glorijana, unterbrach sie jedoch nicht. „Er meinte, dass ich erst mit Emilijanas Seele eins werden müsse, um die Kräfte voll entfalten zu können. Ich dachte anfangs, dass dies logisch klingt, jedoch umso mehr ich darüber nachdenke, frage ich mich, wie das gehen soll. Ich meine, meine Seele und mein Körper sind doch automatisch eins, oder nicht?“

Glorijana überlegte kurz, wie sie es Emilia am besten erklären konnte, und sagte dann:

„Ihr habt beide recht, bedingt. Du und deine Menschenseele sind eins. Aber deine unsterbliche, magische

Seele musst du wohl erst noch besser kennenlernen, bevor ihr eins werdet. Du solltest dazu Emilijanas Geschichte kennenlernen und verstehen. Ich hatte gehofft, dass meine Schwester selbst mehr Kontakt mit dir aufbauen kann, aber aus irgendeinem Grund scheint ihr dies nicht leichtzufallen. Vielleicht hat dein Vater recht und unbewusst sperrst du dich dagegen. Diese Seele ist, trotzdem sie ein Teil von dir ist, ein uraltes Wesen, das viel erlebt und getan hat. Das Erlebte prägt einen und ich denke, ihr müsst euch kennenlernen. Wenn sie keinen Weg findet, muss ich nachhelfen. Aber dazu kommen wir später. Was liegt dir noch auf dem Herzen? Das war nicht alles, das fühle ich."

„Es ist wegen Merkur ... Er hat eine Freundin ..."

„Merkur ist im Moment nicht er selbst. Wie ich gerade sagte, unser Erlebtes prägt uns. Merkur fehlt ein Teil des Erlebten, was ihn zu einem anderen Elfen macht als er mit seinen Erinnerungen wäre."

Emilia nickte und fragte:

„Kann es sein, dass ich bisher keine richtigen Visionen hatte, da alles in die richtige Richtung läuft? Sera meinte, dass vielleicht alles so hatte kommen sollen und es nicht nötig sei, dass ich eingreife."

„Das ist sicherlich nicht so. Ich habe gesehen, dass du diese Rolle übernehmen musst. Gib dir Zeit, dein Vater hat recht. Ich habe dir gezeigt, wie du eine gezielte Vision erhalten kannst, nun sollten wir vielleicht wirklich zuerst das Band zwischen dir und meiner Schwester festigen. Ich möchte, dass du weiterhin regelmäßig zu mir kommst und ich werde dir zeigen, wer Emilijana war. Alles andere wird von alleine kommen, wenn die Zeit reif ist. Versuche es regelmäßig, aber erzwinge nichts. Es belastet dich jedoch noch etwas, das mit Lethan zu tun hat, habe ich recht?“

Emilia sah Glorijana überrascht an.

„Woher weißt du das?“, fragte sie.

„Ich fühle es. Deine Seele und meine sind verbunden, wir sind Seelenschwestern, schon vergessen? Sobald du dich mit Emilijana besser verbunden hast, wirst du auch zu mir ein engeres Band fühlen.“

Emilia dachte an den Tag in Silvjanamar, als der Schmetterling das erste Mal erschienen war. Damals hatte sie ein starkes Sehnsuchtsgefühl nach der kleinen Königin der Waldgeister übermannt. Vielleicht sollte sie an diesem Punkt ansetzen und versuchen, ganz eins zu werden mit Emilijana.

„Nun? Was war mit Lethan?“, riss Glorijana sie aus ihren Gedanken.

Emilia seufzte tief und überlegte, wie viel sie preisgeben sollte.

„Mich plagt mein Gewissen, weil Lethan für mich mehr empfindet als ich. Wegen mir hat er Miralai in den Wind geschossen und ich kann seine Liebe nicht erwidern.“

Sie ließ den Moment, in dem sie Lethan am liebsten geküsst hätte, bewusst weg, da sie sich ihrer schämte. Einerseits machte sie eine Szene nach der anderen wegen Merkur und würde andererseits dem nächstbesten Elf in die Arme fallen? Sie konnte diesen Augenblick der Schwäche noch immer nicht nachvollziehen.

„Du musst dich nicht grämen, Emilijana. Du bist für Merkur bestimmt. Liebe kann man nicht erzwingen, und solange du zu Lethan ehrlich bist und ihm keine Hoffnungen machst, musst du keine Gewissensbisse haben." Glorijana musterte sie genau. Emilia biss sich auf die Lippen und wurde rot. „Er weiß doch, dass du Merkurs Erinnerungen zurückholen willst, sodass ihr eine gemeinsame Zukunft haben könnt, richtig?", bohrte Glorijana weiter.

„Natürlich weiß er das", bestätigte Emilia.

„Na siehst du. So, aber nun sollten wir vielleicht damit beginnen, dass du deine Seelengefährtin kennenlernst. Lehne dich an den Baum und schließe die Augen. Elenjana kannst du gern im Arm behalten oder du legst sie währenddessen auf ihre Decke."

Emilia tat wie ihr geheißen und lehnte sich zurück. Elenjana behielt sie im Arm, da sie erst vor wenigen Minuten eingeschlafen war und sicherlich aufwachen würde, würde sie sie auf die Decke legen. Sie schloss die Augen und atmete tief durch. Sie fühlte, dass Glorijana die Hand auf ihre legte, und die ihr bereits bekannte, wohlige Wärme breitete sich in ihr aus. Ihr Amulett wurde warm und Nebel wallte auf. Dann sah sie etwas! Sie wurde zappelig.

„Ganz ruhig, das ist keine Vision, sondern nur meine Erinnerung, die ich mit dir teilen möchte."

Emilia atmete nochmals tief durch, bemüht, sich zu konzentrieren.

*

Der Nebel hatte sich gelichtet und sie sah einen alten Wald. Feen, Gnome, Kobolde und andere magische Geschöpfe saßen beieinander. In ihrer Mitte standen zwei junge Waldgeister, die sich glichen wie ein Ei dem anderen. Emilia hätte nicht gedacht, dass man den Unterschied zwischen einem alten und einem jungen Waldgeist sehen konnte, aber die Züge und das Erscheinungsbild der beiden Mädchen waren anders als die Glorijanas heute, obwohl sie noch immer wie ein junges Mädchen aussah. Sie wirkte jedoch nicht mehr so.

Die beiden Mädchen redeten auf die Runde ein. Sie beschrieben in den schillerndsten Farben, was Emilijana gesehen hatte. Die Gnome schüttelten nur missbilligend den Kopf und die Kobolde schimpften, dass es eine Unverschämtheit von den beiden Mädchen sei, solche Scherze zu machen. Nur die Feen glaubten den beiden. Die Waldgeister hatten sich um einen schlanken hübschen Waldgeistmann geschart, der dem König der Zeitzauberer, Farijan, sehr ähnlich sah und sich bemühte, seine Untertanen zu besänftigen.

„Ich bin mir sicher, dass meine Töchter nicht im Sinn hatten, euch einen Streich zu spielen!“, rief er in den Tumult.

„Was soll das denn sonst sein? Die beiden haben doch immer nur Schabernack im Kopf!“, rief ein anderer Waldgeist.

„Wer einmal lügt, dem glaubt man nicht mehr!“, ertönte das Krächzen eines Gnoms.

„Genau!“, begehrten die Kobolde auf. „Wir lassen uns nicht noch einmal an der Nase herumführen von den beiden!“

„So beruhigt euch doch!“, rief der König der Waldgeister. „Ich verspreche euch, ich werde mit meinen Töchtern reden und alles klären. Morgen treffen wir uns wieder hier auf der Lichtung und dann besprechen wir, wie es weitergehen soll.“

„Aber Gerijan, was, wenn die Mädchen heute mal die Wahrheit sagen?“, mischte sich das zarte Stimmchen einer Fee in den Tumult.

„Myralin, dann werden wir weitersehen. Ich muss jedoch den Gnomen zustimmen. Meine Mädchen haben mit ihren Vorhersagen bereits genug Unruhen gestiftet, sodass es mir ebenfalls schwerfällt, einer so düsteren Vision Glauben zu schenken.“

„Ich glaube ihnen!“, warf die Fee ein und verschränkte im Flug ihre zarten Ärmchen vor ihrer Brust.

„Wir werden sehen!“, beendete der König das Gespräch.

Er herrschte seine beiden Töchter an, mitzukommen, und verließ mit ihnen, als schillernder Nebel, die Lichtung.

Das Gesehene verschwamm im Nebel, die Erinnerung war vorbei.

*

„Was war das?“, fragte Emilia nach Atem ringend.

„Das war der Tag, an dem sich unser und euer Schicksal entschieden hat. Ich muss dir dazu erklären, dass Emilijana und ich uns gern einen Spaß damit gemacht haben, irgendwelche schaurigen Visionen zu erfinden. Wir waren Kinder und hatten eine Gabe. Diese war nun leider für uns völlig nutzlos, da wir nie etwas sahen, das für uns von Vorteil gewesen wäre." Emilia sah sie überrascht an. Glorijana zuckte mit den Schultern und fuhr fort: „Auch wir waren irgendwann mal jung. Auf alle Fälle hatten wir die Bewohner des Waldes ziemlich verärgert, als wir einen Angriff der Werwölfe prophezeiten. Alle hatten große Angst und haben sich nach Silvjanamar zurückgezogen. In dieser Zeit waren leider plündernde Trolle gekommen und hatten die Höhlen der flüchtigen Gnome und Kobolde komplett leergeräumt. Zwar hatten die Kobolde einen Großteil ihres Goldes dabeigehabt, jedoch längst nicht alles. Du kannst dir vorstellen, was das für ein Aufstand war, als der ganze Spaß aufflog. Wir wurden natürlich zur Verantwortung gezogen. Zum Glück machten sich die Waldgeister nichts aus materiellen Dingen, wodurch unsere Strafe, die von unserem eigenen Volk verhängt wurde, recht milde ausfiel. Die Gnome und Kobolde trugen uns diesen Streich jedoch sehr lange nach. Kaum eine Woche später hatte Emilijana die Vision, die heute die große Prophezeiung darstellt. Durch unsere Verbindung als Schwestern war sie immer in der Lage, mir das Gesehene zu zeigen, so wie ich es nun dir zeige. Aber wie sagte der Gnom so schön? *Wer einmal lügt, dem glaubt man nicht ...* Nur Myralin war es zu verdanken, dass mein Vater uns schlussendlich doch geglaubt hat. Die Feen hatten ähnliche Dinge bereits von den Nebelfrauen gehört."

„Den Nebelfrauen?", fragte Emilia nach.

„Genau. Die Feen sind die einzigen, die die Nebelfrauen besuchen können, ohne dabei zu sterben. Durch sie erfahren sie so allerhand. Auf jeden Fall konnte Myralin meinen Vater überzeugen. Bei den restlichen Bewohnern im Wald sah das anders aus. Vor allem, da sich die Vision zeitlich nicht eingrenzen ließ. Erst Jahrhunderte später, als Emilijana wusste, dass sie in dir wiedergeboren werden musste, wussten wir, dass der Zeitpunkt gekommen war. Aber davon werde ich dir ein anderes Mal berichten oder vielmehr werde ich es dir zeigen. Für heute hast du genug erfahren. Und ich denke, du hast heute auch genug um die Ohren gehabt. Am besten sehen wir uns übermorgen wieder. Morgen solltest du mal abschalten und auf andere Gedanken kommen."

„Das hat Sera auch gesagt", bestätigte Emilia und atmete auf. „Außerdem wird es mir auch ein bisschen zu viel. Die Akademie, das Baby, der Unterricht bei dir ..."

„Du hast recht ...", antwortete Glorijana. „Bitte entschuldige, ich vergesse manchmal, dass ihr Elfen schlafen und essen müsst und Pausen benötigt."

„Müsst ihr das nicht?", fragte Emilia erstaunt.

„Nein, wir leben von der Energie und der Magie. Sonst benötigen wir nichts. Ich denke, wir sollten unsere Treffen auf zweimal die Woche reduzieren. Vielleicht gelingt es dir ja, wenn du zur Ruhe kommst, besser, eine Verbindung zu Emilijana zu erhalten."

Emilia nickte und atmete erleichtert auf.

„Gut, dann sehen wir uns übermorgen. Heute Abend werden Sera, Roandir, Lethan und ich uns einen schönen Abend machen. Das wird mir sicherlich guttun."

„So denke ich auch. Mach's gut, Emilijana, und bis bald." Noch während sie sprach, hatte sie sich in ihren wunderschönen schillernden Nebel verwandelt und waberte zwischen den Bäumen davon.

„Bis bald“, hauchte Emilia und stand auf.

Sie fühlte pure Erleichterung, als sie zurück zum Schloss ging. An diesem Abend würde sie einfach nur Spaß mit ihren Freunden haben und all ihre Sorgen und Probleme beiseitelegen.

KAPITEL 14

Im Schloss wurde sie bereits von Sera erwartet.

„Los, komm, wir müssen uns beeilen“, drängte die junge Elfe, nahm ihr Elenjana ab und schob sie in ihre Gemächer. „Du musst dich umziehen und dann können wir los“, erklärte sie und öffnete Emilias Schrank.

„Wieso muss ich mich umziehen?“, fragte Emilia überrascht.

Erst als ihr Sera Jeans und T-Shirt hinstreckte, fiel Emilia auf, dass auch Sera ein schlichtes Kleid trug, das sie in der Menschenwelt gekauft hatte.

„Ich habe dir versprochen, dass wir heute einen tollen Abend verbringen werden, und da es wohl das letzte Mal sein wird, dass ich die Gelegenheit dazu bekommen werde, gehen wir ins Kino!“

„Wir gehen was?“, rief Emilia entgeistert.

„Ja, wir gehen ins Kino. Es war sogar Roandirs Idee. Du weißt doch, sie haben deine Kindersachen für Elenjana geholt. Und da hat er auf einem Plakat im Park gesehen, dass der zweite Teil des Films läuft, den wir damals zusammen angesehen hatten. Und als ich ihm heute nach dem Unterricht von unserer Abendplanung erzählt habe, schlug er vor, dass wir in die Menschenwelt gehen könnten. Er dachte, ein kurzfristiger Tapetenwechsel würde uns allen guttun!“

Emilia zog sich ganz automatisch um, während Sera plapperte und nebenher Elenjana wickelte.

„Nicht dein Ernst?“, platzte es aus Emilia heraus. „Ich hätte nie gedacht, dass Roandir so einen Vorschlag bringen würde!“

„Ich auch nicht, aber irgendwie hat er in den Monaten, die wir in deiner Welt verbracht haben, Gefallen an manchen Dingen gefunden. Und warum auch nicht? Der Feind ist besiegt und wir haben zwei Krieger als Geleitschutz dabei, für den Fall der Fälle.“

„Weiß mein Dad davon?“, fragte Emilia vorsichtig.

„Jep, alles abgeklärt.“

„Mega!“, rief sie. „Ich hätte ja nicht gedacht, dass ich so schnell wieder zurückkommen würde, aber so für einen Abend finde ich es eine willkommene Abwechslung.“

„So dacht’ ich auch.“

„Aber was ist mit Elenjana? Ich kann sie nicht in einer anderen Welt lassen!“

Sera lachte auf.

„Na, die nehmen wir natürlich mit!“

„Ins Kino?“

„Nein, natürlich nicht. Sie darf zu Oma! Was glaubst du, wie Claire sich gefreut hat, als Roandir vorhin bei ihr war?“

„Ihr habt ja scheinbar an alles gedacht.“

„Alles durchgeplant bis zur letzten Minute“, bestätigte Sera.

Sie zog Elenjana gerade hübsch an und half Emilia dann, sie ins Tragetuch zu verfrachten.

„Wo sind Roandir und Lethan jetzt?“, fragte Emilia.

„Sie warten bei den Ställen auf uns. Wir nehmen die Kutsche bis zum Tor. Roandir möchte nicht, dass ich so viel laufe. Wenn wir in deiner Welt sind, bringen wir Elenjana zu deiner Mutter und rufen uns von dort ein Taxi in die City. Dort werden wir Burger essen gehen und dann geht's ab ins Kino. Lethan ist schon ganz aufgeregt", plapperte sie munter weiter, während sie Emilias Gemächer verließen und zu den Ställen gingen.

Fox war natürlich ebenfalls mit von der Partie. Er würde auch bei Claire bleiben. Sicherlich würde er es ebenfalls mal wieder genießen, in seinem alten Zuhause nach dem Rechten zu sehen.

Lethan und Roandir saßen bereits auf ihren Pferden, als sie den Hof erreicht hatten, und warteten darauf, dass die Mädchen die Kutsche bestiegen.

„Wartet!", rief es plötzlich quer über den Hof. „Ich komme natürlich auch mit." Roman kletterte geschickt in die Kutsche und gab dem Fahrer dann ein Zeichen für die Abfahrt.

„Du gehst mit uns ins Kino?", fragte Emilia überrascht.

„Nein, keine Panik. So peinlich bin ich nun doch noch nicht. Ich genieße natürlich den Abend mit deiner Mutter. Das war heute die Gelegenheit, dem Ältestenrat zu entwischen. Schließlich muss sich ja jemand um die Sicherheit meiner Enkelin kümmern." Er zwinkerte ihr schelmisch zu und lehnte sich dann zurück. „Was wird das für ein toller Abend werden. Einfach mal nichts tun, die Beine hochlegen und mit deiner Mutter Zeit verbringen."

„Wenn Elenjana euch die Zeit dazu lässt!", entgegnete Emilia, schmunzelte jedoch dabei. „Spaß ... Ich stille sie noch, wenn wir ankommen, dann schläft sie normalerweise die erste Hälfte der Nacht problemlos durch."

„Na, dann stillst du sie wohl besser gleich. In der Menschenwelt ist es schon Nacht und wir müssen schauen, dass wir unser Pensum noch bis zur Spätvorstellung schaffen."

„Sonst gehen wir eben nach der Vorstellung Burger essen."

„Aber ich hab doch jetzt Hunger!", jammerte die schwangere Elfe.

„Kannst Elenjana ja fragen, ob sie ihr Essen mit dir teilt", schlug Roman lachend vor, während Emilia ihre Tochter anlegte, um sie zu füttern.

Sera und Emilia sahen ihren Vater entsetzt an.

„Dad!", wies Emilia ihn zurecht.

Roman lachte nur, zuckte mit den Schultern und antwortete:

„Ich glaube, Sera würde im Moment alles essen."

Sera grinste und erwiderte beleidigt:

„Ich esse ja auch für zwei!"

„Für zwei hast du früher schon gegessen", meldete sich Lethan durch das Fenster der Kutsche zu Wort. Er und Roandir ritten zu beiden Seiten des Gefährts und konnten sich somit wunderbar mit den Insassen unterhalten. „Wenn das Kind nicht bald kommt, frisst sie dir noch die Haare vom Kopf!", frotzelte er an Roandir gewandt weiter.

Beleidigt zog Sera den Vorhang der Kutsche zu. Roandir lachte auf der anderen Seite auf und erhielt dafür einen giftigen Blick seiner Frau.

„Ich besorge dir auch eine extra Portion Popcorn, Chips und Gummibärchen im Kino, sollte es zeitlich für die Burger nicht mehr reichen“, zeigte sich ihr Mann nun versöhnlich.

Sera begann zu strahlen mit der Aussicht auf all die ungesunden Lebensmittel. Sie zog den Vorhang wieder zurück und streckte ihrem Bruder die Zunge heraus.

„Oh, wie hab’ ich eure Kabbeleien vermisst“, seufzte Emilia zufrieden und lehnte sich gemütlich in die Kissen der Kutsche.

Als sie das Tor erreicht hatten, mussten sie kurz warten, bis Elenjana satt war. Diese Zeit nutzten Roandir und Lethan, um nochmals die Gegend im Park zu checken. Als sie zurückkehrten, standen Emilia, mit dem satten Baby auf dem Arm, Sera und Roman mit Fox an der Leine bereits bereit, um die Welten zu wechseln.

Roman voran, durchschritten sie das leuchtende Tor und erreichten so im Handumdrehen das Gebüsch im Park hinter Emilias Elternhaus. In der Menschenwelt war es in der Tat bereits Nacht, daher mussten sich ihre Augen erst an die Dunkelheit gewöhnen. Roandir legte abermals einen Tarnzauber über sie, da es sehr auffällig wäre, wenn so viele Personen, und dann auch noch mit Hund und Baby, plötzlich aus einem Gebüsch traten. Erst als sie den Schutz des Vorgartens erreicht hatten, löste Roandir den Zauber im Schatten eines alten Baumes auf. Anschließend klingelten sie ganz normal an der Haustür.

Claire riss diese wenige Sekunden später auf und fiel Emilia um den Hals. Nachdem sich Mutter und Tochter begrüßt hatten, gab Claire Elenjana vorsichtig ein Küsschen auf die Stirn.

„Kind, wie freue ich mich, dass ihr hier seid. Kommt rein, na los.“

Während sie zur Seite trat, um alle einzulassen, trat Roman zu ihr und begrüßte sie mit einem innigen Kuss. Emilia verdrehte die Augen und ging schnell nach oben ins Wohnzimmer. Bis ihre Eltern nachkamen, hatte sie bereits alles, was Claire benötigte, ausgepackt und Elenjana ein gemütliches Nest auf dem großen Sofa gebaut. Sie gab ihr einen Kuss und flüsterte dem inzwischen schlafenden Baby zu:

„Mama ist bald wieder da. Und solange passen Omi und Opi auf dich auf. Okay?“

Die Kleine verzog im Schlaf das Gesicht zu einem Lächeln und Emilia deutete dies als Zustimmung. Dann wies sie ihre Eltern an, was in welcher Situation zu tun war und bat darum, das Handy ihrer Mutter mitnehmen zu dürfen, um im Notfall erreichbar zu sein.

„Mach dir keine Sorgen, ich habe Windeln, bereits trinkfertige Babymilch und sogar einen Obstbrei gekauft. Elenjana ist bestens versorgt. Du darfst mein Handy aber gern mitnehmen, wenn du dich dann besser fühlst. Dein Vater und ich schaffen das schon zusammen, habe ich recht, Roman?“

„Aber klar, Liebes!“, erklang es dumpf aus dem Kühlschrank. „Wow, du hast sogar mein Lieblingsbier gekauft?“

„Aber sicher doch. Ich wollte, dass heute Abend alles perfekt ist.“

Roman schlenderte mit zwei Flaschen seines Lieblingsbieres ins Wohnzimmer, gab seiner Frau einen Kuss in den Nacken und flüsterte:

„Ich bin mir sicher, das wird er."

Emilia verdrehte erneut die Augen und räusperte sich.

„Bitte vergesst nicht, dass ihr babysitten sollt. Alles andere könnt ihr machen, wenn wir Elenjana wieder abgeholt haben."

Roman sah Claire an und antwortete:

„Das ist eine gute Idee, ich könnte ja mal wieder eine ganze Nacht hierbleiben."

Claire wurde rot, da sie von allen Anwesenden beobachtet wurden, und antwortete:

„Das können wir ja nachher besprechen." Dann widmete sie sich Sera und Lethan und fragte: „Solltet ihr nicht langsam das Taxi bestellen?"

„Das ist bereits erledigt", ertönte Roandirs Stimme aus dem Flur. „Ich war so frei und hab dein Telefon benutzt, Claire!"

„Ja, natürlich, das ist in Ordnung", bestätigte diese.

„Das Taxi ist in wenigen Minuten hier. Ich denke, wir können gleich vors Haus gehen", wandte er sich nun an die anderen.

Emilia gab ihrer Tochter nochmals einen Kuss und folgte dann ihren Freunden.

„Ich wünsche euch ganz viel Spaß und genießt den Abend", verabschiedete sich ihre Mutter.

Ihr Vater hatte es sich bereits auf dem Sofa gemütlich gemacht und winkte ihnen fröhlich hinterher.

Draußen empfing sie kühle Abendluft. Sie waren beinahe zu luftig angezogen für die Menschenwelt. Aber zum Glück würden sie die meiste Zeit im Taxi oder in Gebäuden verbringen. Das Taxi fuhr bereits vor, als sie das Gartentor erreichten.

„Zum Kino in der City, bitte“, orderte Emilia, nachdem alle eingestiegen waren.

Sie saß vorne und die drei Elfen hatten es sich auf der Rückbank bequem gemacht. Emilia konnte im Spiegel erkennen, wie Lethan mit offenem Mund hinaussah, als das Fahrzeug losfuhr. Sie passierten eine lange Brücke, von der aus man die beleuchtete Skyline der Stadt sehen konnte. Der Anblick war für einen Menschen schon fantastisch, wie musste es da einem Elfen gehen, der weder Skylines noch Großstädte kannte?

Zum Glück wusste Lethan mit seiner Begeisterung unauffälliger umzugehen als seine Schwester bei ihrem ersten Besuch in der Menschenwelt.

Nach fünfzehn Minuten Autofahrt hatten sie ihr Ziel erreicht. Emilia bezahlte den Fahrer und gemeinsam betraten sie den Kinopalast. Sie sah auf die Uhr über der Kinokasse und stellte fest, dass sie noch Zeit hatten.

„Ich hole die Karten und dann gehen wir noch rüber, was essen, in Ordnung?“, fragte sie an Sera gewandt.

Diese klatschte freudig in die Hände und rief:

„Au ja, aber Chips und Gummibärchen holen wir nachher dennoch, okay?“

„Ja logisch!“, bestätigte Emilia und ging lachend zum Schalter.

Sie kaufte vier Tickets und war froh, dass ihre Mutter ihr so viel Geld mitgegeben hatte. So konnten sie es sich an diesem Abend richtig gut gehen lassen. Der Film würde in einer halben Stunde starten. Sie hätten also genug Zeit, um im Fastfood-Restaurant gegenüber noch etwas zu essen.

„Was isst man hier so?“, fragte Lethan unsicher, als er die in Papier eingewickelten oder in Pappboxen verpackten Burger in der Auslage hinter den Kassen betrachtete.

„Ich bestell’ dir was Gutes“, erklärte Emilia kurzerhand und schob sich an ihm vorbei.

Dann bestellte sie für jeden Burger mit Pommes. Roandir und Sera hatten in der Zwischenzeit Sitzplätze am Fenster gesucht. Als Emilia das Tablett auf den kleinen Tisch stellte, griff Sera gierig nach einer Tüte heißer fettiger Pommes Frites und angelte sich ein Päckchen Ketchup.

„Ich liebe das Zeug!“, rief sie und begann genüsslich zu schlemmen.

Lethan hingegen war noch immer etwas skeptisch. Er beobachtete Emilia, die sich gerade einen Burger aus der Pappbox holte und freudig hineinbiss. Auch Roandir griff nach seiner Portion und begann zu essen.

„Na los, versuch deins mal!“, forderte Sera ihn mit vollem Mund auf.

Skeptisch griff Lethan nach der letzten Portion Pommes und dem letzten Burger auf dem Tablett und tat es den anderen gleich.

„Hm ..., das schmeckt recht gut!“, erklärte er, nachdem er von beidem gekostet hatte.

„Sag ich doch!“, mampfte seine Schwester.

Satt und zufrieden traten sie wieder hinaus auf die Straße. Es war noch kühler geworden. Obwohl es schon später Abend war, herrschte noch immer reger Verkehr. Die vorherige Kinovorstellung musste gerade zu Ende sein, denn es strömten Unmengen an Menschen hinaus aus dem gläsernen Kinopalast.

„Los kommt, gehen wir gleich rein. Mir ist es ein bisschen kalt“, forderte Emilia die drei auf.

Die Elfen nickten und folgten ihr geschickt durch das Gedränge im Foyer. Sie ließen die Schlange an der Kinokasse rechts liegen und stellten sich sofort an der Fress-Schlange an.

„Was soll ich holen?“, fragte Emilia in die Runde und schwang ihre Geldbörse in der Luft wie ein Lasso.

„Chips, Schokolade und diese sauren Gummischnuller“, zählte Sera auf.

„Ich verzichte, mit viel Glück erhalte ich einen Chip von meiner Frau“, antwortete Roandir und stupste Sera neckisch.

„Träum weiter“, antwortete diese und lachte ihr glockenhelles Lachen.

„Lethan?“, fragte Emilia, an den jungen Elfen gewandt.

„Überrasch mich“, forderte der sie auf und zuckte mit den Schultern.

So entschied sich Emilia für eine große Auswahl an typischen Kinoknabbereien. Sie drückte jedem der drei ein paar Tüten in die Hand und dann stürmten sie den Kinosaal.

Dadurch, dass sie die Karten bereits eine halbe Stunde vor Einlass gekauft hatte und in der Spätvorstellung sowieso nie so viel los war, hatte Emilia am Kartenschalter die besten Plätze, oben in der Mitte, aussuchen können. Nachdem sich die vier gesetzt hatten, reichten sie die unterschiedlichen Knabbereien untereinander weiter.

Als sich das Kino verdunkelte und die Leinwand aufflackerte, starrte Lethan wie gebannt auf die sich bewegenden Bilder. Der Fernseher hatte ihn ja bereits an Emilias Geburtstagsfeier total fasziniert, aber das hier toppte natürlich alles, was er bisher kannte.

Emilia hatte, trotzdem Lethan ihr versichert hatte, sich von ihr körperlich fernzuhalten, ein wenig Bedenken gehabt, wie er sich im Kino ihr gegenüber verhalten würde. Menschen-Männer nutzten die Nähe und die Dunkelheit ja gern dazu, dem anderen Geschlecht näherzukommen, aber Lethan war so gefesselt von dem Film, dass er alles um sich herum vergaß. Hochkonzentriert knabberte er sein Popcorn und erwachte erst aus seiner Trance, als der Abspann kam und die wenigen Kinobesucher aufstanden und zum Ausgang strömten.

„Mann, war das toll!“, rief er, als sie ebenfalls wieder auf der Straße standen.

Sera schlang die Arme um den Körper, da sie in ihrem kurzen dünnen Kleidchen fror.

„Los, gehen wir zum Bahnhof, dort findet sich immer ein freies Taxi um diese Uhrzeit“, forderte Emilia die Truppe auf.

So überquerten sie die breite Hauptstraße und bogen um die nächste Ecke. Hier war es deutlich dunkler. Zügig schritten sie die kleine, schlecht beleuchtete Nebenstraße entlang. Zum Glück konnten sie an der nächsten Kreuzung bereits die helle Beleuchtung des Bahnhofs erkennen. Emilia war ein bisschen mulmig in dieser dunklen Seitenstraße. Zum Glück hatten sie zwei starke Männer an ihrer Seite.

Dennoch atmete sie auf, als sie vor dem Bahnhof angekommen waren, und ging zügig auf das vorderste Taxi in der Haltebucht zu. Die anderen folgten ihr. Sie stiegen ein und Emilia nannte ihre Adresse.

Erst als sich das Gefährt in Bewegung gesetzt hatte, fiel ihr ein, dass sie nicht einmal auf das Handy ihrer Mutter gesehen hatte, seit sie zu Hause weggefahren waren. Ein schlechtes Gewissen überkam sie. Eilig zog sie das Gerät aus ihrer Tasche, stellte dann jedoch erleichtert fest, dass sie keinen Anruf in Abwesenheit oder sonstige Nachrichten erhalten hatte. Aufatmend ließ sie sich in den Sitz sinken.

Es war bereits mitten in der Nacht, als sie bei Emilia zu Hause angekommen waren. Claire und Roman saßen in der Küche und redeten leise miteinander. Elenjana schlief noch immer friedlich in ihrem gemütlichen Kissen-Nest auf dem Sofa.

„Sie hat nicht mal gemerkt, dass ihr weg wart", begrüßte Claire ihre Tochter. „Hattet ihr einen schönen Abend?"

Sera und Emilia strahlten über das ganze Gesicht und nickten eifrig.

„Es hat richtig gutgetan", bestätigte Emilia leise, während sie Fox begrüßte, der aufgeregt um sie herumwedelte.

„Brechen wir auf?", fragte Roandir nun in die Runde. „Ich denke, Sera sollte sich ausruhen und vielleicht haben Roman und Claire ja noch was vor." Er zwinkerte seinem Freund zu und dieser lachte leise, winkte jedoch ab. Emilia verdrehte die Augen.

„Ich gehe ebenfalls mit zurück. Claire hat beschlossen, nächstes Wochenende zu uns zu kommen“, erklärte Roman und stand auf.

Während er sich innig von seiner Frau verabschiedete, ging Emilia ins Wohnzimmer und nahm Elenjana behutsam auf den Arm.

„Jetzt geht's nach Hause ins Bett“, flüsterte sie. Dann gab sie ihrer Mutter einen Kuss auf die Wange und sagte: „Danke fürs Babysitten.“

„Mach ich doch gern“, entgegnete diese und gab ihren beiden Mädchen einen Kuss. „Bis Sonnabend“, verabschiedete sie sich dann und sah den sechs Elfen und Fox zu, wie sie in der Dunkelheit verschwanden.

Auf einen Tarnzauber verzichteten sie nun, da im Park mitten in der Nacht normalerweise keine Menschenseele mehr anzutreffen war.

KAPITEL 15

In Andorin war es inzwischen ebenfalls dunkel geworden. Emilia war froh, als sie ihre Gemächer erreicht hatten. Sie gab ihrem Vater einen Gute-Nacht-Kuss und eilte in ihre Räumlichkeiten.

Nachdem sie Elenjana ins Bett gebracht hatte, schlief auch sie schnell ein. Es war ein schöner Abend gewesen und Emilia war sich sicher, dass dies genau das gewesen war, was sie benötigt hatte.

Am nächsten Morgen wurde sie durch ein aufgebrachtes Klopfen geweckt.

„Wer ist da?“, brummte Emilia und tapste schlaftrunken zur Tür.

„Emilia, mach auf!“, ertönte Merkurs erregte Stimme gedämpft durch die schwere Holztür.

„Merkur, was tust du hier um diese Zeit?“, fragte sie ihn überrascht, nachdem sie geöffnet hatte. Die Müdigkeit war wie weggeblasen.

„Wo wart ihr gestern Abend?“, fuhr er sie an und schob sich an ihr vorbei in die Wohnung.

„Könntest du ein bisschen leiser sein?“, fauchte sie ihn an. „Deine Tochter schläft.“

„Ach, auf einmal ist sie MEINE Tochter?“, entgegnete er, noch immer aufgebracht, jedoch bemühte er sich, leiser zu reden.

„Wieso sollte sie nicht deine Tochter sein?“, fragte Emilia entgeistert.

„Na, zumindest bin ich wohl nicht Vater genug, als dass ich mitentscheiden dürfte, wenn meine Tochter in eine andere Welt gebracht wird!“, knurrte er.

„Wo ist dein Problem, Merkur?“, fragte Emilia resigniert. „Was erwartest du?“

„Ich erwarte, dass man mir wenigstens sagt, wenn sich meine Tochter in einer anderen Welt befindet“, fauchte er.

In diesem Moment erwachte Elenjana. Kläglich begann sie zu wimmern. Emilia seufzte tief und stöhnte:

„Na toll, nun hast du es geschafft. Sie war eben wieder eingeschlafen ...“

Zügig ging sie ins Kinderzimmer und kehrte im Nu mit Elenjana auf dem Arm zurück. Merkur hatte sich nun ein wenig beruhigt und sagte:

„Tut mir leid, ich wollte die Kleine nicht wecken, aber ich war gestern Abend außer mir vor Wut. Ich wollte herkommen, um mit dir zu reden, mich zu entschuldigen und mich ein bisschen um Elenjana zu kümmern. Und wen treffe ich hier an? Keine Elfenseele! Zum Glück lief mir zufällig Sophia über den Weg. Sie war dann so freundlich und hat mich über euren Verbleib aufgeklärt.“

„Ja und?“, entgegnete Emilia bockig. „Du hast mich doch auch nicht um Erlaubnis gefragt, als du mich ganz allein mit einem neugeborenen Baby in einer anderen Welt zurückgelassen hast. Du hast mich nicht gefragt, ob du nachts mal helfen solltest, wenn ich kaum Schlaf fand und mich vor Sorgen um dich verzehrte. Du hast mich auch nicht gefragt, ob du mir helfen könntest, unser Kind großzuziehen. Du warst ein halbes Jahr weg, Merkur, und nun bist du wieder da ..., schön ..., aber lebe damit, dass Elenjana und ich uns ein eigenes Leben aufgebaut haben. Roandir, Lethan und Sera sind nicht nur DEINE Freunde, sondern auch meine, und wenn sie nun lieber mit mir ins Kino in die Menschenwelt gehen wollen als mit dir Trauerkloß abzuhängen, dann ist das ganz allein dein Problem. Nicht meins. Ich habe dich nicht darum gebeten, wieder herzukommen und mir deine Liebschaften unter die Nase zu reiben. Ich habe dich nicht darum gebeten, nach sechs Monaten den Vater raushängen zu lassen, obwohl du dir diesen Titel noch lange nicht verdient hast. Also glaub bloß nicht, dass du einfach hierherkommen kannst, wie es dir gerade passt, ohne dich anzumelden, und mich dann anzukacken, wenn ich dann nicht da bin. Und Elenjana nehme ich mit, wohin ich will. Du willst nicht Teil meines Lebens sein, also wirst du auch immer nur bedingt Teil ihres Lebens sein, denn sie gehört zu mir und nichts und niemand nimmt sie mir weg. Ist das klar?“

Merkur war blass geworden bei Emilias Ansprache. Er hatte die Hände zu Fäusten geballt und knirschte mit den Zähnen. Dann nickte er stumm, machte auf dem Absatz kehrt und verließ das Zimmer. Emilia hatte erwartet, dass er die Tür lautstark hinter sich ins Schloss fallen lassen würde, aber dies tat er nicht. Auf der Türschwelle drehte er sich nochmals um und sagte leise:

„Ich werde dich nicht mehr belästigen.“

Die Tür schloss sich und Emilia wurde bewusst, was sie ihm in ihrer Wut alles an den Kopf geworfen hatte. Daher rief sie ihm hinterher:

„Merkur, jetzt warte mal!“ Sie rannte zum Eingang, riss die Tür auf, aber Merkur war weg. „MERKUR!“, rief sie. Sie erhielt keine Antwort. Leise schloss sie die Tür wieder und murmelte: „Schöne Scheiße ..."

Sie hatte nicht damit gerechnet, dass er einfach so abhauen würde. Aber wenn sie es sich recht überlegte, war das, was sie gesagt hatte, genau das, was sie auch empfand. Sollte Merkur mal damit klarkommen. Sie musste schließlich auch ein halbes Jahr völlig alleine damit fertigwerden. Vielleicht war es ganz gut gewesen, ihm einmal Paroli zu bieten. Er sollte nicht denken, dass er mit ihr, nur weil er wusste, dass sie ihn liebte, Spielchen spielen konnte. Und sie würde sicherlich nicht zu allem Ja und Amen sagen. Diese Zeiten waren vorbei. Wenn die Geburt ihres Kindes eines bewirkt hatte, dann war das die Tatsache, dass sie für dieses Kind kämpfen würde wie eine Löwin. Sie war nicht mehr das naive Kind, das damals nach Andorin gekommen war. Sie war nun eine Mutter.

Nachdem sie sich das alles gesagt hatte, kümmerte sie sich um Elenjana, fütterte sie, zog sie an und richtete sich dann selbst eine Kleinigkeit zum Frühstück. An diesem Morgen würde sich Lithia einige Zeit um ihre Tochter kümmern.

Pünktlich klopfte die junge Elfe an der Tür, machte einen höflichen Knicks und begrüßte anschließend liebevoll Elenjana. Das Baby gluckste zufrieden und strahlte sein Kindermädchen an.

„Wie ich sehe, braucht ihr mich dann ja nicht mehr. Ich bin dann weg. Macht's gut, ihr zwei." Sie gab ihrer Tochter noch einen Kuss auf den Scheitel und streichelte ihr die Wange. „Bis später, meine Süße!"

Emilia wusste nicht, wie sie sich Merkur gegenüber an diesem Morgen in der Schule verhalten sollte. Gerade klopfte sie an Seras Tür und war froh, ihrer Freundin gleich alles erzählen zu können, da öffnete ihr Lianna. Perplex blickte Emilia in die freundlichen Augen der Heilerin.

„Guten Morgen, Emilia, du möchtest sicher Sera abholen?“

„Hallo Lianna, ja, genau. Geht's ihr nicht gut?“, fragte sie besorgt.

In dem Moment hörte sie Schritte, Lianna trat beiseite und machte Roandir Platz.

„Sera hatte heute Nacht Blutungen“, erläuterte er. „Ich habe sofort Lianna gerufen. Sie sagt, Sera wird die nächsten Tage im Bett verbringen müssen.“

Die Heilerin war inzwischen wieder in der Wohnung verschwunden.

„Das ist ja schrecklich ...“, stammelte Emilia. „Ist es schlimm? Was ist mit dem Baby?“

„Lianna tut alles, dass die beiden wieder gesund werden“, antwortete der Krieger mit belegter Stimme.

„Kann ich zu ihr?“, fragte sie und wollte bereits eintreten, Roandir ließ sie jedoch nicht durch.

„Sie schläft im Moment. Lianna hat ihr etwas zur Beruhigung gegeben. Vielleicht kommst du heute Nachmittag nochmals vorbei.“

Emilia nickte traurig und erwiderte:

„In Ordnung ... Gib ihr einen Kuss von mir.“

Roandir nickte nur und schloss leise die Tür. Emilia stand vor dem verschlossenen Eingang und überlegte, was sie nun tun sollte. Sollte sie hierbleiben und warten, bis Sera aufwachte? Oder sollte sie zum Unterricht und hoffen, dass sich der Zustand ihrer Freundin währenddessen nicht verschlechterte?

Während sie noch grübelte, öffnete sich die Tür erneut und Lianna kam leise heraus.

„Emilia, du bist noch hier?“, fragte sie überrascht.

„Ja, ich weiß nicht, was ich jetzt tun soll ...“, antwortete diese unsicher.

„Du kannst im Moment nichts für Sera tun. Sie wird den ganzen Vormittag schlafen und nicht merken, wer in ihrer Nähe ist. Am meisten hilfst du ihr, wenn du jetzt zum Unterricht gehst und für sie fleißig mitschreibst. Sie wird durch die Geburt noch genug Stoff verpassen, und ich glaube, es würde ihr helfen, wenn sie wüsste, dass du sie permanent mit dem aktuellen Lehrstoff versorgen könntest.“

Emilia nickte.

„Dann mach ich das.“

„Na, dann nichts wie los!“, forderte die Heilerin sie auf.

Emilia nickte erneut. Bevor sie jedoch losging, fragte sie:

„Wird es das Kind schaffen?“

Lianna lächelte milde und antwortete:

„Wenn sie sich eine Woche Ruhe gönnt und anschließend ein bisschen kürzertritt, musst du dir keine Gedanken machen. Das Weltenwechseln ist in ihrem Zustand immer ein bisschen problematisch. Sie wusste, dass es gegen Ende der Schwangerschaft gefährlich ist, da der Weltenwechsel vorzeitige Wehen auslösen kann, aber sie war der Meinung, dass sie noch nicht so weit wäre ...“

„Dann ist es meine Schuld“, antwortete Emilia und senkte den Kopf. Ein Kloß bildete sich in ihrem Hals.

„Wieso sollte es deine Schuld sein?“, fragte Lianna überrascht.

„Na, weil sie gestern doch nur wegen mir in die Menschenwelt gegangen ist. Sie wollte mich aufmuntern ...“

Lianna lachte herzlich auf.

„Liebe Emilia, zufällig weiß ich, wessen Idee das gestern war und ich weiß auch, dass sie dich damit überraschen wollten. Mach dir bitte darüber nicht auch noch Gedanken. Sera wusste von der Gefahr. Sie wollte jedoch unbedingt nochmals in die Menschenwelt, bevor das Kind geboren wird. Es war ihre Entscheidung und zum Glück ist es noch mal glimpflich abgegangen.“ Emilia schluckte schwer und nickte. „Nun solltest du aber los. Du wirst sowieso schon zu spät kommen“, stellte die Heilerin fest. „Ich muss auch weiter. Mach’s gut, Emilia!“ Damit verabschiedete Lianna sich und ließ die Prinzessin stehen.

„Bis bald!“, rief Emilia ihr hinterher, als sie sich wieder gesammelt hatte.

Dann rannte auch sie endlich los, um wenigstens noch halbwegs pünktlich zum Unterricht zu erscheinen.

Zu allem Übel hatten sie an diesem Vormittag eine Doppelstunde bei Aciona. Dieser würde sich sicherlich diebisch über Seras Unglück freuen.

Ein Vorteil hatte das Zuspätkommen jedoch auch. Sie musste mit niemandem reden und konnte sich einen Platz im Klassenzimmer aussuchen, der so weit wie möglich von Merkur entfernt war. Überraschenderweise interessierte sich Aciona weder für Emilias Zuspätkommen noch für Seras Verbleib. Gut, sie waren alle volljährig und freiwillig hier. Emilia blieb jedoch nicht verborgen, dass Merkur mehrfach versuchte, Blickkontakt mit ihr aufzubauen. Emilia ignorierte ihn jedoch geflissentlich und verriegelte ihre Gedankentür zusätzlich.

Nach der Doppelstunde sah sie zu, dass sie als Erste den Raum verlassen konnte und ging direkt weiter zum Klassenzimmer für *Magische Wesen.* Synea, die Elfe, die dieses Fach unterrichtete, war bereits da und teilte die Bücher aus, die sie in der aktuellen Stunde benötigen würden.

„Hallo Emilia!“, begrüßte die Lehrerin sie.

„Hallo“, antwortete sie unsicher und überlegte, ob sie sich setzen oder abwarten sollte, welchen Platz Merkur wählen würde, um sich dann ans andere Ende des Raumes setzen zu können.

„Ist alles in Ordnung?“, fragte Synea und blieb vor ihrer Schülerin stehen. „Du siehst so blass aus. Und wo hast du Sera gelassen?“

„Ähm ..., ja ... also, Sera geht es nicht gut. Daher bin ich heute ein wenig durch den Wind ...“, bestätigte Emilia leise. Dass Merkur ebenfalls einen großen Anteil zu ihrem allgemeinen Unbehagen beitrug, verschwieg sie natürlich.

„Oh nein, hoffentlich geht es ihr bald wieder besser“, erwiderte Synea, als sich zeitgleich eine Hand auf Emilias Schultern legte. Sie spürte sofort, wer es war, noch bevor Merkur auch nur ein Wort gesprochen hatte.

„Können wir kurz reden?“, fragte er leise.

Emilia wollte erwidern, dass sie sich gerade mit Synea unterhalte, doch die Lehrerin hatte ihr bereits freundlich zugezwinkert und kümmerte sich erneut um ihre Bücher. Innerlich seufzend drehte sie sich um und verschränkte die Arme vor der Brust.

„Ja?“, fragte sie genervt.

„Es tut mir leid wegen heute Morgen. Du hast ja recht. Ich habe kein Anrecht darauf, zu wissen, wo ihr seid und was ihr tut. Ich bin ihr Erzeuger und mehr nicht. Ich dachte, wir könnten es dennoch schaffen, eine Beziehung zueinander aufzubauen, aber offenbar habe ich mich geirrt. Ich werde euch nicht weiter zur Last fallen und dich nicht mehr belästigen.“

Emilia atmete tief durch und warf verzweifelt die Arme in die Luft.

„Merkur, ich war heute Morgen vielleicht ein klein wenig gereizt. Das wird man, wenn man über ein halbes Jahr lang jede Nacht mehrmals geweckt wird, aber das ist ein anderes Thema. Was ich dir sagen wollte, ist, dass du selbstverständlich deine Tochter regelmäßig sehen kannst. Aber wie schon einmal besprochen, gelten hier Regeln. Du kannst nicht einfach auftauchen, wenn du willst, und fortbleiben, wenn du keine Lust hast. Wenn du ein Vater für Elenjana sein willst, dann muss sie sich auf dich verlassen können. ICH muss mich auf dich verlassen können. Außerdem müssen wir vorab besprechen, wann du kommen kannst. Elenjana hat ihre festen Bettzeiten, und diese einzuhalten, ist für mich als Mutter überlebenswichtig. Du glaubst ja nicht, was los ist, wenn sie nicht zur Ruhe kommt und dann nur noch schreit und weint, weil sie sich nicht mehr zu helfen weiß. Außerdem musst du akzeptieren, dass ich dich nicht bei allem um Erlaubnis fragen werde. Wenn ich mich spontan dazu entscheide, meine Mutter zu besuchen, werde ich dies tun. Ich denke, dass ich dieses Recht besitze, nachdem ich mich Zeit ihres Lebens alleine um Elenjana gekümmert habe. Und selbst wenn du dich dafür entscheidest, ihr Vater zu sein, bedeutet das nicht, dass ich dir Rechenschaft über meine Freizeitplanung ablege."

Sie atmete tief durch und sah Merkur an. Sie rechnete damit, dass er wieder das Weite suchen würde, jedoch blieb er ganz ruhig, nickte und antwortete dann:

„Okay ..."

„Okay? Mehr hast du nicht zu sagen?", fragte sie überrascht.

„Was soll ich dazu noch sagen? Du weißt, dass ich Anteil an ihrem Leben haben möchte. Ich will nicht, dass sie eine ähnliche Kindheit haben muss wie ich, daher akzeptiere ich deine Bedingungen."

„Gut!", bestätigte Emilia.

„Was ist mit Sera?", fragte er dann, als Emilia sich nach einem freien Platz umsah.

In der Zwischenzeit waren auch die anderen Schüler gekommen und so, wie es aussah, waren nun alle Plätze bis auf drei besetzt. Einer neben Felodin und zwei in der ersten Reihe.

„Bitte setzt euch!", forderte Synea die beiden auf.

Merkur und Emilia nickten ihr zu und zu Emilias Überraschung nahm Merkur neben ihr in der ersten Reihe

Platz. Sehr zum Verdruss von Felodin, die Emilia aus der hintersten Reihe mal wieder giftige Blicke zuwarf.

„Scheint deiner Freundin nicht zu behagen, dass du dich zu mir setzt", stellte sie flüsternd fest.

„Sie ist nicht meine Freundin", antwortete Merkur zwischen zusammengebissenen Zähnen. „Das, was zwischen uns war, war nichts Ernstes. Nur leider will sie nicht akzeptieren, dass es vorbei ist."

Emilia verkniff sich die Frage, wieso er mit ihr Schluss gemacht hatte. Insgeheim hoffte sie ja noch immer, dass Merkur langsam wieder Gefühle für sie entwickeln würde. Unweigerlich machte ihr Herz einen kleinen Hopser.

„Was ist nun mit ihr?", fragte Merkur erneut.

„Mit wem?", fragte Emilia, die in Gedanken noch immer bei Merkur und Felodin war.

„Na, mit Sera natürlich."

„Ach so, klar, sorry, ich war mit meinen Gedanken woanders."

Emilia war, als hätte sie ein Lächeln über sein Gesicht huschen sehen. Genauso eins, das er bei ihrem Kennenlernen immer gehabt hatte, wenn sie an etwas Peinliches gedacht hatte. Sie kontrollierte ihre Gedankentür, diese war jedoch perfekt verschlossen.

„Ich muss nicht nachschauen, um zu wissen, woran du gedacht hast", erklärte er und lächelte sie wissend an.

Emilia fühlte, wie ihr die Hitze in den Kopf schoss, und antwortete dann auf seine Frage:

„Sera hatte vorzeitige Wehen und dadurch Blutungen bekommen. Lianna sagt, dass es nicht schlimm sei und dass sie bald wieder auf die Beine kommen werde. Der Ausflug in die Menschenwelt war schuld ...“, fügte sie leise an.

„Wieso wart ihr überhaupt in der Menschenwelt?“, fragte Merkur nun.

„Weil Roandir, Lethan und Sera mir eine Freude machen wollten nach all dem Ärger und weil Sera und Roandir gern mal wieder zurück wollten“, rechtfertigte sich Emilia.

„Warum habt ihr nicht gefragt, ob ich auch mitgehen würde?“, fragte er in leicht vorwurfsvollem Tonfall.

Emilia sah ihn abschätzend an und antwortete dann zögernd:

„Weil du der Grund dafür warst, dass sie mich aufmuntern wollten.“

Bevor Merkur zu einer Antwort ansetzen konnte, wurden sie von Synea unterbrochen:

„Merkur, Emilia, wenn ihr etwas zu bereden habt, tut dies bitte in der Pause. Jetzt wollen wir uns den Nebelfrauen zuwenden.“

Die beiden nickten und schlugen in ihren Büchern die entsprechende Seite auf.

Syneas Klassenzimmer war aufgebaut wie eine Waldlichtung, auf der drei Reihen Baumstümpfe, in Halbkreisen angeordnet, als Sitzplätze dienten. Synea saß vor ihnen, ebenfalls auf einem Baumstumpf, und zählte die Merkmale der Nebelfrauen herunter. An ihrem ersten Unterrichtstag hatte sie ihnen einen Kobold mitgebracht. Dieser hatte sich ihnen vorgestellt und ihnen über sich, seine Familie und sein Volk erzählt. Bei Nebelfrauen war diese Vorgehensweise undenkbar.

Gemäß den Legenden der Elfen hüteten die Nebelfrauen die Zugänge zum Reich der Toten. Sie halfen den Toten dabei, den Weg zu finden und – gemäß den Erzählungen – töteten all diejenigen, die unerlaubt in die Nähe des Totenreiches kamen. Was auch der Grund dafür war, dass es keinen Elf gab, der jemals eine Nebelfrau gesehen hatte und anschließend davon erzählen konnte. Die Feen jedoch wurden von den dunklen Gestalten geduldet, und zwar einzig und allein wegen ihres magischen Feenstaubs. Warum, das wusste niemand. Leider waren die Feen ein besonders eigenes Völkchen und daher nicht bereit, den Elfen mehr Informationen zu geben als diese, wie die Nebelfrauen aussahen. Außerdem schürten sie gern ein wenig die Gerüchteküche, denn die schlimmsten Schauergeschichten stammten aus dem Repertoire der Feen. Diese fröhlichen und schelmischen, kleinen, geflügelten Wesen machten sich nur zu gern einen Spaß daraus, andere Völker mit ihren Märchen an der Nase herumzuführen. Daher wusste man bis heute nicht sicher, ob die Nebelfrauen wirklich so grausam waren, wie die Feen erzählten, oder nicht.

Emilia hatte während der Stunde eifrig mitgeschrieben, sodass Sera nichts verpassen würde.

Nach Ende der Doppelstunde begleitete Merkur sie wie selbstverständlich in die Mensa. Safira und Eldur schlossen sich ihnen an und so blieb das Gespräch vom Morgen erst einmal ungeklärt. Während des Essens redeten sie erst über allerlei Belangloses und tauschten den neuesten Klatsch und Tratsch der Elfen aus, bis die Sprache auf Sera kam. Safira wäre zu gern nach der Schule mitgekommen, um die schwangere Elfe zu besuchen, Emilia konnte sie jedoch davon abbringen. Sie würde selbst erst einmal schauen müssen, wie es ihrer Freundin und dem Baby ging.

Merkur ließ sich dagegen nicht so schnell abwimmeln. Nachdem sie am späten Nachmittag den Unterricht hinter sich hatten, fragte er:

„Ist es okay, wenn ich mitkomme? Ich bin heute Abend mit Lethan verabredet und nach Hause gehen lohnt sich kaum. Du weißt ja, wie weit der Weg ist. Da dachte ich, ich könnte vorher ebenfalls noch kurz nach Sera sehen und meiner Tochter Guten Tag sagen." Er sah sie mit seinen silbergrauen Augen an und Emilia spürte, wie ihr Herz einen kleinen Hopser machte und schneller schlug.

Sie räusperte sich, um wieder einen klaren Kopf zu bekommen, und antwortete dann:

„Ähm ja. In Ordnung." Die ersten Meter gingen sie schweigend nebeneinander her. Irgendwann fragte Emilia: „Wohnst du denn jetzt wieder in deiner alten Wohnung?"

„Ja klar, wo sollte ich sonst wohnen?", entgegnete er und sah sie von der Seite an.

Sofort schoss ihr die Röte ins Gesicht.

„Wo wohnen denn die anderen?"

„In Gwaithmar."

„Aber warum wohnst du nicht in Gwaithmar? Wäre der Weg zum Tor nicht deutlich kürzer als in den anderen Teil der Stadt?"

„Ja, das wäre es sicherlich, aber ich muss ehrlich zugeben, dass ich meine Wohnung vermisst habe." Emilia musste ein Naserümpfen unterdrücken bei dem Gedanken an den schäbigen, armen Teil Andorins. Merkur war dies natürlich nicht entgangen und er lachte fröhlich auf. „Na komm schon, meine Wohnung ist schön, das musst du zugeben ..."

„Ja, deine Wohnung ist sehr schön, aber die Umgebung ..."

„Man kann nun mal nicht alles haben", stellte er fest und blickte Emilia seltsam von der Seite an.

„Ja, da hast du wohl recht", antwortete sie und verfiel erneut in Schweigen.

„Nehmt ihr mich nächstes Mal mit, wenn ihr ins Kino geht?", fragte er nach einiger Zeit vorsichtig.

Emilia blieb stehen und sah ihn verwundert an.

„Du willst mit zu den Menschen?", entgegnete sie.

„Klar, ist ja nicht das erste Mal, jedoch war ich noch nie im Kino und ich würde schon sehr gern mal wissen, was das für Leute sind, die auf den Plakaten in meinem Zimmer hängen", meinte er ernst. Jetzt musste Emilia herzlich lachen. Merkur schaute sie gekränkt an. „Was ist daran jetzt so lustig?"

„Entschuldige, aber ich musste lachen, weil die Poster, die du und ich als Kinder von meinem Vater bekommen haben, ja uralt sind. Diese Filme laufen schon seit Ewigkeiten nicht mehr im Kino. Die laufen seit Jahren im Free-TV."

„Im was?"

„Im Fernsehen", antwortete sie lachend und fügte dann ernst hinzu: „Okay, ich verspreche dir, dass du nächstes Mal mitdarfst, aber nur, wenn du mich vorher nicht ärgerst. Und von mir aus können wir dann auch all die Filme von den Postern im Fernsehen anschauen. Wobei ich nicht glaube, dass wir so schnell wieder zurückgehen werden. Sera wird sicherlich nach der Geburt des Kindes nicht so bald in die Menschenwelt reisen wollen oder können. Also warten wir einfach mal ab, was die Zeit bringt."

„Gut, damit gebe ich mich zufrieden. Ich muss zugeben, dass mich das gestern mindestens genauso geärgert hat wie die Tatsache, dass du Elenjana mitgenommen hast, ohne mir etwas zu sagen."

„Was?"

„Na, dass du mit meinen Freunden abhängst und man mich nicht mal fragt, ob ich mitmöchte."

Nun waren sie also wieder beim Thema vom Vormittag angekommen. Emilia blieb stehen und sah ihn an.

„Merkur, in der ersten Zeit, als ich in Andorin war, wurden Lethan und Sera zu unseren gemeinsamen Freunden. Nachdem du weg warst, waren diese beiden meine engsten Vertrauten. Später, als ich wieder in der Menschenwelt war, wurde Roandir zu meinem Beschützer und Freund. Wir vier waren zusammen mit Fox bei den Zeitzauberern. Wir vier haben dafür gesorgt, dass dein Vater nicht in die Unterwelt verschleppt wurde und dass der dunkle Herrscher getötet werden konnte. Glaub mir, wenn ich dir sage, dass uns mehr verbindet als nur Freundschaft."

Merkur schluckte schwer und nickte. Dann gingen sie schweigend weiter. Nach einiger Zeit räusperte er sich und fragte:

„Darf ich gleich mit zu Elenjana?"

„Ja, sie wird sich freuen. Und sobald wir sie in Empfang genommen haben und sie wach ist, schauen wir nach Sera."

Merkur lächelte dankbar und in Emilias Bauch spielten die Ameisen Fußball.

Elenjana freute sich in der Tat über ihren Vater. Stolz nahm Merkur sie auf den Arm, als sie ihre kleinen Patsche-Händchen nach ihm ausstreckte. Emilia nickte ihm aufmunternd zu und so gingen sie gemeinsam zu Sera. Fox nahmen sie nicht mit, da Emilia Angst hatte, dass er zu stürmisch für die schwangere Elfe sein könnte.

Als sie vor der Tür standen, klopfte Emilia leise. Sie hörten Schritte und dann streckte Roandir den Kopf heraus.

„Ah, ihr seid es!", begrüßte er sie und öffnete die Tür ein bisschen weiter. „Kommt rein. Sera kann es kaum erwarten, endlich jemand anderen zu sehen als ihren überbesorgten Ehemann, wie sie selbst sagt", erklärte er und lachte erleichtert auf.

Dann führte er die beiden ins Hauptzimmer, in dem Sera in einem gemütlichen Sessel lehnte, die Beine hochgelegt, und in einem Buch blätterte. Als sie die beiden Besucher erblickte, breitete sich ein strahlendes Lächeln auf ihrem blassen Gesicht aus.

„Endlich kommt ihr!", begrüßte sie die beiden. „Ich dachte schon, ihr hättet mich vergessen!", maulte sie, grinste jedoch frech und aus ihren Augen blitzte der Schalk.

„Na, wie ich sehe, funktioniert dein freches Mundwerk noch bestens", begrüßte Merkur sie und gab ihr einen Kuss auf die Wange.

Sera lächelte und antwortete:

„Wäre ja schlimm, wenn nicht. Dann würde selbst ich mir Sorgen machen. Aber Lianna hat mir versichert, dass alles gut werden wird."

„Trotzdem hättest du das Risiko nicht eingehen sollen. Nicht meinetwegen!", beschwerte sich Emilia.

„Wieso deinetwegen? Der Ausflug war ja schließlich unsere Idee und nicht deine. Außerdem genügt es, dass sich Roandir bereits Vorwürfe macht, da er den Vorschlag ja überhaupt erst ins Spiel gebracht hat. Dann musst du dich nicht auch noch quälen." Sie sah liebevoll zu ihrem Mann, grinste jedoch frech.

„Ich konnte ja schließlich nicht wissen, dass so etwas geschehen kann. Ganz im Gegensatz zu dir", beschwerte sich Roandir.

„Ich dachte nicht, dass es uns gefährlich werden würde", erklärte Sera und ließ den Kopf hängen. „Sonst wäre ich natürlich nicht mitgekommen. Ich dachte, es sei meine letzte Chance, bevor das Kind kommt, weil mir ja klar war, dass ich später nicht mehr reisen könnte."

„Na, ist ja zum Glück alles gut gegangen", beendete Merkur das Thema. „Und nächstes Mal will ich auch mit, ist das klar?"

Erst jetzt schien Sera bewusst zu werden, dass es eigentlich total seltsam war, dass gerade die beiden zusammen zu ihr kamen.

„Wo wir gerade beim Thema wären. Wie kommt es, dass ihr beide mich gemeinsam besucht?", fragte sie argwöhnisch.

Merkur und Emilia wechselten kurz einen Blick, dann antwortete Merkur:

„Ich habe mich aufgeführt wie ein Idiot, was jedoch dazu geführt hat, dass wir nun endlich mal unsere Fronten klären konnten."

Sera sah zu ihrer Freundin, diese zuckte aber nur mit den Schultern und sagte:

„Ich hab ihm gehörig meine Meinung gegeigt!"

Sera brach in schallendes Gelächter aus und meinte:

„Na, das war ja auch mal höchste Zeit."

„Ich denke, ich sollte nun gehen", wechselte Merkur nun das Thema.

„Aber wieso denn das?", fragte Sera enttäuscht nach. „Ich wollte dich nicht beleidigen."

Merkur lächelte milde und streichelte ihr über die Wange, nachdem er Elenjana an Emilia weitergegeben hatte.

„Dein frecher Schnabel hat es noch nie geschafft, mich zu beleidigen. Ich weiß ja, wer es sagt. Aber ich bin mit deinem Bruder verabredet. Die ganze Geschichte der letzten Tage hat mir klargemacht, dass ich meine Freunde ziemlich im Stich gelassen habe. Das möchte ich wiedergutmachen."

Er stand auf, gab Sera und Elenjana einen Kuss auf die Wange und verabschiedete sich von den anderen. Während Roandir ihn zur Tür geleitete, fragte Sera aufgeregt:

„Und? Erzähl! Was läuft da zwischen euch?"

Emilia seufzte tief und ließ sich zwischen den Kissen eines Sessels nieder.

„Nichts, rein gar nichts. Du siehst ja, wie distanziert er sich mir gegenüber verhält."

„Aber er redet mit dir, das ist gut. Ihr könnt euch erneut kennenlernen. Vielleicht wird das ja doch wieder!“

Emilia schüttelt betrübt den Kopf.

„Ich glaube nicht. Er ist ohne seine Erinnerungen ein anderer Elf. Irgendwas in seinem Inneren sträubt sich regelrecht dagegen, mich zu lieben, ich fühle das.“

Sera legte ihre Hand auf die ihrer Freundin und erklärte sanft:

„Mach dir keinen Kopf. Es wird alles so kommen, wie es kommen soll. Und solange das nicht so ist, kannst du dich um deine beste Freundin kümmern, der ist es nämlich sterbenslangweilig.“

Emilia musste trotz ihrer Sorgen lachen, und als Roandir zurückkehrte und fragte, ob er sich dann zum Dienst verabschieden könne, schickten die beiden Mädchen ihn nur zu gern fort. Gemeinsam machten sie sich einen gemütlichen Abend. Emilia erzählte Sera alles, was mit Merkur gewesen war, im Detail und sie besprachen den Unterrichtsstoff des Tages. Emilia bemerkte, dass ihr die Wiederholung des Gehörten ebenfalls guttat, und so beschloss sie, dass sie dies nun jeden Abend machen würden, bis Sera wieder auf den Beinen war.

KAPITEL 16

Die nächsten Tage konzentrierte sich Emilia voll und ganz auf den Unterricht. Die Lehrer waren bereits mitten drin in ihren Themengebieten und so rauchte ihr nachmittags sprichwörtlich der Kopf, wenn sie der Akademie den Rücken kehrte. Merkur war nach wie vor distanziert, jedoch sehr höflich und zuvorkommend. Was die Lage jedoch nicht besser machte. Ihr fiel es erheblich leichter, das Nicht-mit-ihm-zusammen-Sein zu ertragen, wenn er eklig zu ihr war, als wenn er so überaus freundlich und liebenswürdig auftrat.

Die Nachmittage verbrachte Emilia bei Sera. Sie besprachen den Stoff und Emilia hielt die schwangere Elfe mit dem neusten Klatsch und Tratsch auf dem Laufenden. Merkur kam ebenfalls ab und an mit, und wenn sie so zusammensaßen, war es beinahe wieder so wie früher. Nur mit dem Unterschied, dass Emilia ihn nicht berühren durfte.

Die gemeinsamen Übungsstunden mit Glorijana hatte Emilia abgesagt, bis es Sera wieder besser ging.

Nachdem Sera von Lianna das Okay bekommen hatte, wieder zum Unterricht zu gehen, nahm Emilia auch wieder ihre Treffen mit der Königin der Waldgeister wahr. Glorijana nahm sie mit in ihre Erinnerungen und Emilia spürte, wie das Band zu Emilijana, dem Waldgeist und ihr, von Tag zu Tag enger wurde. Teilweise hatte sie in unbeschwerten Momenten sogar das Gefühl, sie könnte sich jeden Augenblick in leuchtenden Nebel auflösen und all ihren

Gefühlen und Sorgen davongleiten. Visionen stellten sich dennoch keine ein.

So zogen die Wochen ins Land. Sera wurde immer rundlicher und Lianna bat sie, nun erneut kürzerzutreten. Das Studium wollte sie dennoch nicht aufgeben, daher beschloss Emilia, ihren Vater darum zu bitten, künftig die königliche Kutsche nehmen zu dürfen, um zur Akademie und zurück zu kommen. Roman stimmte selbstverständlich zu. Sie wussten jedoch beide, dass dies nur eine Lösung auf Zeit war. Die Uhr tickte und der Sommer stand vor der Tür. Bald würde Sera in ihre wohlverdiente Babypause gehen.

Eines Morgens hatte sie Synea in den oberen Teil der Akademie beordert. Emilia war freudig und aufgeregt zugleich, da dies bedeutete, dass sie an diesem Tag den Unterricht in Silvjanamar halten würde. Alle Schüler plapperten wild durcheinander, als sie hintereinander die schmale Treppe erklommen, die in die Kuppel des Gebäudes führte. Sera durfte an dieser Stunde leider nicht teilnehmen, da das Wechseln der Welten ja für sie absolut tabu war in ihrem Zustand. Schmollend hatte sie sich in die Cafeteria zurückgezogen. Emilia hatte zwar gefragt, ob sie bei ihr bleiben sollte, jedoch war ihr ein Stein vom Herzen gefallen, als Sera ihr versicherte, dass dies nicht nötig sei und dass ja zumindest eine von ihnen am Unterricht teilnehmen müsste.

So stieg Emilia nun zusammen mit Merkur, Safira und den anderen Mitschülern hinauf zur Pforte, die nach Silvjanamar führte. Synea wartete bereits oben und öffnete die schwere Tür, als alle da waren.

„Wir werden nun durch dieses Portal treten, und zwar geordnet und gesittet. Bitte denkt daran, dass wir in Silvjanamar nur zu Gast sind. Wir dürfen die Waldbewohner besuchen und mit ihnen reden, um etwas zu lernen, jedoch bitte ich euch inständig darum, stets höflich zu bleiben und auf keinen Fall irgendetwas zu zerstören."

Die Elfen nickten und so ließ die Lehrerin für *Magische Wesen* einen Schüler nach dem anderen durch die Tür hindurch. Auf der anderen Seite angekommen schnappten erst einmal alle nach Luft. Die Urwüchsigkeit des magischen Waldes raubte ihnen sprichwörtlich den Atem.

Emilia sog die Magie, die in der Luft lag, tief in ihre Lungen. Es fühlte sich zwar nicht so extrem an wie das letzte Mal, als sie direkt aus der Magielosigkeit der Menschenwelt die Welten gewechselt hatte, jedoch spürte sie auch heute wieder ganz deutlich den einzigartigen Zauber dieser Welt. Tief in sich fühlte sie jedoch noch etwas anderes. Sie nahm das Erwachen ihrer Waldgeisterseele wahr. Diese Seele, die ihr vor wenigen Wochen noch so fremd gewesen war, war heute ein Teil von ihr. In diesem Moment wurde ihr dies plötzlich klar. Es fühlte sich alles vollkommen an. Daher konnte sie es nicht verhindern, dass sich ihr Lichtfalter aus ihrem Amulett löste und ein paar Kapriolen flog, um danach wieder auf ihrem Medaillon zu landen und mit dem Stein zu verschmelzen. Emilia war froh, dass es niemandem aufgefallen war, niemandem, außer Merkur. Er sah sie aufmerksam an und gesellte sich dann langsam zu ihr.

„Was ist los?", fragte er leise.

„Nichts, was meinst du?“, entgegnete sie unsicher.

„Dein Lichtfalter ist noch nie einfach so erschienen ...“

„Das stimmt so nicht, letztes Mal, als ich hier war, hat er uns den Weg zu den Zeitzauberern gezeigt. Wahrscheinlich gefällt es ihm hier“, bemerkte sie leichthin und folgte Synea tiefer in die Wälder hinein.

Die Pflanzen, die die Tür freigegeben hatten, verbanden sich nun wieder und zurück blieb nichts als Wald. Das, was ihr bei ihrem letzten Besuch noch eine Heidenangst gemacht hatte, beobachtete sie nun fasziniert. Nun erst stellte sie fest, dass es hinter der Tür beziehungsweise hinter dem Gebüsch, wo die Tür eben noch gewesen war, weiterging. Dort war ein Pfad, der tief in den Wald zu führen schien. Aus irgendeinem Grund fühlte sie sich von diesem Teil des Waldes magisch angezogen. Daher verharrte sie einen Moment und starrte den Weg entlang, der unter den Bäumen in der Dunkelheit der immer dichter werdenden Baumkronen verschluckt wurde.

„Kommst du?“, fragte Safira und hakte sich bei ihr unter. Emilia erwachte aus ihrer Trance, schüttelte den Kopf, um wieder klar denken zu können, und ließ sich von der Elfe mitziehen. „Hast du da hinten was gesehen?“, fragte diese.

„Was?“, entgegnete Emilia perplex.

„Na, da hinten im Wald, mir war so, als hättest du etwas gesucht oder gesehen“, meinte Safira.

„Nein, ich war nur fasziniert davon, dass da, wo vorher noch die Tür war, ein Pfad weitergeht.“

„Warst du nicht schon einmal hier?“, fragte sie nun weiter.

„Ja, das war ich“, beantwortete sie die Frage, „jedoch hatte ich da andere Dinge im Kopf, die mich beschäftigten“, erklärte sie weiter.

„Oder andere Elfen, nach denen sie schauen musste, habe ich recht?“, frotzelte Eldur, der sich ihnen still und heimlich angeschlossen hatte.

Merkur räusperte sich und blickte seinen Cousin finster an.

„Ich könnte mir vorstellen, dass es hier zu zweit sehr romantisch sein kann, was Merkur?“, stichelte er weiter.

Emilia wurde rot und funkelte Eldur wütend an. Merkur zuckte nur die Schultern und antwortete:

„Wenn, dann wüsste ich es nicht mehr.“

Es lag so viel Gleichgültigkeit in seiner Stimme, dass sich in Emilia alles verkrampfte. In eben diesem Moment hörte sie einen Phönix über sich rufen, die Erinnerung an genau diesen Tag holte sie schmerzlich ein, und noch bevor sie wusste, wie ihr geschah, wurde ihr schwindelig. Nebel stieg auf und sie sah erneut den Weg vor sich, der hinter dem Tor in die Dunkelheit des Waldes führte. Der Nebel trug sie in Windeseile hindurch und dann stand sie plötzlich vor einem Baum. Emilia war sich sicher, dass es jener Baum war, den sie bereits bei ihrer Weihe gesehen hatte. Der Baum war so hoch, dass sein Wipfel in den Wolken nicht zu sehen war. Graue Gestalten in langen zerfetzten Gewändern umkreisten ihn. Sie schienen ihn zu bewachen. Die Gesichter der Wesen konnte sie nicht erkennen, da sie unter grauen Kapuzen versteckt waren. Sie schwebten an einer Nebelgrenze entlang, die beinahe schwarz zu sein schien.

Nun blickte sie den Stamm hinauf. Die Blätter des Baumes waren aus Glas, sie blitzten und blinkten im Schein des Mondes. Kälte übermannte sie, jedoch konnte sie sich nicht bewegen. Ihr Lichtfalter löste sich erneut aus ihrem Amulett, flog den Baum hinauf und setzte sich auf einen Ast. Erst jetzt fiel Emilia auf, dass dieser Ast keine durchsichtigen Glasblätter hatte, sondern dass die Blätter schwarz waren. Schwarz wie der Tod. Bevor sie sich jedoch weiter umsehen konnte, hüllte sie der Nebel komplett ein und auf einmal fand sie sich mitten im Sonnenschein Silvjanamars wieder. Sie japste nach Luft und fühlte, dass sie von starken Armen umschlossen wurde.

„Sie kommt wieder zu sich!“, vernahm sie dumpf Merkurs Stimme.

„Schnell, holt ihr Wasser!“, ordnete Synea an.

Emilia öffnete die Augen und blickte in entsetzte Gesichter. Synea hatte sich neben sie ins Gras gesetzt und Safira reichte ihr soeben ein großes Blatt, in dessen Mitte sie Wasser geschöpft hatte. Die Lehrerin reichte es ihr und sie nahm einen Schluck davon. Dann bemühte sie sich, sich aufzusetzen. Merkur half ihr dabei, ließ sie jedoch sofort los, als sie stabil sitzen konnte.

„Emilia, geht’s dir gut?“, fragte nun die Lehrerin.

„Ja, ja, ich glaube schon“, entgegnete sie noch leicht verwirrt und stand auf. „Muss wohl Probleme mit dem Kreislauf gehabt haben“, log sie und klopfte geschäftig Staub und Gras von ihrer Kleidung.

„Soll dich jemand zurückbringen?“, fragte die Lehrerin weiter. „Du könntest Sera Gesellschaft leisten.“

„Nein, nein, das wird nicht nötig sein. Mir geht es schon wieder gut“, wehrte Emilia sich dagegen und ging rasch zu den anderen Schülern, die sie aufmerksam musterten.

Felodin flüsterte Jedovar etwas zu und anschließend verzogen beide das Gesicht zu einem fiesen Grinsen. Safira hakte sich sogleich wieder bei ihr unter und auch Merkur gesellte sich neben sie.

„Wir werden auf sie achtgeben“, beruhigte er die Lehrerin und legte beschützend einen Arm um Emilias Schulter.

Diese erstarrte einige Sekunden unter der Berührung, ließ es dann jedoch zu, da es sich einfach zu gut anfühlte, ihm endlich wieder so nah zu sein. Synea betrachtete sie noch einige Augenblicke skeptisch, stimmte dann aber zu.

„Gut, du bist alt genug. Aber ich möchte, dass du dich bei Lianna meldest, wenn wir zurück sind. Sie soll dich durchchecken“, forderte sie Emilia auf.

Diese nickte eifrig und so begann die Lehrerin mit ihrem Unterricht. Während sie von Spiegelpilzen, Wassernixen, Kobolden, Singfaltern, Grasmotten und anderen Lebewesen des Waldes erzählte, zog Merkur Emilia ein wenig beiseite. Für die anderen musste es aussehen, als würde zwischen den beiden langsam wieder der Funke überspringen, in Wahrheit war es jedoch etwas ganz anderes, was Merkur damit bezweckte.

„Du hattest eine Vision“, flüsterte er, „habe ich recht?“

„Mir war nur schwindlig“, versuchte sie sich herauszureden.

„Lüg mich nicht an!“, zischte er. „Castor mag mir zwar die Erinnerungen an dich genommen haben, jedoch besteht noch immer ein Band zwischen uns, dessen Bedeutung ich nicht zu deuten vermag. Was ich jedoch ganz sicher weiß, ist, dass du mich anlügst. Also los, was hast du gesehen?“

Emilia seufzte tief und erzählte Merkur dann grob, was sie gesehen hatte. Die gruseligen Wesen ließ sie absichtlich aus, da sie wusste, dass er sofort Alarm schlagen würde, wenn sie diese erwähnen würde.

„Was hast du nun vor?“, fragte Merkur, als sie geendet hatte.

„Das werde ich mir noch überlegen“, erklärte sie ausweichend.

„Du willst dem Pfad folgen, stimmt’s?“, fragte er scharf.

Emilia zuckte mit den Schultern.

„Ich weiß nicht, was ich machen soll ...“, gestand sie nach einigen Augenblicken. „Die Vision war nicht eindeutig. Vielleicht sollte ich zuerst mit Glorijana reden“, überlegte sie laut.

Eigentlich hatte sie versprochen, ihren Vater immer auf dem Laufenden zu halten. Allerdings hatte sie das Gefühl, dass es nötig sein würde, die Reise selbst anzutreten. Alleine. Sie musste unbedingt mehr herausfinden. In einem war sie sich zumindest ganz sicher, und zwar, dass es sich bei den Wesen, die sie gesehen hatte, um echte Nebelfrauen handelte. Sie musste also mehr über diese Wesen erfahren und auch über das Reich der Toten. Gab es überhaupt eine Möglichkeit, dorthin zu gelangen? Oder hatte Merkur recht gehabt und sie würde beim Versuch, seine Erinnerungen zu retten, sterben? Ihr Herz raste wie wild in ihrer Brust, während sie sich Gedanken dazu machte. Sie konnte die

Vorstellung, Elenjana allein zu lassen und vielleicht nie wieder zu ihr zurückzukommen, kaum ertragen. Die Angst schnürte ihr die Kehle zu. Daher lehnte sie sich an einen Baum, bemüht, die Fassung zurückzuerlangen. Was sollte sie tun? Sollte sie doch ihren Vater einweihen? Vielleicht würden seine Elfenkrieger ja mit den *Grauen Damen* fertig werden? Oder Glorijana?

Während sie das Für und Wider in ihren Gedanken ausfocht, beendete Synea den Unterricht und bat die Schüler, ihr zurück zur Tür zu folgen. Zu allem Übel hatte Emilia von der heutigen Stunde überhaupt nichts mitbekommen. Was würde Sera sagen? Sollte sie sie überhaupt beunruhigen, in ihrem Zustand? Nein, es wäre besser, wenn sie nichts davon wüsste.

„Würdest du die Sache mit der Vision bitte für dich behalten?“, fragte sie daher Merkur leise. Dieser zog eine Augenbraue hoch und musterte Emilia. Ihm war anzusehen, dass er von der ganzen Sache noch immer nicht überzeugt war. „Bitte! Es ist wegen Sera, ich möchte sie nicht beunruhigen in ihrem Zustand.“

Zähneknirschend nickte Merkur.

„Gut, aber nur, wenn du mir versprichst, dass du keinen Alleingang machst? Verstanden?“

Emilia nickte und antwortete:

„Klar, keine Alleingänge!“

Merkur musterte sie einige Augenblicke und nickte dann bestätigend. Daraufhin folgten sie der Klasse zurück zur Tür, die sie nach Andorin bringen würde. Als sie sich der Pforte näherten, suchte Emilia automatisch die Umgebung ab. Den Weg, den sie in ihrer Vision gesehen hatte, konnte sie jedoch nicht entdecken, da ihn die Pflanzen, die soeben noch die Tür bedeckt hatten, nun verbargen. Innerlich seufzend folgte sie ihren Mitschülern und musste sich erst wieder neu orientieren, als sie auf der schlichten engen Treppe stand, die sie hinunter ins Schulgebäude führen würde.

Als sie bei Sera ankamen, war sie sehr schweigsam.

„Und? Wie war's?", fragte diese, als sie zum nächsten Kurs aufbrachen.

„Ganz okay", bestätigte Emilia einsilbig und bemühte sich, ihre Gedanken zu verbergen. „Ich hatte nur seltsame Kreislaufprobleme, daher habe ich vom Unterricht nicht viel mitbekommen. Ich fürchte, wir müssen Safira bitten, uns ihre Aufzeichnungen auszuhändigen."

Sera betrachtete ihre Freundin einen Moment skeptisch von der Seite, da ihr die Geschichte mit dem Kreislauf seltsam erschien, und fragte dann:

„Geht's dir jetzt wieder besser?"

„Ja, ich glaub schon. War sicher vom Stress der letzten Wochen und Monate und du weißt ja, ich verbinde mit diesem Teil Silvjanamars sehr viel ...", seufzte sie und ihr Blick glitt automatisch in die Ferne zu ihrer wundervollen Erinnerung an ihren ersten gemeinsamen Tag.

Bevor Sera nachhaken konnte, kam Eldur herbei.

„Na, Prinzessin, geht's dir wieder besser?"

„Ich wüsste nicht, was dich das angeht!", knurrte sie und wandte sich ab.

„Nun sei nicht so, war doch nur ein Scherz ..."

„Ein ziemlich blöder Scherz, oder?“, kam ihr Safira zu Hilfe, die die Mädchen soeben eingeholt hatte und sich bei ihnen unterhakte.

Emilia und Safira warfen Eldur einen kalten Blick zu und wandten sich dann von ihm ab. Der Feuerelf wollte ihnen noch etwas hinterherrufen, tat es jedoch nicht, da ihm Merkur eine Hand auf die Schulter legte und sagte:

„Lass gut sein. Ich weiß, du findest es total witzig, dich auf anderer Leute Kosten zu amüsieren, aber für Emilia und mich ist diese Situation alles andere als lustig. Wenn du also nur ein klein wenig Taktgefühl in die Wiege gelegt bekommen hast, unterlässt du in Zukunft solche Späße! Haben wir uns verstanden?“

Er hatte Eldur zu sich herumgedreht und sah ihm nun tief in die Augen. Der Feuerelf schluckte, und bevor er seine Worte wiedergefunden hatte, um etwas zu antworten, hatte Merkur von ihm abgelassen und ihm ebenfalls den Rücken zugekehrt. Da stand er nun wie ein begossener Pudel und sah den anderen nach.

„Hat dich der Prinz zurechtgestutzt?“, fragte Felodin in ihrem falsch-freundlichen Tonfall und streichelte ihm über die breiten Schultern. „Und das lässt du dir gefallen?“

Eldur schüttelte die Feuerelfe ab und brummte:

„Ach, lass mich in Ruhe, Felo.“ Dann rannte er Merkur hinterher und rief: „He, Merkur, nun warte doch!“

Merkur hatte sich umgedreht und sah seinem Cousin entgegen.

„Bitte verzeih, da sind wohl mal wieder die Pferde mit mir durchgegangen. Aber ich kann manchmal einfach nicht anders ... Sag mir, wie ich es wiedergutmachen kann", entschuldigte er sich bei seinem Freund.

Merkur brummte zur Antwort:

„Als Entschädigung könntest du mir deine Aufzeichnungen von heute Vormittag ausborgen."

„Klar, kein Problem", entgegnete Eldur erleichtert. Offenbar war ihm klargeworden, welche Konsequenzen es nach sich ziehen könnte, wenn er den neuen König Gwaithmars gegen sich aufbringen würde.

Merkur nickte zufrieden und dann gingen die beiden zur nächsten Stunde.

„Was hat Eldur denn verbrochen?", fragte Sera, als sich die Mädchen weit genug von den Jungs entfernt hatten.

„Ach nichts, nur einen blöden Spruch gebracht wegen mir und Merkur und romantischer Zweisamkeit in Silvjanamar. Irgendwie scheint jeder zu wissen, welch enge Verbindung wir zu diesem Ort haben", seufzte sie.

„Ja, das ist wohl das Los der Prinzessin. Ihr wart damals in aller Munde, als du das erste Mal hier warst. Das Paar der Prophezeiung. Jeder hatte ein Auge auf euch ...", erklärte Safira.

„Haben sie doch noch immer", mischte sich nun Sera ein. „Und was war sonst noch los in Silvjanamar?", bohrte sie weiter. „Komm, erzähl mir nichts von wegen Schwächeanfall ... Kreislauf ... Das kannst du deiner Oma erzählen, aber nicht mir."

„Apropos Oma", erwiderte Emilia, „ich denke, wir sollten weiter zum Unterricht. *Menschenkunde*!" Sie grinste triumphierend und zog die beiden mit sich in Sophias Klassenzimmer.

Während der nächsten Stunde musste Emilia immer wieder Seras Gedankenattacken abwehren, sodass sie weder ihre Gedanken sammeln konnte, um sich über die Vision klar zu werden, geschweige denn, dass sie irgendetwas vom Unterricht mitbekommen hätte.

Während sie auf die Kutsche warteten, die sie nach der Schule nach Hause fahren sollte, hielt Emilia es nicht mehr aus.

„Mensch Sera, kannst du endlich aufhören, mich zu attackieren?“, maulte sie genervt.

„Erst, wenn du mir sagst, was wirklich in Silvjanamar gewesen ist“, erwiderte die Elfe siegesgewiss. „Außerdem bin ich eine Elfe und kein Mensch“, ergänzte sie hoheitsvoll.

„Na schön. Du lässt mir ja eh keine Ruhe ... Aber versprich mir, dass du dich nicht aufregst und dass du es niemandem verrätst, okay?“

„Ehrenwort!“, flüsterte Sera und schon begann Emilia zu erzählen.

Es tat ihr gut, sich all ihre Gedanken und das Gesehene von der Seele zu reden. Gemeinsam mit Sera würde sie sicher entschlüsseln können, was es mit der Vision auf sich hatte.

Nachdem sie geendet hatte, war Sera blass geworden. Die Kutsche fuhr soeben vor und Emilia half ihrer schwerfälligen Freundin, einzusteigen.

„Und? Was sagst du?“, fragte sie schließlich, als die Kutsche losgefahren war.

„Mir gefällt das nicht ...“, gab sie zu. „Ich muss immer wieder daran denken, was Merkur gesagt hat. Emilia, du hast gehört, was Synea im Unterricht über die Nebelfrauen erzählt hat. Niemand, der diese Frauen bisher gesehen hat, kam lebend zurück."

„Kein ELF, der sie jemals gesehen hat, kam lebend zurück", korrigierte Emilia sie.

„Was willst du damit sagen?", entgegnete Sera erschrocken.

„Na, ist doch klar, kein Elf. Ich bin ja nur zu einem Viertel eine Elfe, zum größten Teil bin ich ein Mensch. Wenn es mir gelänge, an etwas Feenstaub zu gelangen ..."

„Vergiss es!", unterbrach Sera ihre Freundin. „Zum einen bist du dennoch eine Elfe, und zwar nicht irgendeine, sondern die Prinzessin der Elfen, und zum anderen wird dir keine Fee in der magischen Welt auch nur einen Krümel Feenstaub abgeben. Die Mission ist ein Himmelfahrtskommando. Außerdem ..." Sera brach ab.

„Was?", fragte Emilia barsch und biss sich auf die Unterlippe, da sie fieberhaft überlegte, wie sie an Feenstaub gelangen könnte.

„Außerdem sieht es doch gerade so aus, als würden Merkur und du euch wieder näherkommen ... Wozu dieses Risiko eingehen wegen ein paar Erinnerungen, wenn ihr doch ein ganzes Elfenleben Zeit habt, neue zu sammeln."

Emilia seufzte tief und antwortete:

„Leider kommen wir uns überhaupt nicht näher. Er behandelt mich wie jede andere Elfe auch. Höflich, zuvorkommend und distanziert."

„Aber er redet doch wenigstens wieder mehr mit dir", widersprach Sera.

„Was überwiegend seinem schlechten Gewissen zuzuschreiben ist und der Tatsache, dass er sich mit mir gutstellen muss, da ich die Mutter seiner Tochter bin. Vergiss es, Sera ... Ich fürchte, Merkur hat recht mit der Behauptung, dass Castor ihm mehr genommen hat als ein paar Erinnerungen. Ich habe langsam wirklich das Gefühl, dass er die Fähigkeit zu lieben auch verloren hat.“ Tränen standen in ihren Augen, während sie sich die unerbittliche Wahrheit eingestand, die sie bereits seit so vielen Wochen beschäftigte.

Sera sog scharf die Luft ein, überlegte kurz und schwieg.

„Tue mir bitte den Gefallen und behalt' es für dich“, bat Emilia leise nach einigen Augenblicken des Schweigens. „Ich muss das Ganze erst ordnen, bevor ich meinen Vater einweihe. Vielleicht habe ich ja auch etwas missinterpretiert oder so.“

Sera sah Emilia panisch an und entgegnete:

„Du willst doch wohl keinen Alleingang machen?!“

Emilia zögerte mit ihrer Antwort, schüttelte dann jedoch den Kopf, während sie an ihre kleine Tochter dachte – und da entspannte sich die schwangere Elfe sichtlich. Anscheinend hatte sie diesen Gedanken aufgeschnappt und fühlte sich nun sicher, dass ihre Freundin keine Dummheiten machen würde.

„Redest du mit Glorijana darüber?“, fragte Sera nun ernst.

Emilia nickte.

„Ich werde sie gleich heute Abend aufsuchen“, versprach sie.

Da sie in diesem Moment das Schloss erreicht hatten und die Kutsche hielt, ließen sie das Gespräch auf sich beruhen und gingen gemeinsam hinein.

In ihren Gemächern überlegte Emilia fieberhaft, was sie tun sollte. Umso mehr Gedanken sie sich über die Vision machte, desto klarer wurde das Bild. Sie war sich sicher, dass sie den Weg genauso finden würde wie damals den zu den Zeitzauberern. Sie benötigte nur ein Pfand, das ihr ermöglichen würde, die Nebelfrauen zu bestechen, oder eben einen Schlüssel. Feenstaub, ganz klar, nur wie sollte sie da rankommen? Sie hatte Sera zwar gesagt, dass sie sich mit Glorijana beraten würde, jedoch war sie sich nicht sicher, ob sie dies wirklich tun sollte. Sie wusste, dass niemand sie so einfach gehen lassen würde. Allerdings wurde der Drang in ihr, es zu tun, immer stärker. Ein Gefühl machte sich in ihr breit, das ihr versicherte, dass sie es schaffen könnte.

Da ihre Tochter gerade schlief, versuchte sie das erste Mal seit Wochen, eine gezielte Vision zu erhalten. Sie hatte es seit ihrem fruchtlosen Üben vermieden, da es sie zu sehr frustriert hatte. Nun, da endlich wieder eine brauchbare Vision gekommen war, glaubte sie fest daran, dass sie es konnte. So schloss sie die Augen und konzentrierte sich voll und ganz auf ihre Frage.

„Werde ich es schaffen?", lautete diese.

Es dauerte keine Minute, da begann sich alles vor ihrem inneren Auge zu drehen. Nebel stieg auf und plötzlich sah sie klar. Sie sah sich und Merkur, Hand in Hand, wie sie auf den Hügeln Gwaithmars standen und zum Schloss blickten. Obwohl Emilia noch nie dort gewesen war, war sie sich sicher, dass dies Gwaithmar sein musste. Die Sonne war gerade aufgegangen und tauchte alles in ein wundervolles goldenes Orange. Sie hatten Elenjana bei sich und Emilia wusste, dass sie heimkehrten. Der Nebel stieg erneut auf und plötzlich war sie wieder im Hier und Jetzt. Sie schnappte nach Luft, da sie das Atmen während der Vision beinahe vergessen hatte, und blinzelte in die Helligkeit des Raumes.

„Ich werde es schaffen", flüsterte sie euphorisch. „Ich muss unbedingt eine Fee finden, die mir Feenstaub gibt", überlegte sie laut.

Ob sie doch Glorijana um Hilfe bitten sollte? Vermutlich blieb ihr keine andere Wahl. Sie wusste, dass die Waldgeister guten Kontakt zu den Feen hatten. Wenn sie jemandem ihren kostbaren, magischen Staub anvertrauen würden, dann den Waldgeistern, da war sich Emilia beinahe sicher.

Die nächste Stunde verbrachte sie damit zu warten, dass Elenjana aufwachen würde, und nutzte währenddessen die Zeit, um in ihrer eigenen kleinen Bibliothek zu recherchieren. Sie las allerhand über Nebelfrauen und das Reich der Toten und fand sogar den Bericht einer Fee, die von einem Baum der Erinnerungen berichtete. Das musste es sein. Gemäß der Sage behüteten die Nebelfrauen einen Baum, der so alt war wie die magische Welt selbst. Alle Erinnerungen der Toten wurden von diesem Baum aufbewahrt. Jedes Blatt stellte eine Erinnerung dar. Angeblich halfen die Nebelfrauen den toten Seelen, die Grenze der Totenwelt zu passieren. Dann führten sie diese zum Baum und boten ihnen an, ihre Erinnerungen abzulegen. Die meisten taten dies, um ihr ewiges Leben unbeschwert und sorgenfrei zu beginnen. Hierfür mussten die toten Wesen den Baum berühren und dieser sog alles in sich auf. Anschließend führten die Nebelfrauen die Verstorbenen weiter ins Jenseits. Das Reich der Toten war offenbar so etwas wie eine Sammelstelle, ein Durchgang in eine neue Zukunft. Nur die Seelen, die zurückwollten, sei es, weil sie noch etwas zu erledigen hatten oder weil sie einfach noch nicht bereit waren, ins Jenseits zu gehen und daher wiedergeboren werden wollten, behielten ihre Erinnerungen. Diese wurden von den Nebelfrauen zurückgebracht.

Emilia klappte das Buch zu und atmete heftig aus und ein. In diesem Moment hörte sie ein munteres Brabbeln aus dem Kinderzimmer. Sie legte das Buch beiseite und stand auf. Mit zittrigen Fingern wickelte sie ihre kleine Tochter, stillte sie, zog sie an und band sie sich in ihrem Tragetuch vor die Brust. Sie musste schnellstmöglich zu Glorijana und sie um Hilfe bitten.

KAPITEL 17

Emilia eilte, gefolgt von Fox, den Schlossberg hinunter. Es würde nicht mehr lang dauern bis zur Dämmerung. Sie hoffte inständig, dass sie Glorijana schnell erreichen würde. Ihr reguläres Treffen war erst Ende der Woche geplant.

Als sie am Waldrand angekommen war, tat sie etwas, was sie noch nie so bewusst getan hatte. Sie entließ ihren Lichtfalter und dieser flatterte tiefer und tiefer in den Wald hinein. Fox, ihn freudig jagend, hinterher. Auch Emilia sah zu, dass sie die beiden nicht aus den Augen ließ. Im Wald war es beinahe Nacht, als sie endlich die glockenhelle Stimme von Glorijana vernahm.

„Emilijana, was ist geschehen?“, begrüßte die Königin sie. Ihre Worte hallten unnatürlich, da sie sich noch nicht aus ihrer Nebelgestalt gelöst hatte. Erst als sie in menschlicher Erscheinung vor ihr stand, klang ihre Stimme normal. „Du hattest eine Vision!“, erriet sie richtig, bevor Emilia zu Atem gekommen war.

Die Angesprochene nickte und antwortete:

„Ich brauche deine Hilfe!“

„Was hast du gesehen?“, fragte der Waldgeist.

Emilia erzählte stockend, da sie immer noch um Atem rang, von ihren beiden Visionen.

Glorijana hörte mit steinerner Miene zu, unterbrach Emilia jedoch nicht. Als sie geendet hatte, erklärte sie:

„Ich habe mir alles genau überlegt ... Wir brauchen Feenstaub. Die Feen sind die einzigen Wesen, die von den Nebelfrauen geduldet werden. Ich habe heute Nachmittag recherchiert und bin mir sicher, dass ich es schaffen kann. Ich weiß es einfach."

„Emilijana ...", unterbrach Glorijana sie, „das wird nicht funktionieren ..."

„Aber wieso nicht?", fuhr sie erregt auf.

„Keine Fee wird dir ihren Staub freiwillig geben", erklärte Glorijana.

Emilia warf resigniert die Hände in die Luft.

„Woher wollt ihr das denn alle wissen?", rief sie.

„Emilijana, weißt du überhaupt, wofür die Feen ihren Feenstaub benötigen?", fragte Glorijana streng.

Emilia hielt inne und blickte die Königin der Waldgeister fragend an.

„Ich denke, zum Zaubern und zum Fliegen?!", fragte sie unsicher.

Erst jetzt wurde ihr bewusst, dass sie dies noch gar nicht hinterfragt hatte. Feenstaub kannte sie eigentlich nur aus Geschichten, die sie in der Menschenwelt als Kind gehört hatte. In diesen Märchen wurde der beliebte Staub gern mit Menschenkindern geteilt, das war nie ein Problem gewesen. Immer, wenn in Andorin bisher von Feenstaub die Rede gewesen war, hatte sie sogleich diese Bilder aus ihrer Kindheit im Kopf.

„Emilijana, Feenstaub ist die Essenz des Lebens für die Feen. Dieser Staub umgibt diese kleinen Wesen und hüllt sie gänzlich ein. Sie benötigen diesen Schutz, um zu fliegen, zu zaubern und zu atmen. Ohne Feenstaub gehen sie zugrunde. Sollte dir also wirklich eine Fee ihren magischen Staub überlassen, würde dies für sie einem Todesurteil gleichkommen", erklärte Glorijana betroffen.

Emilia schluckte schwer und antwortete nach einigem Zögern mit kratziger Stimme:

„Das wusste ich nicht ..."

„Das dachte ich mir", bestätigte der Waldgeist.

„Aber wie kommt es dann, dass die Nebelfrauen die Feen aufgrund ihres Feenstaubes dulden?", forschte Emilia weiter.

Glorijana seufzte und erklärte:

„Die Magie der Feen ist eine ganz besondere. Sie ist die einzige, die man auch sehen kann. Das Funkeln und Glitzern, das die Feen so gern zur Schau tragen, wird durch den magischen Feenstaub verursacht. Die Nebelfrauen sind dazu verdammt, in immerwährender Dunkelheit zu existieren. Die Magie des Feenstaubs ist das einzig Bunte, was diese Wesen je zu Gesicht bekommen. Daher besänftigt es diese Geschöpfe und verleiht ihnen einen kleinen Moment Frieden. Aus diesem Grund werden die Feen von den Nebelfrauen geduldet und geliebt."

„Also gibt es keinen Weg ...", flüsterte Emilia. „Aber wie kann es sein, dass ich eine gemeinsame Zukunft gesehen habe?", fragte sie dann weiter.

Glorijana überlegte und zuckte anschließend mit den Schultern.

„Wir müssen abwarten. Vermutlich fehlt dir noch ein entscheidender Hinweis. Bevor du diesen nicht hast, darfst du nichts unternehmen, ist das klar?“, beschwor sie nun ihre Seelenschwester.

Emilia schluckte schwer gegen die aufsteigenden Tränen an. Alles hatte sich für sie so gut angehört. Sie war sich so sicher gewesen, dass sie des Rätsels Lösung gefunden hatte. Schweren Herzens nickte sie. Dann rief sie Fox zu sich, der damit beschäftigt war, Eichhörnchen zu jagen, und verabschiedete sich von Glorijana.

„Übereile nichts!“, hörte sie ihre Stimme noch von Ferne hinter sich her hallen.

Emilia nahm den Rückweg nur verschwommen wahr. Tränen verschleierten ihr immer wieder die Sicht und sie war froh, dass sie lediglich ihrem Lichtfalter folgen musste. Da es inzwischen finstere Nacht war, sah sie sein Leuchten problemlos.

In dieser Nacht fand sie keine Ruhe. Immer wieder stiegen die Visionen in ihre Gedanken und der Schmerz, den sie die letzten Wochen und Monate verdrängt hatte, kehrte ungehemmt zu ihr zurück. Die Hoffnung auf ein gemeinsames Leben mit Merkur hatte ihre innere Mauer zu Fall gebracht.

Am nächsten Morgen fühlte sie sich wie gerädert. Allerdings ließ ihr Elenjana keine Pause. Bereits kurz nach Sonnenaufgang begann sie in ihrem Bettchen zu brabbeln. Was Emilia jedoch erblickte, als sie das Zimmer betrat, entschädigte sie für all den Kummer, den sie in der Nacht gewälzt hatte. Elenjana stand im Bett, streckte ihre Arme aus und rief laut und deutlich:

„Mama!“

Emilia schossen direkt wieder die Tränen in die Augen.

„Elenjana, du stehst und du redest!“, rief sie freudig und hob ihren kleinen Engel aus dem Bett. „Ich weiß ja, dass sich Elfenkinder schneller entwickeln, aber alles auf einmal?“, sagte sie unter Lachen und Tränen und drehte sich mit ihrer kleinen Tochter im Kreis.

Elenjana juchzte vor Freude und sagte, während sie sich an ihre Mutter schmiegte, erneut:

„Mama.“

Wären sie in der Menschenwelt, hätte sie umgehend ein Video von ihr gemacht und es an all ihre Freunde und Verwandte per WhatsApp geschickt. In Andorin war dies nicht möglich. Daher prägte sie sich diese Erinnerung fest ein, um sie ihren Freunden, ihrem Dad und Haldur später zeigen sowie Granny und ihrer Mum erzählen zu können. Leider hatte sie nicht viel Zeit, um sich mit ihrer Tochter ausgiebig zu beschäftigen, da sie ja wieder zum Unterricht musste an diesem Morgen. Am Nachmittag hatte sie jedoch frei und sich fest vorgenommen, sich nur um ihre kleine Tochter zu kümmern, da sie bereits ein schlechtes Gewissen hatte, weil sie nie richtig für sie da war. Entweder war sie in der Akademie, lernte zusammen mit Sera oder schleppte sie mit in den Wald, um mit Glorijana zu reden. Zum Glück fühlte sich ihre Tochter so wohl in der Natur, dass sie auch dort immer fröhlich und zufrieden war.

An diesem Vormittag würde sich zuerst Roman und danach Haldur um Elenjana kümmern. Emilia freute sich darauf, ihrem Vater zu zeigen, was seine Enkeltochter nun konnte. Als es an der Tür klopfte, riss sie diese auf und zog ihren Vater schnell herein. Bevor Emilia jedoch ein Wort erklären konnte, rief Elenjana, die auf ihrer Spieldecke saß und mit ihrer Puppe spielte:

„Opa!“

Dann zog sie sich am Stuhl hoch und versuchte sich an den ersten beiden tapsigen Schritten vom Stuhl weg. Ehe sie das Gleichgewicht verlor, hatte Emilia sie bereits gefangen und zog sie in eine feste Umarmung.

„Elenjana, das geht mir jetzt aber ein bisschen zu schnell“, lachte sie, jedoch war sie ungemein stolz auf ihre Tochter. „Na, was sagst du?“, fragte sie ihren Vater, der übers ganze Gesicht strahlte.

„Ich bin ihr erstes Wort“, erklärte er stolz.

Emilia lachte auf und entgegnete:

„Da muss ich dich leider enttäuschen, ich wurde heute Morgen bereits mit einem fröhlichen *Mama* begrüßt.“

„Schade“, erklärte Roman und zog einen Schmollmund.

Elenjana fand das alles sehr witzig und lachte ein unbeschwertes Kinderlachen. Dann streckte sie ihre Arme nach dem König aus und rief erneut:

„Opa!“

Roman nahm sie seiner Tochter ab und drückte seine Enkelin fest an sich.

„Nicht traurig sein, Opa, du bist immerhin ihr zweites Wort“, tröstete Emilia ihn. Dann gab sie beiden einen Kuss auf die Wange und nahm ihre Schultasche. „Ich bin heute nicht so lang weg, mein Liebling“, verabschiedete sie sich von ihrer Tochter.

Elenjana lachte freudig und kuschelte sich dann an ihren Großvater. Wobei dieser Begriff für einen Elfen wie Roman total unpassend war. In der Menschenwelt würde man ihn sicherlich für ihren Vater halten.

„Und Dad!“, wandte sich Emilia nochmals an ihren Vater, bevor sie das Zimmer verließ. „Sieh zu, dass sie dir nicht davonläuft. So schnell wie sie sich entwickelt, rennt sie bis heute Abend.“

Roman lachte sein typisches Lachen und antwortete:

„Tja, so ist das mit den Elfenkindern. Noch ein paar Wochen, und sie rennt dir wirklich davon.“

„Das geht mir alles zu schnell!“, erklärte Emilia und machte ein ernstes Gesicht.

„Ich weiß“, tröstete sie ihr Vater, „das ging mir bei dir auch so und du warst nicht so schnell wie Elenjana.“ Er gab seiner Tochter nochmals einen Kuss und scheuchte sie dann mit einem: „Jetzt aber Abmarsch, sonst kommst du zu spät“ davon.

Sera wartete bereits auf sie. Ehe sie jedoch fragen konnte, was das Gespräch mit Glorijana ergeben hatte, überfiel Emilia sie mit der Neuigkeit von Elenjanas Entwicklungsschub. Sera lachte erfreut auf und antwortete schelmisch:

„Na, wurde ja auch langsam mal Zeit. Ich hatte mich schon gewundert, wann es bei ihr endlich so weit ist. Laut meinem Baby-Buch beginnen die meisten Elfenbabys bereits mit einem halben Jahr damit. Aber Elenjana ist ja keine ganze Elfe, daher passt das Buch ja nicht eins zu eins“, bekam sie dann aber noch die Kurve, als ihr Emilias enttäuschter Blick auffiel. „Du wirst sehen, sie hat die anderen Elfen in null Komma nichts eingeholt", erklärte sie versöhnlich.

Emilia lächelte nur milde und wechselte dann das Thema. Sie hatte damit gerechnet, dass Sera total ausflippen würde vor Freude, jedoch musste sie feststellen, dass es immer mehr Dinge gab, bei denen sie und ihre Freundin anderer Meinung waren. Emilia hoffte inständig, dass sich dies ändern würde, sobald Sera ein eigenes Baby hatte. Dann würde sie sehen, dass nicht immer alles ein Zuckerschlecken und eitel Sonnenschein war. Wobei Sera ja wenigstens einen Mann an ihrer Seite hatte, der sie auf Händen trug und immer für sie da war. Sie seufzte tief bei dem Gedanken daran und bemühte sich sogleich, sich nicht allzu viel ihrer Trauer anmerken zu lassen.

„Und? Was hat Glorijana gesagt?", forderte Sera sie erneut auf, zu erzählen.

„Dasselbe, das du mir auch schon erklärt hattest", murrte sie missmutig und stieg in die Kutsche. Der Kutscher half der schwangeren Elfe hinein und schon rumpelte der Wagen los.

„Was willst du nun tun?", fragte Sera liebevoll weiter. Sie hatte sehr wohl bemerkt, dass sie ihre Freundin gekränkt hatte. Dies tat ihr nun sichtlich leid, jedoch hatte Emilia im Moment keine Lust mehr, ein großes Gespräch zu beginnen. Die gute Stimmung, die sie aufgrund von Elenjanas ersten Worten gehabt hatte, war so schnell verflogen, wie sie gekommen war.

„Ich weiß es nicht", seufzte sie daher und sah mit festem Blick zum Fenster hinaus.

Sera wusste, dass sie aus ihrer Freundin so nichts mehr herausbekommen würde. Daher ließ sie sie in Ruhe und starrte ebenfalls auf die Straße. Nach einiger Zeit räusperte sie sich und sagte mit heiserer Stimme:

„Emilia, ich werde heute das letzte Mal mit zum Unterricht kommen."

Emilia sah überrascht auf und fragte erstaunt:

„Warum? Es sind doch noch einige Wochen bis zur Entbindung."

„Ja, aber du hattest recht. Es ist wirklich kein Zuckerschlecken mehr in den letzten Tagen. Durch das lange Sitzen in der Schule bekomme ich Rückenschmerzen und Bauchschmerzen, und wenn ich nach Hause komme, habe ich total geschwollene Beine. Schlafen kann ich seit einiger Zeit auch kaum noch. Entweder ich muss auf die Toilette oder mir geistern hundert Sachen durch den Kopf, die ich noch geregelt haben sollte, ehe das Kind kommt. Ich denke, es ist nun an der Zeit, kürzer zu treten."

Emilia nickte und bestätigte:

„Ja, das kann ich verstehen. Wie du sagst, ich hatte ja gleich Bedenken."

„Zum Glück hast du ja nun Safira, dann bist du nicht ganz alleine in der Klasse, und Merkur ist ja auch noch da", redete Sera weiter.

„Ja, Merkur ...", seufzte sie erneut und damit war das Gespräch auch beendet.

Sera bemerkte, dass irgendetwas in ihrer Freundin brodelte. Sie musste nur lange genug warten, bis es an die Oberfläche kam. Was Sera nicht wissen konnte, war, dass

Emilia in diesen Augenblicken eine folgenschwere Entscheidung getroffen hatte.

Der Vormittag ging schnell vorüber. Sera verabschiedete sich von ihren Mitschülern, wobei sich die Feuerelfen, mit Ausnahme von Eldur, recht wenig dafür interessierten. Ein bisschen geknickt wartete die schwangere Elfe daher mit Emilia auf die Kutsche.

„Es ist komisch, dass ich ab morgen nicht mehr dabei sein werde, aber ich packe es einfach nicht mehr“, gestand sie leise.

Emilia nickte und antwortete:

„Es ist die richtige Entscheidung. Du musst nun nach dir und dem Kind sehen. Alles andere kannst du nachholen.“

„Wirst du mir weiterhin deine Mitschriften ausleihen?“, fragte Sera hoffnungsvoll.

„Klar“, antwortete Emilia knapp, ging jedoch nicht weiter darauf ein, da sie Angst hatte, Sera könnte etwas von ihrem Entschluss erfahren.

Sie wollte auf eigene Faust aufbrechen. Die Tatsache, dass Sera nun nicht mehr morgens auf sie warten würde, erschien ihr dabei hilfreich. Könnte sie so doch ganz einfach verschwinden, ohne dass jemand davon gleich Wind bekommen würde. Sie müsste nur einen Boten in die Akademie schicken, der mitteilte, dass sie krank sei. Sera würde sie nicht verraten können, da sie von alldem nichts wusste. Nun müsste sie nur noch einen Tag wählen, an dem keiner ihrer Lieben an der Akademie unterrichtete. Wie es der Zufall wollte, war dies genau am ersten Tag der kommenden Woche der Fall. An diesem Tag währte der Unterricht zudem sehr lang, ihr Verschwinden würde also erst gegen Abend auffallen. Wenn sie morgens dann Sophia, die an diesem Tag Elenjana hütete, erzählte, dass sie sich nach dem Unterricht noch mit Glorijana treffen wolle und anschließend Sera die Unterlagen auf dem Heimweg hereinreichen musste, wäre es Nacht, bis man wirklich nach ihr suchen würde. Mit viel Glück wäre sie bis dahin wohlbehalten zurück und ihre Zukunft mit Merkur könnte beginnen.

„Kommst du morgen Abend mit Roandir auch in den Thronsaal?“, wechselte sie nun das Thema, sodass Sera keinen ihrer Gedanken aufschnappen konnte. „Meine Mum kommt übers Wochenende. Und mein Dad hat eine kleine Feier geplant.“

„Wir kommen sehr gern“, erklärte Sera und strahlte. „Emilia, ist alles okay mit dir? Du wirkst seit gestern Abend so verändert. Ich weiß, mein Kommentar war blöd von mir heute Morgen, aber ich bin in letzter Zeit manchmal einfach unmöglich. Ich glaube, das liegt an den Hormonen. Also wenn es deswegen ist, es tut mir wirklich leid ...“

„Nein, es ist nicht deswegen ... Stell dir einfach vor, wie du dich fühlen würdest, wenn Roandir sich nicht mehr an dich, eure schönsten Stunden und euer gemeinsames Kind erinnern könnte und die letzte Hoffnung auf ein Happy End vor deiner Nase zerplatzt ist wie eine Seifenblase.“

Sera wollte etwas erwidern, wusste jedoch nicht, was sie hätte sagen können. Daher schwieg sie für einige Augenblicke.

„Das kann ich mir nicht vorstellen“, flüsterte sie schließlich und Tränen bildeten sich in ihren Augen. Sie legte eine Hand auf Emilias Knie und sagte: „Es tut mir so leid. Wenn ich dir irgendwie helfen könnte ..."

„Danke, aber das kann niemand. Nur ich kann mir helfen." Weiter vertiefte sie diese Aussage jedoch nicht.

Sera zog skeptisch eine Augenbraue hoch, konnte allerdings nicht mehr nachhaken, da Emilia bereits aus der Kutsche stieg, die soeben gehalten hatte.

Zum Glück wartete Roandir bereits auf seine Frau und so blieb es Emilia erspart, gemeinsam mit ihrer Freundin den Weg zu ihren Gemächern zu gehen. Die Angst, Sera könnte ihre Gedanken erfühlen und erraten, war zu groß. So ließ sie schweren Herzens ihre Freundin zurück, die mit einem sichtlich schlechten Gewissen hinter Emilia her sah. Emilia tat es im Herzen weh, dass sie die schwangere Elfe so stehen lassen musste. Aber wäre sie noch eine Sekunde länger geblieben, hätte sie ihr alles erzählen müssen. Daher rannte sie so schnell sie konnte die Gänge entlang und blieb erst stehen, als sie die Tür zu ihren Räumen hinter ihrem Rücken geschlossen hatte. Sie lehnte sich dagegen und atmete tief durch.

„Du siehst ja aus, als wäre der Teufel hinter dir her", begrüßte sie Sophia.

„Hallo Granny. Wie kommt es, dass du hier bist?", überging Emilia geschickt die Bemerkung ihrer Großmutter und sah sich suchend nach ihrem Baby um, das eigentlich gar kein Baby mehr war.

„Dein Vater und Haldur mussten plötzlich weg. Wichtige Boten aus Gwaithmar machten ihre Anwesenheit unerlässlich", erklärte sie und verdrehte die Augen.

„Sicherlich haben sie nur wieder so eine Lappalie wie letzte Woche, als sich ein betrunkener Bergtroll in die Stadt verlaufen hatte, der mehr Angst vor den Elfen hatte als sie vor ihm."

„Ach so", entgegnete Emilia. „Schläft Elenjana?", fragte sie nun.

„Ja, sie ist vor einer Stunde eingeschlafen. Ich vermute, dass sie bald aufwachen wird. Sollen wir noch gemeinsam essen? Ich bin heute in dem Fall ja auch alleine."

„Ja, können wir machen", erklärte Emilia und setzte sich. „Der heutige Nachmittag gehört jedoch ganz Elenjana. Ich habe es ihr versprochen heute Morgen."

„Das tut euch beiden mal wieder gut. Vor allem, da du sie ab morgen mit deiner Mutter teilen musst." Sie lachte und stellte das Essen auf den Tisch.

Emilia lief das Wasser im Mund zusammen bei dem köstlichen Duft der Suppe. Sie roch nach Heimat, nach der Ranch und nach Glücklichsein. Wie sehr sehnte sie sich danach, endlich mal wieder uneingeschränkt glücklich zu sein.

Nach dem Essen bestand Sophia darauf, dass sich Emilia selbst noch ein wenig hinlegte. Die kurzen Nächte, die Sorgen und die Ausbildung forderten allmählich ihren Tribut. Dunkle Augenringe lagen unter ihren müden grünen Augen, sie war blass und wirkte beinahe kränklich.

„So kann das nicht mehr weitergehen!", schimpfte Granny beim Aufräumen in der Küche leise vor sich hin, während Emilia es sich in ihrem Bett gemütlich machte, ihre Augen schloss und ruck-zuck eingeschlafen war.

„Suche mich. Ich bin der Schlüssel!", rief sie eine zarte Stimme.

Emilia riss die Augen auf und befand sich zu ihrer Überraschung nicht in ihrem Bett, sondern mitten im Nebel. Der Ruf erklang erneut:

„Finde mich!"

Der Nebel lichtete sich ein klein wenig und Emilia konnte einen Wald erkennen. Sie war sich sicher, dass sie in Silvjanamar war. Die Berge im Hintergrund verrieten ihr auch, in welcher Ecke des Waldes. Sie glaubte in der Ferne, gegen die Sonne, ein Glitzern zu sehen. Sie kniff die Augen zusammen und bemühte sich erkennen zu können, was das war. Und wieder erklang diese sanfte Stimme aus eben dieser Richtung:

„Nur ich kann dir helfen!"

Dann erhob sich das glitzernde Wesen in die Lüfte und flog auf sie zu. Die Fee landete vor Emilia auf einem Ast, sah sie an, und noch ehe sie etwas sagen konnte, stieg der Nebel empor und die Fee war verschwunden.

Emilia setzte sich auf und rief:

„Halt! Warte!"

Doch die Fee war weg, sie selbst saß heftig atmend in ihrem Bett und versuchte sich zu orientieren. Leider blieb ihr wenig Zeit, da Elenjana aufgewacht war und bitterlich weinte. Granny war nicht mehr da. Emilia eilte zu ihrer Tochter und drückte sie fest an sich, bis sie sich beruhigt hatte. Anschließend machte sie sich erneut Gedanken über ihren Traum. Sie war sich sicher, dass es eine erneute Vision gewesen war. Der Traum hatte ihr eine Fee gezeigt, eine Fee, die sie schon einmal gesehen hatte. Sie musste nach Silvjanamar und sie wusste auch genau an welche Stelle.

Schnell machte sie sich gemeinsam mit ihrer Tochter und Fox auf den Weg zum Ost-Tor. Die Vision hatte sie dazu veranlasst, ihre Pläne zu ändern und anstatt in den Wald zu gehen, mit Elenjana einen kleinen Ausflug nach Silvjanamar zu unternehmen. Solange sie sich von dem dunklen Pfad fernhielt, würde ihnen sicherlich nichts geschehen und vielleicht würde sie noch einen weiteren Hinweis erhalten. Sie war sich sicher, dass es die Fee war, die sie gerufen hatte und dass diese Fee Myralin gewesen war. Sie hatte damals als eine der Einzigen Glorijana und Emilijana geglaubt, als diese den Aufstieg des Bösen prophezeit hatten.

Sie wollte den geheimen Weg am Ost-Tor, den ihr Vater einst erschaffen hatte, verwenden. Am Tor angekommen legte sie Fox an die Leine, bevor sie das Portal öffnete. Zum Glück gehörte das Öffnen der Tore zu den Grundlagen in *Weltenkunde* und Haldur hatte diesen Vorgang mit ihnen von vorne bis hinten geübt. So war es für Emilia heute eine Kleinigkeit, das Leuchten des Überganges heraufzubeschwören.

Das Portal öffnete sich und sie schritt vorsichtig mit ihren beiden Anhängseln hindurch. Als sie in der Pforte stand, konzentrierte sie sich einen Augenblick, um die richtige Richtung ausmachen zu können, aber wie bei ihrem letzten Ausflug auch, sog sie der magische Wald regelrecht an. Zielstrebig folgte sie der Energie, die sie leitete und wenige Augenblicke später stand sie im strahlenden Sonnenschein

Silvjanamars. Sie wusste, dass sie sich gen Osten richten musste.

So folgte sie dem Pfad, der sie vor etwas mehr als einem Jahr zu den Zeitzauberern geführt hatte. Schlafwandlerisch durchquerte sie die Baumschneisen, ignorierte die Bewohner des Waldes und die Schönheit der einzigartigen Flora und Fauna. Einzig und allein die Hoffnung, am Ende des Weges eine Lösung für ihr Problem zu finden, trieb sie an. Als sie die Berge vor sich aufragen sah, hielt sie inne. Die Sonne stand anders als in ihrem Traum. Dort hatte sie der Sonne entgegengeblickt, jetzt am Nachmittag hatte sie sie beinahe im Rücken. Dennoch wusste sie genau, wo sie suchen musste.

Sie erinnerte sich an die vorlaute Fee Lilienne mit ihrer Feenschar. Besagte Feen hatten sie getroffen, als sie mit Lethan, Roandir und Sera auf der Suche nach den Zeitzauberern gewesen waren. Ein lustiges Völkchen war das gewesen. Die Feen hatten Lethan schöne Augen gemacht, was den schüchternen Krieger ein bisschen aus der Fassung gebracht hatte.

Emilia schüttelte den Kopf, um aus ihren Erinnerungen zurückzukehren, und sah sich nochmals aufmerksam um. Es war keine Fee in der Nähe, jedoch war sie sich sicher, dass sie genau an der Stelle stand, die sie in ihrer Traum-Vision gesehen hatte. Nachdem einige Minuten vergingen und keine Fee auftauchte, rief sie:

„Myralin? MYRALIN!“

Keine Antwort. Die Gnome kamen neugierig unter ihren mannshohen Pilzen hervor und schimpften über die Ruhestörung.

„Was machst du hier für einen Lärm, Elf?“, grummelte ein besonders runzliger Gnom.

„Bitte entschuldigt, aber ich bin auf der Suche nach einer Fee. Es ist sehr wichtig, dass ich sie finde. Sie heißt Myralin. Kennt ihr sie?“

Die Gnome zogen die Augenbrauen hoch und tauschten ungläubige Blicke miteinander aus.

„Myralin suchst du?“, lachte der erste Gnom kalt. „Na, da bist du wohl einige hundert Jahre zu spät dran. Sie ist seit einer Ewigkeit tot!“ Die anderen Gnome lachten höhnisch auf und zogen sich ohne ein weiteres Wort des Abschieds in ihre Pilzhäuser zurück. „Viel Glück“, erklärte der Runzlige nun in einem sarkastischen Tonfall, „und hör auf, solchen Radau zu machen.“

Noch bevor Emilia weiter fragen konnte, war auch er verschwunden.

„Unfreundliche Gesellen“, murrte sie und setzte sich auf die Lichtung, auf der sie gestanden hatte.

Sie löste Elenjana aus ihrem Tragetuch und setzte sie neben sich ins warme Gras. Fox gesellte sich zu ihnen und leckte seiner kleinen Freundin die Hände. Diese quietschte fröhlich und griff in Fox’ dichtes Fell, um mit ihm zu kuscheln. Während die beiden miteinander spielten, sah sich Emilia aufmerksam um.

„Warum sollte ich einen Traum von einer toten Fee haben? Ob die Gnome mich angelogen haben? Zuzutrauen wäre es diesen Kerlen. Es kann kein Zufall sein, dass ich Myralin im Traum sehe. Da bin ich mir sicher“, redete sie mit sich selbst. „Ob ich wohl zur falschen Tageszeit hier bin? In meinem Traum war es, dem Stand der Sonne nach zu urteilen, Morgen gewesen“, grübelte sie weiter.

Noch während sie sich Gedanken machte, was sie nun tun sollte, hörte sie ein leises Flattern.

„Wir haben dich erwartet“, erklang nun die glockenhelle Stimme einer Fee, die Emilia schon einmal gesehen hatte.

„Lilienne!“, rief sie freudig aus.

Elenjana quietschte fröhlich, als sie das kleine Wesen erblickte, das mit seinem bunten, schillernden und glitzernden Kleidchen und den zarten Flügelchen, die in der Sonne schimmerten, auf einem Ast über ihr gelandet war.

„Myralin hat dich hergeführt, habe ich recht?“, fragte die Fee ernst.

Emilia nickte und antwortete:

„Ja, ich hatte einen Traum beziehungsweise bin ich mir sicher, dass es eher eine Vision war. Aber die Gnome haben mir erklärt, dass sie tot sei.“

„Das ist leider wahr!“, bestätigte Lilienne und schwebte hinunter zu Emilia auf den Boden. Diese streckte ihre Hand aus, damit sich die Fee daraufsetzen konnte. Lilienne folgte der Einladung und Emilia hob sie hoch, sodass sie sich Auge in Auge unterhalten konnten.

„Dann ist alles vorbei? Komme ich zu spät?“, fragte Emilia mit bebender Stimme.

„Nein, du kommst nicht zu spät“, fuhr die Fee fort. „Das, was du gesehen hast, war eine Botschaft Myralins. Eine Erinnerung an ihre letzten Tage. Sie wurde für dich aufbewahrt, sodass sie dich im richtigen Moment erreichen konnte. Myralin war einst die Herrscherin unseres Volkes.

Sie war eine begabte und talentierte Führerin. Sie wusste immer, was zu tun war. Gemeinsam mit Glorijana und Emilijana wirkte sie im Verborgenen gegen den Aufstieg des Bösen."

„Ich weiß, Glorijana hat sie mir in einer ihrer Erinnerungen gezeigt", bestätigte Emilia.

„Aber sicherlich weißt du nicht alles!"

„Nein, sicherlich nicht. Obwohl ich ständig diejenige bin, die die Kohlen aus dem Feuer holen muss, lässt man mich gern im Dunkeln tappen", erklärte sie resigniert.

Lilienne nickte verständnisvoll und antwortete:

„Daher war es wichtig, dass du uns findest. Du weißt, dass es Dinge gibt, die sich von alleine entwickeln müssen, da es das Schicksal so möchte. Dies gehört mit dazu. Emilijana konnte sich ihrer Schwester damals nicht offenbaren, als sie deine Zukunft gesehen hatte, da Glorijana zu eng mit dir verwoben ist. Sie erzählte jedoch Myralin davon. Die Völker in Asgard, oder nun Gwaithmar, wie die Elfen es jetzt nennen, brauchen euch. Dich und Merkur als Paar. Wir wissen nicht, ob es gelingen wird, was du vorhast, jedoch wissen wir, dass du zum *Baum der Erinnerungen* gehen musst. Wir Feen haben bereits versucht, auf eigene Faust Merkurs Erinnerungen zu retten, sind jedoch gescheitert. Die Erinnerungen sind geschützt. Nur der Betroffene selbst oder jemand mit einem ganz speziellen Band kann die Erinnerungen zurückholen. Aber ich muss dich warnen, es ist gefährlich. Sobald du den Baum berührst, musst du deine Erinnerungen festhalten. Der Baum wird versuchen, sie dir zu nehmen. So, wie er es immer tut. Du musst ihm widerstehen können. Wenn du das nicht schaffst, war alles umsonst." Lilienne sah sie eindringlich an. „Bist du bereit, diese Gefahr auf dich zu nehmen?"

Emilia schluckte schwer und antwortete dann mit belegter Stimme:

„Ich denke schon. Aber wie gelange ich dorthin? Glorijana hat mir gesagt, dass keine Fee mir ihren Feenstaub geben kann, da sie sonst sterben muss."

„Das ist richtig. Daher hat Myralin vor ihrem Tod Vorkehrungen getroffen. Sie gab ihren Feenstaub für dich, bevor sie starb. Wir Feen bewahren dieses Vermächtnis seit Jahrhunderten für dich auf. Jede neue Königin wird in die Geschichte eingeweiht und hat die Aufgabe, auf dich zu warten. Du glaubst nicht, was das für ein wundervolles Gefühl war, als ich dich damals das erste Mal in Silvjanamar gesehen habe und erfuhr, wer du bist. Ich habe mit meinen Untertanen gesprochen und wir haben beschlossen, dass wir dich nicht alleinlassen werden bei deiner Aufgabe. Wir werden mit dir zusammen zum Reich der Nebelfrauen reisen und dich dort unterstützen, so weit wir können."

Emilia stiegen Tränen in die Augen. Sie hatte es geschafft. Endlich war sie ihrem Ziel einen Schritt nähergekommen. Am liebsten hätte sie die kleine Fee umarmt, hatte jedoch Angst, dass sie ihr wehtun würde.

„Ich danke euch!", hauchte sie stattdessen. Sie setzte Lilienne auf den Boden und nahm stattdessen ihre Tochter auf den Arm. Dann sah sie ihr fest in die Augen und flüsterte: „Egal, was geschieht, dich könnte ich nie vergessen. Das verspreche ich dir." Elenjana schlang ihre Arme um ihre

Mutter und kuschelte sich eng an sie, als hätte sie alles verstanden. Vermutlich hatte sie das auch. Nach einiger Zeit räusperte sich Emilia und fragte: „Wann können wir aufbrechen?“

„Sobald du bereit bist“, erklärte Lilienne.

„Gut, wir starten zum ersten Tag der neuen Woche. Ich habe bereits einen Plan, wie ich am besten entwischen kann, ohne dass es jemand mitbekommen wird.“

Lilienne antwortete:

„Sehr schön. Wir erwarten dich am Akademie-Eingang in Silvjanamar, eine Stunde nach Sonnenaufgang.“

Emilia nickte und war überrascht, dass die Fee genau dieselbe Zeit nannte, die sie im Kopf gehabt hatte. Sie deutete dies als ein gutes Zeichen.

„Vorab möchte ich dir jedoch noch Myralins Vermächtnis übergeben. Du musst dir dessen bewusst sein, dass der Staub der Fee nun für ewig dein sein wird. Bis zu deinem Tod. Er verleiht dir eine zusätzliche Magie, so, wie er es bei uns tut. Bist du also bereit, das Erbe einer großen Königin anzunehmen?“

„Es ist mir eine große Ehre!“

„Gut, dann schließe die Augen“, forderte Lilienne sie auf.

Emilia setzte Elenjana auf den Boden zu Fox und tat, wie ihr geheißen. Sie hörte, dass weitere Feen dahergeflogen kamen, dann spürte sie ein sanftes Kribbeln auf ihrer Haut. Vor ihrem inneren Auge stellte sie sich vor, dass die Feen mit einer Art Urne über ihr schwebten und daraus den Staub über ihren Körper kippten. Nach einigen Augenblicken ließ das Kribbeln nach und sie vernahm, dass die Feen wieder davonflogen. Lilienne sprach einige Worte, die Emilia nicht verstand, und forderte sie dann auf, die Augen wieder zu öffnen. Zufrieden nickend stand das kleine Wesen vor ihr und erklärte schmunzelnd:

„Du bist sicherlich das absonderlichste Wesen, das die Nebelfrauen je zu Gesicht bekommen haben, von deinem Glitzern werden sie jedoch begeistert sein." Emilia sah an sich hinunter und stellte fest, dass sie dasselbe Schillern ausstrahlte wie die Feen. Es sah aus, als wäre sie über und über mit Diamantenstaub bedeckt. „Keine Sorge, die Elfen werden es nicht sehen, wenn du es nicht möchtest. Du kannst es in dir verschließen. Du musst es dir nur vorstellen."

Emilia schloss die Augen und stellte sich vor, dass sie wieder vollkommen normal aussehen würde. Dann blickte sie erneut an sich hinunter, drehte und wendete ihren Arm vor ihren Augen, aber es war nichts zu sehen.

„Hervorragend!", rief sie freudig.

„Die Magie, die dich nun umgibt, schützt dich auch davor, dass andere in deinen Geist greifen können. Du bist ab sofort immun gegen das Gedankenlesen der Elfen!", erklärte ihr die Fee.

„Was für ein toller Nebeneffekt. Ich hatte mich schon gefragt, wie ich meine Gedanken und Gefühle bis nächste Woche im Zaum halten sollte. Aber fällt es niemandem auf, dass von mir keine Gedanken und Gefühle mehr ausgehen?", fragte sie skeptisch.

„Vermutlich schon, aber wenn du deinen Auftrag gemeistert hast, kannst du deine Liebsten ja einweihen oder bewusst Eingriffe zulassen. Davor wird es ihnen vielleicht seltsam vorkommen, wie beherrscht du bist, jedoch werden sie sich nichts dabei denken. Zumindest werden sie die Wahrheit nicht erraten. Vor Glorijana solltest du dich jedoch verbergen bis dahin. Sie könnte Myralins Magie erkennen."

„Wäre das so schlimm?", fragte Emilia verblüfft. „Glorijana war ja bisher ganz auf meiner Seite!"

„Sie kommt in dem Plan, den wir kennen, nicht vor. Daher sollte sie nicht mit dir gehen wollen. Was sie sicherlich tun würde, würdest du ihr die Wahrheit sagen. Emilijana sagte Myralin, dass ihrer Schwester eine andere Bedeutung in dieser Geschichte zuteilwerden würde. Welche Bedeutung das sein wird, weiß ich jedoch nicht. Ich weiß nur, dass sie nicht mit in das Land des Todes reisen kann."

Emilia ließ die Worte kurz sacken.

„Verstehe ... Aber ihr Feen kommt darin vor?", fragte sie nun skeptisch.

„Wir Feen sind ständig zu Gast bei den Nebelfrauen. Wir werden kein Misstrauen bei ihnen schüren. Im Gegenteil. Kommst du mit uns, werden sie dir vertrauen. Würde ein Waldgeist erscheinen, wären die *Grauen Damen* in höchster Alarmbereitschaft", erklärte ihr die Fee.

„Das verstehe ich."

„Gut, dann sehen wir uns am Tor." Mit diesen Worten verabschiedete sich die Fee und flatterte in den tiefen Wald hinein.

Emilia atmete tief durch und widmete sich dann ihrer Tochter und ihrem Hund.

„Dann kann das Abenteuer wohl losgehen", sagte sie, während sie ihrer Tochter zusah, die fröhlich und zufrieden mit zwei Steinen und einem Stock spielte.

Sie beschloss, noch einige Zeit hierzubleiben, da sie drei hier endlich ungestört Zeit miteinander haben konnten. Außerdem war das Risiko zu hoch, Glorijana über den Weg zu laufen, würden sie sich im Heiligen Wald der Elfen aufhalten. So packte sie das Picknick aus, das sie noch schnell zu Hause vorbereitet hatte, und reichte Elenjana ein Stück Manoija. Das war eine Frucht, die sehr reich an Vitaminen war, jedoch so weich wie eine Banane und somit als begehrtes Essen für die Kleinsten gehandelt wurde. Sie wuchs an mannshohen Sträuchern und leuchtete im Dunkeln in einem tiefen Violett. Elenjana liebte dieses Obst und biss gierig hinein.

„Elena haben", erklärte sie, nachdem sie das erste Stück gegessen hatte, und streckte die Hände nach einem weiteren Snack aus. Emilia lachte und reichte ihr ein neues Stück.

„Wenn du so weitermachst, redest du nächste Woche in ganzen Sätzen", erklärte sie stolz und streichelte ihr über ihre inzwischen schulterlangen schwarzen Haare.

Als die Sonne im Westen den Waldrand erreicht hatte, räumte Emilia alles zusammen und packte ihre Tochter wieder ins Tragetuch. Da sie ihr vor der Brust jedoch inzwischen zu schwer war, setzte sie sich die Kleine auf den Rücken. Elenjana hatte große Freude daran, da sie nun endlich ein bisschen besser sehen konnte, wo es hinging. Fox trottete brav an der Leine neben ihr her und so gingen sie zügig zurück zum Tor. Sie wollte unbedingt wieder in Andorin sein, bevor es dunkel werden würde.

Nachdem sie das Tor passiert hatten, das sie zurück ins Reich der Waldelfen brachte, schlenderte sie in der zunehmenden Abenddämmerung zurück zum Schloss. Fox tollte und tobte den Glühwürmchen hinterher, die bereits unterwegs waren. Er war froh, wieder zu Hause zu sein und ohne Leine rennen zu dürfen.

Nachdem die drei in ihren Räumlichkeiten waren, blickte sich Emilia im Spiegel an und sah zum ersten Mal seit Langem den Glanz der Hoffnung in ihren Augen. Vielleicht lag es aber auch nur an der Feenmagie.

Keine Viertelstunde später klopfte es an ihrer Tür. Emilia wusste genau, wer draußen stand. Es waren ihre Eltern. Sie konnte es fühlen. Freudig öffnete sie und fiel dann glücklich in die Arme ihrer Mutter. Sie war so froh, dass sie die Magie der Feen schützte und sie sich somit nicht bei ihrem Vater verraten konnte. Nur dadurch war es ihr möglich, dieses Wochenende total entspannt mit ihren Eltern zu verbringen. Claire konnte sich an diesem Abend kaum von ihrer Tochter und ihrer Enkeltochter trennen. Gegen Mitternacht, als Elenjana schon lange schlief, konnte Roman sie endlich dazu bewegen, ihn in seine Gemächer zu begleiten. Emilia wollte lieber nicht wissen, was er ihr zuflüsterte, das sie zum Aufbruch bewegte.

Nach einer der ersten erholsamen Nächte seit Langem wurde sie recht früh von Elenjana geweckt. Sie war jedoch überrascht, wie gut sie aus dem Bett kam. Außerdem war sie verwundert, dass sie all die Ereignisse, die ihr bevorstanden, absolut kalt ließen. Ob das an der Magie der Feen lag? Oder weil sie nun endlich ihrer Bestimmung folgte?

An diesem Tag unternahmen Roman, Emilia und Elenjana eine ausgiebige Kutschfahrt mit Claire, zeigten ihr Andorin und das Einhorn-Gestüt, das Elandiel ihnen vererbt hatte. Claire war absolut aus dem Häuschen, als sie diese wundervollen Tiere erblickte. Sie fuhren sogar bis nach Andoras. Dort war selbst Emilia bisher nicht gewesen. Dort machten sie eine kurze Rast, um die Pferde zu tränken und sie ein bisschen erholen zu lassen.

Das kleine Bauerndorf war sehr schön gelegen, zwischen den grauen Bergen Angoroghs und dem Heiligen Wald Andorins, direkt am Fluss Elephas. Die Luft roch nach geschnittenem Gras und Bergen. Die Bauern waren gerade dabei, das trockene Heu in großen Wagen zu den Scheunen zu fahren.

Als sie abends wieder zurückkamen, war gerade noch Zeit genug, sich zu waschen und umzuziehen, da Roman zu einem Dinner im Thronsaal geladen hatte. Alle Elfen, die Claire kannte, waren gekommen. Sera und Roandir, Sophia und Haldur, Mephisto und Ainema, Lethan und das erste Mal war auch Merkur mit dabei. Er stellte sich der Oma seiner Tochter höflich vor und begrüßte anschließend Emilia und sein Kind.

Elenjana rief sofort:

„Papa, Elena tragen!“

Merkur strahlte vor Stolz und Emilia konnte nur lachend den Kopf schütteln, da ihr das alles total absurd vorkam, dass ein Kind, das noch kein drei viertel Jahr alt war, bereits so viel reden konnte und es von Tag zu Tag mehr Wörter wurden.

Der Abend verlief sehr ruhig und gemütlich. Niemand merkte, dass mit Emilia etwas anders war, niemand außer Sera. In einem unbemerkten Moment fragte diese daher:

„Emilia, was ist los?“

„Nichts, was soll los sein?“, entgegnete diese.

„Du bist anders. So kontrolliert, fröhlich ... Nicht, dass ich es nicht schön finde, dass es dir besser geht, jedoch erscheint mir das alles ein bisschen zu plötzlich. Gestern habe ich mir noch Sorgen gemacht, dass du eine Dummheit begehen könntest in deiner Verzweiflung, und heute bist du die Ausgeglichenheit in Person.“

„Muss wohl daran liegen, dass meine Mutter da ist“, flunkerte sie. „Wie geht's dir?“, wechselte sie das Thema.

„Wechsel nicht das Thema“, zischte Sera. „Ich weiß, dass du was vorhast.“

Emilia seufzte tief und antwortete:

„Sera, was soll ich denn vorhaben? Die Mission ist gescheitert. Ich kann keinen Feenstaub bekommen, also werde ich nicht zu den *Grauen Frauen* gehen können, ohne zu sterben.“

Sera riss die Augen weit auf und fragte mit zittriger Stimme:

„Es ist doch nicht das, was du planst, oder? Du würdest nicht in dein Verderben laufen, nur um deinem Schmerz zu entgehen, das würdest du nicht, oder?“

Emilia hörte die Panik, die im Tonfall der Elfe mitschwang. Daher legte sie beruhigend eine Hand auf Seras Arm und erwiderte:

„Keine Sorge, ich werde sicherlich nicht ohne Feenstaub zu den Nebelfrauen gehen. Trotz all dem Schmerz würde ich mein Leben nicht einfach wegwerfen. Ich habe doch so viel anderes, für das es sich zu leben lohnt.“ Liebevoll strich sie ihrer Tochter eine schwarze Haarsträhne hinters Ohr und gab ihr einen Kuss auf die Stirn.

„Gut ...“, stieß Sera erleichtert aus. „Wo warst du gestern Nachmittag?“, fragte sie nun weiter.

„Mit Elenjana und Fox unterwegs“, antwortete sie wahrheitsgemäß. „Ich wollte mal wieder ganz ungestört mit den beiden Zeit verbringen. Wieso fragst du?“

„Ich wollte noch mal mit dir reden, hab dich jedoch nirgends finden können. Niemand wusste, wo du bist. Nur die Tatsache, dass du Fox und Elenjana dabeihattest, hielten mich davon ab, nicht die gesamten Schlosswachen hinter dir herzuschicken“, entgegnete sie.

„Du musst dir wirklich keine Sorgen machen“, erklärte Emilia nun erneut, „ich werde keine Dummheiten machen.“ Sie sah Sera fest in die Augen und die Elfe beruhigte sich.

Da die Zeit seit Beltane in der Menschenwelt wieder langsamer verstrich als in der magischen Welt, hatte Claire beschlossen, einige Tage länger zu bleiben. So kam es, dass sie Emilia anbot, am nächsten Schultag auf Elenjana aufzupassen. Emilia war sehr froh über dieses Angebot, wusste sie dadurch, dass immer genug enge Vertraute um ihr Kind waren, wenn sie ihren Weg zum Reich der Toten antreten würde.

KAPITEL 18

Die neue Woche begann. Emilia verrichtete all ihre Tätigkeiten wie an jedem Schultag, jedoch war sie innerlich lange nicht mehr so ruhig wie noch die Tage zuvor. Angst machte sich in ihr breit. Es war nicht die Angst um sich selbst, sondern die Angst um ihr Kind. Was würde geschehen, wenn sie nicht mehr zurückkommen würde? Wer würde sich um ihre Tochter kümmern? Wie würde sie aufwachsen? Würde sie sich überhaupt an ihre Mutter erinnern können? Würde sie sie dafür hassen, dass sie sie noch im Baby-Alter im Stich gelassen hatte?

All diese Sorgen marterten sie an diesem Morgen. Sie hätte Elenjana nach dem morgendlichen Stillen, auf das die Kleine noch immer nicht verzichten wollte, am liebsten gar nicht mehr losgelassen. Leider war auch diese Zeit begrenzt.

Eine halbe Stunde nach Sonnenaufgang klopfte es leise an ihre Tür.

„Bist du fertig?“, fragte ihre Mutter, als sie eintrat und sah, dass Emilia noch mit Elenjana im Arm in ihrem Sessel saß und kuschelte.

„Ja, ich bin nur noch ein bisschen müde“, erklärte Emilia, während sie sich erhob. Sie gab ihrer Tochter einen Kuss, drückte sie nochmals fest an sich und gab sie ihrer Mutter auf den Arm. „Gib gut auf sie acht, hörst du?“

„Selbstverständlich!“, entgegnete Claire und lächelte. „Wir werden den Tag schon meistern. Schließlich habe ich euch ja auch groß bekommen. Und ich glaube, das ist mir ganz gut gelungen", erklärte sie stolz und gab Emilia einen Kuss.

„Danke", sagte Emilia mit belegter Stimme und nahm, bevor sie sich dagegen entscheiden konnte, ihren Rucksack und ging zur Tür hinaus.

Draußen angekommen atmete sie tief durch und bemühte sich, die Tränen, die seit einiger Zeit in ihr aufzusteigen drohten, nicht zuzulassen. Sie durfte an diesem Vormittag auf keinen Fall auffallen. Sie sah auf den Stand der aufgehenden Sonne und rannte los. Ihr Zeitfenster war sehr begrenzt. Sie musste die Akademie erreichen, ehe einer ihrer Mitschüler dort auftauchen würde. Daher hatte sie Claire gebeten, schon so früh hier zu sein. Als Ausrede, wieso sie an diesem Tag zu solch einer unmenschlichen beziehungsweise unelfischen Zeit gehen musste, hatte sie erklärt, dass sie das Verhalten der Spiegelpilze in der Morgenröte studieren würden, dafür müssten sie sehr früh in Silvjanamar sein.

Als sie das Schloss verlassen hatte, zog sie einen langen Umhang aus ihrer Tasche und warf sich diesen über. Die Kapuze, die sie sich über den Kopf zog, verbarg ihr Gesicht sehr gut. Außerdem holte sie eine Rolle Pergament heraus, die sie auf dem Weg in die Kuppel der Akademie in das Postfach des Direktors legen wollte. Es war ihr bei genauerer Überlegung sicherer gewesen, keinen zusätzlichen Boten zu senden. Die Gefahr, dass ihre Eltern diesen zufällig abfangen würden, war zu groß.

Vor der Akademie war noch alles leer. Keine Schüler oder Lehrer in Sicht. Emilia atmete tief durch, als sie sich der schweren Eingangstür näherte. Für einen kurzen Augenblick wünschte sie sich, dass das Tor verschlossen wäre. Als sie jedoch die Klinke hinunterdrückte, sprang die Pforte beinahe wie von alleine auf. Emilia war, als würde sie von einer höheren Macht aufgedrückt. Schnell schlüpfte sie hindurch, stieg die große Marmortreppe nach oben und legte ihre Botschaft an Randoil in sein Postfach, das sich vor dem Lehrerzimmer befand. Zum Glück unterschied sich hierbei die Akademie nicht von den Schulen in der Menschenwelt. Danach schlich sie den langen Flur entlang, der an den Unterrichtsräumen vorbeiführte. Leise und immer darauf bedacht, in die nächste Tür-Nische huschen zu können, bahnte sie sich ihren Weg. Die Angst war jedoch unbegründet. Die Akademie schien elfenleer zu sein.

Als sie die eiserne Treppe, die in die Kuppel führte, erreicht hatte, holte sie erst einmal tief Luft. Sie hatte sich im Flur kaum getraut zu atmen, aus Angst, jemand könnte sie hören. Nun hoffte sie, dass nicht schon jemand anderes so früh am Morgen den Eingang benutzen wollte. Sie lauschte nach oben, konnte jedoch niemanden hören. So sacht es ging, trat sie auf die Stufen. Schritt für Schritt näherte sie sich ihrem großen Abenteuer. Ihr Herz pochte wild. Sie war sich sicher, dass es jeder im Umkreis von hundert Metern hören müsste.

Endlich war sie oben angekommen. Sie sah die schwere Eisentür an und ein Schauer lief ihr über den Rücken, wenn sie nur an den dunklen Pfad dachte, den sie sogleich beschreiten müsste. Ein Bild drängte sich in ihren Kopf. Das Bild ihrer kleinen Tochter. Tränen stiegen erneut in ihr auf und hinderten sie beinahe am Atmen. Sie versuchte, den Kloß hinunterzuschlucken, der sich in ihrem Hals gebildet hatte. Sie atmete tief ein und aus und bemühte sich, sich erneut auf ihr Ziel zu konzentrieren. Erneut führte sie sich die Vision vor Augen, in der sie, Merkur und Elenjana als Familie auf dem Berg über Gwaithmar standen und endlich nach Hause kamen. Es funktionierte. Entschlossen griff sie nach der Klinke und drückte die schwere verschnörkelte Eisentür auf.

Sogleich schlug ihr der urwüchsige Zauber des magischen Waldes entgegen. Die Sonne stand noch tief, nur einige wenige Strahlen verirrten sich durch die Bäume. Emilia war dennoch geblendet von dem Licht, da sie direkt in diese verirrten Strahlen blickte. Nachdem sie die Tür hinter ihrem Rücken verschlossen hatte, hatten sich ihre Augen an die Helligkeit gewöhnt und so konnte sie sich umschauen. Von den Feen war noch nichts zu sehen. Anscheinend gab es auch geringe Zeitdifferenzen zwischen diesen beiden Welten. Emilia war sich sicher, dass der Sonnenaufgang hier erst wenige Minuten her sein konnte, so rot wie die Strahlen waren, die sie durch die Bäume sah. Während sie wartete, stellte sie fest, dass ihre Ausrede, die Spiegelpilze in der Morgenröte zu beobachten, grandios gewesen war. Das Verhalten dieser Pilze war definitiv sehenswert.

Spiegelpilze waren mannshohe, fluoreszierende Pilze, die man für gewöhnlich am Wegesrand oder am Waldrand fand. Allerdings handelte es sich bei diesen wundervoll anzusehenden bunten Pflanzen lediglich um Spiegelungen. Die richtigen Pilze standen tief im Herzen des Waldes. Sie sandten ihre leuchtenden Spiegelbilder dahin aus, wo sie viel Helligkeit und Sonne fanden. Da es zur Zeit der aufgehenden Sonne im Wald nicht so einfach war, den hellsten Flecken auszumachen, konnten sich die Pilze nicht entscheiden, wo sie stehen wollten. Kaum hatten sie sich für einen Ort entschieden, stieg die Sonne ein klein wenig höher und der eben noch warme Platz war plötzlich wieder schattig und nicht mehr begehrenswert. So kam es, dass sich vor Emilia auf der Waldlichtung ein phänomenales Schauspiel mit bunten, fluoreszierenden Pilzen abspielte. Die Spiegelungen sprangen regelrecht über die Lichtung. Sie war so gefesselt von dem bunten Treiben, dass sie Lilienne erst bemerkte, als sie sich auf ihrer Schulter niedergelassen hatte.

„Bist du bereit?“, fragte sie und riss Emilia aus dem Bann der leuchtenden Pilze.

„Nicht wirklich, aber ich denke, bereiter werde ich nicht mehr“, entgegnete sie wahrheitsgemäß.

„Gut. Hättest du etwas anderes gesagt, wäre ich beunruhigt gewesen. Es ist wichtig, dass du dir während der gesamten Zeit im Klaren darüber bist, in welcher Gefahr du dich befindest“, bestätigte Lilienne.

„Keine Sorge, das vergesse ich nicht. Wir müssen hier entlang, habe ich recht?“, fragte Emilia.

Die Fee nickte und antwortete:

„Konzentriere dich auf deine Feenmagie. Du musst die gesamte Macht des Feenstaubs aktivieren. Stell dir vor, wie du als großer Glitzer-Elf vor den Nebelfrauen stehst und sie mit deiner Schönheit blendest“, empfahl Lilienne.

Erst jetzt fiel Emilia auf, dass Lilienne und die sie begleitenden anderen Feen an diesem Morgen besonders schön funkelten. So schloss sie die Augen und stellte sich vor, was die Fee ihr befohlen hatte. Als sie die Augen wieder öffnete, staunte sie über sich selbst. Sie funkelte, als wäre sie über und über mit regenbogenfarbenem Diamantstaub bedeckt.

„Sehr schön!", lobte die Fee. „Also brechen wir auf."

„Ist es weit?", fragte Emilia, als sie sich umdrehte und in die Dunkelheit des Pfades blickte.

„Zu Fuß bräuchtest du vermutlich Jahre", erklärte Lilienne trocken.

Emilia starrte sie entgeistert an.

„Aber wie soll ich sonst hinkommen, außer zu Fuß?", fragte sie mit piepsiger Stimme.

„Oh, keine Sorge, wir werden durch eine Zeitschneise fliegen."

„Fliegen?" Emilia schaute ungläubig. Die Geschichten aus ihrer Kindheit fielen ihr wieder ein, in denen Kinder mithilfe von Feenstaub fliegen konnten. „Heißt das, ich kann durch den Feenstaub nun auch fliegen?", fragte sie euphorisch.

„Nein", lachte Lilienne, „das kannst du nicht, aber wir haben jemanden, der das auch ohne Feenmagie kann."

In diesem Moment hörte Emilia Flügelrauschen, dann einen harten Aufprall, Hufgetrappel und das Schnauben eines Pferdes. Sie drehte sich um und rief begeistert:

„Ein Pegasus!"

„Das ist Vindur. Er ist eines der wenigen geflügelten Pferde, die es in Silvjanamar gibt. Er hat sich bereiterklärt, uns zu helfen", stellte Lilienne ihn vor.

„Ich grüße dich, Vindur, und ich danke dir für deine Hilfe", begrüßte Emilia das magische Wesen.

Das geflügelte Pferd schnaubte erneut, scharrte mit den Hufen und senkte den Kopf zum Gruß. Irgendwie hatte sie damit gerechnet, dass das Pferd reden könnte, aber dem war offenbar nicht so. Er war ja schließlich kein Zentaur. Aber dafür konnte er fliegen.

„Bitte steig auf, wir wollen keine Zeit verlieren!", befahl Lilienne und scharte ihre Feen um sich. „Vindur, du kennst unser Ziel, achte gut auf deine Reiterin!"

Mit diesen Worten hatte sich die Fee erhoben und flog, gefolgt von ihren Untertaninnen, in rasender Geschwindigkeit in die Dunkelheit des Waldes. Binnen Sekunden waren sie nicht mehr zu sehen. Schnell stieg Emilia auf den Rücken des Pferdes. Sie setzte sich zwischen Hals und Flügel, so konnte sie sich wunderbar festklammern und die Flügel hinderten sie daran, nach hinten abzurutschen. So war zumindest ihre Theorie. Als Vindur jedoch losrannte, musste sich Emilia extrem festhalten, um nicht einfach über die Flügel hinweg hinunterzurutschen. Vindur hingegen wieherte freudig, als er seine Schwingen ausbreitete und sich in die Lüfte erhob.

Sie folgten dem dunklen Pfad zwischen den Bäumen so schnell, dass Emilia beinahe schwindlig wurde. In rasendem Tempo flogen die Bäume an ihnen vorbei. Gerade als Emilia glaubte, sich nicht mehr länger halten zu können, tat sich vor ihnen ein Wirbel auf. Er ähnelte farblich einem Elfen-Tor, jedoch mit dem Unterschied, dass er mitten in der Luft hing und sich in sich drehte. Vindur steuerte direkt darauf zu.

Emilia schloss die Augen und schrie, als sie von dem Strudel ergriffen wurden und sich wild im Kreis drehten. Bereits nach wenigen Sekunden konnte sie nicht mehr sagen, wo oben oder unten war. Sie zwang sich, die Augen wieder aufzumachen, sah jedoch nur gleißende Helligkeit. Plötzlich wurde es dunkler und auf einmal standen sie festen Fußes am Rande einer schwarzen Nebelbank. Die Feen warteten bereits auf sie.

Emilia stieg mit zitternden Beinen von Vindur ab. Dieser schnaubte zufrieden und stupste Emilia in den Bauch. Geistesabwesend tätschelte sie ihm den Hals und sah sich dabei um.

„Er mag dich“, erklärte Lilienne. „Er sagt, dass du das wundervoll gemacht hast.“

Emilia nickte nur, denn ihr Blick war an einem überdimensionalen Baum hängen geblieben, der hinter der schwarzen Nebelbank hervorragte. Sie konnte jedoch weder Anfang noch Ende ausmachen. Emilia wusste, dass sie am Ziel war.

„Wie kommen wir da hinein?“, fragte sie mit zittriger Stimme, ließ den Baum jedoch nicht aus den Augen.

„Wir müssen den schwarzen Weltennebel durchqueren“, erklärte die Fee. „Auf der anderen Seite werden uns die Nebelfrauen empfangen. Sie überprüfen jeden Neuankömmling und führen ihn weiter. Es ist wichtig, dass du deine Feenmagie währenddessen immer unter Kontrolle hast. Sollte sich deine äußere Erscheinung ändern, während die Nebelfrauen dich begutachten, bist zu verloren!“, erklärte die Fee.

Emilia wurde es mulmig zumute.

„Aber werden die Nebelfrauen nicht sehen, dass ich keine Fee bin? Ich bin ja viel größer als ihr“, warf Emilia nun skeptisch ein.

„Die Nebelfrauen sehen nicht so wie wir sehen. Sie orientieren sich anhand anderer Dinge. Die Feenmagie ist für sie so wundervoll, da das Glitzern das Einzige ist, das sie in ihrer Dunkelheit wirklich so wahrnehmen wie es ist. Eine der Frauen hat es mir einmal erklärt, aber vermutlich ist es schwer, das so wiederzugeben, wie es für sie sein muss.“

„Ihr bleibt an meiner Seite?“, fragte sie die Feen ängstlich.

„Wir werden die *Grauen Frauen* ablenken. So hast du leichteres Spiel. Sobald sie sich auf uns konzentrieren, siehst du zu, dass du davonkommst. Wenn du beim Baum bist, lösche dein Funkeln. So werden sie nicht auf dich aufmerksam. Aber denke daran, dass du deine Erinnerungen festhältst, solltest du den Baum berühren.“

Emilia nickte, obwohl sie nicht wusste, wie genau das funktionieren sollte.

„Woher weiß ich, welches die richtigen Erinnerungen sind?“, fragte Emilia.

„Das weißt du bereits“, erklärte Lilienne. „Sie unterscheiden sich deutlich von denen der Toten.“

„Weil sie in schwarzen Blättern verborgen sind“, flüsterte Emilia, die in diesem Moment die Vision wieder deutlich vor Augen hatte.

„So ist es“, bestätigte die Fee.

„Wie gelange ich da ran?“, fragte sie weiter. „Könnt ihr nicht hochfliegen und sie holen?“

„Nein, wie ich dir bereits erklärt habe, verfügen wir nicht über das tiefe Band, das dich und Merkur verbindet. Nur die *Magie der Liebenden*, die du in dir trägst, vermag es, diese Blätter vom Baum zu entfernen.“

„Wird der Baum sie mir freiwillig geben, wenn ich ihn darum bitte?“

„Das weiß ich nicht“, gestand die Fee.

„Was muss ich tun, wenn ich die schwarzen Blätter habe?“

„Das musst du wissen. Niemand hat bisher Blätter vom Baum der Erinnerungen geholt. Zumindest niemand, der davon berichten konnte.“

Emilia schluckte schwer.

„Meinst du, ich kann es wirklich schaffen?“

„Wenn nicht du, dann niemand. Du bist eine ganz besondere Frau. Du vereinst die Völker der Elfen, der Waldgeister, der Menschen und nun auch noch der Feen in einer Person. Wenn du es nicht kannst, Emilia, dann kann es niemand.“

Sie atmete tief durch. Eine Antwort sparte sie sich, da sie spürte, dass sich erneut Tränen in ihr ansammelten. Sie wäre in diesem Moment nicht in der Lage gewesen, auch nur einen Ton von sich zu geben.

„Bist du bereit? Dann brechen wir auf.“

Emilia nickte und atmete nochmals tief durch. Sie verstärkte ihre Feenmagie auf ein Maximum, sodass sie sogar innerhalb des schwarzen Nebels, den sie nun betraten, sehen konnte, wie sehr sie glitzerte. So schnell der Nebel sie umfasste, so schnell lichtete er sich auch wieder. Emilia kannte dies bereits von der Welt der Zeitzauberer, dort war das Durchqueren jedoch deutlich angenehmer gewesen. Der schwarze Weltennebel des Totenreiches fühlte sich genauso an wie er aussah: nach Ende, Tod und Machtlosigkeit.

Auch als sie auf der anderen Seite angekommen waren, konnte sie nicht durchatmen. Sie befanden sich am Rand eines dunklen Waldes, am Ufer eines schwarzen Gewässers. Es war finster, genau wie in Emilias Vision. Drei Monde standen kalt und hell am Firmament. Schatten, umgeben von Nebelschwaden, bewegten sich zwischen den Bäumen auf sie zu. Emilia wusste, dass es die Nebelfrauen waren. Sie näherten sich langsam, aber sicher. Nun konnte sie bereits die grauen Fetzen erkennen, in die sie gekleidet waren. Gliedmaße erkannte sie keine. Um ihre Beine waberte Nebel, die Köpfe und die Hände wurden durch die Totenlaken bedeckt, die sie anhatten. Emilia sah ihnen wie ein paralysiertes Häschen entgegen. Lilienne war ihr auf die Schulter geflattert und flüsterte eindringlich:

„Ignoriere sie und renn zum Baum!“

Emilia riss sich von dem gruseligen Anblick los. Bevor die Nebelfrauen sie erreicht hatten, rannte sie so schnell sie konnte in Richtung des majestätischen Baumes. Es war nicht weit. Im Nu hatte sie den Fuß des Baumes erreicht. Sie blickte zurück und sah, dass die *Grauen Frauen* ihr keine Beachtung schenkten. Lilienne schien mit ihnen zu sprechen und die Nebelfrauen setzten sich an den Rand des Waldes, wo die Feen in diesem Moment in der Luft zu tanzen begannen.

Von Weitem hätte man denken können, dass eine Schar Frauen einigen Glühwürmchen zusahen. All die Dunkelheit, die diese Frauen eben noch ausgestrahlt hatten, schien mit dem Tanz der Feen verloren gegangen zu sein. Die Nebelfrauen schienen wie gebannt zu sein von den wundervollen Feengeschöpfen. Kein Wunder, dachte Emilia und sah sich in der dunklen, kalten Tristesse des Totenreiches um. Emilia erinnerte sich daran, dass sie ihre Magie verbergen sollte. So schloss sie die Augen und ihr Glitzern erlosch. Dann blickte sie den Baum hinauf und ihr wurde übel. Wie sollte sie in dieser überdimensionalen Baumkrone die richtigen Blätter erkennen? Und das auch noch im Dunkeln. In der Vision hatte sie ihren Lichtfalter ausgesandt. Vielleicht war dies des Rätsels Lösung. So berührte sie ihr Amulett und ließ den kleinen, leuchtend blauen Schmetterling frei. In Windeseile flog er kreisend den Stamm hinauf und hielt schließlich an einem Zweig der unteren Äste inne. Leider waren auch die unteren Äste viel zu hoch, als dass Emilia danach hätte greifen können.

„Kannst du die Blätter lösen?“, fragte sie den Falter leise.

Dieser wuselte hin und her, konnte jedoch nichts ausrichten. Natürlich, er war ja nur aus Licht. Emilia schimpfte:

„Mist, was soll ich nur tun?“

Sie sah sich um, ob sie vielleicht ein Tier fragen könnte, ihr zu helfen, ein Eichhörnchen oder ein Vogel. Leider schien es im Reich der Toten keine anderen Wesen außer den

Nebelfrauen zu geben. Außerdem hätten ja die Tiere dasselbe Problem gehabt wie die Feen. Diese hatten es ja ebenfalls schon vergeblich versucht. Emilia überlegte, ob sie nicht doch irgendwie hinaufklettern könnte, allerdings war sie noch nie gut in so etwas gewesen. Sie schätzte, dass sie gut zehn, fünfzehn Meter in die Höhe klettern müsste, um den Ast mit dem Zweig zu erreichen. Zu gern hätte sie gewusst, wie hoch der Baum insgesamt war. Seine Spitze konnte sie jedoch auch von hier aus nicht erkennen, es war einfach zu dunkel.

Sorgfältig prüfte sie den Stamm und fand schließlich auf der Rückseite einige kahle, tiefhängende Äste, an denen sie sich vielleicht hinaufziehen könnte. Bevor sie den Baum berührte, sammelte sie nochmals all ihre Energie. Sie schloss alle wichtigen Personen, an die sie sich immer erinnern wollte, tief in ihrem Herzen ein.

Als sie bereit war, griff sie nach dem untersten Ast und zog sich hoch. Sie wusste nicht, was sie erwartet hatte, vielleicht, dass sie der Baum postwendend absorbieren würde, aber nichts dergleichen geschah. Emilia atmete tief durch, als sie auf dem Ast stand, und griff nach dem nächsten. So kletterte sie weiter und weiter nach oben. Ast für Ast, bis sie endlich die ersten belaubten Arme des Baumes erreichte. Nun trat sie sehr vorsichtig auf, aus Angst, sie könnte eines der gläsernen Blätter zertreten oder loslösen. Sie wollte den Baum nicht verärgern. Immer wieder flüsterte sie das Mantra: „Meine Erinnerungen gehören mir!“ vor sich hin. Endlich war sie weit genug oben, um nach dem Zweig mit den schwarzen Blättern greifen zu können. Leider hingen diese am äußeren Ende, sodass sich Emilia sehr weit vom Stamm wegbewegen musste. Je weiter sie sich hinauslehnte, desto wackliger wurde der Ast, auf dem sie stand. Sie klammerte sich nun mit beiden Händen an dem Ast über sich fest und hoffte, dass sie aus ihrer Position an die Blätter kommen würde, die schräg über ihr hingen. Endlich war sie an einer Stelle angekommen, von der aus sie danach greifen konnte. Der Lichtfalter flatterte aufgeregt auf und ab, während Emilia langsam die Hand um eines der Blätter schloss.

Sie hielt kurz inne, um nachzufühlen, ob etwas geschah, aber alles blieb ruhig. Dann zog sie so fest sie konnte daran, aber das Blatt löste sich nicht. In ihrem Frust zog sie stärker, verlor das Gleichgewicht und rutschte ab. Im letzten Moment konnte sie sich noch an einem anderen Ast festhalten. Ein Keuchen war ihr entwichen, das in der tiefen Stille des nächtlichen Waldes für sie immens laut geklungen hatte. Sie hielt den Atem an und verharrte an Ort und Stelle, wo sie sich gefangen hatte. Ihr Herz raste und das Blut rauschte in ihren Ohren. War das ein Rascheln gewesen? Sie sah nach oben, konnte jedoch nichts erkennen. Leise und vorsichtig versuchte sie, einen Blick in Richtung des schwarzen Sees zu erhaschen und stellte zum Glück fest, dass die Feen und die Nebelfrauen inzwischen im Kreis saßen und sich Geschichten erzählten. Emilia erschien dies angesichts ihrer Situation und der Tatsache, welch finstere Wesen die Nebelfrauen sein sollten, einfach nur grotesk.

So wandte sie ihren Blick wieder ab und sah zu dem Zweig, den sie erreichen musste. Im Wald war es wieder still und sie beschloss, noch einen Ast höher zu klettern. Langsam und vorsichtig zog sie sich hoch und robbte dann, auf dem Bauch liegend, vom Stamm weg. Der Ast schwankte bedenklich unter ihrem Gewicht. Sie bemühte sich, ihr Ziel, nämlich den flatternden aufgeregten Lichtfalter, der um die schwarzen Blätter kreiste, nicht aus den Augen zu lassen. Einmal fiel ihr Blick aus Versehen nach unten.

„Scheiße, ist das hoch", zischte sie und klammerte sich noch ein wenig fester an den Ast. „Ich frage mich, wie ich jemals wieder hinunterkommen soll."

Aber darüber würde sie sich Gedanken machen, wenn es so weit war. Endlich war sie weit genug gekrochen, dass sie nach dem Zweig greifen konnte, an dem Merkurs Erinnerungen hingen. Ihr Herz schlug ihr bis zum Hals.

Sie hätte ein Messer oder eine kleine Säge mitnehmen sollen, dachte sie. Innerlich fluchte sie über diese Nachlässigkeit. Erneut konzentrierte sie sich und klammerte sich fest an ihre Erinnerungen. Dann ließ sie den großen Ast mit der rechten Hand los und griff nach ihrem Ziel.

„Bitte, Baum, gib mir die Erinnerungen. Sie hängen zu Unrecht hier. Merkur ist nicht tot und er braucht seine Vergangenheit dringender denn je", flehte sie und zog mit all ihrer Kraft daran.

Der Zweig, an dem die schwarzen Blätter wuchsen, riss ohne jeden Wiederstand ab. Emilia, die mit viel mehr Gegenwehr gerechnet hatte, verlor nun endgültig den Halt, rutschte vom Ast und fiel rückwärts hinunter in die Tiefe. Es geschah alles so schnell, dass sie gar nicht wusste, wie ihr geschah. Dennoch klammerte sie sich an den Zweig, für den sie nun wohl ihr Leben gegeben hatte, als würde er ihren Sturz bremsen.

Plötzlich schlug sie hart auf einem sehr breiten Ast unterhalb auf. Der Schmerz ließ sie aufschreien und danach war es still. Sie sah ein dichtes Gewirr aus Ästen und Zweigen mit gläsernen Blättern hoch über ihrem Kopf und den Schein von drei hellen kühlen Monden. Dann umfing sie die Dunkelheit.

KAPITEL 19

Die Feen hatten alles mit angesehen. Sogleich waren alle aufgesprungen und hatten sich in die Lüfte begeben, ehe die Nebelfrauen wussten, was überhaupt geschehen war.

Die Feen ließen ihr Glitzern verschwinden und wurden so für die *Grauen Damen* weniger sichtbar. In rasender Geschwindigkeit flogen sie zum Baum.

„Schnell! Holt sie und bringt sie über die Grenze, bevor die Damen etwas mitbekommen!", rief Lilienne in Feensprache.

Emilia nahm das Flattern von Flügeln wahr und versuchte, die Augen zu öffnen, aber sie schaffte es nicht. Der Schmerz nahm ihr sogleich wieder das Bewusstsein. Die Feen umkreisten die schwerverletzte Elfe. Zwei hoben den Kopf an, zwei die Arme und zwei die Beine. Dann erhoben sie sich in die Lüfte und trugen Emilia so schnell sie konnten der schwarzen Nebelwand entgegen.

„Schnell! Sie kommen!", trieb Lilienne ihre Untertanen zur Eile an. Hinter ihnen hatten sich nun auch die Nebelfrauen in die Lüfte geschwungen. In ihren zerfetzten grauen Gewändern sahen sie mehr denn je aus wie Gespenster. Sie kreischten böse und ihre Augen glühten wie heiße Kohlen.

„Sie sind schneller als wir", jammerte eine kleine Fee, die sich damit abmühte, Emilias rechtes Bein zu tragen.

„Wir haben es gleich geschafft!", rief Lilienne und packte kräftig mit an. Das Kreischen der Nebelfrauen kam immer näher. Die Feen waren bereits vor der Nebelwand.

„Wir schaffen es nicht!“, rief eine zweite.

In diesem Moment geschah alles zugleich. Ein weißes Etwas schoss aus der Finsternis der Weltengrenze, drehte blitzschnell bei und trat den beiden Nebelfrauen, die den Feen am nächsten waren, mit den Hufen ins Gesicht. Die Dämonen schrien auf, taumelten zurück und gerieten direkt in die Flugbahn ihrer Freundinnen. Der Pegasus nutzte dies und schob sich vorsichtig unter Emilia, sodass sie auf seinem Rücken zu liegen kam. Die Feen blieben an ihrer Seite und so durchquerten sie die Schwärze der Weltengrenze.

Auf der anderen Seite war helllichter Tag. Sie landeten unweit der Stelle, an der sie noch vor wenigen Augenblicken ihren Plan besprochen hatten.

„Sie stirbt“, flüsterte eine der Feen, während sie Emilia vorsichtig vom Rücken des geflügelten Pferdes hoben.

„Sie muss so schnell es geht zurück nach Andorin!“, piepste eine andere.

„Das schafft sie nicht“, widersprach Lilienne. „Wir müssen sehen, dass wir die Blutungen stoppen. Dann haben wir eine Chance.“

„Können wir nicht die Waldgeister rufen?“, fragte eine weitere Fee verzweifelt.

„Das ist die Idee!“, bestätigte Lilienne.

„Syna, Freya, ihr beiden fliegt zurück und sucht Glorijana. Falla und Myra, ihr sucht Blutkraut, es wird hier sicherlich zu finden sein. Damit können wir die Blutungen hoffentlich ...“

Noch ehe Lilienne ausgesprochen hatte, wurden sie von einem gleißend hellen Licht geblendet, ein Tor öffnete sich direkt vor ihnen.

„Sind das die Nebelfrauen?“, piepste Syna, die sichtlich Angst vor der Rache der grauen Wesen hatte.

„Das ist Glorijana!“, rief Freya.

„Der Göttin sei Dank“, hauchte Lilienne und flog Glorijana entgegen.

Sie war nicht allein, hinter ihr standen zwei Elfen, deren Gesichter zu Stein erstarrten, als sie Emilia leblos und in einer Blutlache vorfanden.

„Emilia!“, rief Merkur panisch und rannte zu ihr.

„Macht mir Platz!“, rief die Königin der Waldgeister und eilte, gefolgt von Lethan, so schnell sie konnte zu der Verletzten.

Merkur hatte sich bereits über sie gebeugt und redete beruhigend auf sie ein. Er traute sich nicht, sie zu berühren, da sie über und über mit Blut bedeckt war.

„Wird sie es schaffen?“, fragte Lethan und auch seine Stimme zitterte.

„Sie ist sehr schwach und hat viel Blut verloren. Ich kann die Blutungen stillen, aber ob sie es schaffen wird, weiß ich nicht. Ihr Lichtfalter ist schon sehr blass“, erklärte Glorijana, nachdem sie die junge Elfe vorsichtig untersucht hatte, und deutete auf den blauen Schmetterling, der in der Tat nur noch blass-blau schimmernd auf Emilias Brust saß. „Tretet alle zurück!“, wies sie die Umstehenden an und legte ihre Hände auf Emilias Kopf, der in einer bereits großen Blutlache lag.

Sie murmelte immer und immer wieder dieselben fremd klingenden Worte. Emilias Körper begann zu leuchten und erhob sich einige Millimeter vom Boden. Auch die Flügel des

Schmetterlings flatterten ein wenig schneller. Dann nahm das Leuchten wieder ab, Emilias Körper senkte sich wieder und der Schmetterling saß still.

„Ich habe getan, was ich konnte, alles andere ist ihr Schicksal!“, erklärte Glorijana und man konnte den Schmerz hören, den sie fühlte.

„Emilia, bitte, wach auf. Ich bin hier, ich bin bei dir. Bitte, lass mich nicht allein, lass UNS nicht allein. Komm zurück, für Elenjana, für mich!“ Tränen liefen über Merkurs Wangen, während er Emilia anflehte.

Lethan stand wortlos und bleich hinter ihm und legte ihm beruhigend eine Hand auf die Schulter.

„Lass sie uns zurückbringen!“, sagte er leise.

„Nein, wer weiß, ob sie das Passieren der Weltengrenze übersteht“, erwiderte er trotzig.

„Lethan hat recht!“, bestätigte Glorijana. „Lianna verfügt über eine andere Heilmagie als ich. Ich habe mein Möglichstes getan, nun kann nur noch sie mit ihrer Elfenmagie helfen“, versuchte sie, ihn umzustimmen.

Die geringe Aussicht darauf, dass die Heilerin der Elfen Emilia tatsächlich helfen könnte, veranlasste Merkur dazu, zuzustimmen.

Sanft schob er seine Arme unter ihren Kopf und ihren Rücken und hob sie hoch. Das Tor, das sie soeben benutzt hatten, war noch geöffnet, wurde aber langsam dunkler.

„Wir müssen uns beeilen!“, drängte Lethan zur Eile. „Gib sie dem Pegasus, er ist am schnellsten und kann Emilia direkt zu den Heilerinnen bringen.“

Merkur nickte und legte Emilia auf den Rücken des geflügelten Pferdes. Dann flog das Tier auch schon los. Es passierte das Tor in Windeseile und dann erlosch das Licht.

„Verdammt!“, rief Merkur und trat ein Loch ins Gras. „Wir waren zu langsam! Wie kommen wir jetzt wieder zurück?“

„Zu Fuß werden wir Ewigkeiten brauchen!“, stöhnte Lethan. „Glorijana, kannst du auch *alleine* ein Tor entstehen lassen?“, fragte er hoffnungsvoll.

„Leider nein, das können nur mehrere von uns zusammen. Ich brauche dafür die Magie anderer Lichtwesen“, entgegnete sie.

„Was ist mit solch einer Phiole, wie du sie damals Emilia mitgegeben hattest nach Askja!“, schlug Merkur nun vor.

„Das ist derselbe Zauber, nur eingefangen. Leider kann ich auch damit nicht dienen. Wir müssen wohl darauf warten, dass Vindur zurückkehrt, um die Zeitschneise auf seinem Rücken passieren zu können. Die Feen können ihn herschicken, sobald sie in Andorin sind. Ich bleibe hier bei euch.“

„Ich weiß etwas Besseres“, meldete sich die glockenhelle Stimme der Fee Freya nun zu Wort. „Seht mal, was ich hier gerade unter diesem Busch entdeckt habe! Elfenschuh! Die Jungs werden damit beinahe zeitgleich mit Vindur bei den Heilerinnen eintreffen“, erklärte sie stolz.

„Los, pflückt je einen Halm des Krautes und klemmt ihn euch in den Stiefel!“, wies Glorijana die beiden an. „Dann stellt ihr euch den Ort vor, an den ihr reisen müsst. Schließt dazu eure Augen, dann klappt es besser. Ich werde mit den

Feen den Weg zurück antreten. Ich wünsche euch viel Glück."

Die Jungs gingen zum Dickicht, Merkur riss einen Halm Elfenschuh ab und klemmte ihn sich in den Schuh. Er beobachtete, wie Lethan nicht einen, sondern gleich eine ganze Hand voll ausriss. Schnell ließ er seine Beute in seiner Jacke verschwinden und klemmte sich, wie von Glorijana angewiesen, einen Halm in den Stiefel. Merkur hatte inzwischen die Augen geschlossen und stellte sich das Haus der Heiler vor. Ehe er sich versah, riss ihn eine unsichtbare Macht von den Beinen und katapultierte ihn direkt in den Eingangsbereich des Gebäudes. Lethan landete wenige Augenblicke später direkt neben ihm. Bevor Merkur etwas sagen konnte, sprang die Tür auf und Vindur stand darin. Emilia noch immer leblos auf seinem Rücken.

„Hallo!", rief Merkur. „Wir brauchen Hilfe! Die Prinzessin!"

Mehrere Türen knallten auf und drei Heilerinnen, ihnen voran Lianna, stürmten auf das geflügelte Pferd zu. Sie hoben Emilia sacht herunter und trugen sie in eines der Behandlungszimmer.

„Wie ist das passiert?", fragte Lianna, während sich ihre Kolleginnen bereits um Emilia kümmerten.

„Wir wissen es nicht!", beantwortete Lethan die Frage, da Merkur wie paralysiert auf Emilia starrte, der gerade die Kleider aufgeschnitten wurden, um alle Wunden freizulegen. „Wir haben sie zusammen mit den Feen am Rande des Totenreiches gefunden. Was passiert ist, wissen wir nicht, wir hatten keine Zeit zu reden."

„Verstehe. Ist der Unfall im Totenreich geschehen?“, fragte Lianna mit einem ängstlichen Unterton.

„Keine Ahnung!“, entgegnete Lethan.

„Ja“, antwortete Merkur.

Lethan sah seinen Freund überrascht an.

„Wie kommst du darauf?“, fragte er.

Merkurs Blick haftete nun an dem Zweig, dem Zweig mit den schwarzen Blättern aus Glas. Die Blätter waren zerbrochen, dennoch hielt Emilia den Zweig so fest, als würde ihr Leben davon abhängen. Merkur trat in den Raum, in dem Emilia lag.

„Merkur, du kannst da nicht rein!“, herrschte Lianna ihn an.

Dieser ignorierte ihren Einwand jedoch, schritt auf Emilia zu, legte ihr behutsam die Hand an die Wange und sagte:

„Du kannst jetzt loslassen, du hast es geschafft.“ Dann zog er den Zweig aus ihrer Hand und ging rückwärts aus dem Zimmer.

Erst als er wieder neben Lethan stand, wandte er seinen Blick ab und hob den Zweig.

„Deswegen weiß ich es. Sie hat ihr Leben für mich geopfert!“ Tränen rannen seine Wangen hinunter.

„Hilf mir mal, er muss hier weg!“, bat Lianna Lethan, und gemeinsam wollten sie Merkur vom Behandlungsraum wegführen.

„Nein, ich lasse sie nicht wieder allein!“, rief er aufgebracht. „Nie wieder“, flüsterte er tonlos.

Lianna nickte. Lethan holte zwei Stühle und gemeinsam setzten sie sich neben die Tür des Behandlungsraums, während Lianna eine Jungheilerin anwies, nach dem König rufen zu lassen. Dann verschwand auch sie bei Emilia und schloss die Tür.

Es dauerte keine halbe Stunde, dann brach das Chaos aus. Die Feen trafen zeitgleich mit Claire, Roman, Sophia, Haldur und Elenjana ein. Alle redeten aufgeregt durcheinander. Die Feen erzählten ihre Geschichte, Claire und Sophia weinten und Elenjana schloss sich ihnen an, da sie nicht verstand, was überhaupt los war.

Lianna wurde dieses Treiben jedoch schnell zu bunt. Sie eilte aus dem Behandlungsraum, verfrachtete alle Wartenden, mit Ausnahme von Merkur, in den Wartebereich und kam dann mit Elenjana auf dem Arm zurück.

„Ich glaube, sie braucht jetzt dringend ihren Papa!“, erklärte sie, reichte ihm die Kleine und betrat erneut den Behandlungsraum.

Bevor sie jedoch die Tür geschlossen hatte, rief Merkur:

„Wird sie es schaffen?“

„Ich kann dir nichts versprechen“, gestand sie. „Die Verletzungen sind schwer und die Tatsache, dass sie sich diese im Reich der Toten zugezogen hat, macht die Sache noch schwieriger. In dieser Welt löst sich die Seele leichter von ihrem Körper als anderswo. Wenn Emilia losgelassen hat, kann es sein, dass sie unwiederbringlich verloren ist.“

„Sie würde nie loslassen!“, erklärte Merkur bestimmt.

„Das hoffe ich auch.“ Mit diesen Worten schloss sie die Tür.

Merkur nahm seine Tochter fest in die Arme und redete beruhigend auf sie ein.

„Sie wird es schaffen! Deine Mama ist eine Kämpferin. Du könntest keine bessere Mama haben als die, die du hast ..."

So ging das endlos, bis sich die kleine Elfe beruhigt hatte und sich zufrieden an ihren Papa kuschelte. Irgendwann war sie eingeschlafen. Roman, Claire und Sophia hatten sich zwischenzeitlich wieder zu ihnen gesellt und warteten nun angespannt und schweigend auf die Heilerinnen. Die anderen waren vorerst gegangen, da im Moment sowieso niemand etwas für Emilia hätte tun können.

Es war bereits nach Sonnenuntergang, als Lianna, gefolgt von den anderen beiden Elfen, den Raum verließ. Alle Blicke flogen ihr zu.

„Körperlich ist sie über den Berg. Wir haben sie in einen Heilschlaf versetzt, aus dem sie erst morgen früh erwachen wird. Ihr könnt euch also ebenfalls ausruhen. Alles Weitere müssen wir sehen."

„Kann ich bleiben?", fragte Merkur.

Lianna nickte und antwortete:

„Vielleicht tut ihr eure Gegenwart gut. Ich werde euch ein Familienzimmer einrichten, so seid ihr immer in ihrer Nähe. Heute Nacht könnt ihr jedoch nicht zu ihr."

„Danke", flüsterte er.

„Kommst du mit Elenjana denn zurecht?", fragte Claire skeptisch. Was ja auch verständlich war, schließlich hatte sie den jungen Mann erst vor zwei Tagen kennengelernt.

„Er wird es schaffen“, bestätigte Roman ihr und auch Sophia nickte bestätigend, während sie sich erneut die Tränen aus den Augen wischte.

„Lasst uns gehen und beten wir, dass unsere Emilia zu uns zurückkommt“, sagte sie mit tränenerstickter Stimme.

Sie verabschiedeten sich leise von Merkur und verließen das Haus der Heiler.

Lianna führte Merkur und Elenjana in ein schönes großes Zimmer, in dem ein großes Bett an der Wand stand. Der Mond schien hell in den Raum und tauchte alles in ein warmes Licht.

„Ich denke, ihr solltet mit diesem Bett klarkommen. Leg Elenjana an die Wandseite, dann kann sie nicht herausfallen. Ich werde euch morgen früh wecken, sobald Emilia aufwachen sollte. Aber nun schlaft.“

„Lianna, was mache ich, wenn Elenjana heute Nacht Hunger bekommt?“, fragte er unsicher. „Die Kleine hatte sicherlich seit Stunden nichts mehr zu essen.“

„Ich bring euch eine Flasche Milch“, erklärte sie und schloss dann leise die Tür.

Merkur legte seine schlafende Tochter ins Bett, betrachtete sie noch einige Sekunden versonnen und legte sich dann ganz vorsichtig neben sie. Erst hatte er Bedenken, ob er überhaupt schlafen könnte mit solch einem kleinen Würmchen neben sich. Er hatte Angst, dass er sie nachts zerdrücken könnte, jedoch forderte die Aufregung des Tages schnell ihren Tribut und Merkur schlief ein, noch bevor Lianna mit Elenjanas Flasche zurück war.

Am nächsten Morgen wurde er durch ein klägliches „MAMA!" geweckt. Elenjana saß neben ihm im Bett, tränenüberströmt, und verlangte vehement nach ihrer Mutter.

„Wir gehen gleich zu deiner Mami!", versuchte er, sie zu beruhigen.

Er bot ihr die Flasche an, leider ohne Erfolg. Im Gegenteil, der Protest seines Kindes wurde immer größer. Er wechselte umständlich ihre Windel und zog sie um. Auch daran hatte Lianna gedacht und mit der Flasche auch frische Sachen für Elenjana gebracht. Merkur wusste nicht, was er noch machen sollte. Egal, ob er leise mit ihr redete, sie herumtrug oder ihr nochmals die Flasche geben wollte, das kleine Wesen war nicht zu beruhigen. Er war bereits völlig außer sich, als es an der Tür klopfte und Lianna den Kopf hereinstreckte.

„Ihr könnt jetzt zu ihr." Wie auf Knopfdruck hörte Elenjana auf zu weinen und schmiegte sich zufrieden an ihren Papa. Sie griff nach der Flasche und begann gierig zu saugen, während Merkur nervös die Tür zu Emilias Zimmer öffnete. Als er sie sah, erschrak er erneut über ihren Anblick. Obwohl sie nun sauber gewaschen war und ein frisches Nachthemd trug, sah sie furchtbar aus. Jede Stelle Haut, die man sehen konnte, war über und über mit Kratzern, Schrammen und Blutergüssen überzogen.

„Was haben sie nur mit dir gemacht?", fragte er leise und setzte sich an ihr Bett.

„Mama, aufwachen!", rief Elenjana und streckte sogleich ihre Arme nach Emilia aus.

„Setze sie ruhig zu ihr“, forderte Lianna ihn auf. „Sie sollte jeden Moment aufwachen.“

Merkur setzte das Kleinkind auf Emilias Bett und hoffte so sehr, dass sie gleich die Augen aufmachen würde. Die Minuten zogen ins Land, aber nichts geschah. Lianna seufzte tief und schüttelte traurig den Kopf.

„Ich gebe ihr noch eine Stunde, wenn sie dann nicht zu sich kommt, sehe ich keine Hoffnung mehr“, erklärte die Heilerin mit belegter Stimme.

„Könntest du im Schloss Bescheid geben?“, bat Merkur.

Lianna nickte und verließ das Zimmer.

Elenjana zupfte und zog inzwischen ungeduldig an ihrer Mama herum, aber Emilia lag da, als wäre sie tot.

„Elenjana, sei nicht so grob zu Mami“, bremste er die Kleine und nahm sie wieder auf seinen Schoß.

Immer und immer wieder wanderte sein Blick zu der Sanduhr, die Lianna dagelassen hatte. Der Sand rann unaufhörlich hindurch und das Zeitfenster, das ihnen noch blieb, wurde immer kleiner. Immer wieder versuchte er, sie aufzuwecken. Er streichelte ihre Hand, er rief ihren Namen, Elenjana weinte inzwischen, aber Emilia reagierte nicht.

Als es dann an der Tür klopfte, war die Zeit beinahe abgelaufen. Roman riss sie auf, ehe Merkur auch nur ein Wort sagen konnte. Eine völlig aufgelöste Claire und eine tränenüberströmte Sophia folgten ihm.

„Ich lasse euch alleine“, flüsterte Merkur und ging hinaus.

Erst jetzt wurde ihm bewusst, dass er kaum noch in der Lage war, zu atmen. Ihm war, als würde ein sehr großer Stein auf seiner Brust liegen. Merkur beschloss, mit Elenjana einige Minuten an die frische Luft zu gehen.

„Wie geht es ihr?“, wurde er von Roandir begrüßt, der ebenfalls vor dem Haus der Heiler stand und wartete.

„Es sieht schlecht aus“, gestand Merkur leise. „Wie verkraftet es Sera?“

„Sie weiß es nicht!“, gestand der Krieger und strich sich besorgt über das Gesicht. „Ich konnte es ihr nicht sagen. Sie darf sich nicht aufregen, sonst kommt das Kind zu früh, hat Lianna gesagt. Daher stehe ich nun hier herum und warte so lange, bis mir jemand sagt, dass Emilia über den Berg ist. Vorher kann ich nicht nach Hause. Sie würde sofort merken, dass ich ihr etwas verheimliche.“

Merkur nickte traurig und antwortete:

„Ich gehe wieder rein.“

Roandir klopfte ihm aufmunternd auf die Schulter und vertrat sich weiterhin vor dem Haus die Beine.

Merkur fühlte sich, als würde er direkt zur Schlachtbank geführt, während er den langen Flur entlangschritt, an dessen Ende das Zimmer von Emilia lag.

Als er dort angekommen war, öffnete sich gerade die Tür und Claire, Sophia und Roman kamen heraus. Man sah ihnen an, dass sie geweint hatten.

„Lianna sagt, dass wir nichts mehr für sie tun können“, erklärte Roman mit tränenerstickter Stimme.

Merkur hatte es bereits gewusst, als er in ihre Gesichter geblickt hatte.

„Könnt ihr Elenjana mit zurück ins Schloss nehmen?“, fragte er und gab sie Roman auf den Arm.

Dieser nickte nur und zog Merkur kurz an sich. Dann wandten sich die drei zusammen mit dem Kind ab und gingen zurück.

Schweren Herzens betrat Merkur erneut das Zimmer. Seine Atmung war flach, obwohl sein Herz raste. Er setzte sich an Emilias Bett, nahm ihre Hand und warf erneut einen Blick zu der Sanduhr. Der Sand war durchgelaufen, die Zeit war um. Er blickte zu Emilias Lichtfalter, der seit dem Unfall nicht von ihrer Seite gewichen war und sich auch nicht in ihr Amulett zurückgezogen hatte. Er wirkte nun noch blasser und leuchtete kaum noch.

„Offenbar wollte das Schicksal nicht, dass wir gemeinsam glücklich werden“, begann er und streichelte sanft ihren Handrücken. „Du hättest das nicht tun dürfen. Nicht für mich. Das hatte ich nicht verdient. Emilia, ich war so ein Idiot. Und jetzt?“

Er stand auf und raufte sich die Haare. Dann setzte er sich erneut und rang nach Fassung. Seine Augen brannten. Er ergriff erneut ihre Hand und streichelte sie unaufhörlich.

Als er sich beruhigt hatte, fuhr er fort:

„Elenjana hätte dich so viel mehr gebraucht als mich. Und ich wäre doch hier gewesen. Wieso hast du das nur getan?“

Keine Antwort. Müde strich er sich über sein Gesicht und redete weiter. Er war sich sicher, dass sie noch nicht ganz weg war.

„Du musst mich doch hören. Bitte, gib mir ein Zeichen. Drück meine Hand oder, noch besser, mach die Augen auf. Los, komm schon. Es ist Zeit, aufzuwachen. Deine Tochter braucht dich, Emilia. Ich brauche dich. Du musst es doch auch fühlen. Wenn ich dich berühre, weiß ich ganz sicher, dass du noch irgendwo da drin bist. Du musst kämpfen, Emilia, hörst du?"

Abermals keine Reaktion. Merkur stand wieder auf und ging im Zimmer auf und ab. Währenddessen erzählte er ihr von Roandir und Sera, und dass der arme Kerl erst wieder nach Hause konnte, wenn sie aufgewacht war. Er erzählte ihr, dass Elenjana im Schloss auf sie wartete, und er erzählte ihr von allen anderen, die sich große Sorgen um sie machten.

Irgendwann kam jedoch Lianna ins Zimmer und sagte:

„Merkur, lass es gut sein. Sie hört dich nicht mehr." Traurig stellte sie sich neben ihn und legte ihm eine Hand auf die Schulter. „Geh ins Schloss, kümmere dich um deine Tochter. Sie braucht dich jetzt mehr denn je."

Merkur wollte widersprechen, doch da wurde ihm klar, dass Emilia das von ihm verlangt hätte. Sie hätte sich gewünscht, dass er sich nun um ihre Tochter kümmern würde. Daher nickte er und bat Lianna:

„Darf ich mich noch kurz von ihr verabschieden?"

Die Heilerin ließ ihn allein.

So ging er nochmals zu ihr ans Bett, legte seine Hand an ihre Wange und beugte sich über sie. Er gab ihr einen Kuss auf die Lippen und flüsterte unter Tränen:

„Ich liebe dich, Emilijana, und ich werde dich ewig lieben."

Dann wandte er sich ab und ging hängenden Kopfes zur Tür. Gerade als er die Tür zuziehen wollte, flüsterte eine heisere Stimme:

„Merkur!"

Dieser blieb ungläubig stehen. Sein Herz raste. In Zeitlupe und voller Unglauben drehte er sich um, darauf gewappnet, dass er sich das nur eingebildet hatte. Aber das hatte er nicht. Emilia hatte die Augen geöffnet und lächelte ihn schwach an.

„Emilia, du lebst!“, rief er freudig.

Mit wenigen Schritten war er bei ihr, zog sie fest in die Arme und küsste jeden freien Zentimeter ihres Gesichts.

„Aua, du tust mir weh!“, jammerte sie.

Schnell ließ er von ihr ab und legte sie sanft zurück in ihre Kissen.

„Du lebst“, hauchte er ungläubig.

„Ja, ich lebe“, bestätigte Emilia und sah an sich hinunter. „Aber so wie es aussieht und es sich anfühlt, gerade mal so.“

„Wenn du wüsstest!“, rief Merkur erleichtert aus.

In diesem Moment kam Lianna zur offenen Tür herein, um nach Merkur zu sehen. Als sie jedoch sah, dass Emilia aufgewacht war, traute sie ihren Augen kaum. Sie eilte zu ihrer Patientin und stammelte:

„Das kann nicht sein! Emilia, das ist ein Wunder! Wir dachten, du seist tot. Wir sahen keine Hoffnung mehr. Wie ist das nur möglich?“

Sofort tastete sie Emilia sacht von Kopf bis Fuß ab.

Da plötzlich fiel Merkurs Blick auf Emilias Lichtfalter. Der kleine Freund flatterte wieder viel munterer und leuchtete plötzlich nicht mehr blau, sondern in einer Mischung aus Pink und Lila.

„Nanu, was ist denn mit dir geschehen?“, fragte er perplex.

Auch Emilia sah überrascht zu dem kleinen Lichtwesen.

„DAS ist die *Magie der Liebenden*“, erklang nun eine glockenhelle Stimme aus dem Eingangsbereich des Krankenzimmers.

Alle sahen sich um und blickten in das Antlitz der Königin der Waldgeister, die, wie sie so in ihrer schillernden Pracht vor ihnen stand, absolut deplatziert in diesen Räumlichkeiten wirkte.

„Glorijana, es ist mir eine Ehre, dich hier in unseren Räumen willkommen zu heißen“, erklärte Lianna und verbeugte sich leicht.

„Auch für mich ist es eine Ehre. Du machst hier eine sehr gute Arbeit. Ich war jedoch in Sorge, dass du an Emilijanas Leiden scheitern könntest. Als mich soeben die Kunde ereilt hatte, dass der König um seine Tochter trauere und dass die Flaggen des Schlosses vor wenigen Augenblicken auf Halbmast gesetzt wurden, musste ich mich vergewissern, was vor sich geht“, erklärte sie.

„Wieso bist du nicht gleich gekommen?“, fragte Merkur vorwurfsvoll.

„Es ist für mich nicht leicht, mich außerhalb der Wälder aufzuhalten, geschweige denn, Gebäude zu betreten. Sie strahlen eine Energie aus, die mich auf Dauer schwächt. Daher meide ich Städte und Häuser. Außerdem war ich mir sicher, dass Emilia bei den Heilerinnen in Sicherheit wäre. Jedoch hatte ich mich geirrt. Ich ging davon aus, dass ihre Seele stark genug mit dem Hier und Jetzt verbunden sei. Aber offenbar war dies nicht so. Die Verzweiflung der letzten Monate hatte Emilias Zugehörigkeit zur lebenden Welt erschüttert. Das alles ist mir leider erst sehr spät klargeworden."

„Was heißt das?", fragte Emilia, die noch nicht wusste, wie knapp sie dem Tod entgangen war.

„Bei deinem schweren Unfall, im Reich der Toten, hat deine Seele beschlossen, dort zu bleiben. Ich bin mir sicher, dass du dir die letzten Wochen und Monate oft gewünscht hast zu vergessen, alles hinter dir zu lassen, sorgenfrei zu sein. Im Reich der Toten verlassen die Seelen einfacher ihre Körper, als dies hier im Reich der Lebenden der Fall ist."

„Heißt das, ich habe meine Seele verloren?", fragte Emilia entsetzt.

„Ja und nein", bestätigte Glorijana.

Merkur, Lianna und Emilia sogen scharf die Luft ein. Emilia wurde schwindelig, sodass sie nicht gleich antworten konnte.

„Was soll das bedeuten?", fragte Merkur nun aufgebracht. „Sie ist doch wieder zurück. Wie kann sie da ihre Seele verloren haben?"

„Daher sagte ich ja und nein", fuhr Glorijana lächelnd fort. Lianna setzte sich, während Glorijana fortfuhr: „Emilia ist im glücklichen Zustand, zwei Seelen in sich zu tragen. Die Seele, die in jedem Menschen wohnt, und die wiedergeborene Seele meiner Schwester."

„Soll das heißen, dass ich eine Seele in der Welt der Toten zurückgelassen habe?", rief Emilia entsetzt und bemühte sich, sich im Bett ein wenig aufzurichten, was ihr aufgrund der schweren Verletzungen jedoch nicht gelang. Unter leisem Stöhnen ließ sie sich wieder in die Kissen fallen.

„Ja, das vermute ich. Deine Menschenseele ist das, was dich ausmacht, die Seele meiner Schwester wohnt zusätzlich in dir. Daher dauerte es auch einige Zeit, bis ihr zueinander Kontakt herstellen konntet, aber kommen wir zurück zum Wesentlichen: Deine Menschenseele blieb in der Welt der Toten, während die Feen deinen Körper und Emilijanas Seele zurückgebracht haben. Die Seele meiner Schwester erhielt dich am Leben, aber mehr vermochte sie nicht zu leisten."

„Also war es so, wie du dachtest, Lianna", unterbrach Merkur die Königin.

Die Heilerin nickte in seine Richtung und fragte dann an Glorijana gewandt:

„Aber wie kann es sein, dass die Seele wieder ihren Weg zurückfinden konnte? Das ist unmöglich! Aber da Emilia wieder wach ist, muss sie ja wieder da sein, oder nicht?"

„Richtig, ohne ihre Menschenseele wäre Emilia nicht aufgewacht. Denn ihre Seele ist alles, was sie ausmacht. Ich bin mir sicher, dass die Verbindung zwischen Emilia und Merkur der Schlüssel für ihre Rückkehr gewesen sein muss. Sie sind Seelenverwandte und folglich durch die *Magie der Liebenden* aneinander gebunden." Daraufhin wandte Glorijana sich direkt an den schwarzhaarigen Elfen und fragte: „Merkur, was war das Letzte, das du zu Emilia gesagt hast oder was du getan hast, ehe sie aufwachte?"

Merkur überlegte einen Augenblick und antwortete dann leicht verlegen:

„Ich habe ihr meine ewige Liebe gestanden und sie geküsst."

„Du hast was?“, rief Emilia überrascht. Erst jetzt wurde ihr alles bewusst. „Heißt das, dass du dich wieder an mich erinnerst? So richtig? War ich erfolgreich?“

Tränen erstickten ihre Stimme und sie hätte sich am liebsten in Merkurs Arme geworfen, jedoch konnte sie sich aufgrund der Verletzungen und Bandagen kaum bewegen. Merkur sah sie an und nickte. Auf einmal sah sie es völlig klar. Es lag wieder dieselbe Liebe in seinem Blick wie damals.

„Ja, ich erinnere mich wieder an jede Kleinigkeit. Alles ist wieder da“, hauchte er und man konnte sehen, dass er nun selbst mit den Tränen kämpfen musste.

„Na, dann hat ja alles ein gutes Ende gefunden“, atmete die Königin der Waldgeister auf.

„Heißt das, dass ich Emilia mit einem Kuss zurückgeholt habe?“, fragte er nun ungläubig.

„Ja, das heißt es. Die *Magie der Liebenden* hat Emilias Seele den Weg zurück zu ihrem Gefährten gezeigt.“

„Aber warum ist mein Lichtfalter plötzlich lila?“, fragte Emilia nun nach dem Offensichtlichen.

„Na, das ist doch ganz einfach“, antwortete Glorijana und lachte ihr glockenhelles Lachen. „Die Magie der Waldgeister hat sich mit der *Magie der Liebenden* verbunden. Somit ist dein kleiner Begleiter nun lila.“

Emilia und Merkur sahen sich verdutzt an und brachen dann in schallendes Gelächter aus. Lianna schüttelte nur den Kopf.

„Das wird mir nun alles zu viel“, erklärte die Heilerin daher und stand auf. „Emilia, ich werde nun einen Boten ins Schloss senden. Ich denke, du willst schnellstmöglich

Elenjana sehen und deine Eltern sollten erfahren, dass es dir gut geht."

Noch bevor sie aufgestanden war, rief Merkur:

„Scheiße! Sera! Wir müssen Roandir aufhalten, ehe er ihr erzählt, dass du nicht mehr zu retten bist!"

„Hä?", fragte Emilia, da sie nicht verstand, was los war. Doch Merkur war bereits aus dem Zimmer gerannt. „Was ist mit Sera?", fragte Emilia nun alarmiert.

Lianna schloss die Tür hinter ihm und setzte sich zu Emilia ans Bett.

„Sera geht es nicht so gut. Daher hat sie den Unterricht abgebrochen. Es besteht die Gefahr, dass das Kind zu früh kommen könnte", erklärte die Heilerin ernst. „Roandir hat seit deiner Rückkehr vor dem Haus Wache gehalten, da er erst nach Hause könne, wenn er positive Nachrichten über dich hätte. Sera wusste nichts über dein Verschwinden und deinen Unfall. Jedoch vermute ich, dass er – nachdem Roman und Claire ihm die Botschaft überbracht hatten, dass du nicht mehr zurückkommen wirst – nun doch nach Hause gegangen sein könnte. Er wird seiner Frau nichts vormachen können. Sie hat eine zu gute Intuition und empfängt auch die kleinsten Gedankenfetzen."

„Oh nein", hauchte Emilia. „Dann bin ich schuld daran, wenn dem Kind etwas geschieht?"

„Nein, das bist du nicht", brachte sich nun Glorijana erneut in das Gespräch ein. „Du bist deinem Schicksal gefolgt. Niemand kann etwas dafür und vielleicht haben wir ja Glück, und Merkur ist noch schnell genug, um Roandir aufzuhalten."

Emilia schluckte schwer und nickte. Sie fühlte sich wie erschlagen und spürte, dass ihr die Augen schwer wurden.

„Ich denke, wir lassen dich nun noch eine Weile allein. Es wird sicherlich nicht lange dauern, bis du dich vor Besuchern nicht mehr retten kannst“, sagte die Heilerin.

Glorijana bejahte dies und erklärte:

„Ich muss auch zurück in meinen Wald. Die Wände hindern mich am Atmen.“

Erst jetzt fiel Emilia auf, dass das sonst so leuchtende Antlitz der Waldgeist-Königin blass geworden war. Daher nickte Emilia und ließ sie ziehen.

Nachdem sie alleine war, betrachtete sie erneut ihren Lichtfalter.

„Du siehst aber sehr hübsch aus, so pink und lila“, stellte sie fest und streckte die Hand aus.

Der kleine Falter flog darauf, schlug zur Begrüßung dreimal mit den Flügeln, erhob sich dann wieder und landete schließlich auf Emilias Amulett. Der Stein glühte kurz auf, der Lichtfalter verschmolz damit und dann erlosch das Leuchten des Anhängers. Emilia ließ sich seufzend in ihre Kissen fallen und schloss die Augen. Sie hatte es geschafft. Innerhalb weniger Sekunden war sie, trotz der Sorgen um ihre Freundin, eingeschlafen.

KAPITEL 20

Die Ruhe währte, wie erwartet, nicht allzu lang.

Emilia schrak hoch, als die Tür aufflog und gegen die Wand knallte. Sie musste sich erst orientieren, bis sie wieder wusste, wo sie war. Völlig erstaunt blickte sie in die noch von Tränen geröteten Augen ihrer Eltern.

„Emilia, du lebst“, hauchte ihre Mutter mit zitterndem Kinn. Tränen schossen ihr in die Augen, als ihre Tochter sie ansah und antwortete:

„Ja, und ich habe es geschafft!“

„Geschafft! GESCHAFFT!“, polterte es aus Richtung der Tür. „Du hättest MICH beinahe geschafft!“, rief Granny und griff sich ans Herz. Dann begann sie jedoch zu lächeln, eilte zu ihrer Enkelin und gab ihr einen Kuss auf die Wange. „Tue so etwas nie wieder, hörst du?“, flüsterte sie.

Emilia schluckte gegen den Kloß an, der sich in ihrem Hals breitmachte, und nickte. Im nächsten Augenblick flog die Tür erneut auf. Verschwitzt und zerzaust rannte Merkur auf sie zu und begrüßte sie mit einem innigen Kuss.

„Den Göttern sei Dank, du bist noch wach!“, begrüßte er sie atemlos. Nachdem Emilia ihn fragend ansah, gestand er: „Ich hatte Angst, dass du wieder ins Koma fallen könntest oder ich mir alles nur eingebildet hatte.“

Emilia schüttelte den Kopf und antwortete:

„Keine Sorge, meine Seele ist zurück und ich bleibe hier. Aber wo ist Elenjana? Und was ist mit Sera?“

„Elenjana kommt schon!", rief Großvater Haldur und kam in eben diesem Moment mit der kleinen schwarzhaarigen Elfe an der Hand ins Krankenzimmer gelaufen. „Sie wollte einfach nicht getragen werden", erklärte er lachend. „Emilia, ich bin so froh, dass es dir gut geht", ergänzte er und hob das kleine Mädchen vorsichtig aufs Bett.

Schnell schloss Emilia ihre Tochter in die Arme und nun begannen die Tränen ohne Hindernis zu fließen. Sie war so erleichtert, dass nun alles vorbei war. Sie hatte Merkur wieder, sie lebte und ihre Tochter war gesund und munter. Nachdem sie sich wieder ein wenig gefangen hatte, fragte sie erneut nach ihrer Freundin.

Merkur lachte erleichtert auf und antwortete:

„Mach dir um sie keine Sorgen. Roandir hatte es nicht eilig, nach Hause zu kommen. Als ich ihn gefunden habe, war er noch bei den Tieren im Stall und überlegte, wie er ihr alles so schonend wie möglich erklären könnte. Ich dachte mir schon, dass er nichts überstürzen würde. Zum Glück kenne ich ihn inzwischen gut genug und ahnte daher, dass er bei den Pferden sein würde. Nachdem ich ihm von der glücklichen Kunde berichtet hatte, ging ich direkt zu deinen Eltern. Auf dem Rückweg traf ich dann noch Lethan. Daher kam ich ein wenig nach den anderen hier an."

„Oh, wie wunderbar!", antwortete Emilia erleichtert. „Hoffentlich regt sie sich nicht zu arg darüber auf, dass ihr sie alle im Dunkeln gelassen habt", überlegte sie laut.

„Worauf du dich verlassen kannst!", ertönte es nun von der Tür. Schwerfällig kam Sera herein, strahlte jedoch übers ganze Gesicht. „Das wird mir mein Mann noch büßen!", erklärte sie, lächelte ihren Geliebten jedoch freudig an, der ihr ins Zimmer gefolgt war. „Emilia, was machst du denn für Sachen?“, widmete sie sich nun ihrer Freundin und setzte sich auf die Bettkante. „Du hattest mir doch versprochen, dass du keinen Alleingang machen würdest!“, stellte sie vorwurfsvoll fest.

„Es war kein Alleingang, die Feen waren die ganze Zeit bei mir“, erklärte sie im Brustton der Überzeugung und lächelte entschuldigend.

Sera lachte auf und schüttelte den Kopf.

„Okay, so kann man es natürlich auch sehen“, antwortete sie.

„Es tut mir leid, dass ich euch allen solche Sorgen bereitet habe, aber das war es wert“, wandte sie sich jetzt an alle Anwesenden.

„Zum Glück ist ja alles gutgegangen“, mischte sich nun Roman ein und gab seiner Tochter vorsichtig einen Kuss auf die Hand.

„Aber du siehst schlimm aus, hast du Schmerzen?“, meldete sich erneut Sera fürsorglich zu Wort und streichelte über Emilias Wange.

Die Patientin schüttelte den Kopf und antwortete:

„Es ist alles gut. Lianna hat mich gut versorgt. Mir geht's gut.“ Sie sah versonnen zu Merkur und flüsterte dann: „Ich habe es geschafft!“ Mehr brachte sie nicht mehr heraus. Schon wieder übermannten sie die Tränen.

„Ich denke, wir sollten Emilia nun alleine lassen!“, schaltete sich Haldur ein. „Wir wissen jetzt ja, dass es ihr gut geht und können sie zum Glück wieder öfter besuchen.“

„Du hast recht. Das Kind braucht Ruhe. Wir kommen morgen wieder", wandte Sophia sich nun an ihre Enkelin.

Emilia nickte und verabschiedete die beiden mit einer sachten Umarmung.

„Wir gehen auch", erklärte nun Claire und zog Roman mit sich.

„Bis morgen, mein Kind", flüsterte er und Emilia konnte ihm ansehen, dass er noch immer mit den Tränen kämpfte.

Roandir strich ihr sanft über die Schultern und sagte:

„Schön, dass du wieder da bist." Dann folgte er Roman und Claire hinaus. „Sera?", forderte er seine Frau auf, als er schon auf dem Flur stand.

„Ich komme sofort!", rief diese. „Ich möchte noch einige Augenblicke bei Emilia bleiben, wenn das okay ist?" Sie sah dabei ihre Freundin an, die freudig nickte. Merkur nahm Elenjana und setzte sich auf den Sessel neben dem Bett, während Sera nochmals fragte: „Geht es dir wirklich gut?"

„Keine Sorge, es wird alles wieder werden. Das Wichtigste ist, dass wir nun endlich wieder eine gemeinsame Zukunft haben können. Merkur und ich."

Ein Strahlen erschien in Emilias Augen, das ihre Freundin seit Monaten so schrecklich vermisst hatte. Sie drückte sacht ihre Hand und erklärte:

„Gut, dann will ich euch mal nicht weiter stören. Das Familienglück muss ja schließlich gefeiert werden. Aber nicht zu wild, hörst du, Merkur?", raunte sie scherzhaft in seine Richtung.

Dieser verdrehte nur die Augen, lachte jedoch ebenfalls mit. Dann verabschiedete sich Sera von den dreien und folgte ihrem Mann.

„Sollen wir auch gehen?“, fragte Merkur nun unsicher, da er sah, dass Emilia schon wieder gegen die Müdigkeit ankämpfte.

„Nein, bitte bleibt. Ich will nie wieder von euch getrennt sein“, murmelte sie erschöpft und schloss die Augen.

Merkur legte sich neben sie ins Bett und Elenjana kuschelte sich dazwischen. So schliefen sie alle drei im Nu ein.

Emilia wälzte sich jedoch die ganze Nacht unruhig hin und her. Mal wimmerte sie, mal brabbelte sie wirres Zeug vor sich hin. Merkur saß im Bett und starrte in die Dunkelheit. Er war sich nicht sicher, ob er Emilia wecken sollte oder ob es besser war, sie weiterschlafen zu lassen. Er entschloss sich, Elenjana vorsichtig in das Babybett zu legen, das Lianna ihnen bereitgestellt hatte, sodass das Kind hoffentlich ruhiger schlafen könnte als seine Mutter. Als er zurück ins Bett kletterte und sich zu Emilia unter die Decke kuschelte, fuhr diese hoch, schrie auf und blickte Merkur panisch an.

„Emilia, geht es dir gut?“, fragte dieser leise, aber besorgt.

„War nur ein Albtraum ...“, keuchte sie und rieb sich die Augen. „Kannst du bitte ein wenig Licht machen und mir das Wasser reichen?“, fragte sie leise und mit krächzender Stimme.

Merkur nickte und tat, wie von ihm verlangt. Als Emilia getrunken und sich ihr Atem ein wenig beruhigt hatte, fragte er fürsorglich:

„Willst du darüber reden?“

„Über den Traum?“, fragte sie unsicher.

Merkur nickte.

„Selbstverständlich nur, wenn du möchtest. Manchmal bringt es etwas, wenn man über seine Ängste redet“, erklärte er und Emilia war sich sicher, dass er wusste, wovon er sprach.

Sie nahm nochmals einen Schluck, um ihre Kehle zu befeuchten, und begann dann flüsternd zu erzählen:

„Ich war wieder dort“, begann sie stockend.

„Im Reich der Toten?“, fragte er nach.

„Ja, ich hing wieder am Baum und, und ich bin gefallen ... und ...“

„Willst du mir vielleicht erzählen, was wirklich passiert ist? Eventuell kannst du es so besser verarbeiten.“

„Vielleicht hast du recht. Wo soll ich anfangen?“, überlegte sie laut.

„Vielleicht an der Stelle, wo du dich dazu entschieden hast, einen Alleingang zu starten?“, antwortete er und sah sie ein wenig mahnend an. „Ich muss sagen, du bist eine bessere Lügnerin, als wir alle dir zugetraut hätten“, ergänzte er und lächelte.

Emilia wurde rot und erwiderte:

„Das liegt an der Feenmagie.“

„Bitte was?“, fragte er verblüfft.

„Am besten erzähle ich dir alles ab der Vision in Silvjanamar“, antwortete sie nun, da ihr klar wurde, dass Merkur alles erfahren musste, was sie die letzten Tage vor ihm verheimlicht hatte. Vor allen verheimlicht hatte.

So begann sie ihm von allen Details der Vision zu erzählen, ihrem Gespräch mit Sera und Glorijana, ihrer Niedergeschlagenheit und der Vision mit ihnen beiden. Während sie erzählte, wie sie Merkur, sich und ihre Tochter gemeinsam auf dem Hügel vor Gwaithmar gesehen hatte, wurde sie erneut rot und stockte einige Augenblicke.

Es kam ihr seltsam vor, nach all den Monaten, in denen sie sich so fremd geworden waren, Merkur zu erzählen, dass sie ihre Zukunft gesehen hatte. Wollte er diese Zukunft überhaupt? Bisher hatten sie nicht über sich als Paar gesprochen. Vielleicht sollten sie dies unbedingt nachholen, bevor sie sich hier erneut in eine peinliche Situation beförderte.

Merkur strich ihr jedoch liebevoll über den Arm und nickte ihr zustimmend zu, dass sie fortfahren solle.

Emilia atmete tief durch, schob ihre Unsicherheit beiseite und erzählte weiter. Von ihrem Traum mit der Fee Myralin, ihrem Ausflug durch das Ost-Tor, der Feen-Magie und der Abmachung, die sie mit den Feen getroffen hatte. Als sie von dem Tag des Unfalls berichtete, fiel es ihr immer schwerer zu sprechen. Die Erinnerung an all die Emotionen, die Ängste und Sorgen um ihr Kind übermannten sie nun beinahe, obwohl sie hier im hellen Krankenzimmer saßen und ihr Kind so friedlich schlief. Einige Male musste sie ihre Erzählung unterbrechen, um ihre Gedanken erneut ordnen zu können. Immer wieder hatte sie das Bild vor Augen, wie Elenjana alleine, ohne sie, aufwachsen müsste. Erst jetzt wurde ihr die Tragweite ihres Handelns richtig bewusst.

Als sie dann, in der Geschichte, im Reich der Toten angekommen war, hielt Merkur beinahe die Luft an.

„Du hättest das nicht für mich tun dürfen“, flüsterte er, als sie ihm davon erzählte, wie sie den Baum erklommen hatte.

„Ich habe es für uns getan, Merkur“, antwortete sie leise und sah zu Elenjana.

„Wie ging’s weiter?“, fragte er dann, ohne auf ihre Antwort einzugehen.

„Ich kletterte hoch bis zu dem Ast, an dessen Zweig die schwarzen Blätter hingen. Erst wollte ich sie von unten erreichen, aber egal, wie fest ich zog, ich bekam sie nicht ab. Dann habe ich das Gleichgewicht verloren und wäre beinahe in die Tiefe gestürzt“, berichtete sie. „Anschließend bin ich noch einen Ast weiter hinauf geklettert, da ich dachte, wenn ich auf besagtem Ast läge, könnte ich besser ziehen und die Gefahr, zu fallen, wäre geringer. Als ich nah genug dran war, bat ich den Baum, mir die Blätter, also deine Erinnerungen zu geben und zog so fest ich konnte. Dieses Mal gab der Baum den Zweig jedoch ohne Weiteres frei. Da ich nicht damit rechnete, dass ich den Zweig ohne jeden Widerstand erhalten würde, verlor ich endgültig den Halt und stürzte in die Tiefe. Ich kann mich noch daran erinnern, wie ich unter großen Schmerzen aufprallte. Wie tief ich gefallen bin, weiß ich nicht. Dann wurde alles schwarz. Als ich wieder aufwachte, war ich allein. Die Monde über mir erschienen mir nicht mehr so kalt, sondern spendeten mir sogar ein bisschen Trost. Auch erschien es mir heller, beinahe so, als würde ein neuer Tag anbrechen. Was nicht möglich ist, da es im Reich der Toten immer dunkel sein soll. Zumindest erzählen das die Feen. Ich war körperlos und bewegte mich ganz automatisch zum See. Irgendwas sagte mir, dass ich das Boot, das am Ufer lag, besteigen solle und hinüber zur anderen Seite fahren müsse. Ich wusste, dass ich nur dort ganz frei sein könnte. Jedoch hielt mich etwas fest. Irgendetwas tief in mir flüsterte, dass ich noch nicht so weit wäre. Daher setzte ich mich ans Ufer und blickte hinüber auf die andere Seite. Das andere Ufer konnte ich jedoch nicht erkennen, da es in hellem Nebel lag. Nach einiger Zeit stießen die Nebelfrauen zu mir. Ich hätte erschrecken sollen, angesichts der Tatsache, dass sie mich entdeckt hatten, aber ich tat es nicht. Außerdem sahen sie auf einmal ganz anders aus. Waren sie bei meiner Ankunft noch dunkle Wesen gewesen, die in zerfetzten und vermoderten Umhängen umherstreiften, ohne ihre Gesichter zu zeigen, so standen nun wunderschöne Frauen vor mir. Ihr langes weißes Haar wallte im Wind und ihre Totenlaken, in die sie gehüllt waren, waren sauber und makellos. *Lass los, Emilijana. Nimm das Boot und du wirst frei sein,* hallten ihre Stimmen im Chor, ohne dass sich ihre Münder bewegten. *Ich kann nicht!,* antwortete ich und verharrte an Ort und Stelle. Nach einiger Zeit ließen sie mich wieder in Ruhe und ich blieb einfach nur am Ufer sitzen. Es war ruhig und friedlich, und obwohl ich wusste, dass ich nicht hier sein sollte, hatte ich keine Angst. Auch plagten mich keine Sorgen. Irgendwann jedoch zog mich etwas vom Ufer weg. Es war ein Ruf, dem ich unbedingt folgen musste. Ich weiß nicht, wie ich hierher zurückgekommen bin, aber ich weiß, dass du derjenige warst, der mich gerufen hat." Als sie geendet hatte, standen ihr die Tränen in den Augen.

Kommentarlos nahm Merkur sie in den Arm und küsste sie ganz sacht auf den Mund.

„Du bist die mutigste und auch die waghalsigste Elfe, die ich kenne. Und du bist MEINE Elfe!" Dann zog er sie noch enger an sich und bedeckte sie mit sanften Küssen.

Emilia seufzte tief und dankbar. All die Ängste schienen von ihr abzufallen.

„Danke, dass du mich zurückgeholt hast", flüsterte sie. Merkur erwiderte nichts, zog sie jedoch noch fester an sich. Nach einiger Zeit des Schweigens fragte sie: „Was ist geschehen, nachdem ich gefallen bin? Wie konntet ihr mich finden?"

Merkur strich sich durch die Haare und überlegte, wo er anfangen sollte.

„Ich saß in der Akademie, mitten im Unterricht, als ich mich plötzlich fühlte wie vom Blitz getroffen. Von einer Sekunde auf die andere war alles wieder da. Unsere gemeinsamen Erinnerungen flogen vor meinem inneren Auge vorbei, und da wusste ich es. Ich sprang sofort auf, ließ alles stehen und liegen und rannte zum Ausgang. Man hatte dich am Morgen krankgemeldet. Ich war mir daher sicher, dass du etwas damit zu tun hattest. In Panik rannte ich zum Schloss hinauf. Zum Glück begegnete mir Lethan im Schlosshof. Er hatte gerade Dienstende gehabt und wollte noch kurz seine Schwester besuchen. Ich fragte ihn, ob er wüsste, wo du bist, da du nicht im Unterricht warst. Er entgegnete mir jedoch, dass du im Unterricht sein müsstest, da ihm Claire erzählt habe, dass du ganz früh losmusstest und dass sie daher Elenjana hüte. Er schlug vor, dass wir Claire suchen könnten, um nochmals zu fragen. Ich verneinte und zog ihn mit mir. Unterwegs erklärte ich ihm, dass wir schnellstmöglich herausfinden müssten, wo du steckst. Tief in meinem Inneren wusste ich, dass du in großer Gefahr schwebst. Wir mussten so schnell es ging zu Glorijana, da war ich mir sicher. Zum Glück hatte diese in der Zwischenzeit eine Vision gehabt und so ebenfalls Wind von der Sache bekommen. Gerade als wir bei ihr eintrafen, war sie mit ihren Waldgeistern dabei, ein Tor zu beschwören. Als hätte sie uns erwartet, begrüßte sie uns mit den Worten: *Wir haben keine Zeit für Erklärungen. Los, folgt mir!* Und schon durchschritten wir gemeinsam das Tor. Auf der anderen Seite angekommen blieb mein Herz wohl für einige Sekunden stehen. Da lagst du nun, blutüberströmt und umringt von völlig aufgelösten Feen. Wir kamen wirklich in letzter Minute. Glorijana konnte mit ihrem Zauber die Blutung stoppen und wies danach umgehend den Pegasus an, dich durch ihr Tor zurück ins Haus der Heiler zu bringen. Leider hatten wir zu lange gebraucht und das Tor verschloss sich gerade in dem Moment, als das geflügelte Pferd die Pforte durchquert hatte. Zum Glück hatte eine der Feen *Elfenschuh* entdeckt. Glorijana befahl uns, je einen Halm zu pflücken, in den Schuh zu klemmen und umgehend zurückzureisen. Sie blieb mit den Feen zurück und nahm die normale Route durch die Zeitschleife. Als wir hier ankamen, wurdest du sofort von Lianna und ihren Heilerinnen versorgt. Wir wussten nicht so genau, was geschehen war.

Aber da du den Ast mit den schwarzen, zerbrochenen Blättern noch in der Hand hieltest, war ich mir sicher, dass du das Totenreich bereits betreten hattest, als der Unfall geschehen war. Wir konnten also nur hoffen, dass sich deine Seele nicht von deinem Körper getrennt hatte."

„Die Blätter waren zerbrochen?", fragte Emilia überrascht. Merkur nickte. „Wo ist der Zweig jetzt?"

„Hier." Er stand auf und holte den Ast aus seinem Umhang, den er über einen der Stühle gehängt hatte. „Ich wollte ihn erst wegwerfen, aber irgendwie konnte ich es nicht."

„Die Blätter müssen bei meinem Sturz zerbrochen sein", überlegte Emilia.

„Ja, vermutlich war das der Moment, als ich meine Erinnerungen wiederbekommen habe."

„Vielleicht war es Schicksal, dass ich abgestürzt bin", überlegte Emilia weiter. „Ich glaube, ich hätte mich nie getraut, auch nur eines dieser Blätter zu zerbrechen, aus Angst, dass ich dich so für immer verlieren könnte", flüsterte sie.

Merkur legte den Ast beiseite und nahm sie erneut in den Arm.

„Nun ist es endgültig vorbei", erklärte er im Brustton der Überzeugung. „Oh Emilia, es tut mir alles so leid. Die letzten Wochen und Monate, das mit Felodin und ... Ich weiß nicht, wie ich so dumm sein konnte ..."

Emilia schüttelte den Kopf und antwortete:

„Reden wir nicht mehr darüber."

Merkur schwieg eine Zeit, dann fragte er leise:

„Was war zwischen dir und Lethan?“

„Merkur, bitte“, bat Emilia erneut.

„Emilia, ich muss es wissen. Empfindest du etwas für ihn?“, flüsterte er und sie konnte die Verzweiflung in seiner Stimme hören.

Emilia seufzte tief und erwiderte:

„Merkur, ich mag Lethan, wie man einen Bruder mag und ich gebe zu, ich habe mir die letzten Wochen und Monate oft gewünscht, dass ich mehr für ihn empfinden könnte, weil ich zwischendurch die Hoffnung verloren hatte, dass ich dich jemals zurückbekommen würde. Ich wünschte mir, einfach nur glücklich zu sein und für Elenjana einen guten Vater zu haben.“

„Er liebt dich“, erklärte er leise.

„Ich weiß“, gestand sie. „Aber wie gesagt, ich liebe nur dich! Oder glaubst du allen Ernstes, dass ich mich für dich in Lebensgefahr gebracht hätte, wenn es nicht so wäre?“, fragte sie scherzhaft und versuchte, die Arme vor der Brust zu verschränken.

„Das ist ein Argument“, bestätigte er und küsste sie.

„Lethan weiß, wie meine Gefühle für ihn sind und er akzeptiert dies. Es gab einen Moment, in dem er mir, auf Seras Drängen hin, seine Gefühle gestanden hat. Für dieses Verhalten hat er sich aber bei unserem nächsten Treffen entschuldigt und mir geschworen, dass er mich nicht weiter bedrängen würde. Wir sind einfach nur Freunde“, erklärte sie.

„Na, dann bin ich ja beruhigt. Aber dennoch muss ich ihm noch den Kopf abreißen, dafür, dass er mein Mädchen angemacht hat“, erklärte Merkur und grinste dabei frech.

„Wehe! Ich möchte nicht, dass du ihn darauf ansprichst. Bitte versprich mir das. Es war eine andere Zeit. Du warst weg, man munkelte, dass du mit dunklen Mächten im Bunde wärst und dass sogar der dunkle Fürst selbst in dir wohne. Sera wollte uns einfach helfen. Sie dachte, dass Lethan und ich glücklich miteinander sein könnten. Sie dachte, so wie wir alle, dass es keine Chance mehr für uns geben könnte."

Merkur nickte und antwortete leise:

„Ich verstehe. Aber dennoch bin ich froh, dass du dich gegen ihn entschieden hast und mit Sera muss ich wohl noch ein ernstes Wörtchen reden. Kaum schau ich mal nicht hin, will sie sich dich als Schwägerin unter den Nagel reißen." Er blickte sie empört an, schwenkte jedoch sofort in ein Grinsen um. Es war genau das Grinsen, bei dem in Emilias Bauch die Schmetterlinge auflebten und übermütig Lambada tanzten.

Sie musste laut lachen über Merkurs gespielte Empörung, weckte damit jedoch leider Elenjana. Diese beschwerte sich nun vehement über diese nächtliche Ruhestörung.

„Bring sie mir", bat Emilia.

Merkur stand auf und legte ihr innerhalb weniger Sekunden das quengelnde Kleinkind in den Arm. Emilia legte sie an die Brust und innerhalb weniger Augenblicke war das Mädchen wieder eingeschlafen.

„Schon praktisch, so ein integrierter Schnulli", flüsterte sie. Merkur sah sie nur irritiert an, da es bei den Elfen so etwas wie Schnullis nicht gab. Emilia hob die Decke hoch und bat ihn leise: „Komm ins Bett, schlafen wir auch noch eine

Runde. Man muss jede Sekunde ausnutzen, wenn sie schläft“, erklärte sie beschwörend.

Merkur grinste, schlüpfte schnell wieder zu seiner Familie unter die Decke und Emilia kuschelte sich zufrieden an seine Brust. So schliefen sie nochmals ein und nun fand Emilia endlich den Frieden, den sie benötigte, um wieder gesund zu werden.

Am nächsten Morgen ging es ihr bereits deutlich besser. Die Wunden verheilten sehr schön und sie fühlte sich nicht mehr ganz so schwach. Endlich konnte sie sich alleine im Bett aufsetzen und freute sich sehnsüchtig auf ihren Besuch. Nur leider kam niemand.

„Was ist los?“, fragte Emilia gegen Mittag, als Lianna ihnen das Essen brachte. „Wo sind denn alle?“

Die Heilerin lachte auf und antwortete:

„Sie gehen alle wieder ihrer Arbeit nach, Kind“, erklärte sie. „Außerdem glaube ich, dass Sera sie aufgefordert hat, euch noch ein wenig eure Ruhe zu gönnen.“ Sie blickte beschwörend zu Merkur, der soeben mit Elenjana an der Hand durchs Zimmer lief.

„Seit sie herausgefunden hat, wie man läuft, will sie nichts anderes mehr tun“, berichtete er ihr.

Emilia versetzte diese Aussage einen Stich ins Herz. Bisher war sie bei jedem Entwicklungsschritt ihrer Tochter dabei gewesen, aber in den letzten Tagen, an denen sie nicht permanent bei ihr sein konnte, hatte sie so viel Neues gelernt, das sie als Mutter gern miterlebt hätte.

„Stimmt etwas nicht?“, fragte Merkur, der wohl gemerkt hatte, dass Emilia etwas umtrieb.

„Es ist nichts, es ist albern ...“, erwiderte sie.

„Los, sag’s mir“, bat er sie.

„Na schön. Ich bin ein kleines bisschen eifersüchtig, dass ihr alle bei Elenjanas wichtigen Entwicklungsschritten dabei wart und ich nicht“, murmelte sie.

Merkur lachte hell auf und antwortete:

„Das ist bei Elfenkindern nun mal so. Da genügt es, wenn die Mutter auf den Markt geht, und wenn sie zurückkommt, rennt ihr Baby ihr entgegen. Sei froh, dass Elenjana noch Menschenblut in sich trägt. Sonst würde das noch schneller gehen.“ Er gab ihr einen liebevollen Kuss und schon war Emilias Laune besser.

„So was Ähnliches hat Sera mir auch schon erklärt“, bestätigte sie. Dann schwieg sie erneut.

„Was beschäftigt dich sonst noch?“, fragte er nun direkt heraus.

„Ich frage mich gerade, wie es weitergehen wird mit uns ...“, erwiderte sie verlegen.

„Was fragst du dich da?“, entgegnete er überrascht.

„Na ja, trotz unserer Liebe, deren ich mir sicher bin, sind wir beide nicht mehr die Elfen, die wir einst waren“, beantwortete sie seine Frage ernst.

„Na ja, eine ganze Elfe warst du ja eh noch nie“, bemerkte er neckisch. „Eine viertel Elfe, höchstens eine halbe!“ Damit hatte er sie bereits bei ihrem ersten Treffen geärgert, nur dass er es am heutigen Tag liebevoll äußerte.

„Merkur, mir ist es ernst damit“, beschwerte sie sich.

„Emilia, gib uns doch einfach Zeit. Ich weiß, du bist ein Typ, der gern alles vorherplant und bespricht, jedoch klappt das nicht in der Liebe. Wir sind füreinander bestimmt und wir haben den Göttinnen wohl mehr als einmal gezeigt, dass wir zusammengehören. Wir haben so viele Prüfungen gemeistert. Auch wenn wir uns verändert haben, sind wir doch größtenteils dieselben geblieben."

„Du bist erwachsener geworden", erklärte sie leise.

„Und du erst!", antwortete er daraufhin und lachte. „Wenn ich an das unschuldige, junge Mädchen denke, das mir damals im Wald begegnet ist, das bei jeder Gelegenheit rot anlief und immer ein bisschen in seiner eigenen Welt lebte. Und jetzt? Bereits als ich zurückkam und mich nicht an dich erinnern konnte, spürte ich die Entschlossenheit und die Macht in dir."

„Die Macht?", fragte Emilia ungläubig und lachte leise.

„Lach nur, aber ja, so ist es. Emilia, du bist eines der mächtigsten Wesen, das mir je begegnet ist. Und die Tatsache, dass du inzwischen deine Gedanken und Gefühle zu hundert Prozent wegsperren kannst, macht es für mich nicht einfach. Jedoch muss ich zugeben, dass es mich auch fasziniert. So muss es sein, wenn man als Mensch leben muss: gänzlich von den Gefühlen und Gedanken abgeschottet zu sein."

Emilia lachte erneut auf.

„Ich hätte gedacht, es würde dich freuen, meine peinlichen Gedanken nicht mehr ertragen zu müssen", entgegnete sie.

„Gerade diese Gedanken machten dich für mich am Anfang so liebenswert. Konnte ich doch so hinter die Fassade des unsicheren Mädchens blicken, das nach außen so cool und abgeklärt wirken wollte."

Emilia lief erneut rot an.

„Das mit dem Rotwerden hat sich nicht geändert“, erklärte sie nun und fuhr sich über die Wangen.

„Na, zum Glück“, bestätigte er. „Dann merke ich wenigstens dadurch noch, wenn ich dich in Verlegenheit bringe.“ Er setzte sich zu ihr aufs Bett und ließ Elenjana ein bisschen alleine laufen. Zärtlich strich er seiner Freundin über die Wange und flüsterte mit rauer Stimme: „Das erinnert mich immer ein wenig an unsere erste gemeinsame Nacht.“ Nun verstärkte sich das Rot. „Ich hoffe, dass ich nicht mehr allzu lange auf eine Wiederholung warten muss.“

„Merkur!“, rief Emilia empört, lachte jedoch mit.

„Was denn? Ich bin schließlich auch nur ein Mann“, entgegnete er.

„So notleidend wirst du schon nicht sein, außerdem hattest du ja in der Zwischenzeit das Vergnügen mit Felodin“, antwortete Emilia, und während sie es aussprach, merkte sie, dass die Antwort bissiger herauskam als geplant.

Merkur sah sie entsetzt an und erwiderte dann stockend: „Wir haben nicht ... Also Felodin und ich ...“

„Ihr habt nicht ...?“, rief sie erleichtert aus und fiel ihm um den Hals. „Dem Himmel sei Dank. Ich hatte wirklich ein Problem damit. Immer und immer wieder habe ich in meinem Kopfkino gesehen, dass ihr miteinander ... Du weißt schon.“

„Dass wir miteinander geschlafen haben? Emilia, solche Gedanken treiben dich um? Nur gut, dass die Feenmagie deine schmutzigen Gedanken vor anderen verbirgt!“, erklärte er grinsend.

„Das ist nicht witzig, Merkur. Es hat mich beinahe rasend gemacht vor Zorn und Wut. Allein die Vorstellung, dass ihr beide das geteilt habt, was allein uns hätte gehören sollen ..."

„Beruhige dich, ich kann dir versichern, dass wir nicht so weit gegangen sind. Auch wenn Felo es darauf angelegt hatte. Vielleicht hast du es mitbekommen, sie ist rein auf Macht aus. Ich wusste das, jedoch war sie zu diesem Zeitpunkt ein netter Zeitvertreib. Es tat mir einfach gut, begehrt zu werden. Allerdings war mir klar, dass sie versuchen würde, schnellstmöglich mit meinem Kind schwanger zu werden. Daher ließ ich sie am langen Arm verhungern."

„Nett ist anders", erklärte Emilia und sah forschend in die Augen ihres Freundes.

„Ich hatte dir ja bereits bei unserem Gespräch am Waldrand erklärt, dass ich der Meinung war, dass ich keine Liebe mehr in mir trage. Es war in der Tat so. Das innige tiefe Gefühl der Liebe kehrte erst wieder zu mir zurück, als meine Erinnerungen an dich zurückkamen."

Emilia erschauderte erneut, als sie sich an all das erinnerte.

„Wir müssen versuchen, diese Geschichte hinter uns zu lassen", flüsterte sie leise.

Merkur nickte und antwortete:

„Das werden wir." Einige Zeit schwiegen sie. Elenjana freute sich, dass sie inzwischen alleine durch das ganze Zimmer laufen konnte und ihre Eltern sahen ihr stolz zu. „Kannst du die Feenmagie umgehen, sodass ich deine

Gedanken und Gefühle wieder wahrnehmen kann?“, fragte er leise.

Emilia blickte ihn verdutzt an und entgegnete:

„Ich weiß es nicht ... Aber es wäre wichtig für dich, habe ich recht?“

„Ja. Das ist jetzt nicht böse gemeint, aber es fühlt sich an, als hätte ich einen gefühllosen Stein in meinem Arm. Ich bin es gewöhnt, dass ich dich mit allen Sinnen fühlen und wahrnehmen kann, wenn ich dir so nahe bin. Die Tatsache, dass ich es nicht mehr kann, ist furchtbar.“

Emilia nickte und überlegte, was die Fee ihr alles erzählt hatte.

„Ich glaube, mich daran erinnern zu können, dass Lilienne etwas erwähnt hatte ...“, redete sie mehr mit sich selbst als mit Merkur. „Jetzt muss es nur noch funktionieren ... So ganz hab ich noch nicht raus, was ich mit der Feenmagie alles bewirken kann.“

Sie konzentrierte sich mit aller Kraft auf die Barriere aus Feenmagie, die ihre Gedanken und Gefühle gegen alle abschottete, und darauf, dass sie Merkur den Zugriff auf ihr Inneres erlaubte.

Als dieser nach Luft schnappte, wusste Emilia, dass sie erfolgreich gewesen war. Die Gefühle und Gedanken Emilias strömten mit solch einer Heftigkeit auf ihn ein, dass ihm kurzzeitig die Luft wegblieb.

„Das war wohl ein bisschen abrupt“, entschuldigte sich Emilia bei ihm.

Anstelle einer Antwort atmete Merkur nur tief durch. Nachdem die Flut der Bilder abgeebbt war, sagte er:

„Danke, so ist es besser.“

Emilia lachte erleichtert auf.

„Na dann, schauen wir mal, wie lange du mich so ertragen kannst“, erwiderte sie und schmiegte sich an ihn.

„Ewig“, flüsterte er und zog sie fest in seinen Arm.

Nachdem sie einige Zeit einfach nur ihre Dreisamkeit genossen hatten, beschlossen sie, das Obst und das Gemüse zu essen, das Lianna ihnen bereits vor einer Ewigkeit hingestellt hatte. Kaum waren sie satt, klopfte es leise an der Tür.

„Herein!“, rief Emilia und schon knallte die Tür gegen die Wand. „Fox! Mein Freund!“, rief sie freudig und bemühte sich, dem Hund, der bereits in voller Größe über ihr auf dem Bett stand, beizukommen. „Ich habe dich auch so vermisst“, erklärte sie ihm, während er sich schwanzwedelnd auf ihr zusammenkringelte und seinen Kopf an ihre Brust drückte. Ihm folgten Sophia, Roman, Claire und Haldur.

„Fox, runter vom Bett!“, befahl Sophia streng.

„Ach bitte, lass ihn bei mir“, bettelte Emilia.

Granny verdrehte die Augen, ließ es aber dennoch lächelnd zu.

„Lianna wird das schon regeln“, erklärte sie und setzte sich dann in den freien Stuhl neben dem Bett.

Roman und Claire holten sich ebenfalls Stühle und setzten sich dazu. Haldur widmete sich Elenjana.

„Wie geht es dir?“, fragte Roman mit belegter Stimme.

„Gut, Papa“, beruhigte sie ihn und sie konnte sehen, wie ihm ein Stein von der Seele fiel.

„Wieso hast du mir nicht vertraut? Wieso hast du mich nicht eingeweiht?“, fragte er nun vorwurfsvoll. „Du wusstest doch, dass ich auf deiner Seite war.“

„Roman, lass es gut sein, sie ist noch zu schwach“, flehte Claire.

Sophia lachte heiter auf.

„Mir kommt sie ganz und gar nicht schwach vor, im Gegenteil. Ich habe sie lang nicht mehr so glücklich und ausgeglichen gesehen. Stimmt's, Mädchen?“

Emilia lächelte, zuckte mit den Schultern und antwortete:

„Wenn das eine Standpauke werden soll, dann bin ich auf alle Fälle noch zu schwach.“

Merkur prustete los, als er ihren unschuldigen Blick sah. Auch Roman musste lachen und schließlich stimmte Claire mit ein.

„So, nun aber Spaß beiseite“, bestimmte Sophia und griff nach Emilias Hand. „Nun erzählst du uns bitte alles, was wir wissen sollten. Und danach will ich von diesem Thema nie wieder etwas hören, ist das klar?“ Sie zwinkerte ihrer Enkeltochter zu und diese nickte.

Roman seufzte, da er mal wieder nichts zu sagen hatte in Anwesenheit seiner Mutter. Haldur grinste nur und widmete sich weiter seiner Urenkelin.

Emilia erzählte also erneut die gesamte Geschichte. Es dauerte allerdings deutlich länger als bei Merkur, da sie permanent von ihrer Mutter unterbrochen wurde. Diese war bereits beim Erzählen einem Nervenzusammenbruch nahe.

Als Emilia fertig war, schwiegen alle einige Augenblicke.

„Ich bin stolz auf dich, mein Kind!“, murmelte Roman nach einiger Zeit.

„Roman!“, fuhr Claire auf. „Du kannst sie doch in so einem Unfug nicht auch noch unterstützen. Es hätte weiß ich was geschehen können. Beziehungsweise ist weiß ich was geschehen.“

Roman, Sophia und Emilia schmunzelten nur über Claires Empörung.

„Wenn du erst länger hier lebst, wirst du es besser verstehen. Emilia und Merkur haben eine Bestimmung, gegen die sie nicht ankämpfen können. Sie hat nur das getan, was getan werden musste, und manchmal bedeutet dies, Gefahren einzugehen, die man eigentlich selbst nicht eingehen möchte. In diesem Fall hatte Emilia keine andere Wahl. Und vermutlich hat sie uns so alle vor einem großen Bürgerkrieg bewahrt.“

Claire sah verblüfft auf.

„Einem Bürgerkrieg? Wegen der Liebe zweier Teenager?“ Sie verschränkte die Arme und warf ihm einen Jetzt-übertreibst-du-aber-Blick zu.

„Claire, Roman hat leider recht“, mischte sich nun Haldur ein. „Die Lage in Gwaithmar spitzt sich täglich zu. Lange werden die Bewohner Mephisto nicht mehr folgen. Die Nachricht, dass sich die Prophezeiung nun erfüllen kann, wird die Wogen glätten, da bin ich mir sicher.“

Claire schüttelte weiterhin unverständlich den Kopf, widersprach jedoch nicht mehr.

„Dad, du sagtest, dass Mum es besser verstehen würde, wenn sie länger hier leben würde, heißt das ...?“, wechselte Emilia nun das Thema.

Roman strahlte über das ganze Gesicht und nickte.

„Ja, deine Mutter hat sich dazu entschlossen, Andorin eine Chance zu geben.“ Er zog seine Frau in eine feste Umarmung und diese lief leicht rot an.

„Mum, das ist ja wundervoll!“, rief Emilia. „Aber was wird mit Teresa, dem Haus, deinem Job?“, fragte sie weiter.

Claire seufzte tief und antwortete:

„Das waren die Gründe, wieso mir die Entscheidung nun so leichtgefallen ist“, begann ihre Mutter zu erzählen. „Wie du weißt, hat sich Teresa komplett von uns abgekapselt, nachdem sie erfahren hatte, dass Roman nicht ihr Vater ist. Sie meldet sich seither nur noch bei mir, wenn sie Geld braucht. Zu ihrem leiblichen Vater hat sie inzwischen Kontakt aufgebaut und die beiden wollen sich nun kennenlernen. Ich hoffe, sie wird nicht so enttäuscht wie ich es wurde, aber das muss sie selbst herausfinden. Auf mich hört sie nicht mehr. Das Haus ist mir alleine nun einfach zu groß. Ich müsste jemanden anstellen, der mir in Haus und Garten hilft, jetzt, nachdem ihr beide nicht mehr zu Hause seid. Da Teresas Studium nun auch noch Geld kostet, müsste ich sogar noch mehr arbeiten als vorher, um das Haus halten zu können. Aber wozu ein so großes Haus halten, wenn niemand mehr da ist, der es mit mir bewohnt? Daher haben wir uns dazu entschieden, es zu verkaufen. Von dem Erlös kann Teresa ihr Studium abschließen und es wird noch etwas übrigbleiben. Meine

Arbeit gebe ich gern auf. Außerdem kann ich hier in Andorin endlich so viel Zeit in meine Hobbys investieren, wie ich möchte. Ich kann mich um Elenjana kümmern und euch auch sonst helfend zur Hand gehen."

„Oh Mum, ich freue mich ja so!", rief Emilia und fiel ihrer Mutter um den Hals. „Es wird dennoch komisch sein, wenn unser Haus nicht mehr uns gehört", flüsterte sie.

„Das ist die nächste gute Nachricht", erklärte nun Roman. „Unser Nachbar möchte das Haus kaufen und ebenfalls ein Ferienhaus daraus machen. Du weißt, Mister Miles, der, bei dem Roandir so lange gewohnt hat. Sprich, wir können jederzeit dort Urlaub machen, wenn uns danach ist."

„Unter Einhaltung der Buchungsregeln", frotzelte Emilia, freute sich jedoch, dass ihr Haus für sie nicht ganz verloren war. Wobei sie insgeheim wusste, dass sie wohl kaum allzu oft zurückgehen würden. Sie war nun in der magischen Welt zu Hause. Und jetzt, da Merkur wieder ganz der Alte war, verspürte sie eigentlich keine Sehnsucht mehr nach der Menschenwelt. Alles, was sie brauchte, hatte sie hier.

Nach einer guten Stunde schickte Lianna alle Besucher nach Hause. Auch Merkur und Elenjana schickte sie hinaus.

„Geht ein paar Schritte im Garten. Die frische Luft wird euch guttun. Ich möchte Emilia nochmals gründlich untersuchen, und wenn alles gut aussieht, kannst du sie übermorgen mitnehmen."

Merkur und Emilia freuten sich auf diese Aussicht und so ließ sich der junge Elf ohne weiteren Widerstand hinausbeordern.

Nachdem Lianna alle Verbände geöffnet und Emilias Vitalfunktionen gecheckt hatte, war sie sehr zufrieden.

„Du erholst dich beinahe zu schnell“, sagte sie und lachte. „Die Verbände brauchen wir nicht mehr, die Wunden sind fest verschlossen und werden sich nicht mehr öffnen. Du hattest großes Glück, Emilia“, erklärte sie mit ehrfürchtiger Stimme.

Diese schluckte schwer und nickte. Die Tatsache, dass sie eigentlich bereits tot gewesen war und nur noch unter ihren Geliebten weilte, weil sie im glücklichen Besitz einer Waldgeisterseele war, wurde ihr erneut deutlich bewusst. Zum Glück hatte die Seele Emilijanas für kurze Zeit den Platz ihrer Menschenseele einnehmen können. Nur so war es möglich gewesen, ihren Körper so lange am Leben zu erhalten, bis Merkur in der Lage war, durch die *Magie der Liebenden* ihre wahre Seele zurückzurufen.

„Darf ich dann übermorgen nach Hause?“, fragte sie hoffnungsvoll und schob ihre trüben Gedanken beiseite.

„Wenn du es heute Mittag schaffst, aufzustehen und ein wenig in die Sonne gehst, darfst du sogar schon morgen nach Hause“, erklärte Lianna strahlend. „Wie gesagt, die Wunden sind besser verheilt, als ich erwartet hätte. Es spricht also nichts dafür, dich länger hier zu behalten. Außerdem werden mir die vielen Besucher langsam lästig!“, rief sie lachend und zwinkerte ihr zu. Dann nahm sie die alten Binden mit und verließ den Raum.

Merkur und Elenjana kamen nach einer knappen Stunde wieder. Nachdem die Kleine etwas gegessen und getrunken hatte, beschlossen sie, Haldur und Sophia zu bitten, das Kind mit ins Schloss zu nehmen. So sandten sie einen Boten ins Schloss und es dauerte keine halbe Stunde, da fuhr auch schon die königliche Kutsche vor. Claire und Sophia waren gemeinsam gekommen, da Haldur an diesem Nachmittag dringend in Angorogh gebraucht worden war. Die beiden freuten sich sehr, dass es Emilia so gut ging und sie noch am nächsten Tag nach Hause durfte.

„Aber dafür muss ich jetzt dringend aufstehen, sonst lässt Lianna mich nicht gehen“, warf sie ein.

Die beiden Frauen verstanden den Wink mit dem Zaunpfahl. Emilia und Merkur verabschiedeten sich von ihrer Tochter und Claire hob Elenjana von Emilias Schoß. Nachdem die drei das Zimmer verlassen hatten, half Merkur Emilia beim Aufstehen.

„Es war gut, dass wir Elenjana mitgegeben haben“, erklärte Emilia leise stöhnend, als sie endlich stand. „Mit ihr zusammen hättest du mich nie nach draußen bekommen.“ Sie biss die Zähne zusammen, da die Schmerzen doch stärker waren, als sie gedacht hätte.

„Wenn es nicht geht, dann leg dich lieber wieder hin“, beschwor Merkur sie fürsorglich.

„Nein!“, erklärte Emilia mit verkniffenem Gesicht. „Ich gehe morgen nach Hause und dafür muss ich nur bis in den Garten kommen. Das kann ja nicht so schwer sein.“ Wild entschlossen stützte sie sich auf den jungen Elfen und so kamen sie Schritt für Schritt der Tür näher. „Warte“, bat sie, bevor er die Tür öffnete. „Setz mich hier auf dem Stuhl bitte nochmals ab.“ Merkur half ihr auf den Stuhl und Emilia atmete tief durch. „Okay, bitte reich mir eine saubere Hose und ein Shirt, so kann ich nicht rausgehen“, erklärte sie und deutete auf das lange, unförmige Nachthemd, das sie trug.

Merkur grinste, beeilte sich jedoch damit, Emilia die Sachen zu geben. Anschließend konnte es losgehen.

„Jetzt sehe ich wieder menschlicher aus“, erklärte sie, als sie fertig angezogen war.

„Eher elfischer“, antwortete Merkur und sein Grinsen wurde breiter.

Emilia verdrehte die Augen und lachte. Dann half Merkur ihr erneut hoch und nun kamen sie erstaunlich gut voran.

Im Garten angekommen fixierte Emilia genau die Gartenbank, auf der sie schon einmal mit ihrer Großmutter gesessen hatte. Damals, als sie von den Reitern Utgards vergiftet worden war. Genau diese Bank war ihr Ziel. Als sie diese endlich erreicht hatten, dauerte es einige Zeit, bis Emilia wieder imstande war, zu sprechen.

„Ich habe hier schon einmal gesessen“, erklärte sie dann lächelnd, als sie zu Atem gekommen war. „Damals saß ich hier mit Granny und sie erklärte mir, dass ich noch viel über Jungs lernen müsse. Und dass ich nicht alles darüber in Büchern erfahren würde. Da hatte sie wohl recht.“

Merkur zog eine Augenbraue hoch und antwortete:

„Sophia wusste recht schnell, dass wir zueinander gehören, habe ich recht?“

Emilia nickte und erwiderte:

„Manchmal glaube ich, dass sie mehr Talent im Gedankenlesen besitzt als wir alle zusammen. Sie hat einen besonderen Sinn für die Dinge. Ich kann es gar nicht beschreiben. Aber vielleicht war das auch die Verbindung, die sie zu meinem Großvater brachte. Sie war schon immer anders gewesen. So wie ich auch." Den letzten Teil hatte sie nur noch geflüstert.

„Zum Glück warst du schon immer anders als andere. Stell dir mal vor, was gewesen wäre, wenn du so wie Teresa geworden wärst? Bereits die Existenz einer magischen Welt bringt sie so aus dem Konzept, dass sie alle Brücken zur eigenen Familie abbricht. Ich glaube nämlich nicht, dass sie den Kontakt nur verweigert wegen der Vater-Geschichte. Sie hat Angst. Wieso sollte sie sonst auch zu dir keinen Kontakt mehr haben wollen? Glaub mir, wäre sie an deiner Stelle gewesen, sie wäre mir sicherlich nicht durch solch ein Tor gefolgt." Er lachte auf.

Emilia sah nachdenklich in die Ferne und entgegnete:

„Da könntest du recht haben. Dann werde ich mich wohl damit abfinden müssen, dass ich immer anders sein werde. Hier werde ich immer eine Halbelfe sein."

„Stimmt, eine Halbelfe mit einer wiedergeborenen Waldgeisterseele, die von der Magie der Feen geschützt wird. Ich habe es dir heute Nacht bereits gesagt, du bist das mächtigste Wesen, das ich kenne."

„Wesen, das klingt so nach Monster", erklärte Emilia leise und betrachtete ihre verkratzten Hände.

„Mein Monster", neckte Merkur sie liebevoll und streichelte ihr sanft eine ihrer braunen Haarsträhnen aus dem Gesicht.

„HEY!", rief sie empört. „Du bist hier, um mich aufzubauen!"

„Tue ich doch. Aber du hast das Monster doch ins Spiel gebracht. Ein Wesen ist nichts Schlimmes. Was soll ich sonst sagen? Ein Mensch? Ein Elf? Ein Waldgeist? Eine Fee? Du bist nichts von alledem und doch alles zugleich."

„Ich bin eine Elfe!", erklärte sie. „Im Herzen bin ich eine Elfe, das war ich schon immer und das werde ich immer sein", bestimmte sie nun und sah ihn herausfordernd an.

Merkur fuhr über ihre Wange und küsste sie, dann sagte er:

„Die mächtigste Elfe, die ich je gesehen habe."

„Und die schönste", ergänzte Emilia, „und die klügste und ..."

„Ja, ja, alles, was du willst", antwortete er lachend.

Dann sahen sie sich tief in die Augen und ihre Lippen näherten sich immer mehr. Sie wurden magisch voneinander angezogen. Innerhalb weniger Sekunden trafen sie sich und ihre Lippen verschmolzen zu einem ewig währenden, innigen Kuss.

„Ich liebe dich, meine kluge, wundervolle, wunderschöne und mächtige Elfe", flüsterte er, als sie sich wieder voneinander gelöst hatten.

„Und ich liebe dich, mein bockiger, sturer, aber dennoch liebenswürdiger Elf", erklärte Emilia und beide mussten herzlich lachen.

„Na, hör mal, so bockig bin ich gar nicht", echauffierte er sich.

„Wenn du alle deine Erinnerungen beieinanderhast und du nicht gerade für eine Königin lügen musst, ja, dann bist du es nicht", gestand Emilia ihm zu.

„Na schön, damit kann ich leben", erwiderte er grinsend. „Ich denke, wir sollten zurück, es wird bereits dunkel", wechselte er nun das Thema.

Den Rückweg schafften sie bereits in der Hälfte der Zeit.

„Das sieht sehr gut aus", lobte Lianna, die die beiden auf dem Weg zu einem Patienten traf. „Merkur, du kannst sie morgen nach dem Unterricht abholen", erklärte sie.

„Dem Unterricht?", fragte er verblüfft.

„Ja, natürlich. Ich muss Emilia morgen Vormittag nochmals untersuchen und ihr einige Übungen zeigen, die sie machen kann, dass ihre ganze Kraft schnellstmöglich wiederkommt. Dabei kann ich dich nicht gebrauchen, du lenkst sie zu sehr ab", antwortete sie lächelnd. „Außerdem hast du nun die verantwortungsbewusste Aufgabe, sowohl Emilia als auch Sera mit dem Stoff zu versorgen, den ihr durchnehmt."

Emilia lachte, da Merkur wenig begeistert dreinblickte.

„Ich finde, Lianna hat recht", bestätigte sie. „Außerdem wäre es mir lieb, wenn du heute Nacht bei Elenjana im Schloss schlafen könntest. Ich denke, es ist besser, wenn sie in ihrer gewohnten Umgebung ist. Du kannst in meinen Gemächern schlafen", sagte sie. „Morgen früh soll meine Mutter auf sie aufpassen und ab morgen Nachmittag sind wir dann ja wieder vereint."

Merkur wollte widersprechen, wurde aber von Lianna überstimmt.

„Das klingt sehr vernünftig. Dann kann sich Emilia nun endlich noch ein bisschen erholen. Und für Elenjana ist es wirklich besser, wenn sie nicht ständig hier in der Klinik sein muss."

„Na schön, wie ich sehe, habe ich hier sowieso kein Mitspracherecht. Dann bring ich dich jetzt wohl besser in dein Zimmer und geh dann mal Oma und Uroma ablösen.“

Emilia nickte und gemeinsam schritten sie den langen Gang entlang bis zu ihrem Krankenzimmer.

„Schlaf gut und pass auf dich auf“, flüsterte er ihr zu, nachdem er ihr einen liebevollen Abschiedskuss gegeben hatte. Dann verließ er das Zimmer und Emilia blieb allein zurück.

Am nächsten Morgen ließ es sich Merkur natürlich nicht nehmen, noch vor dem Unterricht den Kopf hereinzustecken, um sich einen Guten-Morgen-Kuss abzuholen. Nach einer viertel Stunde jagte Emilia ihn dann jedoch endlich in die Akademie.

Der restliche Vormittag verlief recht schnell. Lianna untersuchte Emilia nochmals genau und zeigte ihr dann eine Technik, mit der sie ihre Wundheilung beschleunigen konnte, indem sie diese vor ihrem inneren Auge visualisierte. Sie leitete sie an, die Energien der Natur anzuzapfen und wirksam zur Heilung zu verwenden. Nachdem sie die Technik beherrschte, wendete sie diese sogleich aktiv an. Und so gelang es ihr bereits vor der Mittagszeit, alleine aufzustehen und im Zimmer auf und ab zu laufen. Sie packte ihre wenigen Habseligkeiten zusammen, die man ihr in den letzten Tagen hergebracht hatte, und war gerade dabei, ihre Haare zu bändigen, als es an der Tür klopfte.

„Herein!“, rief sie und blickte neugierig zur Tür. „Lethan!“, begrüßte sie nun ihren Freund und strahlte übers ganze Gesicht. „Schön, dass du da bist. Ich hatte mir schon Sorgen gemacht, weil du mich noch nicht besucht hattest“, plapperte sie munter drauf los. Erst als Lethan nichts erwiderte, verstummte sie. „Ist alles okay?“, fragte sie nach einigen Augenblicken des Schweigens, während Lethan die Tür geschlossen hatte und nach Worten rang.

„Ich werde für einige Wochen oder Monate fortgehen“, begann er nun, sah Emilia jedoch nicht an. „Ich dachte, ich wäre über dich hinweg, aber die Tatsache, dass ER wieder ganz der Alte ist und IHR wieder ein Paar, verkrafte ich nicht. Ihr seid doch wieder ein Paar, oder?“ Nun traute er sich das erste Mal, Emilia anzusehen und sogleich überkam sie der unsägliche Wunsch, ihn einfach nur in den Arm zu nehmen.

Sie nickte und antwortete:

„Ja, wir sind wieder ein Paar ... Aber du kannst doch nicht einfach so fortgehen? Wohin willst du?“

„Ich habe noch keinen genauen Plan. Ich wollte schon immer mal die Wälder Silvjanamars durchforsten, die kleineren magischen Welten besuchen, die man von dort aus erreichen kann ... Ich denke, jetzt ist der richtige Zeitpunkt. Ich muss weg, ansonsten stehe ich euch nur im Weg. Außerdem ist Merkur mein bester Freund. Ich kann ihm nicht mehr unter die Augen treten, seit ich weiß, dass ihr wieder glücklich seid. Es ist für alle besser so, glaube mir. Lebe wohl!“ Mit diesen Worten hatte er sich umgedreht und zügigen Schrittes das Zimmer verlassen.

„Lethan!“, rief sie, aber er kam nicht zurück.

Leider war Emilia noch nicht fit genug, als dass sie ihn hätte einholen können. So stand sie völlig verdattert in ihrem Zimmer, als Merkur sie wenige Minuten später abholen wollte.

„Hast du einen Geist gesehen?“, fragte er sie und sah in die Richtung, in die Emilia gestarrt hatte.

Diese zuckte mit den Schultern und antwortete noch immer völlig durcheinander:

„Vielleicht ... Lethan war da und ... er war so komisch. Hat versucht, jeden Blickkontakt mit mir zu vermeiden und hat sich dann verabschiedet. Er ist weg. Wohin genau konnte er mir nicht sagen. Durch die Wälder Silvjanamars streifen, magische Welten besuchen, um Abstand zu mir zu gewinnen.“ Merkur zog eine Augenbraue in die Höhe. „Hast du ihn nicht getroffen, auf dem Weg zur Akademie? Wenn er das Tor dort nehmen wollte, hättet ihr euch begegnen müssen. Er ist eben erst hier weg.“

„Nein, ich habe ihn nicht getroffen“, erklärte Merkur nachdenklich.

„Na, vielleicht hat er das Ost-Tor genommen“, überlegte Emilia laut.

„Lethan braucht kein Tor, um zu reisen“, gestand er leise.

„Wie meinst du das?“, fragte Emilia überrascht.

„Ich habe dir doch von dem *Elfenschuh* erzählt, dem Kraut, das wir benutzt haben, um zurückzureisen?“ Emilia nickte. „Lethan hat sich gleich ein ganzes Büschel ausgerissen. Er hat genug von dem Kraut, um die gesamte magische Welt an einem Tag zu bereisen. Und wenn es ihm ausgehen sollte, weiß er genau, wo er weiteres findet.“ Er zuckte mit den Schultern, griff dann nach Emilias Tasche und bedeutete ihr somit, aufzubrechen.

„Machst du dir gar keine Sorgen um deinen besten Freund?“, fragte sie nun erstaunt.

„Nein, er ist ein erfahrener Krieger, und wenn er der Meinung ist, dass er Abstand von uns gewinnen muss, dann wird er schon das Richtige tun. Ich weiß, dass Lethan mir nie das Mädchen ausspannen würde. Zum einen würden ihn die Könige dafür lynchen, nach allem, was von unserer Verbindung abhängt, und zum anderen vertraue ich ihm. Wie du sagst, sind wir seit jeher die besten Freunde. Er ist wie ein Bruder für mich. Er wird wissen, was er tun muss. Wenn ich keine Verpflichtungen hätte, würde ich vielleicht dasselbe tun“, erwiderte er und grinste.

„Verpflichtung?“, fragte Emilia und stemmte ihre Arme in die Seiten.

„JA, ich habe viele Verpflichtungen. Eine davon ist es, dich nun nach Hause zu geleiten, und eine andere wird es sein, dich heute Abend zu entkleiden!“ Nun grinste er sie anzüglich an.

Emilia wurde rot und antwortete in hochnäsigem Tonfall:

„Na, wenn du das als Verpflichtung betrachtest, sollte ich vielleicht lieber jemanden suchen, der dies für dich übernehmen kann.“ Dann lachte sie freudig auf, gab ihrem verdutzt dreinblickenden Freund einen Kuss und ging hinaus. „Na los, Kofferträger. Komm deiner Pflicht nach!“, rief sie vom Gang her.

Merkur brach in schallendes Gelächter aus, folgte ihr jedoch brav.

„Na warte, wenn wir zu Hause sind ...“, knurrte er lachend.

Die beiden hatten viel Spaß, bevor sie in die königliche Kutsche einstiegen.

Lianna schüttelte nur belustigt den Kopf, während sie dem Gekabbel der beiden zuhörte.

Lethan und sein Abenteuer war vergessen. Emilia und Merkur waren so glücklich, dass zwischen ihnen endlich wieder alles so werden könnte, wie es vor Merkurs Entführung gewesen war, dass sie daran keinen Gedanken mehr verschwendeten. Je näher sie jedoch dem Schloss kamen, desto schweigsamer wurde Emilia.

„Alles in Ordnung bei dir?", fragte Merkur besorgt und streichelte ihr behutsam über den Arm. „Hast du Schmerzen? War dir alles zu anstrengend?"

Emilia schüttelte den Kopf und knetete ihre Hände im Schoß.

„Ich bin nur ein bisschen nervös", erklärte sie leise.

„Nervös?", fragte Merkur überrascht. „Wieso nervös?"

„Wegen uns ...", antwortete sie und wurde rot. „Ich meine, kommt es dir nicht seltsam vor? Wir waren gerade frisch verliebt, hatten uns kaum kennengelernt, als du ... Na ja, und jetzt ist das alles schon weit über ein Jahr her. Wir haben eine gemeinsame Tochter, die inzwischen laufen und sprechen kann, aber eigentlich kennen wir uns dennoch nicht besser. Eher weniger. Weißt du, wie ich es meine?"

Merkur seufzte und antwortete:

„Ja, ich weiß genau, was du meinst, aber ich denke, du solltest dir einfach nicht zu viele Gedanken machen. Das ist nun mal bei uns so. Und es hat den Vorteil, dass wir uns jetzt gleich so kennenlernen, wie wir jetzt sind. Wer weiß, vielleicht hätte mir die alte Emilia besser gefallen als die jetzige, da ich sie aber nie richtig kennenlernen durfte, weiß ich das gar nicht und somit stört es mich nicht“, entgegnete er und grinste.

„Du kannst nur selten was ernst nehmen, stimmt's?“, fragte sie, musste jedoch mitlachen. Dieses unbeschwerte Verhalten Merkurs war eine Wohltat für ihre Seele.

„Emilia ...“, begann er und nahm ihre Hände in seine. „Ich bin ein anderer Elf, seit meine Erinnerungen zu mir zurückgekehrt sind. Die letzten Monate erscheinen mir nun völlig trist und absolut nicht lebenswert. Daher möchte ich mein neu gewonnenes Leben ganz anders gestalten. Ich möchte es nutzen, sinnvoll und bewusst. Und ich möchte mir nicht mehr ständig Sorgen machen müssen. Ich glaube, das würde dir auch ganz guttun. Lass los, lass all deine negativen Gefühle ziehen und freu dich über das Hier und Jetzt. Wir sind zusammen, wir sind eine Familie und wir werden es immer bleiben. Und falls dir irgendwas zu schnell geht, dann sag Bescheid, wobei ... Wusstest du, dass ich mich wieder an die Nacht mit dir erinnern kann? Jedes einzelne Detail!“ Er grinste sie an und sie wurde rot.

„Das macht es jetzt nicht besser“, erklärte sie lachend. „Aber vielleicht hast du recht. Ich muss versuchen, loszulassen. Die Vergangenheit hinzunehmen und das Leben so leben, wie es kommt. Ich fürchte, etwas anderes bleibt uns beiden sowieso nicht übrig. Als Paar der Prophezeiung.“ Sie lachte und drückte fest seine Hand.

„Sehr gute Einstellung!“

In diesem Moment hielt die Kutsche im Schlosshof. Merkur hob Emilia heraus und half ihr dann vorsichtig die Stufen hinauf ins Schloss.

„Wohin sollen wir gehen?“, fragte er.

„Nur noch nach Hause zu Elenjana!“, erklärte sie und Tränen der Freude breiteten sich in ihren Augen aus.

„Wie Mylady wünschen“, antwortete Merkur und führte sie galant die Korridore entlang. „Du läufst von Schritt zu Schritt sicherer“, stellte er dabei fest.

Emilia nickte und antwortete:

„Das ist die Sehnsucht nach unserem Kind, die mich antreibt.“ Merkur lachte. Er verstand genau, was sie meinte. „Sag mal“, begann sie, als sie den Bogendurchgang erreicht hatten, „ist es nicht unschicklich, wenn du bei mir wohnst?“, fragte sie und blieb stehen.

„Sicherlich ist es das, aber es wäre noch unschicklicher, wenn du bei mir wohnen würdest. Und außerdem sind die Elfen auf uns angewiesen. Das wissen sie. Sie werden nichts sagen. Und ich würde sagen, dass das Kind sowieso schon in den Brunnen gefallen ist, oder? Ich meine, über deine Tugend müssen wir uns wohl keine Sorgen mehr machen.“ Merkur lachte auf und Emilia stimmte erleichtert mit ein. Obwohl sich ein zarter Hauch Rosa in ihr Gesicht schlich.

„Möchtest du überhaupt bei uns wohnen?“, fragte sie nun weiter, während sie ihrem Ziel immer näherkamen.

„Was für eine Frage!“, erklärte er, zog sie an sich und gab ihr einen sanften Kuss.

„Okay, das lasse ich als Antwort gelten!“, erwiderte sie und dann drückte sie die Klinke zu ihren Gemächern hinunter. „In dem Fall: willkommen zu Hause.“

„Das wollten wir eigentlich zu dir sagen!“, rief Sera empört aus einem der gemütlichen Sessel.

„Herzlich willkommen daheim“, begrüßten sie nun ihre Eltern, Sophia, Haldur, Ainema, Mephisto und Roandir.

Nachdem Emilia alle umarmt hatte und sich von einer Schleckattacke der Hunde hatte retten können, sah sie sich suchend im Zimmer um.

„Wo ist Elenjana?“, fragte sie traurig.

„Sie ist eben eingeschlafen“, antwortete ihre Mutter und schob sie sanft zur Kinderzimmertür.

Ganz leise drückte sie die schwere Klinke hinunter und schob die Tür einen Spalt auf. Emilia atmete selig durch, als sie ihre Tochter so friedlich schlafend vorfand. Claire trat einen Schritt zurück und Merkur gesellte sich zu ihr. Gemeinsam blickten sie ins Zimmer, Hand in Hand, und waren einfach nur glücklich.

Nachdem sie sich vom Anblick ihres schlafenden Kindes hatten losreißen können, verbrachten sie noch eine Stunde gemeinsam mit ihren Freunden und der Familie. Allerdings wollte niemand Emilia überstrapazieren, sodass sich die Gesellschaft sehr schnell auflöste. Als Ainema und Mephisto sich verabschieden wollten, bat Mephisto:

„Wir sollten noch etwas besprechen, mein Sohn!“

„Nicht jetzt, nicht heute Abend“, fiel ihm Ainema ins Wort. „Lass die beiden doch erst wieder ankommen und zueinander finden. Danach könnt ihr so viel Politisches besprechen, wie ihr wollt."

Mephisto zuckte mit den Schultern und antwortete:

„Nun gut, aber viel Zeit kann ich euch nicht lassen. Wir müssen dem Volk eine Richtung weisen."

Merkur verdrehte die Augen und seine Mutter legte ihm besänftigend eine Hand auf die Schulter.

„Das wissen die beiden sicherlich selbst. Aber nun lernt euch erst wieder richtig kennen. Alles andere klären wir dann. Bis bald!" Sie küsste Merkur auf die Wange und streichelte Emilia liebevoll über den Arm. Dann wandten sie sich endgültig zum Gehen.

Nachdem die Tür ins Schloss gefallen war, fragte Emilia:

„Ging es um das, was ich denke?"

„Ja. Aber das muss heute Abend wirklich nicht unser Thema sein."

„Sie wollen, dass wir nach Gwaithmar ziehen, habe ich recht?"

„Ja, da wir die einzigen sind, die als neue Herrscher akzeptiert werden, sollten wir das tun. Warst du überhaupt schon einmal dort?"

Emilia schüttelte den Kopf.

„Nein, bisher habe ich Gwaithmar nur in meiner Vision gesehen."

„Dann wird es Zeit. Ich denke, wir sollten das Reich zuerst einmal gemeinsam besuchen, ehe du dich dazu entscheidest, ob du überhaupt dort leben möchtest."

Emilia nickte dankbar, wobei ihr erneut die Vision in den Sinn kam, wie sie zu dritt auf dem Berg standen und auf die

Stadt blickten. Dort hatte es sich angefühlt, als wäre sie endlich zu Hause angekommen. Dennoch erleichterte es sie, dass Merkur zumindest so tat, als hätte sie die Wahl. Jedoch war ihr tief in ihrem Inneren klar, dass sie diese eigentlich nicht hatte.

„Sobald du dich fit genug fühlst, machen wir drei einen Ausflug dorthin. Einverstanden?“, schlug Merkur vor und riss Emilia somit aus ihren Gedanken.

„Gern“, antwortete sie und strahlte.

Danach genossen sie noch ein wenig ihr Kennenlernen und ihre Zweisamkeit, bis Elenjana aufwachte. Anschließend sandten sie einige Dienstboten in Merkurs Wohnung, um seine Sachen zu holen. Ab sofort würde er offiziell bei Emilia im Schloss wohnen. Den restlichen Tag verbrachten sie zu dritt. Emilia wusste nicht, wann sie das letzte Mal so unbeschwert und glücklich gewesen war.

KAPITEL 21

Nach wenigen Tagen war Emilia so weit genesen, dass sie und Merkur wieder gemeinsam den Unterricht besuchen konnten. Sera erwartete die beiden jeden Nachmittag sehnsüchtig und sog das Wissen, das sie ihr mitbrachten, auf wie ein Schwamm.

„Ach, wie gern würde ich wieder mitkommen“, jammerte sie beinahe täglich. „Hier ist es so langweilig. Nichts geschieht, nichts darf ich tun und alle behandeln mich wie ein rohes Ei. Außerdem muss ich permanent an Lethan denken. Meint ihr wirklich, es geht ihm gut?“

„Mach dir keine Sorgen um ihn“, antwortete Merkur leichthin. „Er ist ein guter Krieger. Er wird gesund zurückkommen.“

„Ja, das sagt mir Roandir auch immer wieder ... Aber ich kann einfach nichts dagegen tun. Die Gedanken an ihn kommen immer wieder. Schließlich kann ich ja gerade nur hier rumliegen, mir Sorgen machen, mich langweilen und Löcher in die Luft starren“, maulte Sera weiter. „Wenn ich wenigstens ein bisschen mehr Ablenkung hätte ...“

„Sei froh, dass du nicht unter einer Zeitblase feststeckst. Wenigstens kannst du ab und an das Schloss verlassen und mit der Kutsche in die Stadt fahren“, erklärte Emilia und lachte ihre Freundin aus, die so ungeduldig und leidend war. „Außerdem solltest du diese letzten Tage der Ruhe genießen. Sobald das Baby da ist, war’s das erst einmal mit Durchschlafen.“

„Na, du machst mir Mut", antwortete Sera und schmollte.

„Wenn dir der Sinn nach ein bisschen Abenteuer steht, hätte Elenjana, glaube ich, eine volle Windel für dich", brachte sich nun auch Merkur in das Gespräch ein und hob das Kleinkind demonstrativ mit ausgestreckten Armen vor sich in die Höhe.

Sera lachte auf und antwortete:

„Ach, gib schon her! Dass ihr Männer immer so ein Theater um diese Windeln macht", maulte sie, lächelte jedoch dabei, während sie Elenjana mit flinken Fingern sauber machte. „Siehst du, alles halb so wild", stellte sie fest, als sie das Mädchen wieder auf den Boden stellte.

„Na, ich würde meinen, dass du nun bereit bist, für den Mutter-Posten", neckte er sie weiter.

Sera boxte ihm spielerisch in die Seite, grinste jedoch.

„Oh, glaubt mir, ich kann es kaum noch erwarten", stöhnte sie.

„Was meint Lianna, wann genau es kommen soll?", fragte Emilia nun.

„Sie rechnet in drei Tagen damit", antwortete die Elfe.

„Na, siehst du. Das meiste hast du hinter dir", antwortete Emilia.

„Das sicherlich", seufzte Sera resigniert.

„Dann war das heute wohl vorerst unsere letzte Unterrichts-Wiederholstunde, oder?", fragte Merkur in die Runde.

„Wahrscheinlich ...", bestätigte Sera klagend. „Wenn unser Baby so pünktlich kommt, wie es Elfenbabys für gewöhnlich tun, werdet ihr wohl gerade im Unterricht sitzen, wenn es losgeht ..."

„Das geht nicht!", fuhr Emilia auf. „Ich kann doch nicht im Unterricht sitzen, während ich weiß, dass du gerade ein Kind bekommst. Ich bleibe Montag hier." Fest entschlossen verschränkte sie die Arme vor der Brust.

„Das würdest du tun?", rief Sera erleichtert. „Ich hatte mich nicht getraut zu fragen, aber ich wäre so froh, wenn du dabei wärst, wenn das Baby kommt. Du weißt ja, ich habe keine Mutter oder Tante, die ich fragen kann ... Du bist die einzige weibliche Elfe, die mir nahesteht."

Emilia traten die Tränen in die Augen.

„Darüber hatte ich noch gar nicht nachgedacht", erklärte sie erschrocken. Sie erinnerte sich nur zu gut an die Geburt von Elenjana, wie dankbar sie gewesen war, dass ihre Mutter und ihre Großmutter dabei gewesen waren, um sie zu unterstützen. Niemals hätte sie da mutterseelenallein durchgewollt. „Ich bleibe gern an deiner Seite, aber was ist mit Roandir?"

Sera lachte ihr glockenhelles Lachen.

„Ein Mann bei einer Entbindung? Vergiss es. Die kippen nur aus den Latschen. Bei den Elfen sind die Männer nie bei der Geburt dabei", erklärte sie.

„Oh ..., na, wenn das so ist, bleibe ich die ganze Zeit bei dir und halte dir die Hand."

Sera zog sie in eine innige Umarmung und flüsterte leise: „Danke! Du weißt nicht, was mir das bedeutet ..."

„So, genug mit der Gefühlsduselei", meldete sich nun Merkur zu Wort. „Was haltet ihr davon, wenn wir ein bisschen was unternehmen. Sera, meinst du, du schaffst es, mit in die Stadt zu kommen, Eis essen oder so?"

„Wisst ihr, auf was ich total Lust hätte?", erwiderte diese stattdessen. „Schwimmen gehen!"

„In deinem Zustand?", fragte Merkur skeptisch.

„Stell dich nicht so an, bei uns bekommen manche Frauen ihre Babys im Wasser. Da wird Sera ja wohl kurz vor der Geburt auch schwimmen gehen können. Außerdem ist es gut für ihren Rücken."

Sera stand auf, griff sich demonstrativ ins Kreuz, streckte den Bauch heraus und stöhnte.

„Also, dann schieben wir den Walfisch mal zum See, was?", witzelte sie und verschwand im Nachbarzimmer, in dem sie ihre Badesachen zusammensuchte.

„Findest du wirklich, dass das eine gute Idee ist?", flüsterte Merkur Emilia zu.

Diese zuckte mit den Schultern und antwortete:

„Was soll schon passieren? Wir gehen ja nur gemütlich schwimmen, das Wasser wird sie entspannen. Ich wäre dankbar gewesen, ich hätte so eine Abwechslung gehabt vor Elenjanas Geburt. Glaube mir, die letzten Wochen sind körperlich wirklich sehr anstrengend."

„Wenn du meinst, dann hol ich mal unsere Badesachen", antwortete er.

Er erhob sich, gab Emilia einen Kuss auf den Scheitel und kitzelte Elenjana noch kurz unterm Kinn. Dann verließ er Seras Gemächer.

Die Mädchen warteten bereits am Durchgang auf Merkur. Sie hatten beschlossen, dass sie sich von der Kutsche bis zu dem kleinen See fahren lassen wollten, an dem sie das letzte Mal zusammen mit Lethan schwimmen waren.

„Aber dieses Mal bitte keine Wasserkugeln oder ähnliche Schikanen“, erklärte Merkur.

Die Mädchen brachen in schallendes Gelächter aus, als sie sich daran erinnerten, was Emilia den Jungs, im Eifer des Gefechts, angetan hatte.

Damals hatten Merkur und Lethan den beiden Mädchen einen Schrecken einjagen wollen, indem sie sie unter Wasser zogen. Da Emilia ihre Fähigkeiten jedoch noch nicht annähernd unter Kontrolle gehabt hatte, erschuf sie in ihrer Panik aus Versehen eine immense Wasserkugel, die die beiden Jungs ergriff, mit ihnen ans Ufer schwebte und sie dort kurzerhand an den Strand schmiss.

„Du bringst mich auf eine Idee“, antwortete Emilia lachend, „ich habe meine Kräfte schon lange nicht mehr verwendet. Wird mal wieder Zeit, oder?“

„Aber unbedingt!“, antwortete Sera und hakte sich lachend bei Emilia unter.

Merkur schüttelte lächelnd mit dem Kopf, folgte den beiden jedoch, mit Elenjana auf dem Arm.

Leider kam die Kutsche nicht bis direkt an den See, da dieser ein wenig abgelegen im Wald verborgen lag. Sera versicherte jedoch, dass sie die letzten hundert Meter problemlos laufen könne.

„Ich bin ja schließlich nicht krank!“, wehrte sie sich, als der Kutscher anbot, sie zu tragen.

Demonstrativ schob sie vorneweg und Merkur war verblüfft, wie schnell sie war, trotz ihrem immensen Umfang.

Gerade als der See in Sicht kam, hörten sie, dass sie nicht allein waren.

„Oh nein, das sind Felodin und Eldur!“, stöhnte Emilia und wurde langsamer.

„Sollen wir woanders hin?“, fragte Merkur und legte Emilia eine Hand auf die Schulter.

„War wieder was mit den beiden?“, fragte Sera nun überrascht. „Oder bist du noch immer sauer, weil Felodin ... Du weißt schon ...“ Sie machte eine Geste zu Merkur.

Emilia schüttelte den Kopf.

„Nein, das ist es nicht nur. Die beiden sind gerade keine gute Gesellschaft ... Ist auch egal, kommt, lasst uns woanders hingehen“, forderte Emilia sie auf, „ich erkläre es dir in der Kutsche.“

Leider hatten die beiden Feuerelfen sie bereits gesehen.

„Merkur, na, machst du einen Familienausflug? Oder muss der Walfisch ins Wasser?“, rief Eldur auf seine gewohnt unverschämte Art, die er als witzig empfand.

Merkur ignorierte seinen Cousin und machte kehrt.

„Auf, lasst uns gehen!“, sagte er kühl.

„Von wegen!“, erklärte Sera und stapfte wütend zu den beiden ans Wasser.

„Wen nennst du hier Walfisch?“, fragte sie und stemmte die Arme in die Seiten.

„Na, das ist ja wohl jedem hier klar, oder nicht?“, antwortete Felodin und lachte hämisch.

Die beiden kamen aus dem Wasser, bauten sich vor Sera auf und Eldur legte besitzergreifend einen Arm um die Feuerelfe.

„Du lässt wohl auch nichts anbrennen, was?“, konterte Sera nun.

„Du bist ja nur neidisch!“, fuhr Felodin sie an.

„Neidisch? Auf dich und dieses Bübchen?“, fragte sie und deutete böse lächelnd auf Eldur, der nun die Schultern straffte.

„Vielleicht hättest du nur einfach auch gern so eine heiße Figur“, stellte Eldur von oben herab fest und funkelte sie herausfordernd an.

Felodin warf ihre schwarzen Haare mit einer gekonnten Geste über die Schulter und lächelte.

„Das Thema ist wohl durch“, bemerkte sie und sah Sera abwertend von oben bis unten an.

„Komm, Sera, lass uns gehen!“, forderte Emilia sie nun auf. Sie war hinter ihre Freundin getreten, legte ihr beruhigend eine Hand auf die Schulter und versuchte, zu Seras Geist Verbindung aufzunehmen, um sie zu beschwichtigen.

„Hör auf, mich zu beruhigen, Emilia! Ich glaube, diesen beiden Feuerelfen ist es ein bisschen zu wohl“, knurrte Sera.

„Sera, komm mit, merkst du nicht, dass die beiden deine Gefühle beeinflussen? Sie versuchen gerade bei allem und jedem, ihre manipulative Scheiße abzuziehen“, erklärte Merkur verächtlich.

„Ach, komm schon, Merkur, früher hat dir das auch Spaß gemacht. Bevor du zum Familienpapi und Schoßhund der Prinzessin mutiert bist“, antwortete Eldur und machte einen übertriebenen Diener vor den beiden.

Emilia ballte die Fäuste, versuchte jedoch, Eldurs blöden Kommentar komplett zu ignorieren, was ihr aber nicht gelang.

„Merkur hätte seine Kräfte nie an einer Schwangeren ausgelassen!“, fuhr Emilia nun auf.

Elenjana fing vor lauter Schreck an zu weinen. Emilia nahm sie auf den Arm und wandte den Feuerelfen den Rücken zu, während sie sich bemühte, ihr Kind zu beruhigen. Nun versuchte Merkur, Sera wieder zur Vernunft zu bringen und dazu zu bewegen, das Ufer zu verlassen. Aber diese war komplett in die negativen Gefühle verstrickt, die Eldur und Felodin inzwischen so meisterhaft aussenden konnten.

„Los komm, du musst aus ihrer direkten Nähe weg! Wer weiß, was dein Kind abbekommt, wenn du noch länger hier stehst!“, forderte er sie erneut auf.

Sera atmete tief durch und bemühte sich, ihre Aggression, die die beiden Feuerelfen noch immer schürten, unter Kontrolle zu bringen. Mit geballten Fäusten wandte sie sich ab und ließ sich von Merkur mitziehen.

„Die beiden sind es sowieso nicht wert, dass man sich über sie ärgert. Eldur ist nichts weiter als ein verzogener Bengel, der auf dich eifersüchtig ist, und Felodin nutzt ihn nur als Lückenbüßer, um über dich hinwegzukommen ...“ Sera hatte zu Merkur gesprochen, es aber laut genug gesagt, dass die beiden Feuerelfen sie hatten hören müssen.

Felodin wurde blass. Eldur begann vor Wut zu zittern.

„Ich bin kein Lückenbüßer! Das nimmst du zurück, du Verräterin!“, rief er und stürmte auf Sera zu. „Ich weiß, wer deine Eltern waren, und ich weiß, was mit ihnen geschehen ist. Du kannst von Glück sagen, dass man so ein Pack wie dich überhaupt noch am Hofe leben lässt, aber dafür scheinst du ja auch eine Gegenleistung erbracht zu haben, wie?“ Er legte seine Hand auf ihren Bauch und malträtierte sie mit seiner negativen Energie, was Sera sofort vor Schmerzen aufschreien ließ.

Sofort krümmte sie sich schützend zusammen.

„Eldur! Nicht!“, rief Felodin.

Doch der Elf sah absolut rot. Er packte nun auch mit der zweiten Hand zu und verstärkte die Magie noch, bevor Merkur ihn von ihr wegziehen konnte.

„Sera!“, rief Emilia erschrocken auf und rannte, mit ihrem erneut weinenden Baby auf dem Arm, zu ihrer Freundin. „Ist dir was passiert?“, fragte sie, als sie sich neben ihr auf den Boden kniete.

„Es tut so weh!“, jammerte Sera und hielt sich den Bauch.

Emilia fasste diesen vorsichtig an und antwortete:

„Er ist ganz hart! Wir müssen sofort zu Lianna!“

Sera riss panisch die Augen auf.

„Hat er das Kind verletzt?“, fragte sie hysterisch.

„Ich weiß es nicht, aber wir müssen so schnell es geht ins Haus der Heiler.“ Sera nickte. „Merkur, Sera ist verletzt, wir müssen sofort zu Lianna!“, rief sie nun ihrem Freund zu, der noch immer damit beschäftigt war, Eldur zur Vernunft zu bringen.

Zum Glück schien Felodin ihren Verstand wiedergefunden zu haben und sprang dazwischen. Beherzt griff sie in die Rangelei, packte Eldur an beiden Schultern und schrie ihn an, dass er sich beruhigen solle.

Merkur nutzte die Chance. Er wandte sich den Mädchen zu, hob Sera hoch und rannte mit ihr auf dem Arm, so schnell er konnte, zurück zur Kutsche. Ihre Badetaschen ließ er zurück. Emilia griff sich Elenjana und gemeinsam folgten sie den beiden den Waldweg entlang, bis endlich das Gefährt in Sicht kam.

„Was ist geschehen?“, fuhr der Kutscher auf und rannte Merkur entgegen, der ihn kurz informierte. Er half ihm, die Elfe in die Kutsche zu legen und sprang mit einem Satz auf den Kutschbock.

Kaum war Emilia mit Elenjana an Bord, preschte das Gefährt los zum Haus der Heiler. Sera stand inzwischen der kalte Schweiß auf der Stirn. Sie keuchte und krümmte sich vor Schmerzen.

„Was ist mit ihr?“, fragte Merkur panisch. Er hatte ihren Kopf auf seinen Knien und streichelte ihr sanft übers Haar.

„Ich hoffe, es sind nur Wehen!“, antwortete Emilia und hielt ihre Tochter fest, damit ihr bei der rasanten Fahrt nicht auch noch etwas zustieß.

Innerhalb weniger Minuten waren sie am Haus der Heiler angekommen. Der Kutscher, ein junger kräftiger Elf, sprang vom Kutschbock, riss die Tür auf, hob Sera heraus und rannte wie der Wind hinein.

Dort wurden sie sogleich von mehreren Heilerinnen in Empfang genommen. Sie brachten Sera in ein freies Behandlungszimmer und schlossen die Tür. Lianna rannte herbei und fragte, was geschehen war. Emilia sandte ihr die Bilder innerhalb weniger Sekunden per Gedanken zu. Die Heilerin nickte nur und verschwand ebenfalls hinter der verschlossenen Tür.

„Geh’ und hol’ Roandir!“, bat Emilia den jungen Elfen, der sie gefahren hatte. „Sag ihm, dass wir hier sind und dass Sera wahrscheinlich das Kind bekommt!“

Der Elf nickte und rannte hinaus. Nach wenigen Sekunden hörten sie die Pferde wiehern und die Kutsche in vollem Galopp davonpreschen.

„Warum dauert das so lange, bis sie uns was sagen können?“, fragte Emilia und stand auf. Sie setzte Elenjana auf Merkurs Schoß und tigerte im Flur auf und ab.

Nach einer gefühlten Ewigkeit streckte Lianna den Kopf aus dem Behandlungszimmer und sagte leise:

„Emilia, sie will dich dabeihaben!“

„Also geht es los?“, fragte Merkur aufgeregt.

Lianna nickte und zog Emilia hinter sich her. Kaum war die Tür erneut verschlossen, hörte er Schritte den Flur entlang rennen.

„Merkur, was ist geschehen?“, rief Roandir aufgebracht. „Wie geht's Sera? Der Kutscher konnte mir nicht viel sagen!“

„So, wie es aussieht, kommt das Kind jetzt“, antwortete der Angesprochene.

„Aber das kann nicht sein, es sollte erst in drei Tagen so weit sein“, widersprach der Elf.

„Es gab einen kleinen Zwischenfall am See“, begann Merkur, und dann erzählte er Roandir die ganze Geschichte.

Der Krieger wurde immer wütender und ballte die Fäuste.

„Na warte, wenn Sera oder dem Baby irgendetwas geschehen ist, dann ...“

Er kam nicht weiter, da sie in diesem Moment von Lianna unterbrochen wurden.

„Da hatte es jemand wohl eilig“, erklärte sie und winkte die beiden Männer ins Zimmer.

Sera lag noch in ihrem Kleid, das sie am Mittag getragen hatte, auf einer Liege, vom Bauch abwärts hatte man sie zugedeckt und sie hielt ein kleines Bündel in weißen Laken gewickelt im Arm. Die blonden Haare klebten ihr verschwitzt am Kopf, jedoch sah sie absolut munter und wohlauf aus.

„Es ist ein Mädchen!", begrüßte Sera ihren Mann.

Roandir sah irritiert von seiner Frau zu dem Baby und dann zu Lianna. Diese nickte und sagte:

„Keine Sorge, es geht beiden gut. Du kannst zu ihnen."

Das ließ sich der Krieger nicht zweimal sagen. Mit zwei großen Schritten war er neben der Liege und küsste und liebkoste seine Frau und das Kind.

Emilia und Merkur zogen sich mit Elenjana ein bisschen zurück.

„Ich denke, wir sollten im Schloss Bescheid geben, dass das Baby da ist", sagte Emilia und zog Merkur hinter sich her.

Lianna stimmte dem zu und verließ mit ihnen das Zimmer.

Sera und Roandir waren so im Glück, dass sie von alldem nichts mitbekamen.

KAPITEL 22

Sera wurde bereits am nächsten Morgen mit der Kutsche zurück ins Schloss gebracht. Sie hatte keine Lust gehabt, im Haus der Heiler zu bleiben. Außerdem ging es ihr blendend. Roandir ritt stolz nebenher und half seiner Frau mit dem Baby anschließend beim Aussteigen. Emilia und Merkur beobachteten das ganze Geschehen vom Eingang des Schlosses aus, um die junge Familie willkommen zu heißen. Elenjana spielte derweil mit Fox und Kim im Schlosshof. Emilia seufzte tief und glücklich, als ihre beste Freundin mit dem kleinen Würmchen auf dem Arm die breite Treppe hinaufstieg, die sie zum Eingang des Schlosses führte. Fox und Kim kamen sofort herbeigeeilt, um das neue Mitglied der Familie zu begrüßen.

„Nein, Fox, das ist mein Baby, nicht deins!“, erklärte Sera halb scherzend, halb drohend, als der Hund an ihr emporsprang und vergeblich versuchte, das Baby abzulecken.

„Fox, Kim, aus, hierher und Platz!“, befahl Emilia und zur Überraschung aller leisteten beide Hunde ohne Umschweife Folge.

„Was ist denn mit den beiden los?“, fragte Sera überrascht und ließ sich von Emilia zur Begrüßung umarmen. „Ich meine, so schnell haben sie noch nie auf deine Befehle reagiert.“

„Vorteil der Feenmagie“, erklärte diese grinsend. „Anscheinend reagieren nicht nur die Nebelfrauen darauf, sondern auch Tiere. Aber nun kommt erst einmal herein“, wechselte Emilia das Thema.

„Soll ich dir die Kleine abnehmen?“, fragte Roandir fürsorglich. „Ist sie dir nicht auf Dauer zu schwer?“

Sera und Emilia brachen in schallendes Gelächter aus.

„Das hast du jetzt nicht echt gefragt, Roandir, oder?“, platzte es aus Emilia heraus.

„Was ist daran komisch?“, fragte der Elfenkrieger und stemmte die Arme drohend in die Seiten.

„Roandir, es ist ein Baby. Was wiegt sie? Dreieinhalb Kilo? Ich denke, so viel solltest du deiner Frau schon noch zumuten können. Wenn du wieder auf Wache bist, wird sie es auch alleine schaffen müssen.“ Emilia lachte nochmals herzlich und Sera stimmte ihr nickend zu.

„Emilia hat recht“, bestätigte sie nun. „Ich weiß es sehr zu schätzen, dass du mir eine Hilfe sein willst, aber unsere kleine Athanna kann ich gut alleine tragen.“ Sie gab ihm einen liebevollen Kuss und streichelte ihm mit der freien Hand über die Wange. „Wenn du mir wirklich einen Gefallen tun möchtest, besorgst du mir die Kräuter, die Lianna uns empfohlen hat.“

Roandir murrte, nickte jedoch und machte auf dem Absatz kehrt.

„Merkur, könntest du ihn begleiten?“, bat Sera und deutete mit dem Kopf hinter Roandir her.

„Nimm bitte Elenjana mit“, ergänzte Emilia. Dieser verstand, nahm seine Tochter auf den Arm und rannte dem Krieger nach. „Er übertreibt es ein wenig, oder?“, fragte Emilia nun an ihre Freundin gewandt.

„Er behandelt mich wie ein rohes Ei“, seufzte diese. „Eigentlich sollte ich mich darüber freuen, dass er so fürsorglich ist, aber er würde am liebsten mich UND das Baby tragen. Außerdem ist er so angespannt, seit die Kleine da ist ... Er hat heute Nacht kein Auge zugetan und bei jedem kleinen Geräusch, das das Kind gemacht hat, ist er aufgesprungen und zum Bettchen gerannt, um zu prüfen, ob sie noch atmet.“

Emilia lachte und streichelte ihrer Freundin über den Arm.

„Na ja, er wird sich hoffentlich wieder einkriegen ... Es ist sein erstes Kind und er will, dass alles perfekt ist und es euch gut geht.“ Sie zwinkerte Sera zu und hakte sich dann bei ihr unter. Dann pfiff sie den Hunden, die auf der Stelle aufsprangen und sie flankierten.

„Ja, ich hoffe auch. Ich meine, ich darf mich nicht beschweren. Ich muss froh sein, dass ich einen Mann an meiner Seite habe, jedoch habe ich im Moment so viel mit mir und meiner Gefühlswelt zu tun, da fällt es mir schwer, mich auch noch um ihn kümmern zu müssen. Außerdem ...“ Sera stockte.

„Ja?“, fragte Emilia und blieb stehen, damit sie ihre Freundin ansehen konnte.

„Na ja, wie soll ich es sagen? Es ist so, dass ich Athanna am liebsten gar nicht mehr hergeben würde. Nicht mal ihm. Bei jedem, der sie berührt, trägt oder irgendetwas mit ihr macht, habe ich Angst, er könnte ihr etwas tun. Sie aus Versehen fallen lassen, den Kopf nicht richtig heben oder wer weiß was sonst noch!“

Emilia lachte herzlich auf, legte ihr einen Arm um die Schulter und entgegnete:

„Herzlich willkommen in der Welt der Mütter. Das Gefühl wirst du nicht so schnell los."

„Jetzt verstehe ich, wieso du immer so eine Glucke bist", erklärte Sera leise und sah verliebt auf das kleine Bündel, das sie nun im Arm hielt.

„Ja, das versteht nur eine Mutter", bestätigte Emilia. „So, aber nun sollten wir zusehen, dass Athanna, schöner Name übrigens, ihr neues Zuhause kennenlernen darf."

Sera nickte und gemeinsam gingen sie weiter.

„Was für Kräuter soll Roandir holen?", fragte sie kurz darauf.

Sera lachte auf.

„Beruhigungskräuter für seine Nerven und eine Teemischung, um den Milchfluss in Gang zu bringen. Es klappt noch nicht so, wie es sollte. Lianna sagt, es liege an dem traumatischen Erlebnis mit den Feuerelfen am See ... Diese Idioten ... Ich bin da voll reingetappt", erklärte sie. „Kaum war ich in ihrer Nähe, überkam mich eine solche Welle an negativen Gefühlen, ich glaube im Nachhinein, ich wäre zu einem Mord fähig gewesen. Diese Fähigkeiten der Feuerelfen sind gemeingefährlich", redete sie sich nun in Rage. „Man sollte sie sogleich von der Akademie werfen oder gleich aus Andorin!"

Emilia legte ihr beschwichtigend eine Hand auf ihren Arm.

„Das wurden sie", erklärte Emilia.

„Wirklich?", fragte Sera überrascht.

„Ja, du warst nicht der erste Fall, bei dem sie dieses Spielchen gespielt hatten, im Gegenteil, das war seit meiner Rückkehr ein großes Problem in der Akademie. Die Feuerelfen haben nach unserer Versöhnung ein bisschen zu sehr über die Stränge geschlagen. Es passte ihnen nicht, dass Merkur und ich uns wiedergefunden hatten."

„Aber wieso?", fragte Sera. „Ich dachte, Merkur wäre der einzige Lichtblick für Gwaithmar, und zwar mit dir an seiner Seite."

„Das ist auch so, jedoch hätte Eldur ebenso ein Recht auf einen Thron. Er ist Merkurs Cousin. Das Volk der Feuerelfen war von seinem Vater bequatscht worden. Er hatte den Adligen Land und Reichtümer versprochen, wenn sie bei einer freien Bürgerwahl für seinen Sohn stimmen würden."

„Daher hat sich Felodin so schnell an Eldur gehängt", fiel der Groschen bei Sera.

„Richtig", bestätigte Emilia, „sie dachte, dass sie so doch noch an ihren Herrscher käme. Als wir jedoch vereint zurückkamen, gingen ihnen die Gäule durch."

„Und was geschieht nun mit ihnen?", fragte Sera mit belegter Stimme.

„Sie wurden von der Akademie geworfen, da das Einsetzen der Fähigkeiten gegen andere Elfen untersagt ist. Strengstens untersagt. Diese Regel haben sie, trotz mehrmaliger Ermahnungen, nicht eingehalten. Sie müssen nach Gwaithmar zurückkehren und dürfen ihre Ausbildung nicht mehr beenden."

„Das ist heftig", hauchte Sera.

„Ja, aber nötig." Sera nickte und schwieg. „Aber nun komm! Heute ist ein zu schöner Tag, um an solche Idioten zu denken", forderte Emilia sie auf.

Sera lachte und antwortete:

„Ja, da hast du recht."

Die nächste halbe Stunde half Emilia ihrer Freundin beim Ankommen. Sie scheuchte die junge Mutter in einen gemütlichen Schaukelstuhl, kochte ihr eine große Karaffe Tee und besorgte ihr ein paar Früchte aus der Schlossküche. Dann versorgte sie die Elfe noch mit ein paar gut gemeinten Ratschlägen und verabschiedete sich dann von der frisch gebackenen Mutter.

„Du weißt ja, wenn etwas ist, unsere Gemächer sind nur ein paar Minuten entfernt", sagte Emilia, bevor sie Sera zum Abschied einen Kuss gab und nochmals das blonde Haar der kleinen Baby-Elfe streichelte. Das Kind schlief die ganze Zeit und schien sehr entspannt zu sein, trotz des aufregenden Starts ins Leben.

„Und was mache ich jetzt, bis Roandir kommt?", fragte Sera, ehe Emilia die Tür schloss.

„Du genießt die Ruhe und versuchst, ein wenig vorzuschlafen. Glaub mir, heute Nacht wirst du froh darüber sein." Sie zwinkerte ihrer Freundin nochmals zu und schloss dann leise die Tür.

Sera legte das Baby vorsichtig in die Wiege, die Emilia direkt neben ihren Stuhl geschoben hatte, lehnte sich zurück und schloss die Augen. Innerhalb weniger Sekunden war sie eingeschlafen.

Merkur und Emilia hatten beschlossen, den frisch gebackenen Eltern am nächsten Morgen ein leckeres

Frühstück vorbeizubringen. Als sie, kurz nach Sonnenaufgang, leise klopften, öffnete Roandir innerhalb weniger Augenblicke die Tür.

„Oh, ihr seid es, schön, dass ihr das seid. Kommt rein." Er wirkte viel entspannter als noch am vorherigen Morgen.

„Die Kräuter scheinen gewirkt zu haben?", fragte Emilia leise, als sie Sera und Athanna begrüßt hatte.

„Ja. Die Kräuter und das Gespräch mit Merkur", flüsterte sie. Emilia zog überrascht eine Augenbraue hoch und Sera erklärte: „Merkur hat ihm ein bisschen gut zugeredet. So ein Gespräch unter Männern ist manchmal das Beste!"

„Offenbar!", bestätigte Emilia, während sie den Mann ihrer Freundin musterte, der soeben den Korb mit Essen ausräumte und in einer Seelenruhe den Tisch deckte. „Was genau hat Merkur denn zu ihm gesagt?", fragte Emilia neugierig weiter.

„Keine Ahnung", antwortete Sera und zuckte mit den Schultern. „Er verrät es mir nicht. Männersache", hat er mir erklärt.

„Na gut, ich bekomm' es schon heraus", äußerte Emilia und lachte amüsiert. „Braucht ihr noch etwas?", wechselte sie nun das Thema.

Sera sah sie verblüfft an und fragte:

„Wollt ihr schon wieder gehen?"

„Ja, wir wollen heute endlich unseren Ausflug nach Gwaithmar machen. Du weißt schon ..."

„Oh, na, wenn das so ist, schade, ich hätte euch gern noch hier gehabt", antwortete Sera. „Bist du aufgeregt?", fragte sie nun und sah ihrer Freundin tief in die Augen.

Emilia zuckte mit den Schultern und erwiderte:

„Überraschenderweise nicht. Ich habe uns ja gesehen, damals in der Vision, in Gwaithmar, und ich hatte damals ein so wohliges Gefühl von Heimat, dass ich mich nun richtig freue, endlich wirklich hinzukommen.“ Sera senkte traurig den Blick. „Was ist los?“, fragte Emilia alarmiert.

„Ach, es ist nur so, dass ich es schön gefunden hätte, wenn unsere Kinder hier gemeinsam hätten aufwachsen können. Aber wenn ihr irgendwann nach Gwaithmar müsst ...“

„Sera, noch sind wir hier, wir müssen beide noch den Abschluss machen – und wer weiß? Vielleicht kommt ihr ja mit?“

Sera sah sie überrascht an.

„Diese Option hatte ich noch gar nicht in Betracht gezogen“, gestand sie.

„Emilia, kommst du?“, riss Merkur die beiden Frauen aus ihrem Gespräch.

Diese nickte und stand auf.

„Wir kommen heute Abend noch mal vorbei!“, erklärte sie noch schnell, hob Elenjana hoch, die soeben Fox am Schwanz ziehen wollte, und dann verabschiedeten sie sich von der jungen Familie.

„Ich muss noch mal kurz zurück, hab was vergessen“, erklärte Merkur, als sie die Wohnung verlassen hatten, und spurtete den Gang zurück zu ihren Gemächern.

Überrascht sah Emilia ihm nach, ließ sich dann jedoch mit Elenjana auf die Bank sinken, die am Eingang des Bogenganges stand. Versonnen sah sie über die Weiten Andorins und fühlte das erste Mal so etwas wie einen Abschiedsschmerz. Ob es in Gwaithmar auch so schön sein konnte? Sie schüttelte den Kopf und wischte die Gedanken beiseite. Noch stand nichts fest. Noch waren sie hier. Mephisto herrschte in Gwaithmar, und sie und Merkur müssten zuerst die Akademie verlassen, ehe sie ihm folgen konnten.

„So, da bin ich wieder, es kann losgehen!“, vermeldete Merkur. Er trug einen schwer beladenen Picknickkorb am Arm und grinste Emilia stolz an.

„Ein Picknick!“, rief Emilia freudig und sprang auf. „Was für eine tolle Idee! Wobei, in meiner Vision hattest du keinen Korb dabei“, gab sie neckisch zu bedenken.

„Macht nichts“, entgegnete er lachend. „Fox war in deiner Vision ja auch nicht zu sehen und dennoch gehört er dazu.“

„Da hast du wohl recht“, antwortete Emilia und kraulte ihren alten Freund.

„Außerdem dachte ich heute Morgen, als ich für unsere frisch gebackenen Eltern einkaufen war, wieso sollten wir es uns nicht auch gutgehen lassen? Ich finde, wir haben uns das redlich verdient!“

Emilia gab ihm einen zärtlichen Kuss auf den Mund und fragte:

„Und womit habe ich dich verdient?“

Merkur erwiderte ihren Kuss und für ein paar Sekunden vergaßen sie alles um sich herum, bis Elenjana anfing zu weinen:

„Mama!“, rief sie und wischte sich das Gesicht mit den Ärmchen ab.

„Fox, du weißt doch, dass du Elenjana nicht immer im Gesicht lecken sollst, sie mag das nicht!“, ermahnte Emilia den Hund und hob ihre Tochter hoch.

Fox senkte den Kopf und wedelte entschuldigend mit dem Schwanz.

„Er meint es ja nicht böse“, verteidigte Merkur den Hund, während Emilia die Tränen ihrer Tochter trocknete. „Können wir dann?“, fragte er und sah sie an.

„Ja, wir sind bereit!“, erklärte sie und band Elenjana mit ihrem Tragetuch auf den Rücken.

Die kleine schwarzhaarige Elfe genoss diese Ausflüge. Sie konnte alles überblicken und war dennoch ganz nah bei ihrer Mutter. Auch Fox stürmte freudig los. Merkur nahm den schweren Korb in die linke Hand und reichte die rechte Hand Emilia. So verließen sie das Schloss in Richtung Nord-Tor.

KAPITEL 23

Die Sonne schien ihnen entgegen, als sie das Tor durchquert hatten. Emilia musste blinzeln, als sie das Portal verließen. Sie schirmte ihre Augen mit der Hand gegen die rötliche Morgensonne ab. Da standen sie nun, Hand in Hand, auf den Hügeln von Gwaithmar. Unter ihnen floss ein schillernder Fluss in die Stadt. Die Türme der Stadt ragten glänzend in den Himmel. Die Sonne tauchte sie in ein warmes Orange und spiegelte sich in dem glänzenden Material, aus dem sie einst erbaut worden waren. Damals, als die Götter angeblich selbst hier gewohnt hatten.

„Ist es nicht wunderschön?", fragte Merkur.

Emilia nickte nur und sah sich weiter um. Fox war einem Schwarm Schmetterlinge hinterhergerannt und jagte diese freudig in Richtung Wald. Emilia betrachtete das satte Grün, das hier genauso einladend wirkte wie in Andorin. Der Fluss, der am Fuße des Berges in die Stadt floss, sprudelte einige hundert Meter hinter ihnen als kleiner Wasserfall in die Tiefe. Dort speiste er einen kleinen, blaugrünen See, der über und über mit Seerosen bedeckt war. In weiter Ferne konnte sie das Gebirge von Angorogh sehen. Die Weltennebel lagen leuchtend orange dazwischen.

„Wenn du diesen Wald tief genug durchquerst, würdest du wieder in Andorin ankommen", flüsterte Merkur ihr ins Ohr.

Er war ganz nah an sie herangetreten und Emilia fühlte sich einen kleinen Augenblick an ihren ersten Besuch in

Andorin zurückversetzt. Seine Nähe jagte ihr wie damals wohlige Schauer durch den Körper und an den Stellen, wo sein Atem sie traf, bildete sich eine Gänsehaut.

„Dann ist das hier derselbe Wald, in dem Glorijana lebt?“, fragte Emilia verblüfft.

„So ist es“, bestätigte er.

„Aber wie kann das sein?“, fragte sie weiter.

„Das wissen wir nicht. Nachdem Askja untergegangen ist, hat sich die magische Welt neu formiert. Die Welt hat sich quasi geheilt. Askja war durch Magie aus der Menschenwelt in die magische Welt entrückt worden. Durch ihren Untergang wurde die ursprüngliche Ordnung wiederhergestellt.“

Emilia nickte staunend.

„Komm, wir setzen uns hierher unter die hohen Bäume, dort werden wir vom Tor aus nicht gesehen, aber man hat einen phänomenalen Ausblick über das Land.“

Emilia lachte freudig auf, als sie den kleinen Hain, den Merkur ausgesucht hatte, erreicht hatten. Es war ein kleiner Birkenhain, unter dem ein Teppich lilafarbener Veilchen blühte. Der Duft war beinahe magisch.

„Ich liebe Veilchen!“, rief sie und sog tief die Luft ein.

Merkur breitete bereits eine Decke unter den hellen Blättern der Bäume aus und begann, das gute Essen auszupacken, während sich Emilia näher umschaute. Sie bewunderte die Pracht der Pflanzen, der Blumen und Kräuter und der Tiere. Sie sah Vogelarten, die sie noch nie gesehen hatte, und auch die Vielfalt an Schmetterlingen übertraf die in Andorin bei Weitem. Merkur schien ihre Gedanken erraten zu haben, denn er erklärte ihr:

„Diese Welt war über Jahrtausende unbewohnt. Nur die Tiere und Pflanzen lebten weiter. Hier gibt es Geschöpfe, die hat es in unserer Welt nie gegeben. Man sagt, die Götter hätten sich ihre Welt nach ihren Bedürfnissen erschaffen und verschönert."

„Ja, das haut wohl hin!", bestätigte Emilia, die nun das Tragetuch öffnete.

Merkur hob vorsichtig die inzwischen eingeschlafene Elenjana heraus und legte sie sanft auf die Decke. Dann setzte er sich neben Emilia, die ihren Kopf an seine Schulter lehnte, und nahm ihre Hand. Gemeinsam blickten sie ins Tal hinab, das so märchenhaft dalag, dass es mit Worten nicht zu beschreiben war.

„Kannst du dir vorstellen, hier mit mir zu leben? Du und Elenjana? Für immer?", fragte er mit bebender Stimme.

Emilias Herz schlug unwillkürlich schneller, als sie ihren Blick vom Tal losriss und Merkur ansah. Er erwiderte ihren Blick und für einige Sekunden drohte Emilia im warmen Silbergrau seiner Augen zu versinken. Sie spürte, dass sich ein Kloß in ihrem Hals bildete, der sie am Sprechen hindern wollte, daher räusperte sie sich und antwortete mit belegter Stimme:

„Ja, ich glaube, ich kann mich hier zu Hause fühlen."

„Kannst du dir vorstellen, mit mir zusammen über all das hier zu herrschen? Zu regieren?"

„Ja", entgegnete sie.

Merkur erhob sich, griff in seine Tasche, beförderte mit der linken Hand etwas zutage, das Emilia nicht sehen konnte, und kniete vor ihr nieder. Nun schlug ihr das Herz bis zum Hals. Ihr Atem beschleunigte sich, als er ihre Hände ergriff und ihr erneut tief in die Augen blickte.

„Emilia, du weißt, dass ich dich von ganzem Herzen liebe. Du bist mein Leben. Ihr seid mein Leben“, korrigierte er sich.

Er hielt inne und sah zu seiner schlafenden Tochter. Dann riss er sich von ihrem Anblick los und sah Emilia wieder tief in die Augen. Er öffnete seine linke Hand und ein Ring kam zum Vorschein. Er atmete nochmals tief durch, bevor er die Frage der Fragen stellte:

„Emilijana von Andorin, willst du meine Frau werden?“

„Ja“, hauchte Emilia mit zitternder Stimme.

Merkur steckte ihr den Ring an den Finger und besiegelte das Versprechen, das Emilia ihm soeben gegeben hatte, mit einem innigen, nicht enden wollenden Kuss.

„Emilia, ich liebe dich mehr als mein Leben“, flüsterte er, als sie sich endlich voneinander lösen konnten.

„Ich dich auch“, antwortete Emilia leise.

Ende

Band 3

NACHWORT

Vielen Dank, dass ihr mich erneut auf meine Reise nach Andorin begleitet habt. Ich hoffe, ihr hattet wieder so viel Spaß mit den Elfen wie ich. Dieses Mal habe ich beim Schreiben beschlossen, dass Band 3 kein offenes Ende erhalten darf. Ich denke, es war an der Zeit, dass Emilia, Merkur und auch ihr ein Happy End bekommt. Dies bedeutet jedoch nicht, dass die Chronik der Elfenprinzessin mit Band 3 endet. Oh nein! Es wird auf jeden Fall noch ein 4. Band folgen, in dem Merkur und Emilia nochmals ein großes Abenteuer zu bestehen haben. Wie immer, kann ich euch nicht sagen, wann genau dieser 4. Teil erscheinen wird. Wer jedoch keine Veröffentlichung verpassen will, erhält wie immer alle Termine, Infos rund um meine Bücher, Schreibfortschritte, Vorstellungen der neuen Cover und vieles mehr auf meiner Facebook-Seite *Romantasy by Nina C. Charleston*. Einfach liken und schon seid ihr dabei. Oder ihr folgt mir auf *Instagram*.

Solltet ihr nicht in den *Social Medias* unterwegs sein, erhaltet ihr die wichtigsten Infos auch, indem ihr euch auf meiner Homepage zu meinem *Newsletter* anmeldet.

Eure Nina

nina@nina-c-charleston.de
www.nina-c-charleston.de
www.facebook.com/Nina.C.Charleston
www.instagram.com/nina_c.charleston

Über die Autorin

Nina C. Charleston wurde 1985 in Baden-Württemberg geboren. Sie wuchs in einer ländlichen Kleinstadt auf, in der sie noch heute mit Mann und Kind lebt.

Bereits in früher Jugend fand sie Gefallen an Fantasy-Romanen. Mit den Jahren wurde der Wunsch, irgendwann einen eigenen Fantasy-Roman zu schreiben und diesen auch zu veröffentlichen, immer größer. Hierbei war für sie schon immer klar gewesen, dass Elfen in ihrer Geschichte die Hauptrolle spielen sollten.

Während des zweiten Jahres ihrer Elternzeit fand sie endlich die Zeit und die Ruhe, solange ihr Sohn friedlich schlief, sich diesen Traum zu erfüllen und ihren ersten Roman fertigzustellen. *„Emilijana – Magie der Elfen“* wurde im Juli 2017 veröffentlicht und kletterte direkt auf Platz 1 der Amazon Bestseller-Liste in der Kategorie *Märchen, Sagen & Legenden*.

Mit diesem ersten Band nahm *„Die Chronik der Elfenprinzessin“* ihren Lauf.

BÜCHER
VON
NINA C. CHARLESTON

Emilijana – Magie der Elfen

(Die Chronik der Elfenprinzessin, Band 1)

Emilijana – Magie der Zeitzauberer

(Die Chronik der Elfenprinzessin, Band 2)

Emilijana – Magie der Liebenden

(Die Chronik der Elfenprinzessin, Band 3)

26717429R00235

Printed in Poland
by Amazon Fulfillment
Poland Sp. z o.o., Wrocław